Sina Flammang

Mädchen aus Papier

Sina Flammang

Mädchen aus Papier

cbt

Dieses Buch ist auch als E-Book erhältlich.

MIX
Papier aus verantwortungsvollen Quellen
FSC® C014496
FSC
www.fsc.org

Verlagsgruppe Random House FSC® N001967

1. Auflage 2017
cbt Kinder- und Jugendbuchverlag
in der Verlagsgruppe Random House GmbH,
Neumarkter Straße 28, 81673 München

Umschlaggestaltung: Suse Kopp
Umschlagmotiv: Nina Masic/Trevillion Images
TP · Herstellung: ang
Satz: KompetenzCenter, Mönchengladbach
Druck: GGP Media GmbH, Pößneck
ISBN 978-3-570-16460-0
Printed in Germany

www.cbt-buecher.de
Mehr zu cbt auf Instagram @hey_reader

1

Aufziehkind

Früher, als ich noch klein war, hatte ich Angst vor dem Spiegel. Für mich war er wie ein Fenster in eine andere Welt.

Eine Welt, in der Fische durch den Himmel fliegen und Vögel durchs Wasser tauchen. In der alles umgedreht ist. In der es Annika noch gibt, die mich durch die kalte Oberfläche hindurch anstarrt, als dürfte es mich in ihrem Spiegel nicht geben, als sei ich ein Fleck auf ihrer Seite, der sie irritiert.

Manchmal glaube ich, es gibt zwei Maris. Eine für den Tag und eine für die Nacht. Die Tag-Mari ist so, wie alle sie sich vorstellen. Eine Puppe aus Papier, die jemand mit einem Filzstift grob ausgemalt und auf Karton geklebt hat. Damit der Hals nicht so schnell knickt. Damit sie nicht so schnell kaputtgeht. Die Tag-Mari kämmt sich jeden Morgen alle Knoten aus dem Haar. Sie macht nicht einfach einen einzigen, großen Knoten aus all ihren Haaren, den sie dann ganz oben auf ihrem Kopf platziert wie ein Nest. Was einfacher wäre und irgendwie auch besser aussehen würde.

Tag-Mari ist nämlich ordentlich. Sie weiß, was von ihr erwartet wird. Wenn ihre Eltern Gäste haben, sitzt sie in der Ecke wie eine Aufziehpuppe aus Blech, und wenn jemand sie anspricht und damit den kleinen Schlüssel in ihrem Rücken dreht, dann klappert sie los, zieht die Mundwinkel nach unten und lässt ihre glatten Haare wie einen Vorhang über ihr Gesicht fallen. Ende der Vorstellung. Ein leichtes Kopfnicken, ein Ruck der Schultern nach vorne, und ich bin das perfekte traurige Mädchen, dem man die Hand auf die Schulter legen kann, oder besser noch: auf den Kopf. Ich bin das Mädchen, das jeden Tag daran erinnert wird, dass es noch da ist. Trotzdem habe ich das Gefühl, nicht wirklich da zu sein.

Es ist, als würden meine Eltern ein Bild von mir in der Tasche mit sich rumtragen. Wenn ich mich im Spiegel ansehe, wirkt mein Gesicht verschwommen, konturlos, als würde es sich in Wasser auflösen. Meine Mutter behauptet, ich bräuchte eine Brille, wie sie und mein Vater zum Autofahren. Aber ich weiß, dass es so nicht funktioniert. Man setzt sich nicht einfach eine Brille auf die Nase, und plötzlich ist die Welt so, wie sie sein sollte. Brillen verschleiern den Blick auf die Dinge, wie sie wirklich sind: unklar, verschwommen, nicht zu begreifen. Mir ist es lieber, wenn ich nichts sehe, wenn ich die Augen schließe und mich fallen lasse. In das weiche Kissen der Dunkelheit. Ich habe es immer schon geliebt, unterzugehen, zu verschwinden. Wie blasse Wasserfarbe, die sich zurück ins Papier saugt.

Erst in der Nacht fühle ich, wie ich deutlicher werde. Wie ich Gestalt annehme. Ich setze mich in meinem Bett auf, sobald ich meine Mutter durch die dünne Wand zwischen meinem und dem Zimmer meiner Eltern schnarchen und murmeln höre. Dann weiß ich, dass sie irgendwo ganz weit weg im Land der

Träume vor sich hin sägt und dass mein Vater seine Ohren mit blauen Schaumstoffstöpseln versiegelt hat. Ich sehe mich im Spiegel an, der gegenüber meinem Bett auf der Kommode lehnt. Mein Gesicht schwebt darin wie ein weißer, verschwommener Klecks, hingetupft von einem Maler. Ich blinzle gegen die Dunkelheit an und sehe zu, wie Nacht-Mari vor mir langsam Gestalt annimmt. Ich lächle ihr zu und winke leicht mit der Hand, um zu überprüfen, ob wir ein und dieselbe sind. Dann schlüpfe ich aus meiner Decke, werfe sie ab wie den Kokon, in den sich Tag-Mari verpuppt hat, um mit dem Einbruch der Nacht zu etwas anderem zu werden. Zu etwas Richtigem, etwas, das man sehen kann. Es tut gut, das Gesicht zu einem breiten Grinsen zu verziehen, bis unter die Ohren. Die Haut wird zu einer Gummimaske, die sich über die Wangenknochen schiebt, als würde sie darüber schmelzen. Ich schlüpfe in meine Jeans, ziehe meinen Hoodie über und klettere durch das Fenster nach draußen in die Nacht. Meine Augen sind weit offen. Ich bin wieder ich.

2

Wunderbaum

Im Gegensatz zu den meisten anderen Menschen fragt Niklas mich nicht, was mit Annika passiert ist. Vielleicht weiß er gar nichts davon. Für ihn bin ich einfach nur Mari. Nicht »die kleine Schwester«.

Wenn ich Nacht-Mari bin, fühle ich mich frei. Während alle anderen Menschen sich in ihren Häusern verkriechen und die Türen verrammeln, sich ihre Bettdecken über die Köpfe ziehen und die Augen verschließen vor den unheimlichen Schatten, die die Nacht in eine bizarre Theaterkulisse verwandeln, weiß ich, dass ich in Sicherheit bin. Die größten Gefahren dieser Welt gehen von anderen Menschen aus, und nachts sind kaum Menschen unterwegs. Es ist also viel sicherer als tagsüber. Tagsüber werden Leute überfahren. Tagsüber verschwinden Kleinkinder aus Kaufhäusern. In der Nacht kann man mitten auf der Straße auf dem weißen Streifen balancieren wie eine Seiltänzerin und keinen kümmert es.

Ich gehe auf Zehenspitzen, die Arme ausgebreitet, und stelle mir vor, dass die Straße links und rechts von mir ein tiefer Graben ist. Ein Fehltritt, und ich bin weg. Nicht mehr als ein kleiner Punkt, der in der Tiefe verschwindet. Meine Füße sind leicht, und der Wind spielt mit meinen Haaren, als wolle er mich beschnuppern. Es riecht nach Regen. Am Ende der Straße schwimmt eine Tankstelle in einem Heiligenschein aus weichem, gelbem Licht, wie aus der Welt gefallen. Der Himmel knurrt leise, er klingt hungrig, und ich ziehe den Kopf ein, als müsse jeden Moment eine große Schlabberzunge aus den Wolken schießen und mich von der Straße lecken.

Als ich den Kopf wieder hebe, sehe ich sie. Sie steht im Lichtkegel einer Straßenlaterne, in einem blauen Latzkleid mit langen Trägern. Ein Zipfel ihrer Bluse ist an der Seite rausgerutscht. Ihre Haare sind blond und zerzaust, wie ein Wust durchscheinender Watte sitzen sie auf ihrem runden Kopf. Sie ist vielleicht vier Jahre alt und ganz allein. Ich bleibe schwankend stehen, verliere die Balance und berühre mit einem Fuß die Straße. Abgestürzt. Mein Magen macht einen kleinen Satz.

In diesem Moment dreht das Mädchen ruckartig den Kopf, als hätte es jemand gerufen. Es dreht sich um und rennt, mit platschenden Füßen, wie ein kleiner Pinguin, aus dem Licht in die Dunkelheit, um Sekunden später im gelben Lichtsee der Tankstelle wieder aufzutauchen. Eine Frau breitet die Arme aus und das Mädchen springt hinein. Über die Schulter seiner Mutter wirft es mir einen letzten Blick zu, als es in seinen Kindersitz gehoben wird. Die Augen zwei kleine Punkte, die mich über eine wollene Schulter hinweg fixieren, als wollten sie mich festnageln, hier wo ich stehe.

Meine Hände sind warm und nass. Ich kann mich nicht bewegen. Ich schaue zu, wie die Mutter mit dem Mädchen vom Parkplatz rollt. In der Ausfahrt blinkt sie und wendet kurz den

Kopf nach rechts, um zu sehen, ob die Straße frei ist. Erst als ihr Blick mich trifft und sie die Stirn runzelt, klappe ich meinen Mund zu und schaue weg. Ich muss aussehen wie eine Verrückte. Mitten auf der Straße, glotzäugig und starr. Ich drehe mich auf dem Absatz um und verschwinde im Schutz der Dunkelheit. Eine Maus huscht in ein Gebüsch. Von einem zerfetzten Plakat an einer Litfasssäule grinst ein Mädchen mit einer rötlichen Haarpalme auf dem Kopf. »Vermisst!« steht in dicken, schwarzen Buchstaben darunter. Ein hysterisches Lachen gluckert in meiner Kehle. Ich würge es runter, verschlucke mich daran und huste. Reiß dich zusammen, sage ich mir selbst von innen in die Ohren. In das einsame Rauschen in meinem Schädel, mit dem man allein ist, wenn man die Augen so fest zudrückt, dass es wehtut.

Ich stolpere den Mittelstreifen entlang, lege den Kopf zurück, schaue in den Himmel. Ich laufe einfach geradeaus, und dann ist es, als würde ich direkt in den Himmel hineinfallen, zwischen die Sterne. Es ist beinahe wie Fliegen. Ich habe das Gefühl, dass eine namenlose Kraft wie ein Magnet an meiner Schädeldecke zieht und mich nach oben hebt, ich werde leichter und leichter, wie ein Ballon, der sich langsam mit Stille füllt. Und dann reißt mich ein lautes Quietschen aus meinem Wachtraum.

Ich öffne meine Augen und starre in die eines Wesens, das sich direkt vor mir aus dem Boden gestampft hat. Seine hellen Augen flackern auf und erlöschen dann, als hätte das Wesen seine Lider darüber fallen lassen. Erst dann verstehe ich, dass ich vor einem Auto stehe.

Das Fenster wird heruntergekurbelt und ein Junge streckt

den Kopf heraus. Ich kenne ihn. Er heißt Niklas Schiller, hat drei nervige Brüder und wohnt am Ende unserer Straße in einem schmutzig gelben Haus. Wenn sich in diesem Haus jemand streitet, was oft passiert, hören alle Nachbarn mit, ob sie wollen oder nicht. Deshalb weiß ich auch, dass der Junge Niklas heißt und seine Brüder Florian und Philip und Lukas. Ich weiß sogar, wie seine Eltern heißen, die sich ihre Namen am häufigsten an den Kopf werfen. Wie Steine. Jetzt streckt Niklas seinen Kopf aus dem Seitenfenster und fragt mich freundlich grinsend, ob ich noch ganz dicht sei. Er ist vielleicht ein Jahr älter als ich. Keine Chance, dass er schon einen Führerschein hat. Das sage ich ihm auch und er hebt unbeeindruckt die Schultern.

»Willst du mich verraten oder lieber ein Stück mitfahren?«, fragt er. Ich lege den Kopf schief und sehe ihn an. Der Mond wirft einen weißen Streifen auf das schwarze Autodach, es sieht beinahe aus wie hinlackiert.

»Okay«, sage ich.

Niklas und ich fahren Streife. Jedenfalls nennt er das so. Jede Nacht klaut er sich das Auto seiner Eltern und »cruist« durch die verwaisten Straßen, auf der Suche nach Verbrechern, die er zur Rechenschaft ziehen kann.

»Wie ein Superheld halt, nur ohne Kostüm. Das ist doch total dumm, oder? In einem roten Cape rumlaufen, damit deine Feinde dich schon von Weitem erkennen? Es ist doch viel schlauer, wenn du dich als ganz normaler Typ tarnst und dann, BAM!, mit deinen Superkräften zuschlägst, so aus dem Hinterhalt, weißt du?«

»Was für Superkräfte hast du denn?«, frage ich spöttisch. »Galaktischen Haarwuchs? Bist du als Kind in einem Labor eingesperrt worden und dann hat dich ein Yeti gebissen?« Niklas hat ziemlich viele Haare auf dem Kopf.

»Haha«, sagt er trocken. »Nee, ich mein doch nur. Wenn ich eine haben KÖNNTE, dann. Ich glaub, Fliegen wär schon gut … Und wenn mir alles zu doof wird, flieg ich einfach irgendwohin, wo's gut ist. Nach Manhattan. Mein Bruder wohnt in Manhattan.«

»Sag mal, wie viele Brüder hast du?«, frage ich. Er zuckt mit den Schultern.

»Ein paar. Zu viele. Egal.«

»Und wie viele Verbrecher hast du schon gefangen, mit deinen krassen Superkräften?«

Niklas antwortet nicht. Er sieht nachdenklich aus. »Wer wärst du lieber: Magneto oder Doctor Manhattan?«

»Äh. Wer ist Doctor Manhattan?«

»What, spinnst du? Doctor Manhattan, von Watchmen? Hast du den einen Film nicht gesehen? Der kam neulich sogar im Fernsehen. Das ist dieser riesige, blaue Typ.«

»Wart' mal, riesig und blau? Ist das nicht total auffällig und gefährlich, deiner These nach?«

»Mann, nein! Der kann sich auch normal groß machen.«

»Ach so, dann ist er normal groß – und blau. Das macht es natürlich viel weniger auffällig. Ich glaub, dann wär ich schon lieber Magneto …«

»Nee, jetzt wart mal. Doctor Manhattan kann total viel, so teleportieren und … solche Sachen. Ich find's echt schwer zu entscheiden, so. Weil, Magneto hat schon krasse Power und so, aber Doctor Manhattan kann einfach Leute wegbeamen. Ist doch geil, so morgens in der U-Bahn? Paff!«

Ich nicke langsam. Einfach Leute wegbeamen, das hört sich gut an. Allein sein. In Ruhe gelassen werden.

»Ich bin, glaub ich, doch für diesen Manhattan«, sage ich.

»*Doctor* Manhattan«, sagt Niklas und grinst mich an.

Wir rollen im Schritttempo durch ein Wohngebiet mit Gartenzwergen und Windrädern in den Beeten, und ich erkläre Niklas, dass er hier keine Beute machen könne. Wenn er einen echten Verbrecher fangen wolle, dann müsse er in ganz andere Gegenden fahren. Hinter den Güterbahnhof oder ins Industriegebiet.

»Was glaubst du denn, wo ich gerade hinfahre?«, sagt er, beinahe eingeschnappt. Er trägt einen schwarzen Hoodie, wie ich. Es sieht fast so aus, als hätten wir uns zu einem Überfall verabredet. Niklas hat seine Kapuze auf, darunter lugen einzelne Strähnen seiner gewaltigen Matte hervor. In Niklas' Familie haben alle gewaltige Matten, die sie meistens mit Mützen zu bändigen versuchen. Die Matte von Niklas' Vater ist grau, aber keine Spur von Haarausfall, wie bei meinem Vater. Der behauptet immer, die Sorgen hätten ihm die Haare geraubt. Dabei dachte ich immer, von Sorgen werden die Haare bloß weiß. Sogar im Industriegebiet ist in dieser Nacht nichts los.

Niklas parkt das Auto vor einer hässlichen Baracke zwischen zwei großen Lagerhallen. Die Baracke hat eine Tür, neben der ein Klingelschild hängt, und Fenster mit Vorhängen davor.

»Wohnen da Menschen?«, frage ich und kann es kaum glauben. »Äh, jaaa?«, sagt Niklas, als wäre ich dumm.

Er holt was zum Rauchen raus und fängt an, daran herumzubasteln. Ich frage mich, ob wir nur zufällig hier stehen geblieben sind oder ob Niklas etwas Bestimmtes vorhat. Ich starre auf die Baracke. Hinter einem Fenster im ersten Stock geht ein Licht aus. Niklas erstarrt für einen Moment, alarmiert wie eine Katze, die eine Maus gesichtet hat. Dann fängt er meinen irritierten Seitenblick auf und räuspert sich kurz.

»Jo«, sagt er nur, was er, wie ich später herausfinden werde, immer sagt, wenn er nicht weiß, was er sonst sagen soll, und ihm die Stille einfach zu blöd wird. Ich sage lieber gar nichts und lasse die Zeit dahinrauschen, mit den Autos, die über die nahe Bundestraße zischen wie fliehende Tiere.

Eine einsame Plastiktüte von Media Markt weht unter einen geparkten Lastwagen, hinter dessen Steuer ein Trucker über seinem Lenkrad hängt und schnarcht. Man hört ihn durch das halb offene Fenster sägen. Von seinem Rückspiegel baumelt ein grüner Wunderbaum. Niklas und ich diskutieren kurz, ob das Wort baumeln von Wunderbaum kommt oder andersrum. Bevor wir uns einigen können, biegt plötzlich ein anderes Auto in die Straße ein, und Niklas reckt alarmiert den Hals.

»Pscht!«, macht er unnötig heftig und hebt eine Hand. Das fremde Auto hält vor der Baracke, dann steigt ein dürrer Mann mit müden Augen und der Aura eines Mehlwurmes aus. Mit lascher Geste wirft er die Autotür zu, klemmt sich eine Ledertasche unter den Arm und geht mit klimperndem Schlüsselbund auf die Haustür zu. Niklas folgt seiner konturlosen Gestalt mit lauerndem Blick, dann schnippt er den (ziemlich großen)

Rest seiner Kippe aus dem Fenster und pikt mir seinen Zeigefinger in die Schulter.

»Aua!«, sage ich tonlos und empört zugleich, aber er ignoriert mich und befiehlt mir sitzen zu bleiben. Dann springt er so geschmeidig aus dem Auto, als hätte er sich das in irgendeinem Actionthriller abgeschaut, und geht mit großspurigen Schritten auf den Mann zu. Ich höre nicht, was sie sagen, für mich spielt sich die Szene stumm auf der schmutzigen Windschutzscheibe ab, wie ein Film, der nichts mit mir zu tun hat. Niklas nickt mechanisch mit dem Kopf, und der dürre Mann fährt herum, etwas Verlorenes, Resigniertes im Blick und die Ledertasche fest an die Brust gepresst, als habe er Angst, sie jeden Augenblick entrissen zu bekommen. Ich beuge mich vor. Niklas, der plötzlich wirkt wie ein anderer, baut sich vor dem Mehlwurm auf und redet auf ihn ein, mit leicht vorgeneigtem Kopf, das erschrockene Gesicht des Mannes schwebt über seiner Schulter, seine Augen zucken suchend hin und her, landen für einen Moment auf mir, und ich wende rasch den Kopf ab. Als ich wieder hinzusehen wage, kommt Niklas mit federnden Schritten und einem Grinsen auf dem Gesicht zum Auto zurückgejoggt, und der Mehlwurm verschwindet mit fliegendem Trenchcoat in seiner Baracke. Stirnrunzelnd sehe ich Niklas dabei zu, wie er sich hinsetzt und den Motor anlässt.

Ich runzle die Stirn so sehr, dass es ihm aus dem Augenwinkel auffallen muss, aber als er nicht reagiert, frage ich: »Was war das denn?«

»Kohle«, sagt er und reicht mir einen Fünfzigeuroschein. Ich starre auf den Schein, er verschwimmt vor meinen Augen, während das Auto mit wippender Motorhaube die löchrige Straße runterstolpert.

»Warum?«, frage ich, und Niklas zuckt bloß mit den Schultern. »Entschädigung«, sagt er und starrt blinzelnd geradeaus. »Der Typ da hat was mit meiner Mom.« Niklas gehört zu den Menschen, die nicht Mama sagen oder Mutter, sondern Mom.

»Echt?«, frage ich lahm, weil mir nichts anderes einfällt. Ich denke an Frau Schiller mit ihren krausen, blonden Locken und ihren weiten T-Shirts, die immer die Augen zukneift, als würde sie die ganze Zeit direkt in die Sonne gucken.

»Echt«, sagt Niklas und presst die Lippen zusammen. Er deutet auf den Schein in meinem Schoß, der dort liegt wie ein zusammengeknüllter Strafzettel.

»Der denkt, er kommt damit durch. Aber ich sehe alles. Doctor Manhattan. Deshalb: Entschädigung!« Niklas grinst. Ich grinse zurück, kann mir aber eine kleine, unsichere Grimasse aus dem Fenster nicht verkneifen. Im Seitenspiegel verschwindet die Baracke des Mehlwurms zwischen geparkten Trucks und Fabrikhallen, und bald deutet nichts mehr darauf hin, dass hier irgendwo ein Mensch wohnt. Ich lehne mich zurück.

»Aha«, sage ich.

»Jo«, sagt Niklas wieder, und diesmal klingt es, als wolle er sagen: Erledigt. Was auch immer er damit meint.

Später sitzen wir mit einem Sixpack Jever-Flaschen am Alten Spielplatz auf der Anhöhe über dem Stadtpark. Der Alte Spielplatz ist einer jener traurigen Orte, die man unwillkürlich mit dem Tod verbindet. Viele Legenden ranken sich um die morsche Röhrenrutsche, die Schaukeln und das Klettergerüst. Gerüchte von einem Kind, das abgestürzt sei. Nächtliche Satansmessen im Sandkasten. Junkiespritzen. Fuchsbandwurm. Seit sich hier letzten Sommer ein Exhibitionist vor einem kleinen Mädchen entblößt haben soll, bleiben die Familien ganz weg. Der Spielplatz gehört jetzt denen, die von Verbrechen und Abenteuer angezogen werden, die nachts ihre leeren Dosen in den Sand stecken und Feuerwerkskörper darin anzünden. Ich hangele mich an den Lederschlaufen unter dem Klettergerüst entlang und habe das Gefühl, mir selbst die Arme aus dem Körper zu reißen. Unter mir kauert die Stadt, eine flirrende Pfütze aus grellem Licht und der Dunkelheit dazwischen. Unser Wohnviertel liegt auf der anderen Seite des Hügels und ist nicht zu sehen. Niklas macht mit seinem Feuerzeug eine Flasche Bier für mich auf und reicht sie mir. Ich hasse Bier, seit ich als Siebenjährige bei einer Grillparty das Glas meines Vaters mit meinem Apfelsaft verwechselt habe, aber die Blöße kann ich mir jetzt nicht geben. Es gibt Regeln.

Ich nehme die Flasche und trinke und schlucke und tu so, als wäre das alles völlig normal. Ich spüre Niklas' Blick auf meiner Wange und weiß genau, dass er mich nach verräterischen Anzeichen abscannt. Bloß nicht das Gesicht verziehen, es ist alles in Ordnung, flüstere ich mir selbst unter meiner Schädeldecke zu, und dann drehe ich meine Augäpfel nach rechts und hole Niklas in den Fokus, als würde ich ihn durch ein Fernglas betrachten. Die Luft ist kalt und frisch wie im Frühling, und ein heller Streifen liegt über dem Horizont, wie mit einem wässrigen Filzstift markiert. In den Bäumen um den Spielplatz zwitschern die ersten Vögel. Frühaufsteher. Ihr schriller, rhythmischer Gesang lässt mich an Sommer denken und an Kindheit, und plötzlich fühle ich mich, als würde jemand einen Ballon in mir aufblasen. Den Tränen nahe und glücklich und voller Sehnsucht. Im Sand, der nass und trocken zugleich ist, liegt eine vergessene hellblaue Kinderschaufel. Der Mülleimer quillt über, um den Sockel eine Schaumkrone aus Burger-King-Tüten, leeren Bierdosen und Coffee-to-go-Bechern.

Eine Zeitung klebt unter einer Bank und flattert, als wolle sie sich befreien. Wie eine Taube, deren Schwanz von einem Auto eingeklemmt wurde. Niklas und ich sitzen nebeneinander oben auf dem Klettergerüst und atmen Wolken in die Stille. In der dunkelblauen Ferne jenseits der bewaldeten Anhöhe gegenüber blinkt ein rotes Licht am Fernsehturm, über die Autobahnbrücke rauschen Autos, schnell und gleichmäßig, kleine Kugeln, die über eine Murmelbahn schießen. Das sanfte Rauschen lullt mich ein, es lässt mich an mein warmes Bett denken, an das leicht angelehnte Fenster, durch das der Nachtwind das immerwährende Rauschen der Stadt bis in meinen Schlaf trägt. Bett. Warm. Ich fröstle leicht, ziehe die Ärmel meines Hoodies lang und bündle den Stoff der Kapuze unter meinem Kinn.

»Kalt?«, fragt Niklas und rülpst leicht. »Ouu. Sorry?«

»Macht nichts? Vielleicht muss ich jetzt mal heim …«

»Nee. Trink mal noch ein Bier, das macht warm. Beer-Jacket.«

»Ich weiß …«, sage ich, aber das warme, fast volle Bier klebt in meiner unbeweglichen Hand wie ein Gewicht. Niklas hebt plötzlich seine Flasche hoch und lässt sie auf die Öffnung meiner Flasche krachen. Schaum schießt aus dem Hals und läuft über meine Hände. »Maaaann«, rufe ich und wische das Bier an meiner Hose ab. Niklas lacht bloß.

»Sorry!« Er streift sich seinen Hoodie über den strubbeligen Kopf, seine Haare stehen nach allen Seiten ab wie Strahlen, elektrisiert knisternd fällt der dunkle, muffige Stoff über mich und plötzlich sträuben sich meine eigenen Haare und schmiegen sich gleichzeitig unangenehm an, ein weißer Funke blitzt in der Dunkelheit im Inneren des Hoodies auf.

»Hey!«, rufe ich dumpf, etwas zu spät und nicht ganz überzeugend. Niklas zieht den Hoodie an mir herunter und betrachtet zufrieden sein Werk.

»So, wärmer?«, fragt er, sein Gesicht ist nun ganz nah vor meinem, und ich weiß nicht, in welches Auge ich zuerst sehen soll, links, rechts, links, beide, es ist, als würde mein Blick stottern, und ich starre auf seine Nasenwurzel, zwischen die Augen. Aber dann fällt mir ein, dass irgendwer mir mal erzählt hat, die Stasi habe das so gemacht, um ihre Gefangenen zu verwirren, also sehe ich ihm wieder in die Augen und treffe sie direkt. Niklas starrt zurück.

Die Stille fühlt sich an wie eine Flüssigkeit, die mir durch das Trommelfell sickert.

Ich muss etwas sagen. Ich muss.

Aber ehe ich etwas sagen kann, zieht Niklas plötzlich zu viel Luft durch die Nase, wie ein Kokser, und fragt mich, wann ich zuletzt geduscht hätte.

»Bitte?!«, frage ich, etwas zu schrill und empört, um noch würdevoll rüberzukommen. Er hebt abwehrend eine Hand.

»Deine Haare muffen«, sagt er und zuckt mit den Schultern.

Ich starre ihn bloß an. Er merkt es und schiebt hinterher: »Beruhig dich mal. Es ist der gute Muff.«

Der gute Muff? Ich runzle demonstrativ die Stirn und starre ihn weiter an, den steifen Oberkörper frontal zu ihm gedreht, wie eine Puppe in einer Geisterbahn.

»Beruhig dich mal, Alter!«, sagt er und grinst mir zu. Ich setze die Kapuze seines Hoodies auf.

»Jetzt ist der gute Muff in deiner Kapuze«, stelle ich zufrieden fest, und er grinst und lacht, bevor er mir die Kapuze tief ins Gesicht zieht.

»Mir doch egal«, sagt er. Dann schauen wir wieder ins Tal, wo Rauch aus Fabriktürmen quillt wie fette Schlagsahne, und irgendwann fahren wir zurück in unser beschauliches Wohngebiet mit Deko in den Gartenbeeten und Lampen über den Türen. Mehr passiert nicht. Aber was soll auch schon passieren, mitten in der Nacht, wenn alle Menschen schlafen?

3

Puppenhaus

Pinocchio wollte immer ein richtiger Junge sein. Ich weiß, wie das ist, wenn man das Gefühl hat, aus Holz zu bestehen. Du bist hart und zerbrechlich zugleich. Keiner weiß, wer du wirklich bist. Nur, dass du jederzeit anfangen könntest zu brennen. Kein Wunder, dass die Menschen einen Bogen um dich machen. Feuer breitet sich schließlich aus.

Es ist Sonntag. Der schlimmste Tag der Woche. Die Uhr über dem Durchgang zur Küche scheint stehen geblieben zu sein und die Zeit dehnt sich wie Kaugummi. Sonntage durchschwimmt man wie einen dunklen See und das andere Ufer ist unendlich weit weg.

»Frühstück!«, ruft meine Mutter von unten.

»Ja«, knurre ich leise.

»Frühstüüück!«, ruft sie noch einmal, diesmal lauter.

»JA-HA!«, brülle ich, unfreundlicher, als ich eigentlich will. Ich wälze mich aus dem Bett, ziehe mir das neue T-Shirt mit Einhorn-Aufdruck über den Kopf, das Clementine mir zum Geburtstag geschenkt hat, und binde meine Haare zu einem lockeren Pferdeschwanz hoch. Er wird sich schnell auflösen, sodass ich ihn immer wieder neu knoten muss, und das ist auch gut so. Ich brauche etwas, womit meine Hände sich beschäftigen können.

Auf dem Tisch im Esszimmer steht eine kristallene Etagère mit Käse und Wurst. Meine Mutter hat auf jeden Teller ein Gesicht aus Trauben gelegt und die weich gekochten Eier tragen kleine Strickmützen mit Bommeln. Ich weiß nicht, warum die Blumen in der Vase mich traurig machen, aber sie tun es. Mein Vater liest die Zeitung, wie in diesem Abzählreim, den die kleinen Mädchen auf der Straße manchmal singen: »Vater liest die … Zeitung!« Ich habe das Gefühl, als würde er sich dahinter verstecken. Was er vermutlich auch tut. Wenn meine Eltern zusammen essen, ist es manchmal so, als hätte man zwei Fremde in einem Hotel an einen Tisch gesetzt. Vor allem, wenn ich dabei bin. Sie reden dann entweder nur mit mir oder sind so höflich zueinander, dass es wehtut. Wem wollen sie eigentlich was vormachen? Meine Mutter streicht Margarine auf ihren Toast und lächelt mich an. Wir essen nahezu wortlos, wie jeden Morgen. Ich stopfe mir die Backen voll wie ein Hamster, weil ich das Gefühl habe, dass es dann schneller geht.

»Hamsterbacke! Schluck doch erst mal runter, bevor du was isst!«, sagt meine Mutter, mit kehliger Stimme, weil gerade ein Stück Toast ihre Speiseröhre runterrutscht. Ich schaue sie nur an: »Schluck du runter, bevor du was SAGST!« Wir müssen lachen. Im selben Moment klingelt es an der Tür. Mein Vater lässt die Zeitung abrupt sinken. Wir wechseln Blicke, jeder mit einem Bissen im Mund. Ich sitze am nächsten an der Tür, also stehe ich auf. Träge und schwer, wie ein Sack Kartoffeln.

»Guck aber erst, wer's ist!«, flüstert meine Mutter. »Vielleicht sind das wieder diese nervigen Typen mit den Feuermeldern.«

Ich schlurfe auf meinen Wollsocken in den Flur, spähe durch den Türspion und direkt in das breit gezogene Gesicht unserer Nachbarin, Frau Schiller. Niklas' Mutter. Ich öffne die Tür, und Frau Schillers Gesicht wird noch breiter, weil es jetzt lächelt. Ihre Augen sind zusammengekniffen, als würde mein Anblick sie blenden. Sie sieht aus wie ein blinder Breitmaulfrosch. Ich verziehe mein Gesicht genauso, werde ihr Spiegel. Frau Schiller hält mir mit ausgestreckten Armen ein Päckchen hin. Ihr Gesicht ist fettig, als hätte sie sich gerade eingecremt.

»Hallo! Das wurde bei uns abgegeben, liegt schon ewig bei uns rum, wahrscheinlich hat der Postbote vergessen, euch ein Kärtchen zu hinterlegen …!« Sie verstummt, schaut auf die Fußmatte und ihr Hals läuft rot an. Fasziniert starre ich zuerst auf ihren Hals, dann auf die Fußmatte. Das Wochenblatt liegt halb geöffnet zu unseren Füßen, wie ein Monster, das uns in die Waden beißen will. Auf der Titelseite erkenne ich wieder das Mädchen mit der rötlichen Haarpalme, die seitlich aus ihrem Kopf wächst wie ein dünner Wasserstrahl. Sie trägt einen gelborangen Rollkragenpullover und hält eine Klarinette im Arm. Daneben die Schlagzeile: »Immer noch keine Spur von NELE T. (8)«. Ich starre die weißen, fetten Buchstaben an, bis sie sich aus der Zeitung lösen und auf mich zuschweben. Mein Kopf ist schwer und wattig zugleich, meine Augen brennen. Ich bin plötzlich sehr müde. Frau Schiller schaut mich an, hektische Flecken nun auch im Gesicht, als wolle sie sich für etwas entschuldigen.

»Wer is' es, Mari?«, ruft meine Mutter. Frau Schiller sieht aus, als würde sie am liebsten die Flucht ergreifen.

»Tut mir leid, dass es bei Ihnen rumlag!«, sage ich und drücke das Paket an mich. »Schönen Sonntag noch!«

Frau Schiller nickt erleichtert und ist im nächsten Augenblick schon durch das Gartentor und um die Hecke verschwunden. Ich hebe die Zeitung auf und stopfe sie in den Mülleimer neben der Tür, bevor ich reingehe und das Paket auf die Treppe stelle.

»Frau Schiller hat gestern ein Paket angenommen.«

»Was?« Meine Mutter lässt den Toast sinken, von dem sie eben abbeißen wollte. »Aber wir waren den ganzen Samstag hier. Also ihr beiden wart hier. Wieso habt ihr nicht aufgemacht?« Mein Vater und ich schauen uns an.

»Keine Ahnung!«, sage ich. Und er, gleichzeitig: »Ich hab den Rasen gemäht, also …« Meine Mutter fängt an, den Tisch abzuräumen, obwohl wir noch gar nicht richtig fertig sind. Ich stecke mir schnell eine Traube in den Mund, ehe sie mir den Teller wegzieht. Ich schaue zu ihr hoch und sehe, dass sie wieder ihren typischen Glasaugenblick hat. Der Blick, der einen anklagt, der einem Angst macht. Plötzlich bin ich nicht mehr die einzige automatische Puppe im Haus. Wir sind eine Puppenfamilie in einem Puppenhaus. Wir spielen Familie, frühstücken gemeinsam und tun so, als wäre alles normal. Wie Figuren in einem Diorama, das im Museum steht. Deshalb sind wir auch so irritiert, wenn jemand die unsichtbare Mauer, die uns von allem trennt, durchbricht und an unsere Tür klopft. Meine Mutter nimmt die Teller und schaut meinen Vater an, der noch tiefer hinter seine Zeitung abgetaucht ist.

»Piet? Wieso bist du nicht an die Tür, als das Paket kam?« Mein Vater seufzt müde, die Zeitung raschelt unter seinen Fingern. »Ich hab's nicht gehört. Ich war im Garten«, murmelt er. Über den Rand der Zeitung sehe ich seine Haare flirren. Der Blick meiner Mutter wandert zwischen uns beiden hin und her. Um ihren Hals liegt die dünne, goldene Kette mit der Perle, die sie immer trägt. Wenn ich als Kind auf der Rückbank im Auto saß, konnte ich ihren Hals mit der Kette durch die Lücke zwischen Kopfstütze und Sitz sehen, und manchmal drehte ich die Perle zu mir hinter und rollte sie zwischen meinen Fingern. Dieses Gefühl war mir vertraut, es bedeutete, dass meine Mutter *da* war. Aber eines Tages im Winter, als wir gerade an einer roten Ampel standen, wurde alles anders. Ohne Vorwarnung machte meine Mutter einen Ruck nach vorne, riss mir die Perle aus der Hand und die Tür auf und rannte zwischen den wartenden Autos hindurch auf ein fremdes Mädchen zu, das an einer Bushaltestelle saß, einen Cellokasten neben sich, auf dem bunte Sticker klebten. Papa ließ eine Hand aufs Lenkrad fallen und seufzte, und ich erinnere mich, dass Empörung in mir aufstieg, und Angst. Ich starrte meiner Mutter nach. Noch bevor sie bei dem Mädchen ankam, hob es den Kopf und schaute stirnrunzelnd die seltsame Frau an, die mit offenem Mantel über die Straße gerannt kam wie eine Geisteskranke. Eine Frau mit Stirnband trat im selben Moment mit einer Tüte aus einem Bäcker, sie setzte sich neben das Mädchen und gab ihm einen Kuss auf den Kopf. Das Mädchen lächelte. In der Tüte waren Mohnschnecken. Mama, die zwischen zwei parkenden Autos stehen geblieben war, ließ die Arme hängen. Die Mutter des Mädchens hatte sie nicht bemerkt, aber das Mädchen starrte sie über den Rand ihrer Mohnschnecke hinweg neugierig an. Mama machte eine entschuldigende Geste, das Haar ungewohnt zerwühlt. Als die Ampel auf Grün schaltete und die anderen Autofahrer hinter uns zu hupen anfingen, bahnte sie sich ihren Weg zurück, um die dampfenden Motorhauben herum, die Arme so fest um den Körper gewickelt, als wolle sie sich selbst vor dem Zerfall bewahren. Ich spähte durch die gespreizten Finger zu ihr hinaus, zu dieser seltsamen, verrückten Frau, die nicht mehr meine Mutter war, und in diesem Moment wünschte ich mir beinahe, sie würde bei jemand anderem einsteigen. Sie war fremd, wie einer dieser Menschen auf der Straße, die keiner sehen will. Menschen, die vor sich hin murmeln und deren Augen wild umherhuschen, als wüssten sie nicht mehr, wo unten und wo oben ist. Als hätten sie sich verlaufen in ihrem eigenen Kopf. Wenn man solchen Menschen begegnet, macht man einen großen Bogen um sie, als seien ihre Probleme ansteckend wie ein Zombievirus. Seit dem Tag an der Ampel hat meine Mutter aufgehört, Annika in fremden Mädchen zu suchen, und wenn wir sie hin und wieder doch mal beim Starren erwischen, wendet sie schnell den Blick ab und tut so, als hätte sie einfach nur so in die Gegend geschaut oder ihr Gesicht in die Sonne gehalten.

»Mari? Hallo, Mari! Hörst du mich?«

»Was?«

»Hast du die Tür etwa auch nicht gehört?«

»Nein.«

»Wir müssen hingehen, wenn jemand klingelt!«, sagt meine Mutter, ein bisschen zu laut. Ich schaue schnell zu ihr hoch. Sie räuspert sich, dreht sich um und trägt die Teller zur Küche. »Wir können ja nicht die Pakete bei den Nachbarn rumliegen lassen!«, sagt sie, bemüht ruhig, über die Schulter, aber ich weiß, dass es ihr nicht um die Pakete geht, in denen sowieso nur irgendwelche Werbegeschenke sind, die sie von Kunden bekommt. Es geht darum, dass wir die Tür aufmachen, wenn es klingelt, weil vielleicht eines Tages jemand davorstehen wird, der aus unserer Puppenfamilie wieder eine richtige Familie macht. Die Küchentür klappt zu. Wie auf ein Signal, lässt mein Vater in diesem Moment die Zeitung auf seinen Teller sinken.

Wir sehen uns an, blinzeln ein bisschen und schauen gleich wieder weg. Irgendwo draußen gurrt eine Taube. Sie klingt wie jemand unter Wasser, der versucht, etwas zu sagen.

4

Fossilien

Am liebsten hätten meine Eltern wohl alles gerahmt, was noch von meiner Schwester übrig ist. Manchmal fühlt sich unser ganzes Haus an wie ein Museum. Annika ist das gestohlene Meisterwerk. Ich bin die Fälschung, die den grauen Schatten an der Wand vergeblich zu kaschieren versucht.

Annika war ein süßes Kind. Pummelig und pausbäckig wie ein kleiner Engel. Mit blonden Löckchen. Sie war erst fünf Jahre alt, als sie verschwand, aber sie war schon ein Genie. Sie konnte fast alles. Sogar Ballett. Sie war ein echtes Talent, wenn man meinen Eltern glauben darf. Sie wäre eine Primaballerina geworden oder Astronautin, weil sie die Klebesterne an ihrer Zimmerdecke so gerne mochte. Meine Eltern haben mir erzählt, dass Annika gerne »Erwachsene« spielte. Einmal im Bad, als gerade keiner hingeschaut hat, hatte sie sich den Rasierer von meinem Vater ausgeliehen. Sie hatte sich geschnitten, unterhalb der linken Schläfe, und meine Mutter klebte ein Pflaster drauf, mit Elefantenmuster. Ich stelle mir vor, wie sie gepustet und gesagt hat: »Alles wieder gut!«. Damals wusste sie noch nicht, dass genau dieses Pflaster nur wenig später Teil der Personenbeschreibung von Annika werden würde: ein kleines Mädchen mit einer Hasenohrmütze und einem Pflaster über dem linken Wangenknochen.

Annika hat auch ein Bild von mir gemalt, bevor ich überhaupt auf der Welt war. Ein Porträt. Mit Filzstiften. Es sieht aus wie ein blutiges Steak, das von einem lila Ameisenbären inhaliert wird. Meine Eltern haben es gerahmt und ins Treppenhaus gehängt. Wenn Besucher kommen, sagen sie immer, wie zur Entschuldigung: Das hat Annika gemalt. Dann gucken die Besucher ganz betreten und sagen: »Aha.« Ich weiß nicht, ob sie betreten sind, weil es um Annika geht oder weil sie nicht erkennen, was »es sein soll«. Meine Eltern erklären nie, dass *ich* das blutige Steak bin. Ich habe das einmal gemacht und dann nie wieder. Kam nicht gut an.

Neben meinem Porträt in Filzstift hängt das wichtigste Bild des Hauses. Es ist »das letzte Foto«. Annika, in einem blau-weiß karierten Kleid, steht vor einem frisch gepflanzten Bäumchen in unserem Garten. In einer Hand hält sie eine rote Kinderschaufel, die andere hat sie zur Faust geballt und in einem kindlichen Anfall von Scham gegen ihre rechte Wange gedrückt. Sie dreht sich leicht zur Seite, als würde sie jeden Moment auf ihren nackten Füßen davonlaufen. Das Elefanten-Pflaster unterhalb ihrer linken Schläfe ist auf dem Foto nicht zu sehen. Am Tag nach dieser Aufnahme sind meine Eltern mit Annika und mir zum Einkaufen gefahren.

Zurückgekommen sind sie nur mit mir.

Manchmal habe ich das Gefühl, als wäre ich die große Schwester und Annika die kleine. Weil sie immer ein Kind bleiben wird. Irgendwann wird meine Haut verschrumpeln wie ein alter Apfel, während ihre immer glatt und weich und – bis auf eine kleine Narbe über dem linken Wangenknochen – makellos bleiben wird, wie dieses kleinen Mädchens aus Sizilien, Rosalia Lombardo. Rosalia starb 1920 an der Spanischen Grippe. Ihr Vater hat ihre Leiche von einem Chemiker einbalsamieren lassen, und bis heute sieht Rosalia aus, als schlafe sie nur. Es gibt Fotos von ihr im Internet. Rosalia hat eine schmuddelige, weiße Schleife auf dem Kopf und liegt in einem gläsernen Sarg wie eine aus Wachs gegossene Puppe, ein morbides Spielzeug in einer kleinen Schachtel. Sie ist über 90 Jahre alt und wird doch immer eine Zweijährige bleiben. Das älteste Mädchen der Welt.

Wir wissen nicht, was mit Annika passiert ist, ob sie irgendwo noch am Leben ist. Aber für uns wird sie immer die Fünfjährige bleiben, die sich nicht gerne fotografieren lässt und vor dem Einschlafen in die Sterne an ihrer Zimmerdecke schaut.

5

Gruppe

Freunde sind eigentlich wie eine chronische Krankheit. Man bekommt sie, ohne sie zu wollen, und dann wird man sie so schnell nicht wieder los. Irgendwann hat man sich dann so an sie gewöhnt, dass man sich ein Leben ohne sie gar nicht mehr vorstellen kann. Und dann fühlt man sich plötzlich nicht mehr komisch, wenn sie da sind, sondern wenn sie weg sind.

Früher haben meine Eltern mich einmal die Woche bei Frau Dr. Schmalz abgeliefert, wo ich dann eine Stunde in einem Korbstuhl saß und gemeinsam mit ihr die Wand angeschwiegen habe.

Anfangs dachte ich noch, dass meine Eltern Frau Dr. Schmalz einen Gefallen schuldeten und sie – aus irgendeinem gruseligen Grund – die Gesellschaft eines stummen Kindes brauchte.

Irgendwann begriff ich dann, dass sie dazu da war, meine Seele zu heilen. Auf einem Glastischchen in der Mitte des Raumes standen trockene Bananenchips in einem Körbchen parat, die aussahen, als hätten sie schon immer da gestanden. Frau Dr. Schmalz und ich redeten fast nichts und das war auch gut so. Als sie mich dann eines Tages nötigte, einen Bananenchip zu essen, den sie mir mit ihrer nach Oma-Creme riechenden Hand reichte, war es für mich vorbei. Ich klammerte mich morgens am Treppengeländer fest und weigerte mich, ins Auto zu steigen. Meinem Vater wurde das irgendwann zu anstrengend. »Es wird sowieso zu viel geredet«, meinte er und drehte sich weg. Wenn es nach ihm gegangen wäre, hätte ich nicht mehr hingehen müssen. Aber meine Mutter war hartnäckiger. Sie versuchte, mich mit Überraschungseiern zu bestechen oder mit Sachen, die ich im Fernsehen anschauen dufte. Aber am Ende gab auch sie auf und ich war frei. Bis sie eines Tages auf die Idee mit der Gruppe kam.

»Gruppe« bedeutet, mit einem Haufen anderer mehr oder weniger verstörter Kinder und Jugendlicher in einem muffigen Raum zu sitzen und sich selber leidzutun. Ich mag »Gruppe« nicht besonders. Aber ich allein bin schuld, dass ich dort gelandet bin.

Es ist keine lange Geschichte: Mit neun habe ich beschlossen, nicht mehr älter zu werden. Für mich war es das perfekte Alter. Neun waren die Olsen-Twins in meinem Lieblingsfilm. Neun waren Luise und Lotte aus »Das doppelte Lottchen«. Neun war Pippi Langstrumpf, und sie konnte machen, was sie wollte.

Leider hatten aber die Zeit und der Lauf der Dinge anderes mit mir vor und so wuchs ich einfach weiter. Meine Glieder wurden länger und meine Augen immer schlechter, aber das verriet ich keinem. Außerdem wurde ich immer dreister. Als ich zehn Jahre alt war, klaute ich mit meiner alten besten Freundin Lattischa (von der ich heute weiß, dass man sie »Laticia« schreibt) bei dm einen Lipgloss mit Glitzer und legte mir damit das größte Ei meines Lebens.

Meine Eltern »wussten« jetzt, dass Frau Dr. Schmalz und alles andere überhaupt nichts gebracht hatten. Das wussten sie einfach, wie allwissende Götter wissen, dass es sie gibt und dass es sich lohnt, an sie zu glauben. Deshalb flüsterten sie tagelang miteinander, meine Mutter kaufte bei Hugendubel zwielichtige Ratgeber über Kinder (als wären Kinder so was wie Wellensittiche) und hörte sich auch sonst »einfach mal um«. Am Ende erzählte sie mir dann stolz, dass sie sich »umgehört habe«, und meldete mich mehr oder weniger ungefragt bei einer Selbsthilfegruppe für die »Geschwister verlorener Kinder« an. Der wöchentliche Termin fiel genau auf meine geliebte Kinder-Hip-Hop-Stunde mit Lattischa.

Ich war stinksauer. Lattischa auch. Lattischa sogar so sehr, dass sie mir die Freundschaft kündigte. Erstens, weil ich ihr nicht gesagt hatte, dass ich schlecht sehe und TROTZDEM Schmiere stehen wollte. Und zweitens, weil sie nicht den »arme kleine verstörte Schwester«-Bonus ausspielen hatte können und zur Strafe wochenlang im Altersheim, wo ihre Eltern als Pfleger arbeiteten, Früchtetee und Würstchen mit Senf servieren musste. Als Vegetarierin. Das war natürlich überhaupt nicht meine Schuld, aber Lattischa war das egal.

Die Gruppe ist ein bisschen, wie ich mir Nachsitzen im Religionsunterricht vorstelle, nur ohne die »Zehn Gebote«. Die »Zehn Gebote« heißen hier »Drei Sätze« und lauten folgendermaßen:

1. Satz: Wir sind nicht allein.
2. Satz: Wir halten zusammen.

3. Satz: Am Ende ist alles gut, und wenn es nicht gut ist, ist es nicht das Ende.

Auf einem Tisch an der Seite des Raumes liegen, auf moosgrüne Servietten drapiert, trockene Kekse, Schokoriegel und Obst, und man kann sich Früchtetee aus einer großen Thermoskanne zapfen. Das mache ich meistens, aber eher aus Langweile, als dass ich wirklich Durst hätte. Clementine macht es immer ganz nervös, wenn ich neben ihr esse. Sie sagt, der bloße Anblick essender Menschen gebe ihr »ein dickes Gefühl«. Clementine muss wissen, was ein dickes Gefühl ist, denn sie war als Kind selber mal dick. Ich habe ihr das nie geglaubt, aber dann hat sie mir ein Foto von ihrer alten Grundschulklasse gezeigt, und ich habe es mit eigenen Augen gesehen. Clementine war dick. Sehr dick. Monströs dick. Um nicht zu sagen: fett. In meiner Klasse gab es damals auch ein dickes Mädchen, und ich weiß genau, wie mit dicken Menschen in Grundschulen umgegangen wird. Unmenschlich. Schlimm. Man stelle sich ein ausgehungertes Wolfsrudel vor, das sich im sibirischen Winter über eine im Schnee steckende Elchkuh hermacht. So schlimm.

Clementine, die früher Pummeline genannt wurde, hat sich inzwischen selbst auf 45 Kilogramm heruntergehungert und sieht aus wie ein Fahnenmast, an dem jemand eine blonde Perücke gehisst hat. Sie ertränkt ihre Lippen in rosa Gloss und geht nie ungeschminkt aus dem Haus. Clementine wäre eigentlich die perfekte Tussi, die deutsche Entsprechung der Cheerleaderin aus einem amerikanischen Highschool-Film. Das einzige Problem: Clementine ist verrückt. Nicht »süß verrückt«

oder »voll crazy«; Attribute, die sich viele ganz normale Mädchen nur zu gerne auf ihre Fahnen schreiben, sondern wirklich verrückt-verrückt. Clementine überspielt diesen Umstand mit einer doppelten Portion hyperaktiv guter Laune und strahlender Extrovertiertheit, was auf alle, die sie nur flüchtig kennen, charmant und anziehend wirkt. Alle, die sie näher kennen – einmal abgesehen von ihren Eltern und ihrer kleinen Schwester Nessie –, haben auch ein kleines bisschen Angst vor ihr.

Ich mag Clementine trotzdem. Ich weiß, dass sie sich die Barbie nur übergezogen hat, wie einen pinken Ganzkörperanzug. Darunter ist die echte Clementine: voller verrückter Träume, seltsamer Ideen und immer da, wenn man sie braucht. Clementine ist ein kleiner Nerd. Das ist etwas, was nur ich von ihr weiß und was ich unter gar keinen Umständen irgendwem verraten darf. Sie hat schließlich einen Ruf zu verlieren. Ich halte daher den Mund und zocke mit ihr hinter vorgezogenen Vorhängen nerdige Playstation-Spiele, wie man das als Freundin eben macht. Man könnte beinahe sagen, dass Clementine meine beste Freundin ist. Wenn ich mir so was wie beste Freunde halten würde. Aber damit habe ich nach Lattischa eigentlich aufgehört. Man lernt ja schließlich aus seinen Fehlern. Vierter Satz.

Als sie noch dick war, sah Clementine aus wie ein Schweinchen. Jetzt sieht sie aus wie ein Rüsselspringer. Das sind Mäuse, die spitze kleine Schweinsnasen haben. Im Gegensatz zu ihr weiß ich noch ganz genau, wie wir uns kennengelernt haben.

Clementine leugnet es gerne, wahrscheinlich, weil es für sie eher peinlich war. Sie war gerade neu in die Gruppe gekommen und – im Gegensatz zu den meisten anderen Neuen – total gut drauf. Deshalb hatte sie sich auch sofort freiwillig gemeldet, als es darum ging, mit Heiko neue Vorräte für den Gruppenraum einkaufen zu gehen. Es müssen immer zwei Personen zu seinen wöchentlichen Hamstertouren mitkommen. Die andere, per Los entschieden, war damals ich.

Es war Sommer. Während andere am Baggersee lagen, klapperten wir in Heikos uraltem VW-Bus zu »Metro« und packten ihn bis oben hin voll mit Keksen, Gummibärchen und Fanta. Heiko brachte den Einkaufswagen zurück, und Clementine lümmelte mit einer riesigen Sonnenbrille auf der Nase vor mir auf dem Beifahrersitz und redete auf mich ein, ohne Luft zu holen. Sie fragte mich über alles aus, drückte ihre nackten Füße an die Heckscheibe, spreizte ihre Zehen, drehte singend am Radio herum und war eben einfach total gut drauf. Bis das Auto plötzlich einen kleinen Ruck nach vorne machte. Die Handbremse hatte sich gelockert, und der VW-Bus rollte, langsam und ruckartig, auf die Straße. Clementine bekam sofort einen Schreikrampf. Sie saß plötzlich stocksteif da, wie ein hysterischer, rosa gekleideter Baum, und es hätte mich nicht gewundert, wenn plötzlich ein Eichhörnchen aus ihrem weit geöffneten Mund geklettert wäre. Ich schnallte mich ab, zog die Handbremse wieder an und legte dann von hinten meine Arme um Clementine und ihren Sitz, um sie zusammenzudrücken. Mein Vater hat mir mal erzählt, dass eine Autistin in Amerika eine Art Presse entwickelt hat, in der autistische Menschen durch gleichmäßigen Druck vor Reizüberflutung bewahrt und damit beruhigt werden konnten. Mein Vater und ich haben uns daraufhin immer den Spaß gemacht, uns gegenseitig zu drücken, wenn einer sich aus irgendeinem Grund aufregte. Danach mussten wir dann immer lachen und waren wirklich wieder ganz ruhig.

Bei Clementine funktionierte die Presse auch, aber wohl eher, weil sie so überrascht war. Sie blinzelte, erkannte, dass der Bus sich nicht mehr bewegte, und starrte mich an, als hätte ich ihr das Leben gerettet. Von diesem Moment an waren Clementine und ich Freunde, saßen in der Gruppe nebeneinander und flüsterten die ganze Zeit, was die anderen ziemlich nervte. Vor allem Liza mit z, die damals noch Lisa mit s war und keine roten Haare hatte. So einfach ging das. Auch wenn Clementine bis heute behauptet, dass wir uns auf einer langweiligen »Fünf nerdige Jungs führen Privatgespräche über Pokémon und zwei Mädchen langweiligen sich«-Geburtstagsparty aus Solidarität am Punschtisch zusammengerottet hätten.

6

Little Sisters

In Fernsehkrimis lassen die Kommissare Fotos immer »vergrößern«. Aber das ist Science-Fiction. Im wahren Leben geht das nicht. Das ist völliger Quatsch. Was verpixelt ist, kann man nicht deutlicher machen. Man würde nur die Pixel vergrößern. Irgendwann wäre Annika ein einziger großer Pixel, ein einziges, großes Fragezeichen.

Nach der Gruppe hängen Clementine und ich noch ein bisschen zusammen ab. Wie meistens, bei ihr zu Hause, weil ich immer schon lieber bei fremden Leuten war als daheim. Auch als kleines Kind. Meine Mutter war beinahe beleidigt, wenn ich meinen Babysittern um den Hals fiel oder mit wehendem Haarschopf und ohne Proteste in den Kindergarten rannte. Über die kleinen Heulsusen, die morgens im Stuhlkreis noch nach ihren Müttern brüllten, wunderte ich mich bloß, mit dem mitleidlosen Interesse einer Insektenforscherin. Ich war emotional absolut selbstständig. Mich hätte man auch nie aus dem Småland abholen müssen, mal angenommen, ich wäre jemals dort gewesen. Aber wegen Annika haben meine Eltern mich im Ikea nie von der Leine gelassen. Wenn ich »Ikea« bloß denke, kribbelt sofort meine rechte Hand, wie bei einer Art Phantomschmerz oder eher Phantomgefühl. Ich fühle wieder, wie meine kleine Kinderhand schwitzig und heiß in der von Mama oder Papa klebt, während bunte Möbel und Lampen und Textilien an mir vorbeiziehen wie die Auswüchse eines fremden Planeten. Ich frage mich bis heute, ob der Schweiß, der unsere Hände zusammenhielt, einfach nur ganz normaler »Eine Hand umklammert zu lange eine andere Hand«-Schweiß war, dieser warme Schweiß, der entsteht, wenn man beim Anstehen am Kaffeeautomaten die Finger um seine Geldstücke ballt. Oder ob sie tatsächlich Angst hatten, sie könnten schon wieder ein Kind verlieren. Als säße unter der Decke jedes Kaufhauses ein finsterer, schlingender Gott, der Chronos des Konsums, der pro Besuch ein Kinderleben forderte und sofort zuschlagen würde, wenn man es wagte, seine Brut auch nur für eine Sekunde aus den Augen zu lassen.

Clementine hat ein riesiges pinkfarbenes Zimmer mit einem eigenen Fernseher und jeder Spielkonsole, die es gibt. An ihren Wänden hängen Poster von Miss Americas und Models und Katzen, denn Clementine liebt alle drei, in dieser Reihenfolge, abgöttisch. Während ich auf ihrem riesigen Sofa liege und den fetten, grauen Angorakater Princess auf meinem Bauch balanciere, hüpft sie in rosa Leggings vor ihrer Xbox auf und ab und »trainiert sich noch ein paar Kilo runter«. Ab und zu hampelt sie aus Versehen ein Stückchen zu weit nach links oder rechts, dann verliert die Kamera sie und »das Ergebnis wird verfälscht«, was Clementine regelmäßig auf die Palme bringt. Einmal habe ich es gewagt, sie zum Spaß aus dem Kamera-Radius zu schubsen. Das wäre beinahe das Ende unserer Freundschaft gewesen.

Clementine macht meistens eine Stunde lang Sport, egal, ob ich danebenliege und mich langweile, oder nicht. Irgendwann kommt dann immer ihre leicht verhaltensgestörte Mutter rein und bringt uns was zu trinken. Orangensaft oder Rhabarbersaft. Dann hört Clementine endlich auf, zieht sich das rosa Schweißband aus dem Haar und wir reden über alles Mögliche. In letzter Zeit stellen wir uns gerne vor, was mit Nele T. passiert ist, dem kleinen Mädchen, das vor ein paar Wochen verschwunden ist. Natürlich haben wir ganz andere Theorien als die Zeitungen. Bessere Theorien. Wir gehen nicht von Verbrechen aus, sondern stellen uns vor, dass Nele T. übernatürliche Fähigkeiten hatte und von einem Geheimdienst rekrutiert wurde. Dass sie – verkleidet – immer noch mitten unter uns ist. Manchmal zeigen wir einfach nur stumm auf Passanten auf der Straße und gucken uns fragend an, um dann die Köpfe zu schütteln. Nele T. ist ein Profi. Sie macht es uns nicht so leicht.

Ein anderes Thema ist die Zukunft. Die Zukunft ist unser gemeinsames Lieblingsthema. Wir schauen nach vorne, eine lange Straße entlang, und stellen uns vor, was am Wegrand auf uns wartet. Wer wir mal sein könnten. Wir hauen ab aus der Gegenwart, in der wir beide immer nur die »kleinen Schwestern« sein dürfen. »Little sisters«, wie in diesem Playstation-Spiel »Bioshock«, das ich manchmal mit Clementine zocke. Clementine liebt es, unheimliche Spiele zu zocken. Während ich kaum hinschauen kann, wie bei einem Horrorfilm, wird sie von jeder dunklen Ecke beinahe magisch angezogen.

»No risk, no fun!«, sagt sie immer, wenn ich ihrer Spielfigur einen frühen Tod prophezeie. Die »Little sisters« in »Bioshock«

haben putzige Zöpfchen und rosa Kleidchen und dämonisch gelbe Augen. Sie sehen fast aus wie ganz normale kleine Mädchen. Aber wenn man sie fängt und »erntet«, also ihnen quasi den Kopf abreißt, dann werden sie zu einer Art schwarzem Wurm.

Es ist eben immer ein Fehler, kleine Schwestern nur auf ihr Schwesterndasein zu reduzieren. Es steckt immer mehr dahinter, und wenn es nur ein hässlicher schwarzer Wurm ist.

Wie Annika hat auch Clementines große Schwester Michelle ein »letztes Foto«. Auf ihrem »letzten Foto« trägt die wasserstoffblonde Michelle eine glitzernde Tiara und steht auf der obersten Stufe eines Siegertreppchens. Um ihren Oberkörper liegt eine rote Schärpe mit der Aufschrift: »Miss Monaco«. Die Hände der beiden Mädchen auf den Stufen 2 und 3 sind im Applaus erstarrt. Sie grinsen zu Michelle hinauf wie zwei Piranhas, die ihr am liebsten ihre süße Nase aus dem breit lächelnden Gesicht beißen würden. Clementine liebt dieses Foto.

»Siehst du, wie sie von innen heraus strahlt?«, seufzt sie jedes Mal verliebt, wenn wir an dem Bild vorbeikommen. Ich nicke dann immer gehorsam, dabei finde ich, dass Michelle eher von außen strahlt. Das Foto wurde mit Blitz gemacht, ihr Gesicht ist knallrot und glänzt wie eine Speckschwarte, und ihr breites, triumphierendes Grinsen verzerrt ihr hübsches Gesicht zu einer seltsamen Grimasse. Man kann sich eben nicht aussuchen, welches das »letzte Foto« sein wird. Auch Nele T. hat es sich nicht aussuchen können. Irgendwann erwischt es einen, und dann drucken plötzlich alle Zeitungen des Landes ein Bild, auf dem du gerade gähnst oder, noch schlimmer, dabei den Mund voll hast. Vielleicht sollte man einen geheimen Fotografen anheuern, der ein ganzes Leben lang neben einem herläuft und – heimlich – ein paar gute Fotos macht. Nur für den Fall. Neben Michelles geblitztem Siegerporträt hängt ein kleiner Zeitungsausschnitt in einem Rahmen, der in ungefähr fünf Sätzen von der Miss-Wahl in München berichtet. Zu diesem Zeitpunkt wusste noch keiner von Michelles baldigem Unfall. Danach folgten viele andere, längere Zeitungsausschnitte. Clementine hat sie mir einmal gezeigt, als ihre Eltern nicht da waren. Wie zwei Diebe brachen wir in das Büro ihrer Mutter ein. Im Schloss einer der Schubladen steckte ein Schlüssel, den Clementine mit großer Ehrfurcht umdrehte, als öffne sie eine Schatzkiste oder einen Schrein. Oder ein Grab. Michelles Zeitungsartikel waren ein bisschen reißerischer aufgemacht als Annikas, mit fetten Überschriften wie »Beauty-Queen verunglückt tödlich nach Miss-Wahl« oder »Mysteriöser Verkehrsunfall bei München: Fiel Miss Monaco einem Sabotageakt zum Opfer?«. Klar, dass sich die Presse auf so was stürzt wie Löwen auf ein verirrtes Zebra. Michelles Geschichte könnte beinahe der Inhalt eines Fernsehkrimis sein, mit dem Unterschied, dass der Täter dann kein Auto mit einem betrunkenen 18-Jährigen am Steuer, sondern ein psychisch gestörter Serienkiller wäre.

Meine Eltern heben alle Zeitungsartikel über Annika in einer dicken, grauen Mappe auf. Einige Zeitungen haben das »letzte Foto« von Annika (mit Baum im Hintergrund) abgedruckt, andere die verschwommene Aufnahme einer Überwachungskamera des Kaufhauses, in dem sie damals verschwunden ist.

Das ist das eigentliche »letzte Foto« und es ist absolut nichts darauf zu erkennen. Abendelang haben sich meine Eltern im Schein der Esszimmerlampe über dieses total verpixelte Bild gebeugt und vergeblich versucht, etwas zu erkennen. Aber alles, was man sieht, sind haufenweise Menschen, die Einkäufe erledigen, und direkt neben der Rolltreppe, bei den Körben: Annika. Ratlos und verloren, den Finger im Mund, sieht sie mit ihrer rosa Hasenohr-Mütze aus, als wäre sie gerade aus irgendeinem Wunderland aufgetaucht. Oder als würde sie sich überlegen, gleich wieder dahin zu verschwinden.

7

Ole

Clementine und ich sind wie Symbionten. Wenn Clementine sich aufregt, drücke ich sie zusammen, und wenn ich mir nachts nach einem Gruselfilm vor Angst fast den Verstand aus allen Poren schwitze, liegt sie gut gelaunt neben mir im Bett und erzählt mir eine ihrer »Exorzismus-Gutenachtgeschichten«, in der sie den fiesen Psycho-Clown in einen ungeschickten Volltrottel und die Mumie in einen hysterischen Jammerlappen verwandelt. Sie lässt die Monster in unserer Vorstellung die beklopptesten Abenteuer erleben. So lange, bis die Schatten zurückweichen und ich wie ein Baby durchschlafe bis zum Morgen.

Manchmal habe ich das Gefühl, als wäre jeden Tag »Gruppe«. Dabei ist es nur zwei- bis dreimal pro Woche und man darf auch schwänzen. Gelegentlich. Ich hänge meine Jacke über eine Stuhllehne und zapfe mir einen Tee. Clementine steht neben mir. Ihre Augen schwimmen in Tränen und sind starr auf die Celebrations-Packung neben der Thermoskanne geheftet.

»Das ist gemein«, haucht sie. Clementine liebt Schokolade, vor allem die kleinen Bountys aus der Celebrations-Packung. Aber Schokolade macht dick und kommt deshalb für sie nicht infrage.

»No risk, no fun?«, zitiere ich einen von Clementines Lieblingssprüchen und halte abwechselnd ein Mini-Mars und ein Mini-Bounty hoch. Clementine ignoriert mich. Wimmernd zieht sie eine dröge Reiswaffel aus ihrer Clutch und setzt sich schon mal in den Stuhlkreis, was mir die Gelegenheit gibt, meinerseits verstohlen ein Bounty in den Mund zu stopfen. Während ich noch stopfe, betritt ein Junge den Raum, dessen Haare aussehen, als wäre er gerade erst aufgestanden und an den Füßen hierhergeschleift worden. Er sieht sich um, misstrauisch und genervt. Hinter ihm steht ein Typ mit Bart und runder Brille, wahrscheinlich sein Vater, der ihn gegen seinen Willen einliefert. Das passiert oft mit Neuen. Keiner kommt freiwillig hierher, wir tun alle nur unseren Eltern einen Gefallen.

Der Junge verdreht die Augen, als sein Vater ihm etwas ins Ohr flüstert und ihn dann in den Raum schiebt. Mit spitzen Fingern, als hätte er ein bisschen Angst, den Jungen richtig anzufassen. Das ist auch nicht nötig: Schon diese winzige Berührung reicht aus, um den Jungen mit hochgezogenen Schultern in den Raum zu katapultieren. Der bärtige Vater zieht verlegen seine Finger wieder ein.

Heiko, immer gut gelaunt, kommt sofort mit der ihm typischen Armhaltung auf den Neuen zu: einen Arm vorgestreckt zum Handshake, den anderen leicht angewinkelt zu einer angedeuteten Umarmung. Wie ein Haken legt sich der angewinkelte Arm fest und kumpelhaft um die Schultern des Jungen, der Handshake dagegen fällt etwas matschig aus, weil die Hand des Jungen ungefähr die Konsistenz eines mit Gelee gefüllten Gummihandschuhs zu besitzen scheint. Jedenfalls lässt Heiko ganz schnell wieder los und bugsiert den Neuen zu einem freien Platz. Direkt neben meinem. Liza mit z, die ein paar Stühle weiter sitzt, glotzt neugierig rüber. Ihre Augen funkeln. Liza mit z, muss man dazu sagen, ist so schnell verliebt, wie sie den Rotton ihrer fransigen Haare wechselt. Der Neue gähnt mit weit offenem Mund in seinen etwas zu langen Pulloverärmel (er trägt einen fusseligen Norwegerpulli, obwohl es draußen ziemlich warm ist) und mustert mich dann mit schläfrigem Gesichtsausdruck. Als wäre er gar nicht da. Vermutlich hat sein Vater ihn wirklich aus dem Bett geschmissen. Die Gruppe trifft sich immer samstags um neun Uhr, wenn jeder normale Mensch noch selig in sein Kissen sabbert. Heiko bringt den Vater zurück zur Tür, mir fällt auf, dass sie sich sogar ein bisschen ähnlich sehen mit ihren Bärten und runden Brillen. Nur dass Heiko gut zwanzig Jahre jünger ist und wesentlich dicker. Der Junge gähnt noch mal, zieht ein Smartphone aus seiner Hosentasche und guckt irgendwas auf einer Witzeseite im Internet nach. Er scrollt, lacht schnaubend in seinen Kragen, wechselt auf eine Tumblr-Seite und scrollt weiter. Weit kommt er allerdings nicht: Heikos weißliche Teighand kommt plötzlich ins Bild und greift nach dem Smartphone. Der Junge starrt Heiko an. Heiko lächelt verbindlich und ruckelt ein bisschen, aber der Junge lässt nicht los. Er starrt Heiko einfach nur an, als leiste der sich gerade eine unfassbare Frechheit. Heikos Lächeln verrutscht. Er zieht ein bisschen fester und schließlich gleitet das Handy aus der Hand des Jungen. Heiko trägt es mit spitzen Fingern zum Tisch und hält es demonstrativ über einen Schuhkarton. Darüber klebt ein Zettel mit der Aufschrift »Sendepause«. Heiko nickt vielsagend –

und lässt das Smartphone einfach fallen. Der Neue saugt schmerzerfüllt Luft zwischen die Zähne, als er es im Karton scheppern hört. Heiko zuckt auch ein bisschen zusammen, überspielt seine Unsicherheit aber mit einem Räuspern.

»Willkommen bei uns, Ole!«, trompetet er dem neuen Jungen ins Gesicht und setzt sich schwungvoll auf seinen Stuhl. Heiko ist so dick, dass es aussieht, als würde sein Hintern in den weiten Stoffhosen zu beiden Seiten der Sitzfläche hinuntertropfen. Er faltet die Hände im Schoß und guckt blinzelnd in die Runde, wie immer wirkt er, als würde ihn irgendetwas irritieren. Unsere bloße Existenz, mit der er nicht so gut umzugehen versteht, wie er es gerne hätte. Kein Wunder: Früher wollte er mal Pfarrer werden und hat Konfirmationsgruppen geleitet. Jetzt leitet er uns. Seine Versuchskaninchen. Immerhin hat er heute seinen uralten Gettoblaster und seine »chilligen« Entspannungs-CDs nicht dabei. Heiko schaut Ole durch seine matten Brillengläser an und zuckt mit der Nase, auch so ein Tick von ihm, dann fordert er ihn auf, von sich zu erzählen und sich vorzustellen. Ole zieht bloß die Schultern hoch und seufzt. Er ist so weit auf seinem Stuhl heruntergerutscht, dass seine Beine bis in die Mitte des Stuhlkreises ragen. Seine Schuhe sind grau und abgelatscht.

»Selber Grund wie alle«, sagt er schließlich und hebt wieder die Schultern. Heiko zwinkert irritiert, wie ein bebrillter Hamster, dem man das Futter aus dem Näpfchen gestohlen hat.

»Wenn du so scheps sitzt, versteht dich keiner«, sagt er und lächelt. »Dein Kinn drückt auf deinen Kehlkopf, weißt du?«

Er zeigt mit seinem Zeigefinger auf seinen eigenen, fetten

Hals. Ole starrt Heiko bloß an. Dann setzt er sich aufrecht hin, steif wie ein Zinnsoldat. Heiko nickt gütig. »Jetzt können wir dich ganz wunderbar hören!«, sagt er und lächelt Ole blinzelnd an. Ole starrt noch einen Moment lang stumm zurück, dann merkt er, dass er keine Chance hat. Heiko ist wie ein Hund, der sich in einen Knochen verbissen hat, und der Knochen ist Ole. Er wird nicht aufgeben. Ole reibt sich die Augen, und dann fallen die Worte plötzlich so schnell aus seinem Mund, dass alle ihn überrascht anstarren:

»Mein kleiner Bruder ist weg, ich könnte genau jetzt nach ihm suchen, stattdessen sitze ich hier und verschwende meine Zeit mit sinnlosem Psycho-Gelaber …« Heiko nickt nervös. Er beschließt, dass wir fürs Erste genug von Ole gehört haben. »Danke, Ole. Das genügt. Jeder in der Gruppe bekommt die Zeit, die er braucht, bis er sich den anderen öffnen kann«. Ole zuckt mit den Schultern und lässt sich schlaff zurück in seinen Stuhl fallen, als wäre er eine aufblasbare Puppe, aus der plötzlich die gesamte Luft entwichen ist. Als Nächste ist Clementine dran, die zwischen mäusekleinen Bissen an ihrer Reiswaffel von ihrer neuen Getreidediät erzählt und damit den ganzen Raum langweilt. Ich schiele zu Ole rüber, der in einer Falte seines fusseligen Pullis ein zweites Smartphone versteckt hat und heimlich etwas auf seiner Tumblr-Seite checkt. Ich recke den Kopf, um mehr sehen zu können, als Heiko plötzlich seine Aufmerksamkeit direkt auf mich richtet, wie das Fadenkreuz eines Gewehrs. Zack, klatscht sein Blick auf mich und bleibt an mir kleben. Sehr unangenehm.

»Was gibt's denn da in Oles Schoß zu sehen, Mari?«, fragt er harmlos, und alle lachen mich aus. Unsere Gruppe ist nicht gerade harmonisch. Wir sind alle nur da, weil wir müssen. Wie eine Horde Kinder, die miteinander spielen sollen, weil ihre Eltern zufällig befreundet sind. Jetzt sitzen sie alle da wie Hyänen, drehen ihre Celebrations-Papierchen zwischen den Fingern und grinsen mich schadenfroh an. Der rückgratlose Heiko freut sich natürlich, dass alle mit ihm lachen und nicht, wie sonst immer, *über* ihn. Die typische Taktik eines unsicheren Lehrers: Mach dich auf Kosten eines Schülers lustig und zieh die anderen Monster für kurze Zeit auf deine Seite. Feige.

Ich ziehe eine Grimasse. Ole lacht nicht. Als Einziger, aber ich weiß nicht, ob ich das so viel besser finde. Er schaut mich nämlich so grimmig an, als würde er mir am liebsten den Kopf abreißen. Vermutlich ist er sauer, weil ich ihn und sein zweites Handy gerade fast verraten hätte.

»Sorry«, murmle ich in meinen Kragen.

»Fresse«, sagt er zurück. Ganz sachlich, es klingt nicht einmal beleidigend. Eher müde. Oder gelangweilt.

»Du mich auch«, sage ich trotzdem, und dann sagen wir nichts mehr. Ich schiele verstohlen zu ihm rüber. Er klebt mit den Augen an seinem Handy wie ein Zombie, weiße Flecken funkeln in seinen Pupillen, zwei schwarze Tunnel, die in seinen Kopf führen, in seine Gedanken, die er sich weigert, mit uns zu teilen. Verständlicherweise. Ich spüre seine Anwesenheit neben mir irgendwie deutlicher als die der anderen im Raum, als wären alle anderen nur Schatten und wir die einzigen mit einer echten Form, und obwohl wir uns vorher noch nie begegnet sind, habe ich das Gefühl, dass wir uns kennen. Als wäre es ganz normal, dass er neben mir sitzt. Von seinem Pullover geht ein merkwürdig vertrauter Geruch nach frisch gewaschener Wäsche aus und noch etwas anderem. Lebkuchen? Kekse?

Ich bin gerade noch in Gedanken versunken, als plötzlich eine teigige Hand auf meinem Kopf landet und mein Gesicht ruckartig zu Ole rüberdreht. Es ist Heiko, wie immer ohne jeglichen Sinn für die natürliche Distanzzone zwischen Fremden. Seine andere Hand hat Oles Gesicht zu *mir* rübergedreht. Ole und ich starren uns an, unsere Schädel nur Zentimeter voneinander entfernt.

»Das wird mir jetzt ein bisschen zu persönlich«, sagt Ole trocken. Er starrt, ohne zu blinzeln, durch mein Gesicht, seine Augen scheinen vor meinen zu verschwimmen, werden zu einem einzigen Zyklopenauge über seiner Nase. Heiko lässt sich von seiner Bemerkung gar nicht stören und wuschelt mit liebevollem Ingrimm unsere Schöpfe durch.

»Sooo, Gruppenarbeit! Die neue Projektaufgabe heißt: Unsere Zukunft! Zwei und zwei!« Heiko deutet auf mich und Ole und hält Ole den pinken Zylinder unter die Nase, aus dem wir einmal im Monat unsere »Projektaufgaben« fischen müssen. Die »Projektaufgaben« sind natürlich auf Heikos Mist gewachsen; willkürliche, vermutlich im abendlichen Rotweinrausch erfundene Schnapsideen mit dem einzigen Zweck, verstörte Jugendliche zu therapieren. Oder sie noch mehr zu verstören. Ich verdrehe gequält die Augen und winde mich auf meinem Stuhl wie ein Wurm. Heiko hat eine Aura, die einen dazu verleitet, zu quengeln wie ein kleines Kind.

»Ich wollte eigentlich mit Clementine machen?«, sage ich flehend und schiele zu ihm hoch, aber Heiko wackelt bloß mahnend mit dem Zeigefinger.

»Äh-äääh, nix, nicht immer die Gleichen! Teambildende Maßnahme! Zugreifen, Monsieur!« Er meint Ole. Ole hängt seinen zu langen Pulloverärmel in den Zylinder und fischt einen Zettel heraus, während ich meinen offen zur Schau getragenen, gelangweilten Blick aus halb geschlossenen Lidern keine Sekunde von Heikos Gesicht nehme. Es juckt ihn aber nicht. Zumindest bemüht er sich heftig zwinkernd, so zu tun, als ob.

»Feini! So, und jetzt ihr zwei!« Heiko wendet sich schwungvoll dem nächsten Zwangspärchen zu, Clementine und dem Grottenolm, einem bleichen Kerl mit blauen Augenringen, der schon lange in Clementine verschossen ist und sein Glück kaum fassen kann. Clementine fällt fast ihre Reiswaffel aus dem Mund. Sie sieht plötzlich aus wie ein Dackel, dem jemand auf den Schwanz getreten ist. Ich presse die Lippen zusammen und werfe ihr einen mitleidigen Blick zu, als sich ein Zettel vor mein Gesicht schiebt und Clementines Gesicht dahinter in der Unschärfe verschwindet. Ich fokussiere auf den Zettel und entziffere Heikos saubere, runde Grundschülerinnenschrift (in Violett): »Thema: Das Haus meiner Zukunft. Baue ein Diorama und präsentiere es deinen Freunden.« Meine Freunde, das sollen die anderen Hyänen aus der Gruppe sein? Ich stöhne auf.

»Wie alt sind wir, fünf?« Ole knüllt den Zettel zusammen und starrt mich an. Ich starre zurück. Für einen kurzen Moment, unter der flackernden Neonröhre des muffigen Gemeindesaales, sind wir uns einig. Aber dann rubbelt Ole sich die Nase mit seinem Pulloverärmel, und der Moment verpufft wie ein Stinkpilz, von einer Sekunde auf die andere.

Das Nervigste an den Projektaufgaben ist, dass man sie zu Hause erledigen muss. Heiko hat, eigenen Angaben gemäß, nämlich weder das »Budget« noch die »Kraft«, uns das notwendige Material zur Verfügung zu stellen, und schickt uns jedes Mal nach Verkündigung der Themen und der dazu passenden Aufgaben nach Hause. Eine Münze aus Madagaskar entscheidet, wer zu wem muss. Affe oder Zahl. Freiwillig stellt sich nämlich keiner zu Verfügung. Als Ole verliert, klappt sein Kopf nach hinten wie an einem Scharnier.

»Nei-heiiin, warum?!« Er stöhnt genervt an die Decke und legt die Hände aufs Gesicht, so lange, bis Heiko kommt und sie ihm wieder runterzupft. Ole schnappt daraufhin so dramatisch nach Luft, als hätte er gerade versucht, sich unter seinen eigenen Händen zu ersticken.

»Stell dich mal nicht so an, Ole!«, sagt Heiko, aber ich kann Ole ein bisschen verstehen. Einen Fremden in sein verkorkstes Zuhause zu lassen, ist, als würde man bei einer Alieninvasion die Tür aufhalten und schreien: »Nehmt mich mit!«. Trotzdem ist es auch ein bisschen übertrieben, wie *sehr* Ole sich gegen meine Anwesenheit sträubt. Er zieht sogar die Schultern hoch, wie eine buckelnde Katze.

»Okay! Lasst euch was Tolles einfallen! Ciao!«, flötet Heiko und flieht dann so schnell und leichtfüßig aus dem Raum, als wäre er *nicht* der dickste Mann der Welt und ungefähr 150 Kilo schwer. Der winzige Rucksack auf seinem breiten Rücken hüpft auf und ab, als er mit fröhlichen kleinen Steppschritten den

Gang runtertänzelt. Vielleicht freut er sich, endlich von uns wegzukommen. Ole glotzt Heiko mordlustig hinterher.

Mit demselben mordlustigen Gesichtsausdruck hetzt er kurze Zeit später quer durch die Stadt. Er schlägt Haken und biegt in letzter Sekunde in kleine Gassen ein, er scheint vor mir zu flüchten, als wolle er mich an irgendeiner Ecke abhängen.

»Gruppenarbeit, genau! So kann man auch ’nen bezahlten Nachmittag rumbringen«, knurrt er und kickt eine Dose weg.

»Heiko macht das ehrenamtlich,« sage ich und höre mich zu meinem Ärger an, als wolle ich ihn verteidigen. Ole guckt mich böse an, ich gucke genauso zurück. Vielleicht will ich Heiko ja wirklich verteidigen, nur, um nicht mit diesem angepissten Ole einer Meinung zu sein. Ich bleibe stehen und hole tief Luft.

»Wir können das auch kurz *hier* besprechen?« Ich deute auf eine Bank am Straßenrand, auf der eine runzlige Omi mit einer riesigen, runden Brille sitzt. Sie schaut erschrocken zu mir hoch und lässt ihr Buch sinken, aber Ole läuft einfach weiter, ohne sich umzudrehen, mit schlenkernden Armen und vorgerecktem Kopf, wie ein gereizter Bulle, der auf einen Stierkämpfer zuhält.

»Auf *gar* keinen Fall! Ich muss nach Hause!« Ich verdrehe die Augen. Die runzlige Omi auf der Bank atmet erleichtert aus.

Kurze Zeit später stehen wir vor Oles Haustür, an der ein staubtrockener Kranz baumelt, den irgendjemand lieblos zusammengewurschtelt hat.

»Ihr braucht mal ’nen Ersatzreifen«, sage ich und tippe den Kranz an. Ole grunzt bloß und drückt die Klingel, über der ein buntes Schild aus Salzteig verkündet: »Hier wohnen die Erdmänner«. Keine Reaktion. Ole wischt sich mit seinem Ärmel über die Nase und klingelt noch einmal Sturm, aber keiner macht auf, also holt er einen Schlüssel unter der Bast-Fußmatte hervor (»Gutes Versteck«, sage ich spöttisch) und schließt selber auf. Das Haus ist ein bröseliger Altbau am Stadtrand, und ein abgestandener Ökogeruch schlägt uns daraus entgegen, eine Mischung aus Reformhaus, Käsefüßen und schlecht gelüfteter Familienhöhle. Bunte Jacken, passend für alle Jahreszeiten, häufen sich an einer kindlich wirkenden Holzgarderobe, und wir waten durch eine Heerschar herumliegender Schuhe.

»Wie viele Leute leben hier? Tausend?«, frage ich, und Ole sagt: »Drei.« Er sagt es knapp und kickt seine Schuhe von den Füßen, ohne sich zu mir umzudrehen. Durch eine Glastür, vor der ein verzogener, bunter Schal baumelt, führt er mich in ein zugestelltes Wohnzimmer. In der Mitte thront eine bräunliche Zimmerpalme samt Weihnachtsschmuck, mitten im April, und blättert auf den Flokati, umgeben von anderen vernachlässigten Zimmerpflanzen und hellen Holzmöbeln. Überall liegen Sachen herum. Videokassetten und DVDs stapeln sich neben einer Anlage und der Sofatisch ertrinkt unter Gläsern, Zeitschriften und Stricksachen. Wenn er sich nicht plötzlich bewegt hätte, hätte ich den Haufen auf dem Sofa auch nie für Oles Mutter gehalten. Mit müdem Blick, die Brille auf die Nasenspitze geschoben, guckt sie unter ihrer Wolldecke hervor zu uns herüber, das Haar strohig und zerzaust. Sie hebt schwach eine Hand und schnieft demonstrativ.

»Hallo!«, wispert eine Mäusestimme.

»Sie ist krank«, sagt Ole aggressiv und dreht sich weg.

»In der Küche ist Tee«, fiept Oles Mutter und lächelt schwach. Ich nicke und schaue weg, um nicht zu glotzen. Ich bin es nicht gewohnt, dass Mütter sich gehen lassen. Meine Mutter ist immer auf den Beinen, egal, welchen Virus sie sich eingefangen hat. Plötzlich scheppert es und Oles Vater streckt seinen Kopf aus der Küchentür.

»Besuch!«, stellt er fest und hebt überrascht ein schmuddeliges Spültuch hoch. »Ich mach grad Marmelade.«

»Ah!«, sage ich bloß und nicke. Oles Vater blinzelt und schaut verlegen weg, als fühle er sich mir unterlegen. Auch etwas, dass ich noch nie bei einem Erwachsenen erlebt habe. Einem plötzlichen Impuls folgend streckt er mir seine freie Hand entgegen, ohne mich anzusehen: »Peter?« Ich will sie nehmen, aber Ole schiebt *meine* Hand einfach weg. Ziemlich grob. Überrascht starren wir ihn an.

»Deine Hand ist doch … voll mit Marmelade … Zeugs. Klebrig«, knurrt Ole. Sein Vater nickt, als wolle er sagen: »Ach ja.« Ich weiß nicht, wohin ich schauen soll, also beäuge ich die armselige, mumifizierte Palme, trocken und braun und übrig geblieben. Es ist ein beinahe pietätloser Anblick, als hätte man vergessen, eine Leiche zu beerdigen. Ole greift meinen Ärmel und zieht mich an der Küchentür vorbei. Ich erhasche einen Blick auf ein Chaos aus leeren Einweckgläsern, verschmierten Töpfen und schmutzigem Geschirr. Oles Vater hat uns schon wieder den Rücken zugewandt, er steht jetzt mit gebeugten Schultern über der Spüle. Ole zieht mich weiter, eine Treppe rauf in den ersten Stock, durch eine Tür in sein Zimmer. Alles riecht merkwürdig, nach Lavendelsäckchen und Holz und zusammengeknautschter Bettwäsche. Ich mache erst mal das Fenster auf.

»Sorry, aber …«, sage ich zur Erklärung. Erst dann sehe ich mich im Raum um. Er sieht aus wie die Mischung aus einem Waldorfschulzimmer und der Schaltzentrale eines Geisteskranken. Die Möbel sind aus hellem Holz, der Teppich, die Vorhänge und die Bettwäsche bunt gestreift. In einer Ecke steht ein Salzstein, über den jemand gestreifte Boxershorts gestülpt hat. An den Wänden hängen ausgeschnittene Zeitungsartikel, versehen mit Post-its und roten Filzstift-Markierungen. Ole klappt seinen Kleiderschrank auf, schiebt die Pullover beiseite. Dahinter kommt ein alter Laptop zum Vorschein, der dick ist wie ein Pflasterstein und den er wie beiläufig einschaltet, als gehöre das dazu. Italienisches Fernsehen. Rai Uno. Eine Quizshow mit unverständlichen Regeln plärrt ins Zimmer.

»Nachrichten kommen bald«, sagt Ole zur Erklärung, und ich sage: »Aha.« Ole dreht den Ton runter, und die plappernden Stimmen werden leiser, als hätten die Showgäste mitbekommen, dass wir ihnen zuhören und würden nun ihre Stimmen senken. Auf Oles zugemülltem Schreibtisch läuft ein uralter Röhrencomputer neben einem neueren Laptop. Ole lässt sich auf einen schwarzen Drehstuhl davor fallen und checkt seine Tumblr-Seite. Jetzt sehe ich, dass es sich um einen Blog handelt: »Finding Finn«.

»Ist das dein kleiner Bruder?«, frage ich, und er nickt, ohne sich umzudrehen. Kerzengerade, ein Bollwerk, gegen das ich anrenne wie eine feindliche Armee. Ich lasse mich zögernd auf das Bett sinken, weil es keinen anderen Sitzplatz gibt.

»Also, hast du Pappkartons da? Für das Diorama?«, frage ich und betrachte das plumpe Holzkreuz über Oles Bettende. »Bist du etwa gläubig? Heiko würde dich lieben!«

Ole steht auf, nimmt das Kreuz und schleudert es unter sein Bett, die Geste wirkt routiniert, als mache er das öfter.

»Meine Mutter hängt das da hin«, sagt er düster und reibt sich mit dem blauen Pulloverärmel über die Nase.

»Seit er weg ist, ist sie …« Er beendet den Satz nicht und kickt stattdessen zwei Birkenstock-Hausschlappen unters Bett. Wahrscheinlich auch von seiner Mutter verordnet.

»Seit wann?«, frage ich. »Was ist passiert?« Sehr direkt, ich weiß. In meiner Vorstellung hebt Heiko seinen Zeigefinger: »Keiner wird bedrängt! Goldene Regel Nummer …« Ach, halt die Klappe, Heiko!

Ole sitzt wieder vor seinem Blog und aktualisiert die Seite. Aktualisiert sie wieder. Und wieder. Ich räuspere mich. Ole seufzt genervt und antwortet mechanisch, wie ein Roboter.

»Vor fünf Jahren. Italienurlaub. Wir waren auf dem Weg nach Hause. Er war fast sechs. Ich hab sein Geschenk immer noch.« Er deutet mit dem Daumen auf ein Batman-Lego-Paket auf dem Regal, ohne mich anzusehen. »Ich weiß, dass er irgendwo ist. Man kann alles wiederfinden. Alles. Meine Mutter verliert ständig Sachen, aber ich finde sie immer wieder. Ihre Schlüssel, ihre Brille. So Zeug.«

»Vielleicht sollte sie mal aufräumen«, witzle ich, aber Ole schenkt mir nur einen verächtlichen Blick und wendet sich dann wieder seinem Blog zu. Aktualisieren. Aktualisieren. Ein Foto von einem kleinen, blonden Jungen grinst von der Seite herunter ins Zimmer hinein, in ein Haus, in dem es ihn nicht mehr gibt. Ein Geist. Ich schrecke zusammen, als plötzlich die Tür aufgeht und Oles Vater, buckelnd wie ein Butler, ruckartig ein Tablett mit Keksen ins Zimmer hält.

»Kekse?«, fragt er und starrt die Kekse so ratlos an, als wäre die Frage tatsächlich, ob es sich um Kekse handelt. Nicht, ob wir welche wollen.

»Nein«, sagt Ole sofort, ohne sich umzudrehen. Sein Vater schlurft trotzdem ins Zimmer und stellt sich mit dem Tablett genau neben ihn. Er wartet. Ole greift, ohne hinzusehen, nach einem Keks und beißt lustlos rein. Oles Vater nickt und hält mir das Tablett hin. Als ich in den Keks beiße, habe ich das Gefühl, einen Stein zwischen den Zähnen zu haben.

»Ich hab ein paar Zutaten vergessen, glaub ich«, sagt Oles Vater nachdenklich. »Wenn ihr Marmelade wollt, mit Marmelade schmeckt es besser. Oder Sprühsahne?«

»Nein«, sagt Ole wieder. Er legt den angebissenen Keks neben die Tastatur und hackt plötzlich so aggressiv auf sie ein, als wolle er sie zerstören.

»Gut. Gut.« Oles Vater dreht sich nickend um und schlurft wieder aus dem Zimmer. Es dauert eine Ewigkeit, bis er die Tür hinter sich zugezogen hat, und als das Schloss endlich einrastet, fallen Oles Schultern nach unten. Er atmet lange aus – und hackt weiter. Ich sitze untätig auf dem Bett, den Keks in der Hand. Ich fühle mich unwohl und merke, wie Gereiztheit mich überflutet.

»Machen wir das Diorama jetzt, oder was?«, frage ich mit belegter Stimme, und Ole zuckt mit den Schultern.

»Ist doch scheißegal«, sagt er. »Du musst den Keks übrigens nicht essen.« Ich verdrehe die Augen und lege den Keks auf sein Kissen.

»Karton?«, sage ich knapp, wie ein Arzt im OP, und er kickt einen Schuhkarton unter seinem Schreibtisch hervor und in meine Richtung. Im Karton liegen haufenweise zerknüllte Taschentücher, Papierchen von Schokoriegeln und zerrissene Ausdrucke von Zeitungsmeldungen.

»Hey, wir sollen das *zusammen* machen!«, fahre ich Ole an, aber er deutet nur auf seinen Blog, als müsse das als Antwort genügen. *Ich habe einen Blog zu betreuen? Mein kleiner Bruder ist weg?*, sagt sein genervter Blick.

»Du bist nicht der Einzige, das ist das Geheimnis der Gruppe, in der du heute warst. Überraschung«, sage ich und kicke den Karton zu Ole zurück. Keine Ahnung, warum er den Müll da drin hortet wie einen Schatz. Ole kickt den Karton wieder unter seinen Schreibtisch.

»Wie wär's mal mit wegwerfen?«, schlage ich frostig vor. Ole sagt nichts, er aktualisiert nur seinen Blog, wie ein Blöder. »Diorama«, sage ich tonlos wie ein Roboter und werfe Ole sein Kissen an den Kopf. »Diorama, Diorama, Diorama …!« Ich verstumme, denn unter dem Kissen liegt ein Foto. Ole am Strand, klein und dünn und in gestreiften Badehosen, der seinen kleinen Bruder im Sand eingräbt. Der kleine Bruder grinst zahnlos. Er sieht süß aus.

»Leg hin!«, ätzt Ole mich an.

Ich lege das Foto wieder auf die Matratze und zucke mit den Schultern.

»Schaff dir mal ein Leben an, Ole!«, sage ich, obwohl ich weiß, dass es gemein ist. Es ist gemein, aber es ist auch einfacher. So viel einfacher. Ole dreht sich mit einer aggressiven Geste um.

»Okay! Ich hab keine Zeit für so 'ne Gruppenscheiße«, sagt er mit einer Stimme wie zischendes Fett. »Auch wenn ihr schon alle aufgegeben habt. ICH such weiter. Mir ist mein Bruder eben *wichtig*.« Ole bricht so abrupt ab, als hätte er sich erschrocken, als wäre das letzte Wort einfach so aus ihm herausgefallen.

Ich schnappe nach Luft. »Was soll'n *das* heißen?«

Ole schubst seine Tastatur weg.

»Immer wenn es ein neues Kind gibt, interessiert sich keiner mehr für die alten! Nele T.'s Gesicht hängt überall in der Stadt, aber sie ist nicht die Einzige! Es ist, als wäre vorher nie jemand verschwunden oder als hätte man die anderen wiedergefunden. Aber so ist es nicht. Warum vergessen das immer alle? Warum sucht keiner weiter, warum suchst DU nicht?« Er fährt auf seinem Stuhl herum und starrt mich mit einem so wütenden Blick an, dass ich mich beinahe geschlagen fühle. Seltsamerweise wirkt er dabei trotzdem noch ein bisschen unsicher, als könne er sich selber nicht mehr steuern.

»Warum setzt ihr euch alle nur in diesen *Stuhlkreis* wie blöde Heulsusen, warum *macht* ihr nichts? Ist euch alles völlig egal?«

»Die meisten sind tot!«, höre ich mich selber schreien, »der Bruder von Liza mit z, Clementines Schwester. Tot! Was willst du machen, sie wieder *ausgraben*?« Mein plötzlicher Ausbruch hat Ole überrascht. Er presst seine Hände aneinander.

»Aber deine Schwester ist nicht tot«, sagt er, jetzt leise, fast tonlos. »Diese … Liza mit z hat erzählt … sie hat gesagt …«

»Was weiß denn Liza mit z, die alte Trantüte!«, brülle ich dazwischen, bevor ich nachdenken kann. Ich will einfach nur, dass er aufhört zu reden, ich will ihn beleidigen, ihn ablenken, es geht ihn nichts an, nichts geht ihn etwas an, ich fühle mich, als würde er mit seinen Fingern in meine Brust greifen und mein Herz auswringen wie einen Schwamm. Ich springe auf und laufe aus dem Zimmer, ausgelassenes italienisches Gelächter aus dem Fernseher schwappt hinter mir her ins Treppenhaus.

»Läufst du immer weg, wenn dir nix mehr einfällt? Was ist mit dem Diorama?«, ruft Ole mir trotzig hinterher.

»Mach ich lieber alleine!«, schreie ich zurück.

»Okay, danke!«, ruft er und trompetet ein albernes Triumphgeräusch, als hätte er gewonnen. Hat er? Ich weiß es nicht. Unten im Wohnzimmer ist eine alte Videokassette hängen geblieben, hinter einer Schneewand aus weißen Störstreifen ruft eine Märchenprinzessin mit dick geschminkten Augen stumm um Hilfe. Oles Eltern liegen jetzt beide auf dem Sofa, aneinandergekuschelt unter einem Haufen Decken, wie in einem Kokon, in den sie sich gemeinsam verpuppt haben, um die ganze funktionierende Welt auszuschließen. Aus der Küche stinkt es nach angebranntem Teig, ein verschmierter Löffel liegt auf dem Tisch. Oles Mutter schnarcht. Ich knalle die Haustür so fest hinter mir ins Schloss, dass das Salzteigschild einen Sprung bekommt. Gut. Ich hoffe, Oles Eltern sind aufgewacht. Ich hoffe, Ole hat sich erschreckt. Ich weiß nicht, warum ich so wütend bin. Aber ich kann nicht aufhören. Weglaufen und Türenknallen war früher bei uns daheim verboten. Wenn ich es doch einmal machte, gab es richtig Ärger. Wir laufen nicht weg, sagte meine Mutter immer, wir knallen keine Türen. Wir bleiben zusammen und reden, egal, was ist. Irgendwann war es ihr dann egal. Inzwischen ist Türenknallen meine Spezialität. Manchmal knalle ich sie so fest zu, dass sie beinahe aus den Angeln springen und sich wölben wie unter einer Druckwelle. Wenn ich will, kann ich eine Naturgewalt sein und alles mitreißen. Ole implodiert, wie ein toter Stern. Ich explodiere wie ein Vulkan.

8

Monster

Ich stelle mir mein Herz als Boxsack vor. Das einzige Spielzeug eines lebensmüden Zirkusaffen, der in mir eingesperrt ist und den ganzen Tag nichts anderes zu tun hat, als mein Herz anzustupsen. Würde er damit aufhören, wäre es mit mir vorbei. Ich stelle mir vor, dass der Affe wie zum Hohn ein winziges Partyhütchen trägt und so resigniert ist wie der Panther in diesem Gedicht, das wir mal in der Schule gelesen haben. Eingeschlossen hinter tausend Stäben.

Niklas sagt: »Man muss sich nehmen, was einem zusteht. Am Ende ist jeder allein. Keine Zeit für Mitleid.«

Wir haben uns wieder ein bisschen »Geld abgehoben«, wie er es nennt, mit anderen Worten: den bleichen Mehlwurm und Liebhaber seiner »Mom« ausgenommen und uns mit einem Sixpack Bier und Snickers und Cola und M&Ms auf das Klettergerüst oben am Alten Spielplatz gelegt. Die dicken, roten Taue bohren sich in meinen Rücken und ich starre durch die Äste der Pappeln hinauf in den Himmel. Es ist dunkel, bestimmt schon nach 22 Uhr. Meine Eltern sind heute früher als sonst ins Bett gegangen, und ich bin sofort durchs Fenster. Heute trinke ich das Bier, ohne zu zögern, ich will meine Wut auf Ole und sein

Gezeter ertränken. Ich bin froh, dass es Niklas *egal* ist, was mit mir ist. Oder mit meiner Schwester. Ich trinke im Liegen und verschlucke mich, Bier schäumt über mein Kinn in meinen Kragen, kichernd setze ich mich auf und ziehe den Reißverschluss meiner Kapuzenjacke auf.

»So ungeschickt«, sagt Niklas und mustert mich verstohlen, was ich merke. Mädchen merken es immer, wenn Jungs sie so anschauen. Einen Tick zu lange. Ich lege die Jacke ausgebreitet neben mich und das Kinn auf die angezogenen Knie.

»Woher weißt du das mit dem Typen von deiner Mutter?«, frage ich und denke an Frau Schiller, den Breitmaulfrosch.

»Moms Typ«, wiederholt er. »Keine Ahnung. Ich hab die mal in 'nem Café gesehen, als ich Freistunde hatte. Das war … Ich bin halt rein und wollte 'nen Kaffee und dann saßen die da. Meine Mom und der Kerl. Und haben so ertappt geschaut, ich hab sofort gewusst: Alles klar. Und weißt du, was meine Mom gefragt hat? Warum bist du nicht in der Schule, schwänzt du etwa? Sie hat es gleich gegen *mich* gerichtet, als wäre *ich* der Verbrecher.« Niklas lacht. »Ich hab mir den Kerl dann als ihren Kollegen vorstellen lassen und bin wieder weg, aber … alles klar. Ich hab sie beobachtet und dann bin ich ihm nach, um zu schauen, wo er wohnt. Und jetzt hab ich ihn in der Hand. Mein Dad erfährt nix, solange *er* mich entschädigt. Dafür, dass er mir meine Mommy geklaut hat. Bu-huhuu.« Niklas zieht ein Heulgesicht, als wäre er ein kleines Baby und lacht wieder. Er trinkt. Lange und ohne abzusetzen. Ich sehe ihn an.

»Ich weiß nicht, ob ich das könnte«, sage ich. Niklas zuckt mit den Schultern, und dann sagt er es: »Man muss sich nehmen, was einem zusteht. Am Ende ist jeder allein. Kein Mitleid. Die ganze Welt besteht aus Monstern, die sich gegenseitig fressen.«

»Bin ich auch ein Monster?«, frage ich spöttisch, und er sieht mich an und tut, als müsse er mich erst mal kategorisieren.

»Ja«, sagt er dann, sehr entschieden. »Ein hartes Monster. Aber weißt du, manche Monster verbünden sich auch miteinander. Das hilft gegen die Einsamkeit.« Er reicht mir noch ein Bier, hält es mir aufdringlich vor die Nase, immer näher, bis die kalte Flasche meine Haut berührt und ich sie nehme.

Ich wache auf, weil ich meinen Arm nicht mehr spüre. Für einen Moment habe ich das Gefühl, gelähmt zu sein. Panik steigt in mir auf, und ich spanne jeden Muskel meines Körpers an, um mich auf die Seite zu drehen. Kaltes, weißes Licht spaltet meine Augenlider, und als ich sie öffne, langsam und träge, steht der Himmel über mir wie eine Scheibe aus Glas, an der ein Zeppelin klebt. »Guten Morgen!«, steht auf dem Zeppelin. Ich starre ihn einen Moment lang an, dann richte ich mich auf. Es IST Morgen. Ich bin immer noch auf dem Spielplatz und ich bin allein. Niklas ist abgezischt, hat mich schlafend auf dem Klettergerüst liegen lassen. Warum auch immer. Ich reibe mein Gesicht, schaue runter ins Tal, wo sich zwei Lastwagen eine schmale Straße entlangschieben. Der Morgen rauscht in meinen Ohren. Vögel singen in den Bäumen, als ging es um ihr Leben, und feine Tautropfen glitzern auf den Tauen des Klettergerüstes, die sich in meine nackten Unterschenkel gegraben haben. Meine Knie tun weh, als ich mich langsam vom Klettergerüst in den Sand gleiten lasse. Eine Frau mit einem Dackel an der Leine guckt mich irritiert an. Sie hält eine schwarze Tüte mit Hundekacke in der Hand. Ich gucke nicht zurück, verstecke mein Gesicht in der dunklen Höhle von Niklas' Hoodie – warum ist er einfach abgehauen? – und laufe zurück nach Hause. Meine Turnschuhe knirschen im Kies. Eine Kirchturmuhr schlägt sieben und ich laufe schneller.

Als ich nach Hause komme, steht Mamas Auto noch vor der Garage. Mein Herz klopft, und meine Eingeweide fühlen sich an, als würde ein Zombie sie langziehen. Noch bevor ich über den Rasen um die Garage schleichen kann, zurück zu meinem Fenster, fliegt die Haustür plötzlich auf, und mein Vater starrt auf mich runter, sein Gesicht starr und weiß wie Gips. Mir wird kalt. Er sieht fremd aus, als hätte sich jemand seine Haut übergestülpt, und er fühlt sich auch fremd an, als er mich am Arm packt und ins Haus zieht. Ich bin so perplex, dass ich mich nicht wehre, wie von einem Betäubungspfeil getroffen. Papa setzt mich aufs Sofa und dann stehen er und Mama vor mir und starren mich einfach nur an. Mama schnüffelt, und ich drücke reflexartig meinen Mund in meinen Kragen, während ich verlegen zu ihr hochschiele.

»Hast du Alkohol getrunken?«, fragt sie, eher erstaunt als wütend. Ich schüttle den Kopf und nicke gleichzeitig. Mein Vater schüttelt auch den Kopf, als wolle er mich kopieren. Schwer lässt er sich auf das Sofa sinken. Ich schaue weg.

»Warum machst du das?«, fragt Mama. »Muss das sein? Ich meine: Es ist Viertel nach sieben! Die Schule fängt bald an!«

»Tut mir leid«, murmle ich. »Normalerweise bin ich nicht so

lange weg.« Das war nicht so schlau. Meine Mutter, die Detektivin, kneift die Augen zusammen.

»Normalerweise?«, sagt sie und seufzt, bevor sie sich ihre Handballen auf die Augen drückt. »Mari, du kannst nicht einfach nachts … weg! Es geht nicht. Weißt du, was alles passieren kann? Du bist minderjährig. Die Polizei könnte dich aufgreifen oder ein Auto könnte dich erwischen. Nachts fahren nur diese Raser rum, oder du …« Sie verstummt. Oder ich, denke ich, oder ich. Ich glaube nicht, dass das Schicksal so grausam wäre, Eltern zwei Kinder auf die gleiche Art zu nehmen. Das ist der Grund, warum ich keine Angst vor der Nacht habe. Vor nichts und niemandem. Ich glaube, dass Annika für uns beide reicht. Ich bin safe. Aber natürlich kann ich meinen Eltern mit dieser Theorie nicht kommen. Meine Mutter seufzt und schaut meinen Vater an.

»Du hast …«, fängt sie an, aber er fällt ihr ins Wort.

»Du hast Hausarrest, Mari.« Papa schaut starr auf seine Füße. Er will immer mein bester Freund sein und ich habe ihn verraten.

»Papaaa«, versuche ich es, aber er starrt weiter auf seine Füße.

»Hausarrest«, wiederholt meine Mutter mit lauterer Stimme. »Und wir fahren dich überall hin. Für die nächsten zwei Monate. Gruppe ist von jetzt an Pflicht, und was ist eigentlich damit? Liegt das auch daran, dass du lieber nachts draußen rumrennst, als pünktlich zur Schule zu gehen?« Sie legt einen Brief auf den Sofatisch. Ich starre ihn an. Er ist – mein Magen sackt zusammen – von der Schule und handelt vermutlich von meinen Fehlstunden.

»Nur in den unwichtigen Fächern«, sage ich, »nur Sport und Musik und ähm, Erdkunde?« Mama starrt mich einfach nur an.

»In den anderen bin ich gut …?«, versuche ich es und lasse den Satz in die Stille laufen, wie ein ausklingendes Musikstück.

Mein Vater schlägt plötzlich auf seine Schenkel und steht auf.

»Wohin gehst du? Wir müssen hier was besprechen, und du gehst einfach, oder was?«, sagt Mama leise zu ihm, als wäre ich gar nicht da. Er hebt nur die Arme und lässt sie wieder fallen.

»Wir haben es ihr jetzt gesagt, was sollen wir noch?«

»Ist das dein Ernst jetzt?«, flüstert Mama mit hochgezogenen Augenbrauen, während Papa sich wieder hinsetzt und knurrend sein Gesicht in die Hände legt. Er hat große Hände. Sein Gesicht wird von seinen Händen fast vollständig bedeckt, wie von einer Maske. Ich muss an den Film »Pans Labyrinth« denken, an das Monster mit den Augen auf den Handflächen, daran, dass wir alle Monster sind, menschenfressende, seelenfressende Monster; daran, dass ich gerade ein Monster bin und an den Nerven meiner Eltern nage wie an knusprigen Hähnchenkeulen. Ich bin ein Monster und kann nicht aufhören. Monsterkind, denke ich und werde plötzlich vom Räuspern meiner Mutter zurück in die Realität gerissen.

»Mari! Hast du verstanden?«, fragt sie, und ich sage: »Ja-ha«.

»Wirklich? Schau mich an!«, sagt sie, weil sie schon weiß, dass ich manchmal mit einer Hirnhälfte träume und mit der anderen automatische Antworten gebe, ohne wirklich da zu sein.

»Ja«, sage ich noch mal und sehe sie fest an.

Genau in diesem Moment klingelt es an der Tür.

Später werde ich mich immer an diesen Moment erinnern wie an ein lebendes Standbild. Ein Diorama meiner Vergangenheit. Die scheppernde Türklingel. Meine Mutter, halb aus dem Sitz hochgeschreckt, mein Vater, die Maske seiner großen Hände kaum vom Gesicht gehoben, ich, den Kopf zwischen den Schultern, wie zum Sprung bereit. Wir sehen uns an, einmal im Kreis, dann geht Mama Richtung Tür und starrt auf das Milchglas, hinter dem zwei verzerrte Gestalten ihr Gewicht von einem Bein aufs andere verlagern und miteinander reden.

»Wer ist das«, sagt sie und sieht uns verwirrt an. »Wer ist das, um die Zeit?«

»Mach auf«, sagt mein Vater dumpf, seine Hände sind an seinem Gesicht heruntergerutscht und haben es mitgezogen, als wäre es aus Gummi, seine Augen sehen aus wie die eines Bluthundes, und sein Mund ist hinter den Fingern versteckt. Meine Mutter greift nach der Klinke. Sie zögert einen Augenblick, obwohl die beiden Gestalten sie jetzt längst gesehen haben – sie richten ihre verschwommenen, rosa Gesichter auf meine Mutter wie Satelltitenschüsseln –, dann reißt sie die Tür mit einem Ruck auf. Vor ihr stehen zwei Polizisten.

»Hallo?«, fragt Mama, und dann, als einer der Polizisten, ein dünner mit sehr weißer Haut, den Mund bewegt, wird sie ganz still und steif, wie eine Puppe, und sagt nichts mehr.

»Was ist passiert?« Papa steht vom Sofa auf und tritt zu ihr. »Ist was passiert?« Ich bleibe sitzen. Hinter meiner Stirn rattern die Köpfe meiner Verwandten vorbei wie Symbole in einem Spielautomaten. Wer? Oma? Opa? Tante Lilly? Oder … Meine Mutter starrt meinen Vater an. Dann mich. Dann wieder meinen

Vater. Dann starren sie beide mich an. Ich sitze da, ans Sofa geschraubt, und starre zurück. In ihren Augen liegt ein merkwürdiger, stumpfer Glanz, den ich noch nie zuvor gesehen habe. Sie sehen aus, als würden sie die Welt nicht mehr verstehen, als hätten Aliens sie gerade erst hergebeamt, von einem anderen Planeten. Es ist wie in einem schlechten Traum, wenn die, die man eigentlich liebt und kennt, plötzlich kalt und unnahbar werden, nicht mehr ansprechbar sind. Meine Eltern haben plötzlich die Orientierung verloren, eine Treppenstufe verpasst, sie sind ins Leere getreten und scheinen nur stückweise zu begreifen, dass sie fallen, dass etwas geschehen ist, womit sie nicht gerechnet hätten. Oder: nicht MEHR gerechnet hätten. Als meine Mutter zur Seite tritt und die beiden Beamten ins Haus lässt, muss sie mir nicht sagen, was passiert ist. Ich weiß es einfach. Es gibt keine Nachricht auf der Welt, die meine Eltern so erschüttern könnte. Bis auf eine.

Ich hatte noch nie so viele Gefühle auf einmal. Sie sind in mir eingenäht wie in einen Sack, der aus allen Nähten platzt. Ich bin wütend, weil meine Eltern darauf bestehen, dass ich mich für die Schule fertigmache, während sie unten mit zwei Polizeibeamten Tee trinken und darüber reden, dass meine Schwester vielleicht wieder da ist. Ich bin aufgeregt und kurz vor dem Explodieren, weil mein Leben sich auf den Kopf gestellt hat, als hätte sich eine Drehbühne in ihren Angeln gedreht, und alles ist plötzlich anders, und zwischen vorher und nachher liegt nichts als das schrille Läuten einer Türklingel. Und ich habe Angst, und ich weiß nicht wovor, und ich muss an Niklas denken, trotz allem. Ich fahre mit der Bürste zweimal durch meine Haare, werfe mir ein halbwegs frisches T-Shirt über – rosa, mit Palmen und einem goldenen Schriftzug »California« –, das ich zusammengeknüllt unter meinen Bett gefunden habe und das ich, weil es mir zu groß ist, eigentlich nur zum Schlafen nehme, schnappe mir meinen Rucksack, drehe im Bad das Wasser auf und husche, so leise es geht, die Treppe runter. Auf der untersten Stufe kauere ich mich hin, ziehe die Beine an den Körper. Aus dem Wohnzimmer wabern ihre Stimmen zu mir herüber.

»Wie sind Sie überhaupt auf uns gekommen?«, fragt mein Vater gerade. Seine Stimme klingt dünn. Einer der Beamten – ich stelle mir vor, dass es der weiße, hagere ist – antwortet ihm.

»Wie gesagt, sie hatte keine Papiere, keine Geburtsurkunde, keine Krankenversicherung. Das war schon mal das Erste. Dann sind wir unsere Langzeitvermissten durchgegangen. Das Alter und die Beschreibung passen. Außerdem haben wir die Mütze in dem Haus gefunden.«

Ich wage es, um die Ecke zu linsen. Die Mütze. Mit den Hasenohren. Mein Herz schlägt so hart und laut gegen meine Rippen, dass sie mich einfach hören MÜSSEN. Aber sie hören mich nicht. Meine Mutter dreht die rosa Hasenmütze in ihren Händen. Sie zittern, das sehe ich sogar aus der Ferne. Die Hasenmütze von Annikas »letztem Foto«, die ich nur in Pixelform kenne und die für mich immer ungefähr so real war wie das Lebkuchenhaus aus »Hänsel und Gretel« oder Harry Potters Zauberstab, ist mehr grau als rosa, aber sie ist es. Der hagere, weiße Beamte schaut die Hasenmütze an und kratzt sich am Ohr. Seine Haut liegt wie eine Schicht aus Wachs über seinen

Knochen, seine Augen sind sehr hell. Er wirkt traurig, als würde eine Last auf seinen Schultern liegen. Vielleicht ist das aber auch nur sein Gesichtsausdruck. Sein Kollege, kräftiger und halslos, nickt, er hat die Ellbogen auf den Knien aufgestützt und schiebt meinen Eltern ein Foto rüber. Seine Stimme ist laut und fest. »Frau Bley, das ist die Sozialarbeiterin vom Jugendamt, die sich gerade um … das Mädchen kümmert, hat uns dieses Foto mitgegeben. Es ist ganz aktuell, es wurde im Krankenhaus aufgenommen.« Meine Mutter nimmt das Foto und atmet lange aus. Im Krankenhaus, registriert mein Hirn. Im selben Moment rutscht mir der Rucksack von der Schulter und fällt in den Flur.

»Mari!« Papa schaut zu mir rüber. Ich zucke mit den Schultern. Es nützt nichts. Sie haben mich erwischt, und sie werden mich zwingen, zur Schule zu gehen. Ganz egal, ob heute der wichtigste Tag meines Lebens ist oder nicht. Zumindest kann ich noch einen Blick auf das Foto werfen, bevor sie mich aus dem Haus jagen. Ich werfe mein Haar zurück, trete ins Wohnzimmer.

»Ich geh dann mal …«, sage ich, um Zeit zu schinden, und schaue auf den Tisch. Zwischen vier unberührten Teetassen liegen Fotos von Annika, die meine Eltern für die Beamten rausgesucht haben: Annika unter ihrem Baum. Annika an Weihnachten, in einem Berg von Geschenken. Annika mit Creme auf der Nase und einem Baby auf dem Schoß (das Baby bin ich). Annika im Profil, in einem blauen Strickpullover. Ein roter Plastikknopf in Apfelform hält den Kragen zusammen, Annika drückt das Kinn auf die Brust und schaut mit halb geöffnetem Mund auf einen mit Honig bestrichenen Zwieback in ihren Händen, in den geschwungenen Wimpern, die auf ihren vom Weinen geröteten, runden Wangen aufzuliegen scheinen, glitzern noch Tränen, und knapp unter der Schläfe klebt ein Pflaster mit blauen Elefanten, über der Wunde, die sie sich, kurz bevor das Foto gemacht wurde, mit Papas Rasierer zugezogen hat.

»Sie wollte Papa spielen und hat sich geschnitten. Ich war nur ganz kurz auf dem Flur, um ein frisches Handtuch zu holen, aus Frottee, sie mochte keine Baumwolle …«, sagt Mama, aufgezogen wie ein Roboter, und starrt auf das neue Foto in ihren Händen. Der kräftige Beamte unterbricht ihren verwirrten Redefluss mit einem dezenten Räuspern.

»Das Foto mit dem Pflaster haben Sie den Kollegen damals ja auch mitgegeben«, sagt er und schiebt seine Füße unter dem Tisch zusammen. Ein bisschen erinnert er mich an Heiko. Er könnte Heikos großer Bruder sein, der ein bisschen mehr Plan vom Leben hat. »Sie haben uns damals beschrieben, dass sie eine Wunde an der Schläfe hat, von einer Rasierklinge, und …«, er deutet auf das Foto in den Händen meiner Mutter, »… das Foto hier könnte ein Hinweis darauf sein, dass es sich bei dem Mädchen um Ihre Tochter, um Annika, handelt.«

»Halten Sie das für möglich?«, fragt der weißhäutige Beamte behutsam und stützt das Kinn auf die Finger seiner linken Hand, während seine Augen von Mama zu Papa und wieder zurück huschen. Papa und Mama starren auf das Foto. Sie scheinen mich vergessen zu haben. Ich trete unauffällig hinter sie. Das Profil eines Mädchens. Ein zusammengepresster Mund, feine Sommersprossen auf der Nase und drei verschwindend dünne, weiße Linien über dem linken Wangenknochen, wie von einem Rasierer. Die Augen, auf dem Foto nur halb zu sehen, starren in die Ferne.

»Ich weiß nicht, wieso ... Wieso ist sie denn abgeschnitten?«, fragt meine Mutter. »Wieso können wir kein ganzes Foto von ihr haben?«

»Sie ist es, sie muss es sein ...«, murmelt mein Vater. Er starrt das Foto an, ohne zu blinzeln, seine Augen sehen aus, als würden sie brennen. Die Beamten wechseln einen kurzen Blick.

»Viele Hinweise sprechen dafür, aber wir können natürlich trotzdem noch nicht sicher sein, ob es sich bei dem Mädchen tatsächlich um Ihre Tochter handelt.«

»Dann lassen Sie uns doch zu ihr!«, unterbricht meine Mutter ihn, zuppelt nervös an ihrer Lesebrille und fegt die Fotos mit der Hand zusammen.

»Wo ist sie denn überhaupt? Ist sie noch im Krankenhaus?«

»Sie wurde nach 24 Stunden entlassen. Es war ja kein schlimmer Unfall, nur eine leichte Gehirnerschütterung.« Der kräftige Beamte schaut meinen Eltern ernst in die Augen. »Es tut mir leid. Wir müssen ganz sichergehen, bevor Sie sie treffen. Andernfalls ist es nur schmerzhaft für alle Beteiligten. Wir machen einen DNA-Test.«

»Den Test brauchen wir aber nicht«, sagt Papa mit blassem Gesicht. »Wenn wir sie sehen, wissen wir es auch so!«

»Wir brauchen ihn«, sagt der Polizist mit sanfter Stimme. Ich habe noch nie einen Erwachsenen so mit einem anderen Erwachsenen reden hören. Mein Vater wird plötzlich wieder zu einem kleinen Kind, und er scheint es nicht einmal zu merken. Mit hilflosen Augen starrt er die Beamten an.

»Frau Bley, die Sozialarbeiterin, von der ich Ihnen erzählt habe, wird mit dem Mädchen reden und eine Probe von ihr einholen. Ihr gesetzlicher Vormund wird dann den Test beantragen, das Familiengericht kommt für die Kosten auf.«

»Moment!«, meine Mutter hebt die Hand, beinahe herrisch. Die Beamten starren sie an. »Entschuldigen Sie … gesetzlicher Vormund?« Der weißhäutige Beamte nickt. »Jeder Minderjährige braucht einen Vormund. Bevor nicht klar ist, ob das Mädchen Annika ist, muss ein gesetzlicher Vertreter in allen Belangen für sie entscheiden.«

Meine Eltern sehen auf einmal aus, als hätte sie jemand geohrfeigt. »Und wer ist das? Der Vormund«, fragt mein Vater.

»Das dürfen wir Ihnen leider nicht sagen.«

»Und wo sie jetzt ist, dürfen Sie uns wahrscheinlich auch nicht sagen«, sagt Mama leise. Die Beamten nicken, gleichzeitig und ein bisschen zu lange. Wie zwei Wackeldackel auf der Hutablage eines Autos.

»Es tut uns leid, aber solange wir nicht sicher sind, müssen wir das Mädchen schützen. Sie ist momentan in einer Pflegestelle. Man kümmert sich sehr gut um sie, seien Sie sich dessen versichert.« Mama nickt langsam. Sie ballt die Fäuste und bohrt sie links und rechts von sich ins Sofa. »Ich verstehe,« sagt sie, »ich verstehe.« Sie klingt, als wäre sie jemand anders, als stecke in ihrem Bauch ein Tonbandgerät, dass sie nun in Dauerschleife abspult, um nicht mehr selbst sprechen zu müssen. Die Beamten wechseln einen kurzen Blick.

»Frau Bley wird heute noch bei Ihnen vorbeikommen, wenn es Ihnen passt, und mit Ihnen über das Mädchen sprechen. Sie hat sich in den letzten Tagen um sie gekümmert. Mit ihr können Sie dann auch über die nächsten Schritte reden, wegen des DNA-Testes. In Ordnung?« Mein Vater nickt, wie aufgezogen. Ich nicke, unwillkürlich, auch. Meine Mutter sagt nur: »Ich verstehe. Ich verstehe …« Aber es klingt, als würde sie gar nichts mehr verstehen.

Dann sind die Beamten plötzlich weg, und wir stehen im Flur, schauen uns an und wissen nicht, was wir glauben sollen. Das Zimmer, der Tag vor dem Fenster scheinen unwirklich dumpf. Wie ein seltsamer Traum, und wir stehen ganz still, damit er nicht zerplatzt wie eine Seifenblase und wir alle aufwachen, wie schon so oft, wenn wir geträumt haben, dass sie wieder da ist, und dann die Augen aufgeschlagen haben und die Realität mit dem Morgen in unser Bewusstsein gedämmert ist. Aber dieses Mal wachen wir nicht auf. Wir blinzeln, aber wir wachen nicht auf, wir stehen hinter der Haustür, atmen leise in die Stille und hören die Autotüren des Polizeiwagens zuschlagen und den Motor starten, und nein: Es ist kein Traum. Die Wirklichkeit verfestigt sich um uns, sie kribbelt in meinen Fußsohlen, unter meinen Haarwurzeln, und am liebsten würde ich schreien, laut schreien, aber kein Ton kommt aus meinem Mund. »Mari«, sagt Mama dann, als würde sie gerade erst zu sich kommen, in die Stille, »hast du oben das Wasser laufen lassen?«

9

Fee

Ich habe einmal einen Film gesehen, in dem sich trauernde Menschen Kopien von ihren Verstorbenen anfertigen lassen konnten. Sie wurden ihnen als Roboter nach Hause geschickt, in einem Paket mit einer großen Schleife darum. Manchmal hab ich mich gefragt, wie das wäre, wenn eines Tages jemand an der Tür klingeln und meinen Eltern sagen würde, dass es eine Verwechslung gab und sie mich – in der Originalverpackung – wieder zurückschicken müssten.

Die Orangenpresse neben dem Kühlschrank steht in einer gelben Lache, durch die das Mädchen mit den Kulleraugen mit einem Putzlappen geht.

»Frau Bley ist gleich bei Ihnen.« Sie hält den Lappen unter den Wasserhahn, wringt ihn aus und trocknet sich die Hand an ihrer Jeans ab, ehe sie sie uns der Reihe nach hinhält. »Ich bin Luise, ich mache mein soziales Jahr hier. Frau Bley weiß schon Bescheid, dass Sie da sind …« Luise starrt uns nervös blinzelnd an, verschränkt die Hände ineinander und linst über die Schulter, als könne sie Frau Bley mit ihrem Blick magnetisch anziehen. Ich stehe hinter meinen Eltern, die Hände in den Hosentaschen, um sie am Zittern zu hindern. Zuerst wollten sie mich nicht mitnehmen, aber ich habe darauf bestanden, und Frau Bley, die in den letzten Tagen zweimal bei uns war, hat auch gemeint, sie fände es eine gute Idee, wenn ich mitkomme. Nicht, dass sie meinen Eltern da reinreden wolle. Seitdem mag ich Frau Bley. Sie ist eine resolute Frohnatur, bei der jeder Satz klingt wie ein Witz auf deine Kosten und du nicht weißt, ob du lachen oder eine ernst gemeinte Antwort geben sollst. Über ihrer Schulter hängt immer eine gigantische Tasche aus blauen Lederflicken, die ziemlich schwer zu sein scheint und sie beim Gehen zur Seite zieht, wie ein kleines Kind, das an ihrem Arm baumelt. In dieser Monstertasche scheint sie ALLES zu transportieren, was sie zum Leben braucht. Wahrscheinlich könnte sie spontan ein Zelt daraus hervorziehen und im Wald campieren, wenn es sein müsste. Frau Bley hat uns, nachdem die positiven Testergebnisse da waren, um Geduld gebeten, aber meine Eltern wollten davon nichts hören. »Wir können jetzt keine drei Wochen warten, wir wollen sie sehen!« Offenbar ging es dem Mädchen, das Annika ist, nicht anders, und deshalb sind wir jetzt hier, im Jugendamt, und warten in der Küche im Vorraum, um uns an einem »neutralen Ort« zum ersten Mal zu sehen. Obwohl es nicht das erste Mal ist, wenn man mal ganz ehrlich ist. Ich habe Schwierigkeiten, es zu begreifen.

Ich schaue aus dem Fenster, über den Parkplatz, auf die Straße. Nichts zu sehen. Seit die beiden Beamten (wie ich jetzt weiß, heißt der weißhäutige Puschel und der kräftige Beck) uns gesagt haben, dass sie eine Pressemitteilung zu »unserem Fall« herausgeben mussten, sehe ich an jeder Ecke Journalisten, die uns ausspionieren wollen. »Es kommt immer darauf an, wie medienwirksam so ein Fall in der Vergangenheit war,« hatte Herr Beck uns gesagt, »wenn Sie zum Beispiel damals nach Annikas Verschwinden in Talkshows aufgetreten wären, wenn Sie Interviews gegeben hätten, dann wüsste man jetzt, wer Sie sind und würde sich auf Sie stürzen. Sie haben sich zurückgehalten, das ist gut. Aber zwölf Jahre sind viel, das erregt Aufsehen. Die Presse wird versuchen, das zu recherchieren und an Sie heranzukommen. Wenn Sie das nicht wollen, halten Sie sich einfach immer bedeckt, sagen Sie nichts. Dann flaut das Interesse auch wieder ab.«

Ein Typ sitzt auf einer Bank und liest Zeitung. Liest er sie wirklich? Oder schaut er über den Rand zu uns herüber? Sieht er mich hinter dem Fenster stehen, macht er gerade ein Foto mit seiner entsprechend gepimpten Sonnenbrille – könnte ja sein! –, und morgen ist mein verschwommenes Bild auf der Titelseite irgendeiner Zeitung? Damals, als Annika verschwand, war ihr Bild zweimal auf der Titelseite und einmal im Fernsehen. Danach nahm das Interesse von Woche zu Woche ab. Die Menschen sind eben vergesslich. Ich muss an Ole denken und an seine Wut gegenüber allen, die einfach so weitermachen, obwohl die Verschwundenen immer noch verschwunden sind. Ich frage mich, ob Clementine ihm erzählt hat, was passiert ist. Ich habe sie natürlich sofort angerufen, und sie ist – auch natürlich – fast in Ohnmacht gefallen. Jetzt schreibt sie mir alle zehn Minuten eine Nachricht und will wissen, ob es was Neues gibt. Während Niklas seit dem Abend auf dem Klettergerüst gar nicht mehr schreibt. Vielleicht – hoffentlich! – hat er ein schlechtes Gewissen. Ich setze mich auf einen Stuhl. Meine Eltern gucken mich an, sie lächeln angespannt. Ich lächle zurück. Luise lehnt am Kühlschrank, unsicher, ob sie etwas sagen muss. Eine Uhr tickt. Die Stimmung in der kleinen Küche im Vorraum zu den Büros ist merkwürdig heilig. Ein bisschen wie damals, als meine Tante Lilly ihr Baby bekommen hat. Meine Mutter hat mich nachts um 23 Uhr aus dem Bett geholt und gesagt, ich solle mich schnell anziehen, wir würden jetzt ins Krankenhaus fahren. Ich war damals so aufgeregt, immerhin war am nächsten Tag Schule, und ich durfte mitten in der Nacht aufstehen. Als meine Mutter zu mir ins Zimmer kam, dachte ich zuerst, sie wolle überprüfen, ob ich auch wirklich das Licht ausgemacht hatte und nicht mehr heimlich unter der Bettdecke meine Micky-Maus-Hefte las. Ich zog meine zerwühlten Klamotten vom Tag wieder an, als würde die Zeit rückwärtslaufen. Das blau gestreifte Sweatshirt und die Dreivierteljeans. Keine Zeit zum Zähneputzen oder Haarekämmen. Es war wie ein Traum. Dann das Krankenhaus. Die hellen Flure, die Menschen, die alle noch wach waren, genau wie ich, während andere Kinder längst schliefen. Ein Abenteuer, mitten in der Nacht, in der Welt der Erwachsenen. Ich erinnere mich an meine Tante in ihrem weißen Nachthemd und das runzlige, walnussartige Etwas in ihren Armen, meine neue Cousine. Ich durfte sie in den Armen halten, und über allem schwebte eine heilige Aura, als sei der Heiland geboren. Alle lächelten auf uns herab, und ich fühlte mich selig, wie eine Gestalt auf einem alten Ölgemälde, überflutet von Neonlicht und Wonne. Ich durfte den Schoko-Nachtisch meiner Tante aufessen. Ich wollte nie mehr nach Hause.

Damals war mein Magen flatterig und leicht. Jetzt sitzt eine fette Kröte darin, die meinen Magen von innen verdaut.

Am Ende des Flures, auf der linken Seite, öffnet sich eine blaue Tür. Frau Bley tritt heraus, sie nickt uns lächelnd zu, schließt die Tür hinter sich und kommt uns entgegen, in ihrem seltsamen Wiegeschritt, als zöge das Gewicht ihrer Handtasche auch an ihr, wenn sie sie gar nicht trägt, als baumle eine Phantom-Tasche an ihrem Arm, den sie immer leicht angewinkelt hält. Von ihrem Hals schaukelt eine Kette aus roten Kugeln, groß wie Augäpfel. Ich starre die Kette an, als sie mir die Hand reicht.

»Schön, dass du auch da bist, Mari!«, sagt Frau Bley und klingt dabei ein bisschen ironisch, aber das ist, wie ich inzwischen weiß, eben nur ihre Stimme. Ich lächle sie an. Mein Gesicht fühlt sich an wie ferngesteuert. »Dann kommen Sie doch mal mit. Es ist und bleibt ein Sprung ins kalte Wasser. Annika wartet schon in meinem Büro.« Frau Bley dreht sich um und schwankt in ihrem Wiegeschritt vor uns her den Gang hoch. Auf die blaue Tür zu. Die Schwerkraft zieht stärker an mir, je näher wir ihr kommen. Es ist, als kämpfe ich gegen eine Wand aus Wind an, durch die Frau Bley in ihrer weiten, braunen Strickjacke mühelos hindurchsegelt. Mein Herz klopft rasend schnell. Ich habe das Gefühl, dass es mir jeden Moment aus dem Hals springen muss. An einer Sprungfeder. Ich hoffe, der Affe, der in mir eingeschlossen ist, kriegt es rechtzeitig zu packen. Mein Vater nimmt meine Hand und hält sie fest umklammert, sie ist schwitzig und hart, als wäre ich wieder fünf Jahre alt und wir wären in einem Kaufhaus oder gingen auf der Straße durch eine dichte Menschenmenge. Ich mache mich nicht los, weil ich weiß, dass er dieses Mal keine Angst hat, mich zu verlieren. Wir halten uns vielmehr aneinander fest, weil wir Angst haben, dass es uns umhaut, wenn wir sie sehen. Wie eine Welle, die sich minutenlang am Horizont aufbaut, unendlich fern, und die dann plötzlich, als man sich schon weggedreht hat, mit voller Wucht über einem zusammenbricht. Frau Bley öffnet die blaue Tür, ohne zu zögern, und macht eine einladende Geste. »Bitte«, sagt sie, und plötzlich ist Annika kein Schatten mehr, sondern ein Mädchen in einem Zimmer. Eine Idee, eine Vorstellung, die plötzlich lebendig wird. Alles um mich herum scheint seltsam unwirklich, als würde man plötzlich erkennen, dass es Geister und Feen gibt, und alles, was man je über die Welt zu wissen glaubte, bricht unter einem zusammen. Was, wenn sie sich geirrt haben? Was, wenn wir alle enttäuscht werden, wie schon so viele Male? Meine Mutter holt tief Luft, als würde sie sich wirklich für einen Sprung in ein kaltes Becken bereit machen. Wir treten ein.

Das Zimmer ist hell. An einer Pinnwand hängen Postkarten und Fotos. Auf einem Tisch stehen ein Napfkuchen und eine Thermoskanne, daneben Teller, Gabeln und Tassen. Um den Tisch sind fünf Stühle gruppiert, und auf einem davon sitzt ein dünnes Mädchen mit langem, dunkelblondem Haar, wie eine Fee. Sie wendet den Kopf, und uns allen ist sofort klar, dass sie es ist. Sie sieht aus wie wir. Wie meine Mutter, wie mein Vater, wie ich. Sie ist ein Hybrid aus uns allen. Frankensteins Monsterkind. Meine Mutter tritt auf das unbekannt-bekannte Mädchen zu, das die Augen zu ihr aufhebt und sie schüchtern anschaut, wie eine Fremde, den Oberkörper leicht zurückgelehnt.

»Hallo …«, sagt meine Mutter, aber ihre Stimme versagt. Sie weiß nicht, was sie tun soll, und dreht sich verlegen zu uns um.

zu mir. Ich blinzle sie fragend an. Ich weiß doch auch nicht, was ich machen soll.

»Hallo«, sage ich dann unbeholfen und hebe eine Hand. Alle starren mich an. Die kurze Silbe hängt zwischen mir und dem Mädchen, das Annika ist, in der Luft. Zwischen mir und meiner Schwester. Meine krächzende Stimme, von der Stille konserviert, dreht sich und schillert und schmilzt unter unseren Blicken, die sich verlegen in den Raum zwischen uns bohren und sich nicht zu treffen wagen. Annika mustert mich. Mein weißes T-Shirt. Sie trägt, obwohl es warm ist, einen Skipullover mit Zipper über einem bodenlangen, rosafarbenen Kleid. Der Saum ist ausgetreten. Auf ihrem Kopf sitzt eine weinrote Wollmütze, die sie zurechtrückt, als sie mich mustert, als wolle sie sich an etwas festhalten.

»Hallo, Annika«, sagt mein Vater. Seine Stimme klingt, anders als die meiner Mutter, fest, und das Mädchen sieht ihn stumm an. Sie zieht die Schultern hoch und verzieht das Gesicht, als wolle sie fragen: »Annika? Wer ist das?« Wir setzen uns hin, Frau Bley gibt Kuchen auf die Teller und schenkt Tee ein. Annika ist die Erste, die die Gabel in die Hand nimmt. Sie isst den Kuchen langsam und konzentriert. Meine Mutter schaut ihr dabei zu. Lange Zeit schweigen wir einfach nur. Dann holt meine Mutter ein paar Fotos von früher aus der Tasche und legt sie neben Annikas Teller auf den Tisch. »Schau mal, wir haben dir ... was mitgebracht. Erinnerst du dich, hier ...?« Annika hält kurz im Kauen inne und betrachtet die Fotos, die meine Mutter ihr der Reihe nach hinschiebt, höflich. Dann schüttelt sie lächelnd den Kopf. Sie wirft Frau Bley einen Blick zu, die eine beruhigende Geste macht. »Ist ja nicht schlimm. Ganz normal«, sagt sie. »Kleine Kinder erinnern sich nicht an alles. Alle erzählen MIR immer, dass ich mich gerne verkleidet hätte. Aber ich weiß nicht mehr, was ich in dem Alter ...«, sie unterbricht sich, um meiner Mutter eine Packung Taschentücher zu reichen. Meine Mutter bedankt sich, putzt sich die Nase und wischt sich die Tränen weg. Papa seufzt leise. Dann setzt er sich auf.

»Annika ... dürfen wir dich überhaupt so nennen, oder ...?« Annika schaut ihn an und nickt schnell. Verlegen. Als hätten wir sie für eine Filmrolle gecastet, und sie halte sich selbst nicht talentiert genug dafür.

»Schon okay«, sagt sie, mit einer seltsam rauen Stimme, in der ich einen leichten Dialekt wahrzunehmen glaube (Österreichisch? Bayrisch?). Papa nickt.

»Wir würden dich gerne wieder besser kennenlernen. Vielleicht ... magst du ja dann irgendwann wieder zu uns kommen.« Annika nickt, dann hackt sie mit der Gabel in ihren Kuchen. Sie zerteilt ihn schnell in viele kleine Stücke, führt aber keines davon zum Mund. Ihr Kiefer spannt sich an, und ich erkenne ihr Gesicht plötzlich wieder, weil es mich an mein eigenes erinnert, wenn ich mich im Spiegel ansehe und wütend bin. Auf mich selbst, auf meine Eltern, auf alle. Auf die ganze Welt und das ganze Leben. Sie schiebt den Teller von sich weg und dreht sich zu uns um.

»Vielleicht«, sagt sie dann und schaut leer zwischen uns durch zur Tür. »Ich möchte jetzt zurück.« Frau Bley legt ihre Handflächen auf den Tisch.

»Für heut ist es auch gut, finde ich. Wir können ja schauen, wann wir uns das nächste Mal zusammensetzen, nicht? Jeder geht jetzt erst mal nach Hause und lässt das alles auf sich wirken. Okay?«

»Okay!«, sage ich, weil sonst keiner was sagt. Annikas Augen, hinter einem Vorhang dunkelblonder Haare, huschen schnell über mein Gesicht.

»Okay …«, flüstert sie. Ich bin mir nicht sicher, ob die anderen es auch gehört haben.

Annika wird von einem schlaksigen, redseligen Typen (ihrem Betreuer aus der Wohngruppe) abgeholt, der sie in ein Auto packt und wieder wegbringt. Vorerst. Meine Eltern und ich bleiben in Frau Bleys Büro, und sie bespricht mit uns, wie es weitergehen wird. Wann wir uns wieder treffen. Meine Mutter kriegt große, glasige Augen, als es darum geht, dass Annika Zeit braucht, um zu entscheiden, ob sie überhaupt »zurück nach Hause« möchte. »So weh das tut, aber für Annika ist das nicht mehr das Zuhause, das sie kennt. Sie ist 16 Jahre alt, fast 17, wenn sie will – und wir können sie zu nichts zwingen – könnte sie auch in eine Wohngruppe ziehen.« Meine Mutter wird blass. Frau Bley lächelt sie aufmunternd an. »Es wird eine langsame Annäherung werden. Das ist uns ja allen klar. Wie lange es dauert und was Annika dann entscheidet, können wir nicht wissen …« Ich stehe auf, gehe aus dem Zimmer und mache die Tür hinter mir zu. »Muss auf die Toilette«, sage ich vorher noch schnell durch den Türschlitz, als ich die verwunderten Blicke meiner Eltern spüre.

»Vorne links«, ruft Frau Bley mir nach. Ich gehe langsam den

Gang runter, nehme mir einen Müsliriegel aus einem Korb auf dem Küchentresen. Ich hasse Müsliriegel, aber sonst gibt es nur grüne Äpfel, und die hasse ich noch mehr. Mein Magen knurrt, und ich bereue es, den Kuchen vorhin nicht angerührt zu haben. Ich schreibe eine Nachricht an Niklas, obwohl ich das nicht machen wollte. Clementine würde mir jetzt das Handy aus der Hand schlagen. Aber sie ist nicht hier. »Was machst du?«, schreibe ich. Die Uhr tickt. Der Kühlschrank summt. Ich will weglaufen, aus dem Fenster klettern, die Türe hinter mir zuknallen. Die Welt hat plötzlich ihre Konturen verloren, und ich will, dass sie sich wieder scharf stellt. In mir ist alles voller Gefühle, mit denen ich nichts anzufangen weiß. Gefühle, die ich gar nicht haben will. Warum muss alles so kompliziert sein? Luise mit den kugelrunden Augen kommt zur mir und fragt, ob alles okay ist und ich etwas brauche. Sie blinzelt wieder so irritiert, als sie mich anschaut. Sie ist bestimmt schon einiges gewohnt. Aber nicht DAS hier. Ich schüttle den Kopf und sage nichts. Ich muss nicht höflich sein, ich kann mich auf meinem Schock und meinen verwirrten Gefühlen ausruhen, mich hineinfallen lassen wie in ein Kissen. Ich muss gar nichts machen. Luise geht wieder in ihr Zimmer. Niklas antwortet nicht auf meine Nachrichten und ich versuche ihn anzurufen. Ich bin erbärmlich, aber ich kann nicht anders. Ich stütze die Ellbogen auf den Tresen, halte mir den Hörer ans Ohr und blättere nebenbei in einem abgegriffenen »Focus«. Niklas nimmt erst nach dem dritten Versuch ab und klingt gereizt und aufgekratzt zugleich.

»WAS?«, schreit er in den Hörer, es ist ein betrunkenes halbes Lachen, im Hintergrund höre ich Menschen und laute Musik.

»Bist du auf einer Party?«, frage ich, leise, die Hand über dem Hörer, und Niklas schreit: »WAS? Sprich mal lauter!«

»Ich kann nicht, ich bin im Jugendamt …!«, zische ich, so laut ich es wage, in den Hörer.

»WAS?«, trompetet Niklas mir ins Ohr, und ich werde sauer. »Viel Spaß noch«, knurre ich, mehr zu mir selbst, und lege auf. Es ist 16 Uhr. Warum ist er JETZT auf einer Party? Warum hat er Spaß und kein schlechtes Gewissen, dass er mich allein auf dem Klettergerüst hat liegen lassen? Ich fühle mich betrogen, obwohl ich überhaupt kein Recht dazu habe. Niklas ist schließlich nicht mein Freund oder so was. Er kann machen, was er will. Aber er nervt mich, und für einen Moment ist mein Kopf angefüllt mit lauter bösen Gedanken an Niklas, die Annikas Schatten vollkommen verdrängen.

10

Gemälde

Man kann Festplatten formatieren und Datenspeicher löschen, aber es bleiben immer Spuren zurück, kleine, unlesbare Kratzer, die die Platte in deinem Schädel zu einem Unikat machen. Wenn man Festplatten löschen kann, warum dann nicht auch Gedanken, Träume und Erlebnisse, die man am liebsten aus seiner Geschichte streichen würde? Das Schlechte einfach ausradieren, die krummen Buchstaben aus dem Tagebuch des Lebens.

Die nächsten Tage sind die seltsamsten meines Lebens. Meine Eltern sind plötzlich andere Menschen. Sie haben beschlossen, dass ich erst nach den Sommerferien – die bald anfangen – wieder zur Schule muss. Wenn wir wissen, wie es mit Annikas Zukunft weitergeht. Ob SIE weiterhin zur Schule gehen wird oder nicht. Außerdem habe ich erst mal Gruppenpause. Dank Annikas plötzlichen Auftauchens habe ich tatsächlich mildernde Umstände bekommen und die gestrengen Strafauflagen meiner Eltern wurden vorerst auf Bewährung ausgesetzt. Trotzdem hätte ich am liebsten Hausarrest, alleine in meinem Zimmer. Die Welt fühlt sich an wie ein ewiger Sonntag: zu hell, zu deprimierend, zu angefüllt mit stickiger Familiennähe.

Nachdem wir uns ein paar Mal mit Annika in Frau Bleys Büro getroffen und – mehr oder weniger verkrampft – Kuchen gegessen haben, fahren wir heute zum ersten Mal »nach draußen«. Wir machen einen Ausflug wie andere Familien auch, die auf der Wiese Ball spielen und unter den Bäumen picknicken. Eltern und Kinder. Eltern und Hunde. Und, in unserem speziellen Fall: Eltern, Kinder, Sozialarbeiterin und Familientherapeutin. Die Familientherapeutin war eine Empfehlung von Frau Bley und wir lernen sie heute kennen. Sie heißt Kristin, trägt gerne gestreifte Sachen und sieht aus, als könnte ein Windstoß sie wegpusten. Wenn sie spricht, merkt man allerdings schnell, dass vermutlich nicht einmal ein Orkan sie wegpusten könnte. Sie weiß, was sie tut. Meistens ist sie ruhig und lässt uns machen. Meistens ist es, als wäre sie gar nicht da. Annika, versteckt unter ihrer großen roten Wollmütze, wird von uns herumgeführt wie eine Touristin. Meine Mutter glaubt, dass es ihrer Erinnerung helfen könnte, die alten Orte ihrer Kindheit zu sehen. Annika war fünf, als sie verschwand. Irgendetwas muss in ihrem Gehirn übrig geblieben sein, eine Spur hinterlassen haben, wie in einem Datenspeicher, den jemand in der hintersten Ecke des Serverraums einer verlassenen Fabrik vergessen hat, zwischen Spinnweben und Kabelwust. Aber da ist nichts. Ich bin die Einzige, die das versteht. Ich erinnere mich ja auch an nichts. Meine Mutter hat Annika noch mehr Fotos gezeigt und alte Bilder, die sie früher gemalt hat. Nicht einmal sie selbst hat das blutige Steak aus dem Treppenhaus, das Mama extra für sie abgehängt hat, als ein frühes Porträt von mir erkannt.

»Seht ihr?«, habe ich zum Scherz gesagt, aber meinen Eltern

war nicht nach Witzen. Keinem ist mehr nach Witzen, außer mir.

Wir spazieren durch den Park zum Alten Spielplatz hoch, wo meine Mutter mich und Annika früher manchmal mit hingenommen hat. Früher, als der Spielplatz noch für Kinder war und nicht für Satanisten und Junkies und Perverse. Abgehacktes Kindergeschrei flattert durch die Bäume, hinter denen der neue, große Spielplatz liegt, mit einer riesigen Rutsche und einem Klettergerüst, das aussieht wie ein Piratenschiff.

Annika schlurft durch den Sand, wie immer im Zwiebellook. Diesmal trägt sie ein graues Sweatshirt über ihrem Kleid. Sie geht um das Klettergerüst herum. Schaut daran hoch. Ich muss an Niklas denken und drehe mich weg. Ich setze mich auf die Schaukel und plötzlich steht Annika neben mir. Ich bin verlegen, deute einladend auf die andere Schaukel, die leer neben mir baumelt. Annika setzt sich hin und wir schaukeln langsam hin und her, scharren mit den Schuhen durch den Sand. Kristin und Frau Bley sitzen mit meinen Eltern auf einer Bank, tun so, als würden sie uns nicht sehen, und reden angeregt. Ich drehe mich auf meiner Schaukel ein, bis die beiden Ketten sich umeinander geflochten haben, dann lasse ich los, wirble im Kreis und springe ab. Ich schwanke ein paar Schritte durch den Sand, lege den Kopf in den Nacken.

»Als würde man in den Himmel fallen«, sage ich und fühle mich im nächsten Moment schon wieder seltsam. Annika sagt nichts. Mir ist ein bisschen übel vom Drehen. Aber ich setze mich wieder neben sie auf die Schaukel, stoße mich ab, schaukle, immer höher, und springe dann, direkt in die Wolken. Noch während ich fliege, merke ich, dass ich es übertrieben habe. Zu hoch. Viel zu hoch. Ich komme schief auf dem betonierten Rand des Sandkastens auf und falle auf die Knie. »Mari!«, ruft meine Mutter.

»Nichts, nichts!«, rufe ich zurück.

»Du blutest aber!« Meine Mutter steht auf und nestelt in ihrer Handtasche herum. Ich muss lachen.

»Ja, und ich bin nicht mehr klein, Mama. Es ist gar nichts passiert …«

»Trotzdem.« Mama zieht den uralten Wäschebeutel mit Arielle-Aufdruck aus der Handtasche, der früher mir gehört hat und in dem sie seit Jahren ihre Notfall-Apotheke aufbewahrt. »Nicht mehr klein. Genau. Aber von der Schaukel springen …« Sie sprüht Desinfektionsspray auf mein blutiges Knie und klebt ein Pflaster auf. Mit kindischem Bärchen-Muster. Ich stöhne auf.

»Nicht die Bärchen!«

»So, verarztet«, sagt Mama bloß und schaut hoch, weil plötzlich ein Schatten über sie gefallen ist. Annika schaut ernst auf uns runter.

»Na, Annika?« Mama streicht sich verlegen das Haar aus der Stirn und schaut sie an. Sie steht auf, packt die Arielle-Tasche wieder weg und zieht mich hoch. Frau Bley, Kristin und mein Vater beobachten uns von der Bank aus. »Geht's wieder, Mari?«

»Es ging immer, Mama.« Mama gibt mir einen schmatzenden Kuss auf die Schläfe. Dann schaut sie wieder Annika an, und für einen Moment sieht sie übermütig aus, als wolle sie sie auch auf die Schläfe küssen. Aber dann zögert sie und der Moment ist vorbei. Die Unbeholfenheit kehrt zurück und sie deutet stattdessen auf das alte Klettergerüst.

»Da oben hast du mal gesessen und bist nicht mehr runtergekommen«, sagt sie. Papa steht jetzt auch von der Bank auf und kommt langsam zu uns rüber, die Hände in den Hosentaschen. »Du warst noch ganz klein«, fährt Mama fort, »aber immer so mutig. Du hast dich ganz oft verletzt, an den Knien und an den Ellbogen. Dann wolltest du immer die Pflaster mit den Elefanten. Immer.« Mama trägt einen weichen, rosagrauen Kaschmirpulli, ihren Lieblingspulli, der immer nach ihrem Parfüm riecht und den ich wie nichts anderes mit ihr verbinde. Mama. Sie steht ganz dicht neben Annika und plötzlich streckt Annika die Hand aus und streicht mit ihren Fingern über den Ärmel des Pullis. Mama wird ganz steif, dann entspannt sie sich. Sie sieht aus, als könne sie ihr Glück kaum fassen.

»Der ist so schön weich«, sagt Annika leise und lacht dann verlegen auf, als würde sie sich selbst verspotten, ihre Stimme ist ein bisschen belegt. Sie schaut Mama an und lächelt. Mama lächelt zurück.

Mein Vater schubst die leere Schaukel an, stopft seine Hände in die Taschen und sieht sich um.

»Ja«, sagt er, nur um etwas zu sagen. Sein Atem stockt für einen Moment. Als wolle er noch etwas sagen, wisse aber nicht, was. Die Stille hüllt uns ein. Dann zerkratzt ein Flugzeug den Himmel. Die Erinnerung kommt nicht zurück. Wir sind unverrückbar ins Hier und Jetzt gemalt, wie Figuren auf einem Porträt, betrachtet von zwei stillen Museumsbesucherinnen auf einer Bank.

11

Experiment

Früher, als ich klein war, hatte ich ein Puppenhaus und eine Burg von Playmobil, und manchmal haben die Playmobil-Ritter die Puppen angegriffen und eine von ihnen als Geisel in ihre Burg entführt. Für die betroffene Puppe war das eine große Sache. Sie war nicht nur in einem anderen Haus. Sie war in einer anderen Welt, in der alle anders waren als sie und für die sie eigentlich viel zu groß war.

Annikas erster Besuch bei uns daheim ist wie eine Reihe von losen Momentaufnahmen. Als wäre er gar nicht wirklich passiert. Wir wechseln von einer Szene in die andere. Am Anfang ist Frau Bley noch dabei, dann ist es nur noch Kristin, die mit auf dem Rücken ineinander verhakten Händen neben uns steht, uns fragt, wie es uns geht, oder sich einfach nur anschaut, was wir machen. Unser alltägliches Leben ist auf einmal ein großes Experiment, in dem wir testen, welche Reize Wirkung auf Annikas Erinnerung haben könnten. Wir schauen zu, wie sie in den Garten geht. Wir schauen zu, wie sie ihre Sandalen auszieht, auf dem Boden sitzend wie ein kleines Kind. Sie zieht erst die eine, dann die andere von ihrem Fuß ab, grob, ohne die Riemen zu öffnen, und wirft sie neben sich. Die Sandalen sind alt, ihre Zehen haben dunkle Mulden in das Fußbett gegraben. Mit Wollmütze und bloßen Füßen geht sie durch das Gras, vorsichtig balancierend, und schaut an ihrem Baum hoch. Sie berührt den schmalen Stamm mit den Fingerspitzen, so vorsichtig, als sei er nur lose im Boden verankert.

»Davor haben wir ein Foto von dir gemacht«, sagt Papa, »es ist … dein Baum. Wir haben ihn mit dir gepflanzt, als du fünf geworden bist.« Annika starrt ihn an, die Lider halb gesenkt. Sie verzieht den Mund zu einem Lächeln, und ihre Miene bekommt etwas Unsicheres, Fragendes, als wolle sie etwas sagen wie: Ernsthaft jetzt? Das habt ihr gemacht? Sie tippt gegen den Baumstamm, rüttelt sacht an einem Ast und prustet leise, als die Krone sich neigt. All ihre Bewegungen sind abgehackt und trotzig, als sei sie sich ihrer Zuschauer die ganze Zeit bewusst und wüsste nicht, was sie von ihr erwarten. Was ja auch stimmt. Annika lächelt durch uns hindurch, ein bisschen verlegen. Ihre Arme hängen schlaff an ihr herunter, und sie schwenkt sie hin und her, als wolle sie eigentlich etwas sagen, aber ihr fehlen die Worte. Ihre Fingernägel sind schmutzig. Annika hat eine Narbe, die quer über ihr Handgelenk verläuft. Eine feine, weiße Linie. Vielleicht sind die Ärmel ihrer Klamotten deshalb so ausgeleiert und lang, damit sie sie besser verstecken kann. Plötzlich, als hätte sie meine Gedanken gelesen, zieht Annika die Hemdsärmel über ihre Hände. Vom ihrem anderen Handgelenk löst sich ein rosaweißes Armband und fällt zu ihren Füßen ins Gras. Ehe Annika reagieren kann, hebt Mama es auf. »Elisa«, steht auf fünf der weißen Perlen, auf jeder Perle ein Buchstabe.

»Kann ich das wiederhaben?« Annika steht stocksteif neben ihrem Baum und starrt Mama an, die Säume ihrer Hemdsärmel in den geballten Fäusten. »Bitte?« Papa schaut Mama an und schüttelt missbilligend den Kopf. Mama streckt zögernd ihre Hand aus, und Annika schnappt sich das Armband so schnell wie ein Affe, dem jemand ein Stück Zucker hingehalten hat. Sie schiebt es hastig und verstohlen in ihre Tasche. Ihre langen Haare fallen dabei über ihr Gesicht. Mama ist ganz ruhig, aber ich sehe, wie es in ihr brodelt. Sie wickelt ihre Arme um den Oberkörper. Mein Vater geht einen Schritt von ihr weg. Mama schaut ihn fragend an, aber er weicht ihrem Blick aus, tut so, als zertrete er einen Erdklumpen. Annika, mit geröteten Wangen, zerknüllt ihre Hemdsärmel.

Was jetzt?, fragen ihre Augen, die immer wieder zu »ihrem« Baum zurückzucken, der seltsam präsent ist und wie ein neugieriger Mensch hinter ihr aufragt.

»Wie wär's, wenn wir uns jetzt mal alle zusammensetzen und Kuchen essen?«, fragt Kristin in die Stille hinein. Annika nickt und lächelt verlegen, senkt die Lider über ihre Augen und schabt mit ihrem rechten Fuß über ihre linke Wade. Ihre Haut ist trocken und rau.

Auf der Terrasse haben Mama und Papa den Tisch gedeckt. Mit einem verunglückten Bananenbrot, unter anderem. Mama hat Schokoguss drübergegossen, damit man die verbrannte Kruste nicht mehr sieht, und einen Aufbackkuchen aus der Tiefkühltruhe danebengestellt.

»Vorsicht. Der ist wahrscheinlich innen noch gefroren.«

Annika isst ihn trotzdem. Den verbrannten Kuchen auch. Stumm, konzentriert und sorgfältig, wie sie immer ihre Kuchen isst. Wir haben in letzter Zeit sehr viel Kuchen zusammen gegessen.

Kuchen scheint zu jeder Gelegenheit angemessen zu sein. Wenn Menschen Geburtstag feiern. Wenn sie sterben. Oder wenn sie von einem Leben in ein anderes wechseln, als würden sie sich einen neuen Mantel zulegen. Annika ist aus einer Art Winterschlaf aufgewacht, aber sie scheint noch nicht ganz da zu sein, eingepackt in ihre Kleider wie in einen Pelz. Das weite Hemd über einem Sweatshirt über einem T-Shirt, darunter ein langer Rock und auf ihrem Kopf, runtergezogen bis zu den Ohren, die rote Mütze.

»Erinnerst du dich, Annika?«, fragt Mama, als unsere Gabeln wieder untätig neben den Tellern liegen und die Stille unsere Köpfe so fest in ihren Klauen hält, dass es wehtut. »Erinnerst du dich an unser Haus?«, fragt sie, ehe Papa sie zurückhalten kann, und Annika schüttelt mit verzerrter Miene den Kopf, als sei ihr ein bisschen übel. Sie hält als Einzige ihre Gabel noch in der Hand und scharrt damit über den Teller.

»Nein. Vielleicht«, sagt sie dann, ihre Stimme ist rau und fremd, sie klingt kein bisschen wie die meiner Mutter. Oder meine. Kristin schaut meine Mutter an und lächelt, sie schließt einmal kurz die Augen, was so viel heißen soll wie: »Geduld.« Kristin schließt ziemlich oft kurz die Augen. Annika starrt sie einen Moment lang an, dann nimmt sie das Messer, um sich noch ein Stück Bananenbrot runterzuschneiden.

»Schmeckt es?«, fragt Mama laut. Annika schaut sie an, ertappt, als hätte sie einen Fehler gemacht, das Messer in der Luft erstarrt. Sie will den Arm zurückziehen, aber Mama hebt bestürzt die Hände.

»Nein, ich meine … Entschuldigung, ich meine: Iss! Bitte, iss.« Annika zögert noch einen Moment, das Messer in der Luft, dann lächelt sie verlegen und schneidet sich ein Stück ab. Ein großes. Das Messer gleitet durch den Teig und knallt auf den gläsernen Kuchenteller, so laut, dass mein Vater leicht zusammenzuckt. Annika zuckt auch zusammen, aber nicht wegen des Geräusches.

»Du hast dich geschnitten«, stelle ich fest. Annika steckt den Finger in den Mund und schüttelt den Kopf, als wolle sie sagen: »Nein. Habe ich nicht.« Mama schiebt ihren Stuhl zurück, so heftig, dass er umfällt. Sie läuft ins Haus, holt den Arielle-Beutel, greift nach Annikas Hand, aber als sie die Schnittwunde desinfizieren will, zieht Annika ihre Hand heftig zurück und schüttelt wieder den Kopf. Sie betrachtet die Flasche mit dem Desinfektionsspray, als bedrohe man sie mit einer Waffe. Mama blinzelt überrascht.

»Es ist nur zu Desinfektion …«, aber Annika schüttelt wieder heftig den Kopf. Mama schaut zu Papa, der den Mund auf seine Fäuste gestützt hat, dann zu Kristin, die leicht die Schultern hebt und – natürlich – kurz die Augen schließt. »Bist du eigentlich gegen Tetanus geimpft?«, fragt Mama stirnrunzelnd.

»Das haben sie im Krankenhaus gemacht, nach dem Unfall«, sagt Kristin schnell. Mama nickt, stellt ihren Stuhl wieder hin und lässt sich langsam auf das Polster sinken. »Dann nur ein Pflaster?«, fragt sie Annika lächelnd. »Mit … Bärchen-Muster?

Oder ist dir das auch zu kindisch, wie Mari?« Sie hebt lächelnd ein Bärchenpflaster hoch. Annika starrt das Pflaster einen Moment lang stumm an. Dann – völlig unerwartet – lächelt sie plötzlich auch, und es ist nicht ihr übliches zurückhaltendes Lächeln, leicht angespannt und höflich, sondern das breite Grinsen eines Kindes, dass sich über ein Geschenk freut, und sie schaut meine Mutter an und streckt dann langsam, so langsam, als wolle sie ein Tier zähmen, ihren blutenden Zeigefinger aus.

Nach der Sache mit dem Pflaster entscheidet Annika sich für uns. Meine Eltern können ihr Glück kaum fassen und sind am Tag ihres Einzugs so aufgeregt, dass sie nicht stillsitzen können. Sie räumen überall herum und reden so geschäftig miteinander wie zwei Kollegen, die eine Party vorbereiten sollen. Um ihre Aufregung zu kaschieren. Um nicht verrückt zu werden, so verrückt, wie ich mich fühle.

Als Annika dann da ist, sind wir auf einmal wieder so unbeholfen wie beim ersten Mal, und sie sieht plötzlich aus, als würde sie sich an einen ganz anderen Ort wünschen, als würde sie am liebsten wegrennen. Sie nestelt an dem inzwischen angegrauten Bärchenpflaster an ihrem Finger und schaut mit gesenktem Kopf an unserem Haus hoch, nur mit den Augen, wie ein Tier, das sich vor einer drohenden Gefahr duckt. Das Haus kauert über ihr. Es scheint eine seltsame Beklommenheit in Annika auszulösen, die ich beinahe selbst spüre.

Frau Bley und Kristin haben sie hergebracht, mit zwei Koffern, in denen alles ist, was Annika gehört.

»Ist das alles?«, fragt Papa, und sie nicken.

»Es ist alles, was sie aus ihrem alten Zimmer mitnehmen wollte.«

Das alte Zimmer scheint sich plötzlich um uns herum aufzufalten wie ein Schatten. Das Zimmer, in dem Annika aufgewachsen ist. Wo auch immer das war. Auf dem Mond, auf dem Mars. So weit weg von uns, dass keiner sie finden konnte. Mama und Papa fragen nicht weiter. Sie tragen die beiden Koffer – aus dunklem Leder und abgewetzt an den Kanten – sofort in unser Haus, als wollten sie so verhindern, dass Annika wieder in dieses unheimliche andere Zimmer zurückgeht. Dass das Experiment »Familie«, vor dessen Zerbrechlichkeit uns Frau Bley und Kristin gewarnt haben, zu Ende ist, bevor es überhaupt begonnen hat.

Obwohl Annika unser Haus schon kennt, ist es heute, als sie wirklich einzieht, noch mal anders. Als würde sie genauer hinschauen. Ihr Blick fällt, wie magnetisch angezogen, auf die Fotos an den Wänden. Die beiden kleinen Mädchen, sie und ich. Das blonde Kind mit dem Baum im Hintergrund. Annika starrt die Fotos an und dann mich, verlegen und irgendwie auch ein bisschen wütend, als fühle sie sich von mir beobachtet und ertappt. Sie hat ihre rote Mütze nicht auf – wo ist ihre Mütze? –, und ihre Haare hängen über ihren Rücken, bis fast zu den Hüften. Niemand in unserer Familie hatte je so lange Haare. Ihre Haare machen Annika fremd. Sie verstecken sie vor uns, auf mehr als einer Ebene.

Plötzlich wird mir klar, dass das heute mehr ist als ein Besuch. Sie wird einziehen. Sie wird bei uns wohnen. Was für ein

Mensch ist sie geworden, ohne uns? Wie wurde sie erzogen? Durfte sie als Kind auch nur bestimmte Sachen im Fernsehen anschauen, und wenn ja, welche? Pumuckl? Die Turtles? War bei ihr auch Türenknallen verboten? Sind wir uns überhaupt in irgendetwas ähnlich? Ich fühle mich wie in einer kranken Version von »Das doppelte Lottchen«, in einem skurrilen Albtraum. Unschlüssig stehen wir herum, während Annika sich alles ansieht, mit ihren fragenden Augen die Bilder von der Wand saugt. Unser ganzes Leben, in das sie so plötzlich und unerwartet hineinplatzt wie ein Regenguss. Die Bilder an der Wand. Designskizzen meiner Mutter für ihre wichtigsten Kunden, Scribbles von Gartengeräten und Zahnpastatuben, die mein Vater für würdig befunden hat, sie an die Wand zu hängen, und die meine Mutter immer abhängt, wenn Gäste kommen. Die Möbel, zusammengewürfelt aus Erbstücken und neuem Kram, den Annika nicht kennen kann. Ich frage mich, wie es dort ausgesehen hat, wo sie aufgewachsen ist. Bei der Person, die sie geklaut hat. Mein Magen ballt sich zu einer harten Faust zusammen.

»Deine Haare sind dunkler«, sagt Mama plötzlich, und es klingt wie eine Entschuldigung. Annika dreht sich um und fixiert einen Punkt irgendwo zwischen uns, als wären wir, ihre neue Familie, eine fremde Spezies, die sie nicht versteht und zu der sie zaghaft, wie eine Affenforscherin im Dschungel, Kontakt aufzunehmen versucht. Ich sehe, dass Mama nach Papas Hand tastet, aber er entzieht sich ihr. Ich trete einen Schritt zurück. Im selben Moment fällt mein Blick auf die rote Mütze, die auf dem Teppich vor der Haustür liegt wie eine abgelegte Haut. Wahrscheinlich ist sie Annika vom Kopf gerutscht, als sie ihren

Mantel ausgezogen und an unsere Garderobe gehängt hat. Ich hebe die Mütze auf. Sie fühlt sich rau an und fusselig. Ein Etikett ist innen eingenäht, auf dem in verschwommenen Druckbuchstaben ein Name steht, oder ein Wort: »Lies«. Ich räuspere mich und halte Annika die Mütze hin.

»Ist das …?

»Meine, danke«, sagt Annika schnell. Sie schnappt sich die schlabberige Mütze und setzt sie sich auf, zieht sie bis über ihre Ohren runter.

»Ich bin müde. Wo kann ich schlafen?«, fragt sie dann, mit diesem Hauch eines Akzentes in der Stimme und ein bisschen angriffslustig. Ich denke an Annikas Zimmer. Das Mausoleum, in dem sich nichts verändert hat. Ich suche den Blick meiner Mutter.

»Oben«, sagt sie und zwingt sich zu einem Lächeln. »Komm. Wenn du magst, bringt der …«, sie will »Papa« sagen, unterbricht sich aber vorher, »… bringen wir dir noch eine heiße Milch, zum Einschlafen?«

»Ich krieg Bauchweh von Milch, danke«, sagt Annika höflich. Sie hört sich an wie ein Hotelgast, dem die Wirtin, meine Mutter, einen schönen Aufenthalt bereiten will.

Später, als Annika die Tür hinter sich geschlossen hat, sitzen meine Eltern im Wohnzimmer und diskutieren leise miteinander. Ich habe keine Lust, mit ihnen zu reden, aber ich will auch nicht allein sein. Ich überlege, Clementine anzurufen, aber allein der Gedanke an ihre hysterische Reaktion macht mich benommen. Niklas ist ein Idiot. Ole kommt nicht infrage. Niemand kommt infrage. Ich schleiche in den Flur und spähe durch das

Schlüsselloch in Annikas Zimmer. Sie schläft nicht. Das Licht brennt, und sie steht still in der Mitte des rosafarbenen Mädchenteppichs, steif wie ein Laternenpfahl, als wüsste sie nicht mehr, wo sie ist.

12

Rapunzel

Es ist merkwürdig, wie Orte ihre Bedeutung verändern. An einem Tag ist es nur ein Kaufhaus, in das du gehst, um einen neuen Duschvorhang zu kaufen. Am nächsten Tag ist es die Hölle, eine dunkle Präsenz, die du spürst, obwohl du Kilometer weit weg bist, während alle anderen gedankenlos durch die gläsernen Schiebetüren strömen und auf ihre Einkaufszettel starren.

Vor dem Haus lauert die Presse. Ein teigiger Knilch mit Ziegenbart, wenig Haaren und einem Coffee-to-go-Becher in der Hand. Bei jedem Geräusch schaut er hoch und starrt, wie ein Wachhund, mit gespitzten Ohren, in die entsprechende Richtung, und auch wenn er schon längst gemerkt hat, dass es sich nur um das Klappern eines Fensterladens oder ein Kind auf einem Bobbycar gehandelt hat und nicht um irgendwas, das mit Annika zu tun hat, glotzt er immer noch ein paar Sekunden reglos hin, als könne er den jeweiligen Gegenstand seiner Aufmerksamkeit durch sein bloßes Starren zu dem machen, was er sich für seine Story wünscht. Er ist ein Vollidiot und das letzte Presserelikt auf unserer Straße. Ein Dinosaurier, der sich weigert, auszusterben, während sich seine Kollegen alle längst schon wieder anderen

Themen zugewandt haben. Dem Familienmord in Unterbühlen. Nele T.s Onkel, der inzwischen als einer der Hauptverdächtigen gilt. Der Überschwemmung an der Oder.

Vor einer Woche war das noch anders. Die Presse hat uns gefunden und sie war plötzlich überall. Wie ein Schwarm Fliegen sind sie um unser Haus geschwirrt, und manche waren sogar in unserem Garten, um durch die zugezogenen Vorhänge einen Blick auf Annika zu erhaschen. Wann immer einer von uns das Haus verlassen hat, haben sie uns mit ihren Fragen bombardiert, aber wir haben nie geantwortet, also haben sie das Wenige genommen, was sie hatten, und ihre eigenen Geschichten über Annika in ihren Zeitungen zusammengesponnen, sie zu einer Märchenprinzessin stilisiert. Das unnahbare, schöne Rapunzel, das jahrelang in einem Turm gefangen war und nun zurückgekehrt ist.

Papa hat sich am meisten Sorgen gemacht. Dass wir jetzt nie wieder unsere Ruhe haben werden und Annika nie wieder ein normales Leben haben wird. Aber das habe ich nie geglaubt. Menschen sind neugierig, gierig nach Neuem, und sobald Annikas Geschichte nicht mehr neu wäre, würden sie uns in Frieden lassen und sich auf etwas anderes stürzen, was ihnen die Zeit vertreibt. Menschen gewöhnen sich schnell an Dinge, sogar an Drama. Deshalb ist – bis auf Peter Brehm – keiner mehr da, der wissen will, wie es uns geht.

»Wie geht es dir denn?«, ruft Peter Brehm mir nach, und seine Stimme kippt, als wäre er noch im Stimmbruch.

»Denk dir was aus«, rufe ich über die Schulter, und er hebt grüßend sein bescheuertes kleines Aufnahmegerät und sagt:

»Okay.« Aus dem Augenwinkel sehe ich ihn dort stehen, mit herabhängenden Armen, die ein bisschen zu kurz aussehen für seinen Körper, und in die Gegend starren, als halte er nach einem anderen, neuen Mädchen Ausschau, über das er seine Märchen verbreiten kann.

Der letzte Artikel über Annika erscheint, kurz bevor wir mit ihr ins Kaufhaus fahren. Es war Mamas Idee, und es ist die erste Aktion seit Langem, die sie nicht vorher mit Kristin diskutiert hat. Kristin ist am Anfang jeden Tag gekommen, jetzt kommt sie nur noch ab und zu und schaut, ob wir Fortschritte machen. Es ist, als wäre sie eine Wissenschaftlerin und wir ihre Versuchsmäuse. Jeden Schritt sprechen meine Eltern mit ihr ab. Bis auf heute. Meine Mutter hat darauf bestanden, dass wir »das Kaufhaus aufsuchen, in dem Annika verschwunden ist«, um vielleicht eine Erinnerung in ihr zu wecken. Kristin ist nicht da, und keiner weiß so recht, was er tun oder sagen soll.

»Das war keine gute Idee«, sagt mein Vater tonlos. Ich schaue ihn an, dann meine Mutter und merke, dass sie sich nur selber wehtun. Sie stehen an der Rolltreppe mit Annika und mir, als könnten sie es so ungeschehen machen. Als könnten sie die Zeit zurückdrehen und so tun, als sei der Moment von damals gerade jetzt. Aber es ist alles gelogen. Eine Fälschung, eine Rekonstruktion mit Makeln. Finde die Fehler. Die zwei Mädchen sind zu groß und die Eltern haben Sorgenfalten um Mund und Augen und graue Strähnen im Haar. Zu viel Zeit ist vergangen. Annika hat Hunger, also setzen wir uns in das Feinschmecker-Bistro unter dem kuppelförmigen Kaufhausdach, vor dem meine Mutter normalerweise immer fragt, »wer *da* eigentlich Kaffee trinkt«, und trinken Kaffee. Annika bestellt ihren Kaffee, als sei es das Normalste der Welt, und meine Eltern gucken ihr ratlos dabei zu. Der Kaffee macht Annika erwachsen. Er erinnert unsere Eltern daran, dass sie ihre Kindheit verpasst haben, dass sie ihr nie verboten oder erlaubt haben, Kaffee zu trinken, zu rauchen oder auf Partys zu gehen. Jetzt ist sie fast 17 und es ist zu spät. Diesen Teil ihres Lebens müssen sie überspringen.

»Ich nehme auch einen Kaffee«, sage ich plötzlich.

»Nein«, sagt Papa zuerst, reflexartig, aber ich sehe ihn nur an, und er hebt hilflos die Schultern und wendet sich ab. Wir gucken uns um, meiden unsere Blicke und sagen nichts, eine typische Familie beim Sonntagsausflug, die gerade schmollend über einen Streit hinwegschweigt, einen dummen Streit über immer dieselben kleinen Dinge, die einen aneinander nerven.

Nur, dass wir gar nicht wissen, worüber wir streiten sollten. Die Kellnerin bringt Milchkaffees für meine Eltern und Annika und eine Latte macchiato für mich. Ich mag Kaffee eigentlich gar nicht, will mir aber vor Annika die Blöße nicht geben. Latte macchiato besteht zum Glück größtenteils aus Milch.

Die Kellnerin hat zur Hälfte blondiertes Kraushaar, sie lobt Annika für die »tollen Haare«, die unter ihrer Mütze hervorfließen, und fragt in die Runde, wie lange es wohl gedauert hat, bis die so lang waren. Keiner weiß es, außer Annika, die nur nickt und ironisch lächelt. Wie so oft.

»Meine Mutti hat mir nie so lange Haare erlaubt«, flötet die Kellnerin mit ihrer Piepsstimme und strahlt Mama an, die sich zu einem Lächeln zwingt.

»Meine hat mir nie erlaubt, sie zu schneiden«, gibt Annika zurück, immer noch lächelnd, und rührt in ihrem Kaffee, als sei nichts gewesen. Aber irgendwie habe ich das Gefühl, dass sie gerade versucht hat, eine Grenze auszutesten. Sie rührt ein bisschen zu konzentriert.

Mama zuckt leicht zusammen, als der neugierige Blick der Kellnerin sie trifft und ihren Bob mustert. Sie weiß nicht, dass Annika nicht diese Mutter gemeint hat, sondern eine andere. Eine, die wir nicht kennen, von der ich bis jetzt nichts hören wollte und die meine Mutter seit Annikas Rückkehr heimsucht wie ein zweiter Schatten, der sich an ihre Fersen geheftet hat. Ich klaube den kleinen Keks von meiner Untertasse und gebe ihn Mama. Sie nimmt ihn mit einem Lächeln an, einem zugenähten Lächeln mit dünnen Lippen, und drückt kurz meine Hand. Dann trinken wir alle aus, so schnell wir können, und verlassen das Kaufhaus beinahe panisch, als drohe es jeden Augenblick, krachend über uns einzustürzen.

13

Diorama

Manchmal würde ich gerne auf Clementines verdrehtem Planeten leben. Es muss schön sein dort. Clementine ist wie ein roter Ballon, der zwischen den Wolken tanzt. Wenn sie dort oben ist, muss sie die Dinge auf der Erde nicht so sehen, wie sie sind. Sie kann sich ihre eigene Welt machen. Wie sie ihr gefällt. Sie darf nur nicht zu nah an die Sonne fliegen.

Als ich schon gar nicht mehr damit gerechnet hätte, muss ich plötzlich wieder in die Gruppe. Obwohl Sommerferien sind. Meine Mutter besteht darauf, dass ich noch eine Weile hingehe, um »meine Gefühle zu verarbeiten«. Mein Vater hätte mich eigentlich vom Haken gelassen, aber wie immer bestimmt sie. Kristin ist auch auf ihrer Seite und dagegen komme ich natürlich nicht an.

»Was willst du? Ich bin doch jetzt geheilt!«, protestiere ich, aber meine Mutter versteht keinen Spaß.

Als ich in die verbrauchte Luft des Gemeindesaals trete, drehen sich alle zu mir um und starren mich an, als wäre ich ein Star. Oder eine Aussätzige. Grottenolms schmale Brust hebt und senkt sich. Oles rechter Mundwinkel hängt schlaff herunter, während seine Augen skeptisch über mich hinwegtasten, als zweifele er die Existenz meiner Person an oder würde mich in Anführungszeichen setzen, »Mari«, seine Arme sind vor der Brust verschränkt, und er wirkt beinahe geschockt, mich zu sehen. Wie vor den Kopf geschlagen. Was mache ich hier? Clementine wird gerade an der Thermoskanne von Grottenolm zugetextet. Als sie mich sieht, nutzt sie die Gelegenheit zur Flucht und wetzt auf mich zu. Wäre sie ein Hund, würde ihre Zunge hinter ihr herschlackern vor Begeisterung. Seit Annika wieder da ist, ist sie voller heftiger Emotionen. Es ist, als würde sie alles fühlen, was ich nicht zu fühlen imstande bin. Sie fällt mir um den Hals und drückt mich so fest zusammen, dass es wehtut. Ich japse.

»Clementine, ich kann nicht atmen!«

»Ich weiß, ich weiß! Beruhig dich, Mari, okay?« Clementine drückt noch ein bisschen fester zu, dann lässt sie mich los.

»Reicht?«, frage ich zweifelnd und reibe meine Rippen.

»Reicht!« Clementine hakt sich bei mir unter und zieht mich in eine Ecke des Raumes, wo sämtliche Dioramen zu allen möglichen Themen auf einem Tisch aufgebaut wurden. *Das Diorama*, denke ich. *Oh, oh.* Ich schiele zu Ole rüber, der sich an der Nase kratzt und danach gedankenverloren seine Fingernägel betrachtet. Clementine nimmt meinen Arm und schwenkt ihn so fest herum, als würde sie ein Bettlaken ausschütteln. Es tut ein bisschen weh.

»Können wir heute nach der Gruppe mal wieder zu dir? Ich will sie jetzt endlich mal kennenlernen!«

»Ich hab dir doch schon alles erzählt.«

»Erzählt. Na und? Das ist doch was ganz anderes als jemanden treffen! Oh bitteee! Bitte, ja?«

Ehe ich etwas dazu sagen kann, hat Heiko uns mit seinen massiven Armen getrennt wie ein Schiedsrichter.

»Gib Mari etwas Raum, Clementine«, sagt er wichtigtuerisch und lächelt auf mich herab, als hätte er der ganzen Welt etwas bewiesen. Was? Dass verschwundene Geschwister zurückkommen, wenn man nur fest genug daran *glaubt*? Ich habe nie daran geglaubt. Nicht wie Ole. Ich suche verlegen Oles Blick, aber er guckt weg. Mit stolzgeschwellter Brust bugsiert Heiko mich zum Stuhlkreis, und ich frage mich, ob er sich gleich einen Orden an den Pullunder heften und eine Lobesrede auf sich selbst halten wird.

»Heute sprechen wir über Hoffnung!«, verkündet er, mit seiner brüchigen Kieksstimme, die ihm manchmal wegflattert wie ein ungehorsamer Papagei. Er wabbelt auf seinem Stuhl herum und deutet mit ausladender Geste auf mich.

»Mari hier hat sehr viel Glück gehabt«, sagt er feierlich, »und dafür wollen wir alle dankbar sein. Uns allen sollen ihr Mut, äh, und ihr Glaube ein Vorbild sein.« Ich runzle die Stirn. Mut? Glaube? Vorbild? Warum? Heiko tut so, als hätte ich ein Kind vor dem Ertrinken gerettet. Ich konnte mich ja nicht einmal an meine Schwester erinnern. Und jetzt? Ich schaue noch mal zu Ole. Diesmal treffe ich seinen Blick, aber er guckt gleich wieder auf seine Schuhspitzen und tut, hätte er es nicht gesehen. Heiko redet unterdessen weiter. Am liebsten würde ich ihn knebeln.

»Mari«, trompetet er und klatscht mir seine fette Hand auf den Kopf, »ist unser allerältestes Gruppenmitglied! Sie besucht uns nun schon seit fast fünf Jahren! Das ist ein echter Rekord!« Ich würde am liebsten im Boden versinken. Die spöttischen Blicke der Hyänen kleben an mir, und ich habe das Gefühl, dass sie mich alle für den letzten Loser halten. Fünf Jahre! Wer lässt sich das gefallen? Liza mit z, der es ein Dorn im Auge ist, dass ich so viel mit Ole rumhänge, schnaubt leise in ihre Faust. Heiko überhört das gekonnt. Er strahlt mich an, als müsse ich mich über seine Lobeshymne freuen, wie ein übereifriger Lehrer, der einen strebsamen Schüler aus der Masse hervorhebt, ohne zu ahnen, dass der später auf dem Pausenhof die schmerzhafte Quittung dafür bekommen wird. Heiko schnäuzt sich prustend und ungeniert in sein widerliches Stofftaschentuch (mit Monogramm) und legt dann die Handflächen aneinander wie zu einem Gebet.

»So, ihr Lieben«, sagt er, schwer atmend, »dann stellt uns doch mal eure schönen Dioramen vor. Ole, was hast du denn Feines gezaubert?«

Ole dreht mechanisch den Kopf und starrt mir zwei Löcher in die Stirn. Jedenfalls fühlt es sich so an. »Mari wollte unseres mitbringen«, sagt er und verschränkt die Arme. Seine Beine hat er um die des Stuhls gewickelt. Ich würde ihn am liebsten umschubsen, aber ich sitze zu weit weg.

»Ich war beschäftigt!«, sage ich und fixiere Heiko mit meinem süßesten Blick. Leider hat das nicht die gewünschte Wirkung. Heiko legt seinen Kopf schief und lächelt genauso süß zurück.

»Heute Nacht«, sagt er versonnen zu niemand Bestimmtem, »hatte ich einen wunderlichen Traum. Sonderbar, ganz sonderbar. Ich träumte, dass ich ein Bär war. Wenn jemand sich nicht an meine Regeln hielt, flippte ich aus und riss alles in Stücke. Ich war bis zum Hals voll mit wilder Aggression. Wuah!« Heiko schreit plötzlich auf und hämmert sich auf die Brust wie ein Gorilla, was weniger lustig wirkt, als es vermutlich gemeint war. Als alle zusammenzucken, lacht er beschwichtigend auf. »Kleiner Scherz!« Aber niemand glaubt ihm. Alle starren ihn an, befremdeter als je zuvor.

Wie kommt es nur, dass so oft Geisteskranke und Idioten auf Kinder und Jugendliche losgelassen werden? Die meisten meiner Lehrer sind komplett verrückt, vor allem die alten, aber das interessiert keinen. Vermutlich sind alle anderen Erwachsenen froh, dass sie sich nicht selber mit uns abgeben müssen. Vielleicht *muss* man sogar verrückt sein, um es mit uns auszuhalten.

Heiko räuspert sich und sieht mich wieder mit seinem leeren Lächeln an, einen Punkt über meinem Scheitel fixierend.

»Mari. Da du heute unser Glückskind bist, wirst du all deine neu gewonnene Energie in deinem Herzen sammeln und in die Erstellung eines *fantastischen* Dioramas investieren. Und zwar gleich heute, hier, in diesem Raum, nach der Gruppe.«

»Was?«, entfährt es mir, und alle anderen kichern schrill und glockenhaft, wie kleine, böse Feen, alle außer Clementine und dem Grottenolm, der immer das macht, was Clementine macht; und Ole, denn Ole schnaubt einfach nur. Laut, bitter und elefantös. Er schnaubt so laut, dass er damit sogar den fiesen Elfenchor übertönt. Das hätte er besser nicht getan. Heiko hebt seinen fetten Zeigefinger und deutet anklagend auf Ole. Ohne Worte. Ole reißt die Augen auf: Nein!

Irgendwann sind alle Hyänen und Elfen, Grottenolme und Heikos weg, und wir sitzen allein in der Mitte des verlassenen Stuhlkreises in einem Haufen aus Tüchern, Scheren, Klebstofftuben, stumpfen Buntstiften und Buntpapier, die Heiko aus dem Gruppenraum der Kinderbibelwoche »gezockt« hat, wie er sich auszudrücken beliebt. Ole hebt lustlos einen Schuhkarton hoch und lässt die Schultern hängen.

»Vielen Dank«, sagt er zu mir. »*Du* wolltest das machen!«

»Ich hatte wirklich anderes zu tun«, gebe ich zurück.

»Ihre Schwester nämlich!«, fügt Clementine eifrig hinzu, die extra dageblieben ist, um uns beiden Gesellschaft zu leisten. Ole mustert sie geringschätzig wie einen trockenen Keks.

»Geeenau«, sagt er, mit dieser Giftspritzen-Stimme, die er manchmal benutzt. »Das ist doch alles …« Er spricht nicht weiter.

»Was?«, frage ich lauernd, weil ich gerade Lust habe, mich mit ihm anzulegen. Ich habe Lust auf eine Prügelei, ich fühle mich in diesem stickigen Raum zwischen dicken, grünen Vorhängen und holzgetäfelten Wänden eingesperrt wie ein Tier im Zoo, ich muss ein Ventil finden für den Druck, der sich in meinem Inneren auftürmt wie eine Gewitterwolke.

»Na ja«, sagt Ole bloß und zuckt mit den Schultern. »Was ist denn, wenn sie einfach 'ne … Betrügerin ist?« Ich lache auf.

»Quatsch!«, kreischt Clementine, schielt zu mir rüber und presst geschockt eine Hand auf ihr Herz. »Spinnst du, Ole?«

»Denkt doch mal nach!«, gibt Ole ungerührt zurück und fährt sich dabei so selbstgefällig durch sein Haar, dass ich die Augen verdrehen muss, um nicht zu schreien. »Nach der

Ermordung der Zarenfamilie in Russland, im Jahre 1918«, salbadert er mit zu Boden gerichtetem Blick und kritzelt kleine Figürchen mit Kronen auf ein Stück rosa Buntpapier, »haben sich total viele Frauen für die angeblich »verschollene« Prinzessin Anastasia ausgegeben. Dabei war und ist sie einfach tot. Erschossen in einem Keller. Wie ihre ganze Familie. Warum zur Hölle sollte ausgerechnet sie es geschafft haben? Ich meine, da waren Soldaten mit *Bajonetten* und …!«

»Halt die Klappe, Ole!« Ich schubse ihn weg und schnappe mir das Stück rosa Buntpapier, ich zerfetze es zusammen mit seiner bescheuerten, altklugen Theorie in der Luft. Trotzdem fliegen seine giftigen Worte mit den Fetzen um meine Ohren und setzen sich in meinem Kopf fest. Fiese, kleine Gedanken.

»Ole, echt mal jetzt«, sagt Clementine missbilligend und wirft mir von der Seite einen besorgten Blick zu, ihre knochige Hand tätschelt mein Knie. »Er meint es nicht so«, sagt sie, als wäre ich ein Baby. Clementine behandelt andere Leute gern wie kleine Kinder. Sie glaubt, die ganze Welt verstanden zu haben und die Nanny von jedem sein zu müssen. Sogar von Ole, den sie jetzt in seine Schranken weist, den dünnen Zeigfinger erhoben.

»Das ist eine *urban legend*, mit dieser Anastasia!«, sagt sie streng. »Beziehungsweise ein Disneyfilm, den hab ich im Kino gesehen, als ich klein war. Das sind alles nur *Märchen*!«

»Weißt du, was auch 'ne *urban legend* ist?«, sagt Ole, und seine Gesichtsmuskeln zucken. Scheinbar macht es ihm Spaß, Clementine zu ärgern. »Die von dem süßen Hundebaby, das eine Familie aus dem Spanienurlaub mitgebracht hat. Sie haben es gehegt und gepflegt und geknuddelt und es sogar bei sich im Bett schlafen lassen. Der kleine Hund war immer brav und lieb. Nur *komischerweise* hat er nie gebellt. Komischerweise war dann auch irgendwann zuerst die Katze der Familie weg, und dann das Meerschweinchen, und irgendwann hat ihnen der Tierarzt dann erklärt, dass sie sich keinen Hund von der Straße geholt hätten, sondern … eine RIESENRATTE! Eine ekelhafte Riesenratte, die Krankheiten und Flöhe überträgt!«

Triumphierend starrt Ole uns an.

»Was willst du damit andeuten?«, frage ich langsam, wie ein Mafioso, und bohre meinen tödlichen Blick in den seinen. Er starrt zurück. Stille. Ich weiß selber nicht, warum ich mich plötzlich auf Annikas Seite stelle, es passiert einfach so. Vielleicht ist es ein Zeichen. Vielleicht bedeutet es, dass sie wirklich zu meiner Familie gehört.

Clementine, auf die Oles Geschichte Eindruck gemacht hat, glotzt ihn mit offenem Mund an. Ein leises, unbewusstes »Iiiih …!« dringt aus ihrer Kehle. Im nächsten Moment ertappt sie sich selbst dabei, Ole so atemlos zugehört zu haben, und klappt ihre Lippen fest aufeinander.

»Lenk – nicht – ab!«, sagt sie streng und bohrt Ole bei jedem Wort ihren pinkfarben lackierten Nagel in die Brust. »Und hör auf jetzt mit dem Quatsch. Wir haben ein Diorama zu basteln!« Clementine stellt den Karton mit beiden Händen feierlich zwischen uns, wie ein heiliges Artefakt. »Irgendwelche Ideen?«

Ole lässt sich zur Antwort theatralisch auf den Rücken fallen. Es sollte eigentlich nur Show sein, aber er kommt ziemlich hart auf und bleibt verdächtig lange liegen. Wir starren auf ihn runter.

»Hast du dir wehgetan?«, frage ich grinsend. Ole schnaubt.

»Nein?« Er will sich hochstemmen, krümmt sich vor Schmerz, »Fuck, tut das weh!«, und muss plötzlich lachen. Er sinkt zurück zu Boden und streckt ächzend seine Hände nach mir aus. Obwohl ich auch lachen muss, verschränke ich meine Arme.

»*Ich* helf dir bestimmt nicht, nach der Geschichte eben!«

»Das war nur so 'ne Theorie! Ich nehm alles zurück!«

Clementine nimmt seufzend Oles Hände und zieht ihn hoch.

»Mach dich nicht so dick, du bist wie meine kleine Schwester«, keucht sie, »wenn sie ihre ADHS-Tabletten nicht nehmen will.«

»ADHS?«, frage ich zweifelnd. »Seit wann das denn?«

»Seit sie meinen Eltern zu laut ist und nicht mehr ins Ballett gehen will. Egal«, Clementine winkt mit klirrenden Armreifen ab, »ich musste die früher auch mal nehmen, das geht vorbei!«

»Jetzt ist mir *einiges* klar!«, sagt Ole, und Clementine knufft ihn.

»Alle haben irgendwas!«, seufzt sie plötzlich. »Es ist so unfair!« Sie zieht einen Flunsch und rutscht auf ihren Knien ganz nah zu mir heran. Sie trägt knappe Shorts und ein schulterfreies Shirt, über dem ein ganzes Bündel glitzernder Ketten baumelt wie ein antiker Brustharnisch. Sie riecht extrem süß, nach Vanilleshampoo und Erdbeerparfüm.

»Meine Freundin Elli aus der Schule hat jetzt sogar *Diabetes*!«, sagt sie so neidisch, als hätte Elli ein Mofa geschenkt bekommen. Ole und ich tauschen einen irritierten Blick.

»Okay«, sage ich. »Machst du gerade einen geschmacklosen Witz, oder beneidest du wirklich ein Mädchen, das an einer unheilbaren Autoimmunkrankheit leidet und bis an sein Lebensende von Medikamenten mit wahrscheinlich tausend Nebenwirkungen abhängig sein wird?«, frage ich stirnrunzelnd.

Ole, der sich den Rücken reibt, muss schon wieder lachen. Auch wenn es diesmal eher zynisch ausfällt. Clementine ist meinen Worten mit einem Stirnrunzeln gefolgt und legt mir ihre von Armreifen klirrende Hand auf den Unterarm.

»Oh ja!«, sagt sie düster. »Und das Beste daran ist, dass es DÜNN macht! Ohne Scheiß. Du spritzt dir einfach ein bisschen zu wenig Insulin und: Voilà! Dünn!«

»Das ist bestimmt total gesund«, sagt Ole trocken.

»Ach. No risk, no fun, Ole!« Clementine saugt ihre Lippen ein und verdreht die Augen zur Decke, als träume sie sich gerade auf einen Laufsteg der New York Fashion Week. Ole schnaubt ungläubig. Er kennt Clementine noch nicht so lange wie ich und weiß deshalb nicht, dass ihr Neid auf Elli bloß ein Mechanismus ist, um sich selbst zu schützen. Würde sie zugeben, dass Diabetes eine ernst zu nehmende Krankheit ist, bekäme ihr Panzer Risse. Die Traurigkeit, die sie mit aller Kraft aus ihrer Traumwelt ausschließt, würde einfach in sie hineinsickern, sie überfluten und an einen dunklen Ort schwemmen. Deshalb hat aus Clementines Sicht alles immer zwei Seiten: eine gute und eine gute. Und wenn eine Seite doch mal droht, schwarz anzulaufen, dann reibt sie sie eben wieder sauber. Leute, die sie nicht kennen, denken deshalb manchmal, dass sie naiv und oberflächlich ist. Ole scheint da keine Ausnahme zu bilden.

»Okay, was ist jetzt mit dem Diorama?«, frage ich, und Ole lässt sich sofort wieder flach auf den Rücken fallen. »Aua. Fuck.«

14

Eisblumen

Manchmal kommt es mir vor, als wären all meine Erinnerungen bloß Filmszenen, die irgendjemand schlampig zusammengeschnitten und auf einem alten Videoband abgespeichert hat. Lückenhaft und fremd, wie etwas, das nur inszeniert wurde. Ich frage mich, was auf Annikas Videobändern zu sehen ist und ob man ihr meine alten Filme zeigen und behaupten könnte: »Das bist du!« Vielleicht würden meine Erinnerungen dann zu ihren werden.

An Sonntagen steht die Zeit still, vor allem, wenn die Sonne scheint. Der Himmel ist blau, das Licht bohrt sich grell in meine Augen und füllt meinen Kopf mit einer Schwere, die den ganzen Körper lahm werden lässt. Ich liege auf dem Sofa und fühle mich wie ein Sandsack, unfähig, mich zu bewegen. In meinem Magen rollt das Frühstück herum, und ich muss an Rotkäppchen denken und den Wolf, der von seinem Bauch voller Wackersteine auf den Grund eines Brunnens gezogen wird. Mein Vater ist im Garten und mäht den Rasen, es riecht nach geschnittenem Gras. Meine Mutter hat ihre Haare zu einem kleinen, palmenartigen Pferdeschwanz hochgebunden und telefoniert am Fenster mit einem Kunden, einen Kugelschreiber im Mund. Sie weiß nicht, dass sie ihre Lippen blau angemalt hat. Als sie meinen Blick auffängt, lächelt sie gequält, schließt die Augen und hält den Telefonhörer einen Moment lang von sich weg, dann klemmt sie ihn sich wieder zwischen Kinn und Ohr und macht einmal »Mhm, ja, ja!«, während sie einen Zettel von ihrem gelben Notizblock reißt und darauf herumkritzelt. »Aber darüber haben wir ja schon gesprochen«, sagt sie und rudert mit dem Arm, als wolle sie den Kunden auffordern, schneller zu machen.

Ich habe Durst. Meine Zunge ist ein trockener Lappen, der an meinen Zähnen klebt. Ich wälze meinen schweren Körper vom Sofa und schlappe in die Küche, die Fliesen sind angenehm kühl unter meinen Sohlen. Ich ziehe die Zehen ein, öffne den Kühlschrank und nehme eine Packung Orangensaft heraus, die ich ansetze und mir direkt in den Hals laufen lasse, weil ich keine Lust habe, mir ein Glas zu nehmen. Ein Glas steht schon in der Spüle, darin Reste von Orangensaft. Es ist eins von den alten Nutellagläsern, mit zerkratztem Comicaufdruck. Die Schlümpfe, die Muppets, Popeye. Meine Mutter will sie immer wegschmeißen, aber ich habe sie als Kind gesammelt und bestehe darauf, sie zu behalten, aus Prinzip. Normalerweise nimmt außer mir keiner die Schlumpfgläser.

Ich starre das Glas an. Im selben Moment höre ich ein leises, schabendes Geräusch aus der Speisekammer. Die Tür ist nur angelehnt, heraus fällt ein heller Streifen Sonnenlicht, der über die roten Fliesen sickert, als wäre Milch ausgelaufen. Ich trete vorsichtig mit meinen nackten Zehen in das Rinnsal aus Licht und schiebe die Tür zur Speisekammer auf. Die Luft ist kühl und abgestanden. Wenn es draußen so hell ist, ist es im Haus dunkler als sonst, und man hat das Gefühl, sich durch eine andere Welt zu bewegen. Als wäre man unter Wasser. Alles ist gedämpfter, weiter weg. Die Kinder, die draußen auf der Straße mit dem Ball spielen und lachen, hören sich an wie Wesen aus einer anderen Realität. Im Dämmerlicht der Speisekammer, unter dem Fenster, zwischen den hohen Regalen, auf denen sich Marmeladengläser, Linsen und Dosen mit geschälten Tomaten türmen, steht Annika. Sie hat die Gefriertruhe aufgeklappt und fährt mit einer Hand gedankenverloren über das Eis, das sich innen am Deckel festgesetzt hat und ihn überzieht wie eine Schicht dünner Zuckerguss einen Kuchen. Sie formt ihre Finger zu Krallen und zieht sie durch das Eis, kratzt feine Rillen hinein, und betrachtet anschließend die weißen Ränder unter ihren Fingernägeln. Ich sehe ihr Gesicht im Profil, sie lächelt. Das Sonnenlicht malt goldene Streifen in ihr langes Haar, das wie immer aus ihrer weinroten Mütze über ihre Schultern fließt. Plötzlich habe ich das Gefühl, unheimlich präsent zu sein, fehl am Platz. Ich stehe im Türrahmen und spüre, wie ich langsam sichtbar werde, ich materialisiere mich in Annikas Augenwinkeln. Sie wendet den Kopf und schaut mich an. Sie erschrickt nicht, sie schaut einfach nur, ihre Hand kratzt immer noch an der Eisschicht, langsam und wie von selbst, als würde sie gar nicht zu Annika gehören. Das Geräusch lässt mich an einen Eiskratzer denken, der über eine gefrorene Autoscheibe schabt. Ich erinnere mich an Eisblumen hinter Glas, auf die ich meinen Finger drücke und die plötzlich zu feinem Pulver zerstäuben, wie Puderzucker. Das Gesicht meines Vaters, das dahinter zum Vorschein kommt, gerötet, mit Eisflocken auf den Wimpern und der Krempe seiner Wollmütze. Er streckt mir die Zunge raus und lächelt, und ich presse meine Hand auf das Loch, das er in die Eisschicht vor meiner Fensterscheibe gekratzt hat. Ich habe meinen Anorak an und kann meinen Arm kaum bewegen, er sieht aus wie eine dicke, hellblaue Raupe, meine Handschuhe hängen an Kordeln aus meinen Ärmeln, und meine Beine baumeln über den Rand des Kindersitzes. Ich bin vier Jahre alt und wir machen einen Ausflug mit dem Auto. Davon gibt es irgendwo ein altes Video: Meine Stiefel sinken tief in den Schnee ein. Ich hänge an der Hand meiner Mutter und versuche, mit meinen Füßen in ihre Abdrücke zu treten. Der Schnee geht mir bis zu den Knien, und ich lache, als würde ich mich verschlucken. Mein Vater, der die Kamera hält und dahinter atmet, formt mit einer Hand einen Schneeball und wirft ihn meiner Mutter an den Hinterkopf, sie kreischt, verstrubbelt ihre Haare und fährt sich mit der Hand in den Kragen, mein Vater lacht sie aus, sie guckt ihn vorwurfsvoll an, dann beugt sie sich zu mir runter und flüstert mir etwas ins Ohr. »Was gibt's da zu flüstern?!«, ruft mein Vater. Meine Mutter schaufelt mir Schnee auf die dicken, ausgebreiteten Fäustlinge, packt mich unter den Achseln und rennt mit mir auf meinen Vater zu. »Jetzt, jetzt, jetzt, Mari!«, ruft sie, und meine runden Augen unter meiner bunten Wollmütze weiten sich. »Neiiin, Hilfe!«, ruft mein unsichtbarer Vater, etwas zu laut, denn der Kameraton vibriert auf einmal ganz seltsam, und ich verziehe das Gesicht und fange an zu heulen, wahrscheinlich, weil ich meinem Vater den Schnee nicht ins Gesicht werfen will oder nicht verstehe, was meine Mutter von mir will.

»Oh neiiin …!«, lacht mein Vater, dann bleibt der Film plötzlich stehen, und das Bild wird schwarz. Ich weiß nicht, was danach passiert ist, oder davor. Ich weiß nicht, ob es überhaupt passiert ist.

Annika klappt die Truhe mit einem Knall zu, der mich wieder in die Realität zurückreißt. Sie schiebt sich an mir vorbei, in ihrer Hand ein bunt gestreiftes Eis am Stiel. Kaktus. Sie schaut mich nicht an, und es fühlt sich plötzlich falsch an, *ich* zu sein. Ich will mich auflösen, verschwinden. Ich gehe zur Eistruhe, öffne sie und schaue hinunter auf Packungen mit Suppengemüse, Fischfilet, Gemüsepizza und Eis. Die Kälte legt sich sanft auf mein erhitztes Gesicht. Am liebsten würde ich mich in die Truhe legen, sie über mir zumachen und schlafen, wie ein Vampir in seinem Sarg. Stattdessen fahre ich mit den Fingernägeln durch das Eis, das sich unter dem Deckel gebildet hat, mit dicken Tropfen an den Rändern, wie weißer Zuckerguss.

15

Endstation

Als ich neun war, wollte ich Detektivin werden. Ich stellte mir vor, wie ich Zigarettenstummeln und Fußabdrücken folgen und Annika in einem Schuppen im Wald aufspüren würde. Die Entführer würden uns natürlich erwischen und beide einsperren, aber ich käme auf die geniale Idee, eine Zeitung unter der Tür durchzuschieben und mit einem Draht den Schlüssel, der natürlich außen stecken würde, aus dem Schlüsselloch zu stochern. Wir würden gemeinsam fliehen und ich bekäme eine lobende Erwähnung in der Zeitung und wäre der ganze Stolz meiner Eltern. Ich hatte eindeutig zu viel Kalle Blomquist gelesen.

Wir können uns nicht einigen, was unser Diorama darstellen soll. Einen dystopischen Menschenzoo (ich), ein Fernsehstudio à la »Germany's Next Topmodel« (Clementine) oder einen dadaistischen Müllhaufen (Ole). Jeder von uns findet seine Idee am besten, deshalb verschieben wir das Basteln und treffen uns in der Stadt, um erst mal einen »Plan« auszuarbeiten. Wir trödeln, das wissen wir, aber es ist uns egal.

»Wir brauchen eben einen *Plan*. Architekten machen das schließlich auch so«, verteidigt Clementine uns verträumt und hört sich dabei mal wieder an, als würde sie der Welt eine große Weisheit verkünden. Obwohl sie nicht müsste, hat sie sich offiziell zu unserem dritten Teammitglied ernannt.

»Ihr tut mir eben leid und ohne mich *wird* das nichts!«, war ihre Erklärung. Ich vermute allerdings, dass sie einfach keine Lust hat, daheim den Babysitter für ihre kleine Schwester zu spielen. Clementines Eltern sind selten zu Hause, und seit ihre kleine Schwester Nessie deren Freizeitaktivitäten verweigert, klebt sie ständig an »Clementines Arsch«, wie Clementine es selbst ausdrückt. »Ernsthaft! Wozu *hat* diese kleine Nervensäge eine Nanny?!« Wir hängen im »Mexican Burrito Bros« herum, einem bunt gestrichenen und mit Plastik-Kakteen verzierten Fett-Imbiss, wo nachts die Kakerlaken unter der Tür durchkrabbeln und dessen schlampig gerollte Burritos auch als »mexikanisches Roulette« bezeichnet werden, weil sie angeblich schon fiesen Brechdurchfall und Schwindel verursacht haben.

»No risk, no fun!«, sagt Clementine deshalb mal wieder, als sie die Tür aufstößt, obwohl *sie* sowieso nie irgendwas isst. Natürlich könnten wir auch zu »Burger Queen«. Aber der Inhaber von »Mexican Burrito Bros« gleicht das gesundheitliche Risiko mit einem unfassbar billigen Schülermenü wieder aus und seit dem »Gammelfleischskandal« letzten Winter bekommt man eigentlich immer einen Tisch am Fenster. Ein Glück für den Burrito-Boss, dass es Schüler gibt. Schüler essen alles, Hauptsache, es bleibt danach genug Geld für Zigaretten, Kaffee und Alkohol übrig. Oder Coconut-Water, Clementines neuestes »Beauty-Getränk«, das sie letzten Sommer in Kalifornien »entdeckt« hat und das einfach nur nach nichts schmeckt.

Clementine sitzt mir gegenüber auf einem hohen Hocker, einen Kugelschreiber im Mund, und guckt an die Decke, als wäre die der Quell all ihrer Inspiration. Ich folge ihrem Blick. Eine perfekte Salamischeibe klebt aus unerfindlichen Gründen neben der Neonröhre. Ich stelle mir in einem surrealen Tagtraum vor, wie sie sich ablöst und auf uns herniedersegelt wie ein träger Mantarochen. Ole ist nicht da. Er »verspätet« sich. Natürlich.

Clementine und ich haben Cola und Quesadillas bestellt, meine sind schon fast weg, während Clementine ihre nicht einmal angerührt hat. Sie bestellt das Essen nur, um es sich anzuschauen und dann zu verschenken. »Die Augen essen mit!«, sagt mein Vater manchmal, wenn er sich in der Küche verkünstelt. Bei Clementine essen *nur* die Augen.

»Isst du das noch?«, frage ich, und sie schüttelt den Kopf, erfreut, dass ich ihr mit meinen Worten zumindest suggeriere, dass sie *doch* etwas gegessen hat (»Irgendwann, als du gerade weggeschaut hast«) und nur den »Rest« nicht mehr schafft.

»Nein, iss du ruhig!«, sagt sie schnell und fahrig und senkt ihren Kopf so tief über ihren Collegeblock, dass ihre Stirn beinahe die Seiten berührt. In ihren runden, mädchenhaften Buchstaben hat sie bereits eine »Ideenliste« für das Diorama erstellt.

»Wollen wir uns deinen Rest einfach … teilen?«, frage ich scheinheilig, in dem Versuch, sie wie ein kleines Kind ins Essen reinzutricksen. Clementine zupft, wie zur Antwort, an einer winzigen Hautfalte unter ihrem Kinn. Sie kriegt kaum genug zu fassen und wirft mir trotzdem einen Blick zu, als sei sie der fetteste Mensch auf Erden und in ihrem eigenen Körper gefangen wie ein Maskottchen von Michelin.

»Zu viel Koriander!«, sagt sie und lächelt harmlos.

Mit einem Seufzen beiße ich in Clemmis Quesadilla. Oh ja. Zu viel Koriander. Ich verziehe das Gesicht.

»Alles in Ordnung bei euch?«, fragt ein Kellner mit weiß-grünem Poncho und Sombrero routiniert, obwohl er die Antwort ganz offensichtlich nicht hören will.

»Zu viel Koriander«, sage ich, und er sofort: »Ich weiß. Schmeckt wie nasser Hund.« Er wischt mit einem stinkenden Putzlappen eine feuchte Schlangenlinie über den Tisch und stellt uns – etwas zu spät – ein kleines Körbchen mit Chiliflocken, Öl und scharfen Soßen hin, zwischen den uralten Flaschen stecken klebrige Speisekarten, Servietten und irgendwelche bunten Flyer. Einen davon schnappt sich Clementine sofort mit einem koketten »DANKE!« und strahlt den Kellner an, der irritiert zurücklächelt.

»Also, wollt ihr noch was trinken oder so?«, fragt der Kellner, bestimmt ein Student, mindestens fünf Jahre älter als wir und damit genau Clementines Beuteschema, denn: Reifere Männer sind sowieso »viel interessanter«.

»Einen New York Cheesecake zum Mitnehmen, please!«, flötet Clementine, und ich starre sie humorlos an, während sie dem Kellner mit ihren Blicken folgt.

»Den ess *ich* nicht, nur dass das klar ist«, sage ich. »Ich kann nämlich nicht mehr.«

Clementine zuckt bloß mit den Schultern und vertieft sich in den Flyer aus dem Soßenkörbchen.

»Okay«, sage ich mit einem Blick auf die runde Uhr über der Tür, »ich hab Ole schon hundert Nachrichten geschickt und er kommt nicht, also …« Clementine kreischt leise auf. Einige Köpfe drehen sich zu ihr um. Sie starrt auf den Flyer, der in ihren Händen zittert. Langsam hebt sie ihn hoch und schiebt ihn vor mein Gesicht. *Werde die nächste Miss Monaco!*, steht darauf, und: *Du bist sexy? Du willst fame? Du bist mindestens 15 Jahre alt? Dann bewirb dich JETZT! mit deinem individuellen Video! Einsendeschluss ist der 26. Juni! Viel Glück!* Clementine schaut mich an und in ihren Augen schwimmen Tränen.

»Ich dachte, das geht erst ab 18«, sage ich tonlos.

»Sie haben die Regeln geändert!«, haucht Clementine fassungslos. »Sie haben die Regeln geändert!« Sie ruft es so laut, dass alle es mithören können, wie jemand, der in einer romantischen Komödie einen albernen Satz schreit: »Sie hat JA gesagt!« Oder so was. Manche Leute kichern, manche drehen sich weg, mit verärgerten Gesichtern, als hielten sie Clementine für eine Verrückte oder einfach für ein besonders lautes, auffälliges, beklopptes Mädchen. Was alles zutrifft. Als der unsichere Kellner, der in der Zwischenzeit offenbar auf irgendeinem Mitarbeiterklo an seiner Akne herumgedrückt hat, Clementine ihren Cheesecake in einem weißen Karton übereicht (sogar mit rosa Schleife), schaut sie ihn kaum an, was ihm unter seiner Schürze das Herz bricht. Er wirkt wie einer jener Typen, die glauben, dass man »zusammen« ist, wenn man sich nur einen Moment zu lange anschaut.

»Komm, Mari«, sagt Clementine bestimmerisch und zerrt mich am Arm aus dem »Mexican Burrito Bros«, als würde sie mich abführen. Den Karton mit dem Cheesecake stopft sie in den Mülleimer neben dem Eingang.

»Ich muss jetzt Hardcore-Diät machen«, verkündet sie knapp. Als ich mich nach ein paar Schritten umdrehe, sehe ich, wie der unsichere Kellner den Karton wieder aus dem Müll holt und betrachtet wie ein erschossenes Hündchen. Armer Kerl.

»Hey, wo wollt ihr hin?«, schreit Ole, der gerade mit einem Satz aus dem Bus springt und die Arme hebt, als seien wir es, die *ihn* versetzt hätten. »Wir sind da drin verabredet! Auf euch ist kein Verlass!«

»Wir haben auf dich gewartet, und zwar EWIG!«, schnauze ich zurück. Clementine trennt uns mit ihren dürren Armen.

»Okay, okay!«, sagt sie laut und bestimmt, sie fühlt sich offensichtlich sehr wohl in ihrer Rolle als Schlichterin.

»Ihr wisst, dass ich in meiner Schule mal *Pausenhofschlichterin* war, ich hab das alles im Griff, vertraut mir!« Sie holt tief Luft. »Ole? Du bist zu spät, aber das macht gar nichts, du kannst jetzt mit mir und Mari mitkommen und ein Video drehen, wir wissen jetzt endlich, worum es in unserem Diorama geht, nämlich: um mich! Wir drehen einen Film, und dann spielen wir ihn IN dem Diorama ab, auf einem Bildschirm, und das Diorama drumrum sieht aus wie ein Kino bei den Oscars, mit Vorhang und rotem Teppich, wir nehmen das alte iPad von meinem Papa, das hat er Nessie, das ist meine kleine Schwester, Ole, zum Spielen gegeben, und die checkt das sowieso alles noch nicht.«

»Stopp!« Ich drücke Clementines Sonnenbrille auf ihre Nasenspitze runter, um ihr über den Rand hinweg tief in die Augen zu sehen und sie in die Realität zurückzuholen.

»Clementine, wir sollen ein *Diorama* basteln. Pappe und

Buntpapier und Eierkartons und so? Du suchst gerade nur eine Ausrede, um stattdessen das Video für Miss …«

Clementine drückt mir ihren spitzen Zeigefinger unter das Kinn.

»Mach mir das nicht kaputt, okay? Euer Thema ist »Zukunft« und es *geht* ja um die Zukunft. Meine Zukunft! Was sind denn eure Ideen? Eben! Ich *müsste* das ja nicht mit euch machen, der Grottenolm und ich *haben* unser Diorama ja schon gebastelt, aber ich bin die *Einzige*, die hier Ideen hat und …!«

»Okay, okay!«, unterbreche ich ihren Redeschwall. Clementine hängt an meinem Kragen wie ein verrückt gewordenes Klammeräffchen mit Schilddrüsenüberfunktion. Sie schlingt ihre Arme um meinen Oberkörper und drückt mich zusammen.

»Drück mich nicht zusammen, das hilft nicht bei allem!«

»Sicherheitshalber!« Clementine drückt mich grimmig noch ein bisschen fester zusammen. Ole schaut verwirrt zwischen uns hin und her.

»Was? Worüber redet ihr eigentlich?«, fragt er, und als Clementine mich endlich wieder loslässt und zu einer eifrigen Antwort ansetzt, verschließt mein Hirn meine Ohren plötzlich luftdicht, dreht den Ton ihrer Stimme herunter wie mit einem Regler und lässt sie zu einem seichten Hintergrundgeplänkel werden. Zu weißem Rauschen. Meine gesamte Aufmerksamkeit richtet sich auf etwas anderes.

Jemand anderen.

»Ähm, schaut mal!«, sage ich leise und ziehe Ole am Pulloverärmel. Es ist mir egal, dass er sich sofort theatralisch von mir losreißt und seinen Ärmel inspiziert.

»Das ist meine Schwester!« Annika ist gerade aus einem uralten kleinen Laden für Schreib- und Tabakwaren getreten und schlurft die Fußgängerzone hinunter, ihr alter Lederrucksack hängt halb über ihrem Rücken und ein langer Rock bis fast zu ihren Füßen, sie sieht aus wie eine trampende Fee auf Europareise, oder wie eine Irre, die aus einer Anstalt ausgebrochen ist. Sie trägt wie immer ihre ausgeleierte rote Mütze, ihre Haare hängen ihr über den Rücken wie ein Cape, deshalb sehe ich erst nach Sekunden, dass sie über dem Rock Mamas graurosa Pulli trägt. Mamas Lieblingspulli aus Kaschmir, den sie hütet wie ihren Augapfel.

»Das ist jetzt nicht wahr«, sage ich finster. »Ich darf diesen Pulli nicht mal *anfassen*!«

»Aber es sieht megasüß aus!«, sagt Clementine und zieht die Schultern hoch. »Die Kombi mit dem Pulli und dem langen Rock, das ist mega-in gerade. Und der Rucksack? Mega. Und die Mütze ist auch ganz süß. Bisschen hippiemäßig vielleicht.«

Ich starre sie bloß an und Clementine zieht wieder die Schultern hoch. »WAS? Deine Schwester hat's voll drauf. Modisch.«

»Ich bin mir sicher, dass sie das nicht beabsichtigt hat«, knurre ich, finsterer denn je. »Was macht sie überhaupt hier? Was macht sie in einem TABAKLADEN? Schnaps kaufen oder was? Sie sollte zu Hause sein!«

Ole sieht mich von der Seite an, mit zusammengekniffenen Augen. Lauernd, detektivisch. »Hmmm«, macht er und legt den Kopf schief. »Wohin geht sie? Trifft sie sich mit jemandem? Ist sie am Ende gar nicht Annika, sondern eine spanische Beutelratte?«

»Oder Prinzessin Anastasia, die irgendwo luftdicht in einem Tiefkühltank gelegen hat und jetzt endlich aufgetaut wurde?«, äffe ich seine bedeutungsschwere Stimme nach.

Ole reißt die Augen auf, als wäre das die Idee des Jahrtausends. »Jaaaa …«

Wir grinsen uns einen Moment lang an – und schleichen dann wie auf ein Kommando hinter Annika her, Ole und ich, eine leise zeternde Clementine im Rücken.

»Neiii-en, aber das Video!«, zischt sie und zieht an Oles Pulli beziehungsweise meinem T-Shirt. »Lasst uns mal das Video drehen, kommt! Das ist meine große Chance, Einsendeschluss ist quasi in drei Sekunden oder so, ich dachte, ihr seid meine Freunde!?«

»Das können wir doch nachher noch machen!«, flüstere ich und spähe um eine Hausecke. Annika marschiert mit rhythmisch rudernden Armen auf eine U-Bahn-Station zu, so entschlossen, als müsse sie die Luft beiseiteschieben, als wäre sie zu leicht für alles. Zwei Jungs kommen ihr entgegen, einer mustert sie interessiert und will etwas zu ihr sagen, aber die Worte bleiben auf seinen Lippen kleben, und in seine Augen tritt ein merkwürdig verwirrter Ausdruck, wie häufig bei Menschen, denen Annikas Blick begegnet: ein tiefer Röntgenblick, mit dem sie sich an dein Gesicht heransaugt und es festhält und durch deine Augen direkt in deinen Kopf hineinschaut und alles durcheinanderwirbelt, bis du total vergessen hast, was du eigentlich von ihr wolltest. Es ist, als hätte Annika geheimnisvolle Kräfte, wie dieser Doctor Manhattan, von dem Niklas mir erzählt hat. Sie könnte genauso gut riesengroß oder blau sein oder ein Horn auf der

Stirn tragen, ihr Blick und dieses seltsame Flirren um ihren Kopf, wie eine unscharfe Umrandung, machen sie auffällig und einschüchternd und schön zugleich. Der Junge senkt den Kopf und zieht seinen Kumpel am Ärmel weiter, als sei ihm plötzlich etwas Wichtiges eingefallen, während Annika einfach vorübergleitet, unberührt und leichter als Luft.

»Ich will jetzt wissen, was sie macht!«, presse ich hervor, genervt von Clementine und der Welt und vor allem von meiner großen Schwester. »Und wieso sie uns alle anlügt!«

»Lass sie doch mal in *Ruhe*!«, zetert Clementine mir ins Ohr. »Sei doch froh, dass sie wieder da ist, und gib ihr ein bisschen Raum! Sie wird schon nicht wieder verschwinden!«

Als ob das meine Sorge wäre. Ich spreche es nicht aus. Aber ich denke sofort an meine Eltern, die beide bei der Arbeit sind und denken, dass ihre Tochter daheimsitzt und auf sie wartet, in Sicherheit und fern von allem, das ihr schaden könnte. Bestimmt hat sie nicht einmal einen Zettel auf den Tisch im Flur gelegt, wie wir es vereinbart haben.

Wir verfolgen Annika durch die Stadt. Sie raucht eine Zigarette nach der anderen, während sie sich hastig durch die Menschenmenge schlägt. Sie wirkt, als wäre sie auf der Flucht, als könne sie unsere Anwesenheit im Nacken spüren. Wir schlagen Haken um Kinderwägen, Schülergruppen und Straßenmusiker, um sie nicht aus den Augen zu verlieren. An einer Ecke hängt ein Plakat von Nele T., ein Riss geht mitten hindurch und verzerrt ihr Gesicht, ihr Mund sieht aus, als würde sie teuflisch grinsen.

»Nele T. ist die erste Teilnehmerin einer streng geheimen

Mission zum Mars, von der sie niemandem erzählen durfte!«, sage ich.

Ole schaut mich stirnrunzelnd an. »Was?!«

»Clementine und ich stellen uns immer vor, was mit ihr passiert sein könnte …« Ich verstumme, als mich sein Todesblick trifft.

»Das ist das Bescheuertste, was ich je gehört habe! Ihr seid einfach nur total krank!« Ole wendet sich ab, was bedeutet, dass er schneller läuft.

Clementine schaut mich an. »DU bist bescheuert!«, sagen wir beinahe zeitgleich zu seinem Hinterkopf, aber er reagiert nicht. Annikas helles Haar weht vor uns her wie eine Fahne, als würde sie uns den Weg weisen. Mit ihrer Mütze sieht sie aus wie ein Streichholz. Ihr Kopf brennt. Als sie die Stufen zu einer U-Bahn-Station hinunterspringt, wird sie plötzlich schneller, und ihr wippender, roter Kopf gerät aus unserem Sichtfeld. Ole flucht und wir werden auch schneller. Ich laufe die Stufen sogar so schnell hinunter, dass ich in einen rasenden Abwärtsrausch gerate und jeder falsche Tritt mich zu Fall bringen könnte. Der Boden des Zwischengeschosses springt mir entgegen, er besteht aus tausend kleinen, eingefassten Steinchen, die über den Dreck hinwegtäuschen sollen.

»Igitt. Hier stinkt's voll nach Männerpisse«, keucht Clementine.

»Weil Frauenpisse ja NICHT stinkt«, mufft Ole.

»Ich hab übrigens kein Geld mehr.« Ich werfe den Satz einfach zwischen die beiden, damit sie aufhören. Ole schnaubt. »Kauf *du* doch 'ne …«, fange ich an, aber unterbreche mich selbst. Unten fährt gerade die U-Bahn ein, Wind fegt unsere Haare zurück, als wir die Rolltreppe hinunterhasten. Leider steht fast ganz unten auf der Rolltreppe eine alte Frau mit einem Koffer und blockiert den Weg. Ole springt über den Koffer hinweg und fängt sich einen wüsten Großmutterfluch ein, aber die Türen der U-Bahn schließen sich bereits, und der Fahrer blafft ein aggressives »Bitte zurückbleiben!« und dann, als Ole an der Tür rüttelt, noch ein »Bistdutaubzurückbleiben!!!«. Ole tritt mit erhobenen Händen zurück, und die U-Bahn zischt ab in den Tunnel wie eine riesige Schlange, die vor einem Greifvogel flieht. Oder vor uns.

»Immerhin«, sagt Ole und stützt schnaufend seine Hände auf die Oberschenkel, »wissen wir jetzt, dass … sie mit dieser U-Bahn … in diese Richtung fährt. Das sind von hier aus nur … fünf Stationen bis … Endstation. Weiß ich, weil ich … da früher mal … Fußballtraining hatte.«

Ich grinse.

»Die Betonung liegt auf *hatte*, vielleicht solltest du mal wieder ein bisschen Sport machen, wenn du nach dem bisschen Rennen schon fast erstickst.«

»Ich bin für *dich* gerannt, okay?«, gibt er schnaufend zurück und kickt mir gegen das Schienbein, etwas zu hart, als dass es als spielerisch hätte durchgehen können. Ich weiß, dass es trotzdem spielerisch gemeint war, aber es hat eher so gewirkt, als ahme er ungeschickt die Geste eines anderen nach. Eines Jungen, der er gerne wäre. Verlegen guckt er weg.

»Nächstes Mal«, keucht er, »kriegen wir sie.« Ich grinse ihn an.

16

Zombiemädchen

Das Mädchen auf dem Foto im Flur ist Annika, aber sie ist es auch nicht. Der Mensch besteht aus Milliarden oder Trilliarden von Zellen, aus so vielen Zellen, wie Sterne am Himmel stehen. Zellen, die sich ständig erneuern, wachsen, sich teilen, sterben, zerfallen. Das Mädchen auf dem Foto ist der Zellhaufen, der Annika vor zwölf Jahren war. Aber die neue Annika ist eine Fremde.

Clementine und ich sind auf dem Alten Spielplatz verabredet, aber sie kommt zu spät. Ich sitze also allein auf dem Klettergerüst, und gerade als ich an mein letztes Mal allein auf dem Klettergerüst denke, schiebt sich eine zerzauste Haarmatte über den Hügel, und darunter erscheint Niklas, eine Dose Bier in der einen Hand und die andere in den Oberarm eines seiner Brüder verkrallt, mit dem er sich gerade über den Kiesweg von links nach rechts schubst, er ist eindeutig im Vorteil, bis sein Blick plötzlich auf mich fällt und er einen Moment unkonzentriert ist, und diesen Moment nutzt sein Bruder, um ihn volle Kanne in ein Gebüsch zu rammen. Niklas findet das gar nicht witzig, was er seinem vor Lachen kreischenden und sich biegenden Bruder auch klarmacht, indem er ihm seine Bierdose gegen die Brust drückt – »Nimm! Jetzt NIMM, du Arsch!« – und dann, als der sie genommen und gleich mal aufgemacht hat, auf mich zukommt. Er bringt im Gehen sein Haar wieder in Form und stopft seine Fäuste in die Hosentaschen. Ich schaue vom Klettergerüst auf ihn runter, wie eine Königin, die Audienz hält. Majestätisch. Zumindest versuche ich, mich so zu fühlen. Niklas bleibt ungefähr einen Meter vor mir stehen und schaut zu mir hoch. »Hey«, sagt er, und als ich nicht antworte, zieht er die Schultern hoch und starrt ein bisschen in die Gegend.

»Was machst du hier?«, fragt er dann, und ich sage: »Ich sitze hier.« Er nickt. »Cool.« Dann sagen wir nichts mehr. Ich frage ihn nicht, warum er einfach abgehauen ist, warum er sich nicht mehr gemeldet hat. Niklas kickt mit seiner Fußspitze gegen einen kaputten Plastikeimer, der halb im Sand steckt. Es ist kein Eimer zum Im-Sand-Spielen, sondern einer, in dem mal Joghurt war. Vanillejoghurt. Im Hintergrund wischt Niklas' Bruder fluchend seinen weißen Turnschuh an einer Bank ab, er ist in irgendwas reingetreten. Niklas holt Luft.

»Wie geht's d… ach, Fuck. Ich bin scheiße in so was!« Niklas reibt sich das Gesicht und sagt, während ihm die Luft ausgeht: »Ich kann's einfach nicht. Sorry.« Er steht ein Stück von mir entfernt, als hätte er Angst, sich zu verbrennen, und plötzlich weiß ich, warum er sich nicht mehr gemeldet hat. Es ist wegen Annika. Sie schwebt wie ein Geist neben mir und macht alles seltsam. Niklas will sie genauso ignorieren wie ich, und irgendwie können wir das nicht, und deshalb sind wir beide ein bisschen aggressiv. Ich spüre, wie etwas in mir nachgibt. Wie ein Klumpen im Hals, der in den Magen rutscht.

»Macht nichts«, will ich sagen, aber ich senke nur den Kopf.

»Mari!« Clementine kommt atemlos den Weg hochgejoggt, an ihrem Arm baumelt eine Kameratasche. »Hier … hier bin ich!«

»Ich seh dich!« Niklas' Bruder sieht sie auch und hört für einen Moment auf, seinen Schuh sauber zu machen. Stattdessen versucht er, cool auszusehen. Er nickt ihr zu, und als sie mit einem freundlichen Lächeln an ihm vorbeigesegelt ist, checkt er ihren Hintern ab.

»Ich bin hier verabredet«, sage ich langsam, »also …«

»Okay.« Niklas dreht sich um, zeigt auf seinen Bruder, der die Arme vor der Brust verschränkt, zu uns rüberstarrt. »Ich bin mit meinem Bruder … na ja, wir sehen uns dann ja sowieso bald wieder, oder?« Ich nicke.

»Klar.« Ich lächele ihn an, und er lächelt erleichtert zurück, weil er glaubt, dass ich es ernst meine, und plötzlich meine ich es auch ernst. Er zögert einen Moment, dann dreht er sich um und joggt zu seinem Bruder zurück, der genervt die Arme ausbreitet, als wolle er sagen: »Wo bleibst du?«, und dann schubsen sie sich gegenseitig denselben Weg zurück, den sie gekommen sind.

Clementine hat viele teure Sachen, die sie mal unbedingt haben wollte und mit denen sie sich überhaupt nicht auskennt. Zum Beispiel eine digitale Spiegelreflexkamera.

»Wo geht das denn hier?« Sie hält mir die Kamera hin und schaut mich an, fordernd und Hilfe suchend, so wie sie vermutlich auch ihren Vater anschaut, wenn sie etwas will.

»Gib her.« Ich nehme die Kamera, setze mich auf die Schaukel und stelle alles ein. Es ist nicht besonders kompliziert. Auf der Kamera sind schon ein paar Fotos von Clementines Familie: Clementine und ihre kleine Schwester Nessie in weißen Kleidern bei einem Familienfest. Nessie beim Ballett. Clementine auf einem Pferd, in Reithosen und Blazer.

»Schau, so!« Ich blicke auf. Clementine hängt plötzlich in ihrem pinken Gymnastikoutfit kopfüber vom Klettergerüst wie ein Affe, ihr Gesicht ist rot, und ihre langen Haare streifen beinahe den Boden. Sie merkt es und erschrickt.

»Oh nee, das geht gar nicht, Sand in den Haaren! No, no, no!« Sie springt ächzend auf Hände und Füße und kommt auf mich zu, plötzlich mit der Miene eines visionären Regisseurs. »Okay, pass auf. Ich jogge einfach auf die Kamera zu und im letzten Moment werfe ich dann meine Trinkflasche … *so* zur Seite, okay? So! Die sollen ja nur sehen, dass ich Sport kann und dynamisch bin und so. Okay?«

»Ja. Okay«, sage ich seufzend, »ich bin bereit.«

»Hast du mich auch ganz drauf?«

»Ja.«

»Sagst du dann Action?«

»Ja!«

Gefühlte drei Stunden später haben wir Clementines »Sexy-sporty-cutie«-Vorstellung im Kasten. Sie ist so gut drauf, und ich bin so erleichtert, dass wir sogar weitermachen und auf dem verlassenen Spielplatz noch einen Zombiefilm drehen, bis die Sonne untergeht und wir zu mir nach Hause zum Abendessen müssen.

»Die beste Stelle ist das, wo du so Panne in die Rutsche

kommst! Blaaargh!« Clementine sitzt auf meinem Fahrradgepäckträger und kriegt sich gar nicht mehr ein vor Lachen. »Wie kann man nur so ein Gesicht machen? Oh Gott, ich muss es noch mal anschauen!« Ich denke an das Video und falle vor Lachen fast vom Fahrrad.

»Hör auf, ich muss lachen, ich fall hin! Spring ab!«, schreie ich, aber Clementine klammert sich kreischend an mir fest, als würde das was helfen, und dann kippen wir wirklich in ein Gebüsch und liegen da und lachen, bis uns die Bäuche wehtun und wir keine Tränen mehr haben und das Video mit dem Zombie, der in die Rutsche gekrochen kommt, mindestens zehn Mal angeschaut haben.

»Okay«, Clementine wischt sich die Tränen weg, ihr Make-up ist total verschmiert, und sie sieht aus wie ein Panda. »Okay, jetzt können wir wieder fahren, jetzt ist es auch nicht mehr witzig.«

Wir schauen uns an, ich nicke langsam, unsere Lippen verziehen sich, und dann klammern wir uns wieder aneinander fest und müssen so sehr lachen, dass wir heulen. Clementines Schminke läuft in bunten Bächen über ihre Wangen.

»Drück mich zusammen, damit ich mich beruhige!«, heult sie.

»Ich bin zu schwach«, heule ich zurück, »und du siehst aus wie …« Ich zeige auf sie und kann nicht mehr sprechen vor Lachen. Clementine, in hysterischen Krämpfen, zieht an meinem Ärmel und zeigt auf einen Jungen, der vorbeigeradelt kommt und so tief auf seinem vermutlich cool gemeinten Bike sitzt, dass er mit dem Po fast über den Boden schleift und die

Hände ausstrecken muss wie zwei Stöcke. Wir lachen wie die Verrückten, bis ich sehe, dass der Junge schon wieder einer von Niklas' Brüdern ist. Er präsentiert uns seinen Mittelfinger. Plötzlich werde ich wieder nüchtern.

»Komm, lass uns zu mir gehen«, sage ich und ziehe Clementine hoch, die sich nur widerwillig aus unserer Lachattacke löst.

»Wie seh ich überhaupt aus?«, murmelt sie, immer noch leise vor sich hin glucksend, und checkt ihre Augen in der Kamera. Ich starre auf mein Handy. *Alles klar bei dir?*, frage ich Niklas, und zwei Häkchen zeigen mir, dass die Nachricht bei ihm eingetroffen ist. Einen Moment passiert nichts. Dann sehe ich, dass er scheibt. Er schreibt und schreibt und eine halbe Minute später ist seine Nachricht da. Sie lautet: »Jup.«

Clementine hat mich nach Annikas U-Bahn-Aktion so lange belästigt, bis ich nachgegeben und sie zu uns zum Abendessen eingeladen habe. »Aber nur, wenn du dich zurückhältst«, habe ich sie gewarnt.

Jetzt sitzt sie neben mir, starrt Annika mit glasig verträumten Augen an und hält sich natürlich absolut nicht zurück.

»Deine Haare sehen super aus!«, sagt sie, während sie mechanisch in ihrem Kartoffelbrei rührt. Sie schiebt die Erbsen an den Rand, ohne eine einzige davon zu essen. Das ist ihr Trick. »Man muss einfach die Gabel immer in Bewegung halten«, sagt sie, »dann merkt keiner, dass du nichts isst«.

Annika streicht sich verlegen die Haare hinter die Ohren und sagt nichts. Plötzlich runzelt sie die Stirn und drückt eine Faust an ihre Schläfe. Mama schaut sie aufmerksam an.

»Hast du Kopfschmerzen?« Annika nickt.

»Es geht schon.«

»Nein. Wart mal …« Mama verschwindet in der Küche und ist zwei Sekunden später wieder zurück.

»Hier. Das wirkt sofort.« Sie stellt Annika ein Glas Wasser hin und legt eine Tablette daneben. Annika starrt die Tablette an, mit glasigen Augen.

»Ich kann die nicht nehmen«, sagt sie bestimmt. Mama klimpert mit den Augen, verwirrt.

»Okay. Dann lös sie doch einfach im Wasser auf. Schau …«

»Ich weiß. Ich kann nicht. Ich mach mir nachher eine Zwiebel.« Annika lächelt, schaufelt sich eine Gabel voll Erbsen in den Mund und tut, als wäre nichts gewesen. Eine Zwiebel. Papa schaut Mama an und zieht die Schultern hoch.

»Dann nehm ich sie, ich hab auch Kopfschmerzen«, sagt er. Wir schauen zu, wie er die Tablette auf seine Zunge legt und nachspült. Ich glaube ihm keine Sekunde, dass er Kopfschmerzen hat. Annika starrt auf ihren Teller.

»Noch Salat, Clementine?«, fragt meine Mutter angespannt. Es ist das erste Mal, dass eine »fremde Person« mit uns isst, seit Annika aufgetaucht ist.

»Übernachtest du heute hier?«, fragt mein Vater. Clementine schüttelt den Kopf, ohne ihren Blick von Annika zu nehmen. »Nö, mein Vater holt mich nachher, der muss noch mein Video schneiden, ich muss das morgen abgeben. Sonst kommt es nicht mehr rechtzeitig an.«

»Aha.« Mein Vater versteht kein Wort, lächelt aber höflich. Clementine führt eine Gabel voller Erbsen zum Mund, hustet dann künstlich und trinkt stattdessen ein Glas Wasser. Geschickt. Ich werfe Annika einen verstohlenen Blick zu. Sie trägt wieder ihre eigenen Sachen, Mamas Pulli hat sie ausgezogen. Wer weiß, wo der ist.

»Was hast du heute so gemacht?«, frage ich Annika beiläufig und nehme mir noch etwas Salat. Clementine hält mir zur Tarnung ihre Schüssel hin und ich gebe ihr zuerst. Annika zieht die Schultern hoch und lächelt auf ihre Gabel.

»Nichts, ich hab ferngeschaut und war im Garten. Hinter dem Baum ist ein Beet, in dem keine Blumen sind. Darf ich da was reinpflanzen?«, sagt sie in einem Atemzug und lächelt meine Eltern an. »Ich würde gerne eigenes Gemüse ziehen, weil … da weiß man, wo es herkommt.« Sie klingt wie ein Automat, als würde sie jemanden zitieren. Ich kann mir auch schon denken, wen. Verstohlen werfe ich Mama einen Blick zu, deren Gabel über dem Teller erstarrt ist.

»Der Baum hat Wurzeln, er braucht Platz«, murmele ich leise in meinen Kartoffelbrei, aber Mama unterbricht mich hastig.

»Na klar, super Idee!«, sagt sie und tätschelt Annikas Hand so behutsam wie ein kleines Tier. »Da mach ich mit. Du bist ja Vegetarierin. Vielleicht sollten wir uns das … alle mal überlegen? Oder?« Sie schaut in die Runde. Ich beiße mit starrem Blick in meine Hähnchenkeule.

»Ja, mal sehen«, nuschele ich mit vollem Mund. »Du warst also den ganzen Tag hier, ja?«, frage ich Annika. Meine Eltern sehen mich stirnrunzelnd an.

»Wo denn sonst?«, gibt Annika knapp zurück. »Ich hab doch gesagt, ich geh nicht weg, ich soll ja noch nicht.«

Ihre Augen huschen unsicher zu meinen Eltern hin, und ich stelle mit Erschrecken fest, dass sie sie noch nicht akzeptiert hat. Für sie sind meine, *unsere* Eltern wie freundliche Gefängniswärter mit einem undurchsichtigen Plan. Fremde Menschen, denen sie nicht vertrauen kann, die sie hinterrücks betrügen muss. Meinen Eltern würde es das Herz zerreißen, wenn sie das wüssten. Ich senke den Blick auf meinen Kartoffelbrei, und plötzlich sagt Clementine ganz arglos: »Voll komisch, wir dachten, wir hätten dich heute in der Stadt gesehen. Du hattest einen Maxirock an und 'nen Pulli drüber.«

Annika ist kurz zusammengezuckt, kann ihre Überraschung aber gut verbergen. »Nein«, sagt sie nur, seltsam emotionslos und leer, wie eine Puppe, und hebt einen Hemdsärmel hoch. »Das ist ein Hemd.«

»Ja, schon, aber vorhin ... na ja ...« Clementine zuckt mit einer Schulter und sieht zu mir rüber, aber ich gehe nicht darauf ein. Wir essen schweigend weiter. Irgendwann legt meine Mutter ihre Gabel hin und sieht uns erwartungsvoll an.

»Möchte irgendjemand Eis zum Nachtisch?«, fragt sie.

»Oh ja!«, sagt Clementine und grinst ihr zuckersüßes Mäusegrinsen. Sie liebt Eis, denn: »Eis schmilzt einfach, und am Ende ist es eine Pfütze, und man kann behaupten, dass man die Hälfte gegessen hat, als es noch fest war.« Gerissen.

Später, als Clementine weg ist, spülen Mama und ich zusammen in der Küche das Geschirr ab. Ich spüre, dass wir beide etwas sagen wollen, doch seit Annika wieder da ist, steuert eine seltsame Verlegenheit all unsere Bewegungen, als hätten wir uns verändert und würden uns nicht mehr erkennen. Als wären auch wir einander plötzlich fremd geworden. Ein Puppentheater, mehr denn je. Duschwasser plätschert durch das Rohr in der Wand in den Keller.

»Sie duscht immer so lange«, sagt meine Mutter irgendwann, »hoffentlich gibt's überhaupt noch warmes Wasser.«

»Sie hat eben sehr lange Haare«, sage ich.

»Ja«, sagt meine Mutter und blinzelt. Sie wischt ihre nassen Hände an ihrer Jeans ab und will noch irgendetwas zu mir sagen, aber ich habe den letzten Teller abgetrocknet und verlasse schnell die Küche. Ich habe keine Lust, über Annika zu sprechen.

Ich stampfe die Treppe nach oben, wo zu meiner Überraschung die Badezimmertür weit offen steht. Abrupt bleibe ich stehen. Annika steht tropfnass vor dem Spiegel, ein Handtuch umgebunden, und schüttelt singend ihre Haare aus. In der Hand hält sie eine Bürste. Meine Bürste.

»Das ist meine, leg die wieder hin!« Ich gehe auf Annika zu, sie weicht vor mir zurück und lässt die Bürste ins Waschbecken fallen.

Sie starrt mir in einer Mischung aus Erschrecken und unterdrückter Aggressivität in die Augen, ihr Gesicht ist blass, ihre Lippen sind blau, und sie zittert ein bisschen, als sie sagt: »Ich mach ja gar nichts! Kannst du jetzt rausgehen?«

»Das Bad gehört uns allen«, gebe ich zurück, »ich darf hier genauso sein wie du.« Ich weiß, dass es albern ist. Wenn ich dusche, will ich auch allein sein. Ich schaue auf Annikas Füße, ihre Zehen sind auch blau, was mich ein bisschen verstört.

»Und es ist *meine* Bürste!«, füge ich deshalb hinzu und trete einen Schritt vor. »Du kannst nicht einfach irgendwelche Sachen nehmen! Das ist privates Zeug!« Ich klinge schrill.

»Mari!«, sagt meine Mutter. Sie steht hinter mir in der Tür und starrt mich mit großen, fassungslosen Augen an. »Was machst du denn, lass Annika bitte in Ruhe duschen!«

Ich balle die Fäuste. Mein Blick fällt auf den grau-rosa Kaschmirpulli, der zusammengeknüllt neben dem Wäschekorb liegt. Meine Mutter folgt meinem Blick. Sie runzelt die Stirn.

»Hast *du* dir meinen Pulli … ausgeliehen, Annika?«, fragt sie ruhig. Annika ist einen Moment lang wie erstarrt. Dann schüttelt sie den Kopf, ihre nassen Haare klatschen um sie her, besprühen mich mit feinen, kalten Tropfen.

»Ich will meine Haare schneiden«, sagt sie, und meine Mutter lächelt ein bisschen, was mich wütend macht. Annika macht nur einen Schritt auf sie zu, um sie abzulenken, sie einzulullen, wie eine böse Fee, die im nächsten Moment tödlich zuschlägt.

»Themawechsel. Total verdächtig«, entfährt es mir.

»Mari…!«

»Sie war in der Stadt. Mit *deinem* Pulli.«

»Es ist nur ein Pulli, Mari. Jetzt reg dich doch nicht so auf!«

»Ich reg mich gar nicht auf. Aber sie nimmt einfach so … alles … Ich mein …«

Annika lacht leise auf. Sie zieht ihr Handtuch hoch, nimmt sich den Föhn und verlässt das Bad wie ein Zombie. »Ich geh in mein Zimmer«, verkündet sie mit ihrer dumpfen Stimme.

»Geh doch«, knurre ich.

Meine Mutter starrt mich an und schüttelt den Kopf, als wäre ich geisteskrank. Sie folgt Annika durch den Flur. Ich starre in den Spiegel. Er ist nicht beschlagen, und als ich den Hahn in der Dusche aufdrehe, ist das Wasser eiskalt. Als wäre Annika ein Zombiemädchen, das erst dann etwas fühlt, wenn es friert, bis seine Lippen blau sind.

Das mit der Party für Annika ist Papas Idee. Ihr Geburtstag ist in ein paar Tagen, und nach unserem kleinen Streit im Badezimmer haben meine Eltern heimlich im Wohnzimmer »getagt« und sind zu einer Entscheidung gekommen. Das heißt: Papa ist zu einer Entscheidung gekommen, und Mama macht mit, weil er in letzter Zeit etwas bei ihr gut zu haben scheint. Warum auch immer.

»Hier muss Normalität einkehren, wir sind alle so angespannt!«

»Eine Party, mit echten Menschen?«, frage ich irritiert. »Habt ihr sie mal gefragt, ob sie da Bock drauf hat? Kann ich mir nämlich nicht vorstellen!« Meine Eltern haben mich mal wieder aufs Sofa gepflanzt, mich wie ein Kissen in eine Ecke gequetscht, damit ich nicht weglaufen kann. Sie sitzen vor mir wie zwei Kollegen, die eine Büroparty planen sollen, einander fremd, mit einem Sicherheitsabstand von ungefähr einem Meter. Aus irgendeinem Grund will ich sie plötzlich durchschütteln.

»Wer soll da überhaupt kommen?«, frage ich. Ich klinge genervt.

»Wir dachten an deine Freunde«, sagt Mama zögernd. »Dann sind es keine *völlig* Fremden. Clementine war ja schon mal da.«

»Kann Annika nicht auch mal was Eigenes bekommen? Was

Neues? Erst meine Bürste und deinen Pulli, dann meine Freunde ...«

»Jetzt hör doch mit dem Pulli auf, ich will nie wieder was davon hören!« Ich starre Mama an. Sie macht sich was vor. Alles, um Annika das Gefühl zu geben, willkommen und daheim zu sein. Alles, um sie am Weglaufen und Lügen und Fremdsein zu hindern. Alles, um sie wieder zu einer von UNS zu machen.

»Ich hab gar nicht so viele Freunde, das reicht nicht für eine Party«, sage ich, lehne mich zurück und verschränke die Arme.

»Dann lad doch einfach ein paar aus deiner Klasse und aus der Gruppe ein?«, sagt Mama fragend. Ich lache leise auf.

»Oh nein, die mischen sich nicht! Entweder oder! Ich mach mich nicht zum sozialen Außenseiter, tut mir leid!«

»Ich habe Clementine schon gefragt, sie findet die Idee super,« sagt mein Vater, ein bisschen trotzig. Er liebt Partys, vor allem wegen der »Snacks«, die er in liebevoller Kleinstarbeit in der Küche zusammenzustellen pflegt. Ich verdrehe die Augen.

»Machst du dann wieder deine Zauberbowle? Spielen wir dann Topfschlagen und Sackhüpfen?«, murre ich in meinen Kragen. Mit einem Räuspern zieht Papa sein Handy aus der Tasche.

»Clementine hat ein Dekokonzept erstellt. Sie hat mir per MMS ein Moodbild geschickt.« Natürlich hat sie das. Clementine.

Manchmal könnte ich sie erwürgen. Papa hält mir mit einem schiefen Grinsen sein Handy hin. »Ich kann's leider nicht öffnen, das ist so eine komische Datei.« Ich starre ihn an. Ernsthaft?

»Ich soll das jetzt für dich öffnen, oder wie?« Papa grinst. Ich nehme das Handy und schüttle den Kopf. Meine Eltern sitzen vor mir wie zwei Kinder, die für etwas um Erlaubnis fragen.

»Gut, ich mach's. Aber nur wenn *du* den Monsterkuchen machst«, sage ich zu Papa. Mama verzieht das Gesicht.

»Wirklich? Den blauen, mit der ganzen Lebensmittelfarbe?«

»Ja«, unterbricht Papa sie, »für dich allein, Mari. Und einen zweiten für die anderen. Mit nicht ganz so viel Farbe.«

»Und nicht ganz so vielen Gummibärchen drauf!«, füge ich hinzu.

Mama legt ihr Gesicht in die Hände und macht ein leises Würgegeräusch, während ich Papa meine Hand reiche.

»Deal?«

»Deal!«

Papa schlägt ein und reckt eine kleine Jubelfaust zur Decke. Manchmal glaube ich, an ihm ist ein Event-Planer verloren gegangen. Wenn er gut drauf ist, stellt er sich laut vor, was er alles bei meiner Hochzeit veranstalten wird, oder bewertet in Restaurants die Tischdekoration. Wahrscheinlich liegt es daran, dass er sich bei seinem Bürojob zwischen Aktenordnern, Steuersoftware und Gummibäumen nicht richtig ausleben kann.

»Ich kann auch ein paar Einladungen malen?«, schlägt Mama vor.

»Brauchen wir nicht, das machen wir über SMS«, sagt Papa, etwas zu schnell. Er klingt, als wolle er sie abwimmeln. Mama nickt und kratzt ein bisschen roten Lack von ihren Fingernägeln.

»Stimmt«, sagt sie. Plötzlich breitet sich Stille zwischen uns aus. Ich lege den Kopf zurück auf die Sofalehne und starre an die Decke, von der sich gerade eine kleine Spinne abseilt. Sie tanzt an ihrem seidenen Faden und hält dann so plötzlich inne, als hätte ich sie dabei ertappt.

17

Alien

Manchmal habe ich das Gefühl, aus der Realität zu rutschen. Wie ein Fahrgast in einer Achterbahn, bei dem der Bügel nicht richtig geschlossen ist. Plötzlich ist alles um mich herum unwirklich. Als wäre alles nur projiziert auf eine nackte Mauer, um mir eine Realität vorzugaukeln, die es nicht gibt. Wie kann das alles sein?, denke ich. Bin ich wirklich hier? Wenn dieses Gefühl zu stark wird und ich mich von der Wirklichkeit abzulösen beginne, erschrecke ich so sehr, dass alles wieder klare Konturen annimmt. Ich ahne, dass alles ein Spiel ist, aber ich spiele lieber mit, als allein auf der Ersatzbank zu sitzen.

Am nächsten Morgen bereue ich das mit der Party schon wieder. Ich komme aus dem Bad, mit nassen Haaren und verquollenem Gesicht, und sehe sofort: Sie war in meinem Zimmer. Eindeutig. Das Fenster steht offen, der Blumentopf mit dem seit Monaten toten Kaktus von meiner Tante Lilly ist umgefallen und die Erde über den ganzen Teppich verstreut. Mein Schrank steht offen. Kleider wurden herausgezogen. Annika hat so offensichtlich in meinem Zimmer randaliert wie ein Hund, der sauer auf seinen Besitzer ist.

»Geht's noch!?«, knurre ich und renne in Annikas Zimmer.

Annikas Zimmer ist immer noch das Mausoleum, das es so viele Jahre war, auch wenn Mama und Papa sich alle Mühe gegeben haben, Möbel auszutauschen und altes Spielzeug wegzupacken. Jede Menge Details verraten, dass hier etwas nicht stimmt, dass die Zeit in diesen vier Wänden für einige Jahre stehen geblieben ist und dann plötzlich viel zu hektisch vorgespult wurde. Glitzersticker an den Bettpfosten, Filzstiftspuren an den Vorhängen, rosa Tapete mit Bärchenborte. Wie ein Lamm sitzt Annika an ihrem Schreibtisch und lässt sich von Mama die Haare schneiden, ihre rote Mütze auf dem Schoß. Mama hat die Brille mit dem schwarzen Rand auf, die sie immer trägt, wenn sie sich mit einem neuen Kunden trifft. Sie schneidet Annika die Haare, obwohl sie zu einem Termin muss. So wichtig ist ihr das.

»Mama? Solltest du mir nicht eigentlich gerade das Frühstück machen, wie es dein Job ist, als vorbildliche Mutter?« Es ist einer unserer »Witze«, aber heute klingt er ziemlich unlustig.

»Papa macht euch gerade Arme Ritter«, sagt Mama, weil sie weiß, dass mich das besänftigen wird. Tut es auch, aber nur für einen Moment, dann werfe ich den Gedanken an zimtigknusprige Toastscheiben wieder aus meinem Kopf und baue mich vor Annika auf. Seitlich, denn vor ihr ist der Tisch, und darauf liegt, zwischen tausend einzelnen Socken, ein dickes Buch, »Anna Karenina«, das natürlich auch mir gehört.

»Mein Buch. Meine Socke«, sage ich und deute nacheinander auf beides. »Ich meine, du kannst reden? Wieso fragst du nicht?«

»Annika hat doch kaum Sachen«, sagt Mama entschuldigend, als ob das eine Antwort wäre. »Fast nur Hochwasserhosen und … Winterzeug.« Ich starre auf einen Haufen aus Skipullovern, Hemden, Kleidern und langen Unterhosen, die sich aus Annikas Wäschekommode schlängeln. Die Ärmel sehen aus, als wollten sie nach mir greifen. Annikas Pullover und Hemden sind an den Ellbogen abgewetzt, hinter einem Gitter loser Fäden kann man immer nackte Haut sehen. Einmal beim Essen hat Mama gefragt, ob sie Annikas Pullover stopfen soll. Es war ein rosafarbener mit weißen Streifen. Annika hat nur die Ärmel zurückgeschoben und gesagt, es sei in Ordnung, und danach hat sie diesen Pullover nie mehr angehabt. Ich bin nachts an ihrer offenen Zimmertür vorbeischlichen und habe gesehen, dass sie ihn zusammengerollt unter ihr Kopfkissen gelegt hat, ein Ärmel schaute hervor, in dessen Öffnung sie ihre Nase vergraben hat. Es sah aus, als sei ihr Pullover eine Atemmaske, ohne die sie nicht leben könne. Als wäre sie ein Alien, der bei uns gelandet ist und mit dem Sauerstoff nicht klarkommt. Annikas altmodische Kleider – und ihre Mütze – sind wie Höhlen, in denen sie sich versteckt wie ein Tier vor dem Winter. Manchmal schaut sie uns an, als wäre es eine große Frechheit von uns, dass wir sie aufgeweckt haben. Sobald sich auch nur die kleinste Wolke vor die Sonne schiebt, setzt Annika ihre rote Mütze auf. Sie zieht sie bis auf die Augenbrauen runter, und manchmal rutscht sie ihr über die Augen bis auf die Nasenspitze, und dann lässt sie sie einfach so, wie eine Maske, und es dauert eine Ewigkeit, bis sie endlich ihre Hand hebt und sich die Mütze wieder aus dem Gesicht schiebt. Einmal hat Mama es nicht mehr ausgehalten und die Mütze einfach hochgeschoben, bevor Annika es tun konnte. Annika hat sie angeblinzelt wie ein frisch geschlüpftes

Küken, verwirrt und ein bisschen empört, das zerzauste, von der Wolle aufgeladene Haar knisterte um ihre Stirn. Jetzt schaut Mama mich bittend an und schickt einen Kuss durch die Luft.

»Wir gehen am Wochenende zusammen shoppen, aber bis dahin leihen wir ihr noch ein paar von *unseren* Sachen, hm? Das war doch bisher auch okay …« Bisher? Ich ziehe die Augenbrauen hoch. Habe ich es *bisher* einfach nicht *gemerkt*, dass Annika sich an meinem Kleiderschrank bedient?

»Muss ich jetzt mein Schloss auswechseln?« Ich versuche meine Wut als Witz zu tarnen.

»Sei nicht so dramatisch«, sagt meine Mutter auch schon gleich ungerührt und schnippelt weiter an Annikas Haaren herum. Sie wirkt hektisch und planlos, als sei ihr nur wichtig, dass diese endlos langen Haare weg sind, die Annika mit ihrem alten Leben verbinden. Wie Annika hinterher aussehen wird, ist ihr scheinbar egal.

»Sollte das nicht lieber jemand machen, der Ahnung hat?«, frage ich spitz. Annika schaut mich nicht an. Mama schaut mich nicht an. Annikas Haare gehen ihr nur noch bis über die Schulterblätter. Sie sind jetzt fast so lang wie meine.

»Ich will nicht im Partnerlook rumlaufen«, verkünde ich frostig.

»Ihr habt ganz andere Haarfarben«, sagt Mama. Natürlich, weil braun und dunkelblond so verschieden sind.

»Macht doch, was ihr wollt, aber ich tausche mein Schloss aus«, knurre ich und stapfe aus dem Zimmer, zu meinem großen Ärger würdelos über eine alte Spielzeugeisenbahn stolpernd, die sich mir schmerzhaft in den Fuß bohrt. Unterdrückt fluchend humple ich zurück in mein Zimmer, um mich anzuziehen. Vielleicht ist es wirklich blöd, in einem Zimmer voller Spielzeug zu leben, wenn man fast 17 Jahre alt ist, denkt die nette Mari in mir gedankenverloren. Die Tag-Mari. Ich stampfe innerlich auf und vertreibe sie, wie ein Kleinkind eine Taube. Es wird Zeit, dass Nacht-Mari wieder ihr Cape überstreift und die Dunkelheit mit ihrer Präsenz beehrt. Seit dem letzten Mal ist so viel Zeit vergangen, dass meine Eltern sicher keinen Verdacht mehr schöpfen werden.

Heute Nacht. Be prepared!, tippe ich an Niklas, der mich tatsächlich mit einem *Jup* beehrt. Dann rufe ich Ole an. Er hebt sofort ab.

Ich will etwas Nettes sagen, doch stattdessen sage ich: »Hey, kleines Handyopfer. Hängst du die ganze Zeit am Smartphone und wartest, dass es klingelt, oder was?« Ole nuschelt irgendwas Verpenntes, vermutlich habe ich ihn geweckt, aber es ist mir egal. Ich brauche jemanden, mit dem ich mich ein bisschen über Annika ärgern kann, und Clementine ist dafür eindeutig nicht die richtige Person. Clementine verehrt Annika wie eine Gottheit, die sich aus dem Nichts manifestiert hat und auf die Erde niedergeschwebt ist.

»Annika hat Mamas Pulli geklaut UND Sachen aus meinem Zimmer«, sage ich dramatisch in den Hörer und starre dabei mein Gesicht im Spiegel gegenüber an. »Sie will mich ersetzen, Ole, eine Kopie von mir ersetzt mich, es ist wie in einem schrägen Film. Was soll ich machen?« Aber Ole schnaubt nur.

»Weiß nicht, ich hab die ganze Nacht nicht geschlafen. Komm rüber, wenn du willst, okay? Ich muss dir was zeigen.«

»Mir, wieso? Hast du keine richtigen Freunde?« Pause.

»Nein?«

»Okay. Viertelstunde oder so.« Ich ziehe mich fertig an und schnappe mir meinen Rucksack. Als ich auf dem Weg zur Tür bin, streckt Papa seinen zerzausten Kopf aus der Küche.

»Arme Ritter?«, fragt er enttäuscht. »Mit Zimt und Smarties?«

»Zum Mitnehmen?« Ich grinse entschuldigend. »Ich muss weg.«

Papa verschwindet kurz und hält mir Sekunden später eine türkisfarbene Tupperdose hin. Im Gegensatz zu der von Oles ist die Küche von meinen Eltern so gut organisiert wie die eines Sternerestaurants. Es gibt nichts, was wir nicht haben, und alles hat seinen Platz. Ich nehme die Tupperdose und stopfe sie zwischen meine Schulbücher. Papa schaut mir dabei zu, er ist unrasiert und im Bademantel. Bleibt er etwa zu Hause, um Annika zu überwachen?

»Keine Arbeit heute?«, frage ich harmlos.

»Doch, später. Hab erst um zehn Meeting! Wieso, ist irgendwas?« Papa wuschelt ein bisschen an meinem Haarknoten herum, was ich hasse, und das weiß er. Ich ziehe meinen Kopf weg. Ich habe wohl doch keine Zweifel gesät.

Zwanzig Minuten später stehe ich bei Ole auf der bunten Flicken-Fußmatte und klingle Sturm, er reißt die Tür auf und schnauzt mich an, dass seine Mutter noch schlafe. Ob ich bescheuert sei. Ich halte ihm ruckartig die Tupperdose hin.

»Arme Ritter? Ist deine Mutter ein Baby oder warum schläft sie um die Zeit noch?« Ole stöhnt genervt. Ohne zu antworten, zerrt er mich ins Haus und bis in sein Zimmer, erst dann lässt er mich wieder los. Mein T-Shirt hat eine verkrumpelte Stelle, wo seine Faust es zusammengepresst hat.

»Du bist ja drauf«, murre ich. Ole sitzt schon wieder an seinem Schreibtisch. Ich stelle mich neben ihn.

»Okay. Hör zu. Meine Eltern sind von Annika total gebrainwasht, die glauben mir nichts. Sie planen sogar 'ne Party für sie. 'ne Party! Ole? Wir *müssen* rausfinden, wohin Annika immer fährt. Ole?« Aber Ole sitzt nur da und starrt stirnrunzelnd auf ein pixeliges Foto, das er auf seinem Bildschirm größer und kleiner zieht.

»Was ist das?«, frage ich.

»Ein Screenshot«, murmelt er, »von einem Jungen, den jemand in Italien gesehen hat. Ich glaub, das ist mein Bruder. Schau. Ist er das? Schon, oder?« Ich sehe nur eine pixelige gelbe Masse auf einer pixeligen rosa Masse und hebe die Schultern.

»Mann, in Krimis vergrößern die solche Bilder doch auch immer«, murrt Ole.

»Jep. Ich weiß. Völliger Quatsch im wahren Leben.«

»Aber trotzdem«, sagt Ole, »das Alter stimmt, und er hat sich bewegt wie mein Vater, so schlaksig und knochenlos, und das ist ganz in der Nähe von da, wo wir damals waren. Schau?« Ich schaue Ole betreten an.

»Was denn?«, faucht er. »Ich erkenn doch meinen Bruder!«

»Du hast ihn seit Jahren nicht mehr gesehen …«, merke ich an, aber er ignoriert mich. »Das heißt, wir ermitteln nicht weiter?«, frage ich und kicke seinen Stuhl mit meiner Schuhspitze an. »Wegen Annika? Was, wenn sie uns wirklich belügt?«

»Nein, sagt er, »siehst du doch. Ich muss jetzt dieses Foto posten. Vielleicht weiß irgendwer was. Ich muss einfach nur rausfinden, wo er wohnt, und dann …«

»Was dann?«

»Dann gehe ich ihn suchen!« Ole tippt eine Nachricht in seinen Blog und sieht dabei aus wie ein manischer Schriftsteller, bucklig und übernächtigt.

»Hast du überhaupt geschlafen?«, frage ich, und er hebt nur die Schultern. Von Ole ist in Sachen Annika keine Hilfe mehr zu erwarten. Er kratzt sich an der Nase und wirft mir einen Blick über die Schulter zu, in dem tatsächlich ein bisschen Verlegenheit mitschwingt. Zumindest bilde ich mir das ein.

Er sagt: »Nele T. war nur das Ganzkörperkostüm von einem Alien, der seit Jahren unter uns lebt und unsere Socken frisst.«

»Jetzt komm nicht plötzlich mit Nele T., nur weil du mich loswerden willst. Ich weiß, dass du das eigentlich doof findest!«

»Dann halt nicht!« Ole dreht sich sofort wieder weg.

»Okay, ich gehe!«, sage ich theatralisch. »Halte mich nicht auf!« Meine Worte flattern gegen seinen Hinterkopf wie Vögel gegen eine Fensterscheibe, sie erleiden einen sinnlosen Tod.

»Dann geh eben«, murmelt Ole. Ich gehe ein paar Schritte zur Tür und bleibe dann noch einmal stehen.

»DU hast angefangen mit dieser Beutelratten-Anastasia-Betrügerinnensache, ich dachte, du hilfst mir!«, versuche ich es noch mal, aber Ole tut, als wäre ich schon gar nicht mehr da.

Auf dem Weg nach draußen treffe ich Oles Mutter, die gerade zum Klo wankt und mit Leidensmiene ein Kirschkernsäckchen an ihren Bauch presst. Ihr Schal ist wie eine Schleppe.

»Hallo«, sage ich knapp, aber sie nimmt mich nicht einmal wahr. Manchmal frage ich mich, ob ich eine unfreiwillige Superheldin bin, die immer dann unsichtbar wird, wenn sie es überhaupt nicht gebrauchen kann.

18

Mr. Hyde

Annika war für mich immer ein Mysterium. Ein Rätsel, dessen Lösung unerreichbar scheint, wie ein völlig verdrehter Zauberwürfel. Ich dachte, dass sich mit ihrer Rückkehr endlich alles auflösen würde. Aber jetzt ist sie wieder da und alles ist mysteriöser als je zuvor.

Im Bus nach Hause rufe ich sofort Clementine an, die mir ins Ohr heult, dass ihr Vater ihr Video nicht schneiden wolle, weil er keine Zeit habe.

»Er muss irgendeine ›wichtige Konferenz‹ vorbereiten«, schluchzt sie, und ich sehe förmlich den Rotz aus ihrer spitzen Nase blubbern. »Was kann wichtiger sein als meine Zukunft? Will er denn, dass ich verliere? Das kann doch nicht sein!«

»Hm«, mache ich unsicher. Ich denke an Clementines ruhigen, bedachten Vater, der ihr und ihrer kleinen Schwester Nessie normalerweise jeden Wunsch von den Augen abliest, und vermute ein anderes Motiv hinter seinem Verhalten. Vielleicht denkt er an seine älteste Tochter, die nach ihrer Miss-Monaco-Wahl viel mehr verloren hat als eine Tiara.

»D- der Gr-ottenolm ka- kann a- auch nicht schnei-den. Ka-ka- kannst du mir dann he- helfen?«, schnieft Clementine, ihre

Stimme wackelt, und sie ist so unglücklich, dass ich augenrollend »JA« sage. Clementine hört sofort auf zu heulen.

»Yay!«, singt sie mit ihrer Flirtstimme in mein Ohr. Clementine ist so. Sie legt einfach einen Schalter um, da, wo im Gehirn die Gefühle sitzen, und plötzlich ist sie wieder gut drauf.

»Sie ist manisch«, sagt Ole, »sie ist immer auf hundertachtzig. Wie hältst du das eigentlich aus?« Ich halte es aus, weil man seine Freunde aushält. Egal, was sie machen. Ganz einfach.

»Aber ›Dawn of the Zombieprincess 2‹ drehen wir dann gleich mit, dass das klar ist!«, verkünde ich, und sie kichert. Wir sind um drei Uhr verabredet. Mir bleibt also genug Zeit für meine Mission.

Ich warte, bis Annika und meine Eltern im Garten sind und das Unkraut im leeren Blumenbeet mit Harken und Schaufeln beackern, als wären sie plötzlich zu Amish People oder Mitgliedern einer Kolchose geworden. Durch das Wohnzimmerfenster beobachte ich, wie mein Vater auf eine Distel zeigt und sie unsicher beäugt, als wüsste er nicht, ob man die vielleicht nicht auch stehen lassen könnte. Immerhin hat sie eine hübsche lila Blüte. Annika rammt ihre Schaufel in die Erde und wirft die Distel auf den Kompost. Meine Eltern kommen mir vor, als wären sie Annikas Kinder, nicht umgekehrt. Ich frage mich, woher Annika diese stoische, selbstbestimmte Art hat. Sie wirkt souverän, wie ein Mädchen, das auf sich gestellt in einem Dschungel aufgewachsen ist und nun, egal wo es ist, in ihrem Leben ganz allein zurechtkommt. Alle anderen Menschen sind nur Staffage, die sie gnädig an ihrem Leben teilhaben lässt. Keiner versteht sie. Sogar ihr Baum schaut ratlos auf sie runter und wedelt mit den dürren Ästen, als wolle er nach ihr greifen. Ich lasse den Vorhang zurückfallen und gehe in Annikas Zimmer.

Das Bett ist ungemacht, der Schrank steht offen. Wenn es bei mir so aussehen würde, würde mir meine Mutter was erzählen. Aus dem Schrank quellen Annikas seltsame, abgetragene Altfrauenklamotten, es sieht aus, als würde der Schrank sie mir entgegenspucken, ein Schal hängt heraus wie die Zunge eines erschöpften Tieres. Ich fühle mich beobachtet, auch wenn durch das angelehnte Fenster die Stimmen meiner Eltern heraufdringen und ich weiß, dass sie im Garten sind und denken, dass ich brav meine Hausaufgaben mache. Oh, und wie ich die mache! Sie sollten ihre besser auch machen.

Ich finde den alten Lederrucksack unter Annikas Bett, in der hintersten Ecke, und ziehe ihn zu mir vor. Er ist schwer und in seinem Bauch klimpert und klirrt es verdächtig. Als ich hineinschaue, ballt sich mein Magen zu einer Faust zusammen. Jägermeister. Wodka. Branntwein. Alles in diesen kleinen, fiesen Flaschen, die meistens von nach Alkohol und Schweiß stinkenden Zottelmännern an die Supermarktkasse getragen werden, nicht von fast 17-jährigen Mädchen. Mein Herz klopft. Ich wollte ja etwas finden. Aber nicht das. Ich wühle weiter im Rucksack und fördere mehrere Schachteln Marlboro-Zigaretten und Annikas Baby-Armband mit dem Namen »ELISA« zutage. Elisa, wer bist du eigentlich?, denke ich finster und starre auf das Flaschenmeer auf Annikas rosafarbenem Mädchenteppich. Was spielst du uns vor? »Elisa«.

Plötzlich höre ich Schritte auf der Treppe und versuche

panisch, die Flaschen wieder in den Rucksack zu stopfen, aber es ist zu spät. Annika steht in der Zimmertür und starrt mich an, und dann stößt sie einen Schrei aus, der mich erschrocken gegen das Bett prallen lässt. Noch nie habe ich Annika ihre Stimme erheben hören. Es ist kein zorniges Kreischen, sondern ein tiefes Grollen, als hätte ich einer Bärenmutter ihr Junges weggenommen.

»Annika?« Meine Eltern erscheinen hinter ihr im Türrahmen und sehen mich auf dem Teppich sitzen. Mich inmitten eines Berges von Flaschen. Ich will etwas sagen, irgendetwas. Ich habe mir diesen Moment vorher ausgemalt als den Augenblick meines Triumphes: »Seht ihr?«, wollte ich sagen und meinen Eltern zeigen, dass die Welt so nicht funktioniert und man nicht einfach Leute wieder eingliedern kann, die von irgendwelchen Fremden zu etwas anderem gemacht wurden. Mein Hals wird eng, mein Herz klopft hart gegen meinen Brustkorb. Der Affe in mir spielt verrückt. Es tut mir leid, will ich sagen, es tut mir leid, dass ich das hier gefunden habe. Dass ich überhaupt *gesucht* habe. Ich habe das Gefühl, etwas zerstört zu haben. Meine Eltern starren stumm auf die Flaschen, und als Annika mit einem Grollen vortritt und an meinen Haaren zieht, steigt zum ersten Mal so etwas wie Angst in ihren Augen auf.

»Annika, *nicht!*« Mein Vater zerrt Annika an der Schulter von mir weg. Er schaut sie erschrocken und verwirrt an. Annika macht sich los und hebt eine Flasche auf. Sie ist braun und sieht aus wie Hustensaft, auf dem Etikett ist eine Berglandschaft abgebildet, davor ein Bernhardiner mit einem Fass um den Hals.

»Mir ist manchmal so kalt!«, sagt Annika und presst die Flasche mit funkelnden Augen an ihre Brust. »Das wärmt von innen, das ist wie Medizin, das war früher wie Medizin!« Mama hebt beruhigend die Arme, aber Annika weicht vor ihr zurück.

»Okay. Okay«, sagt Mama, »Aber … wenn du frierst, dann kannst du das doch sagen. Wir haben im Sommer die Heizung aus. Aber wir können sie gerne anstellen?« Annika starrt sie nur an. Papa hebt einen roten Skipulli mit Zipper auf.

»Wir … können auch mal, äh, in die Berge fahren? Wenn es wieder schneit? Du fährst Ski, oder?« Annika antwortet nicht. »Wir sind ja eher Rodler …!«, plappert Papa unbeholfen.

In diesem Moment scheint bei Annika eine Sicherung durchzubrennen. Sie schraubt die kleine Flasche auf, setzt sie an und schüttet sie sich in den Hals. Instinktiv greift Papa nach ihrem Ellbogen, aber sie schlägt ihn weg, rennt ins Bad und schließt die Tür ab.

Papa bleibt wie erstarrt stehen, den Pulli mit dem Zipper immer noch in der Hand. Hinter der Badezimmertür rauscht die Dusche, wie ein Wasserfall. Vermutlich wieder eiskalt. Annika duscht kalt, obwohl sie friert, und dann trinkt sie Schnaps und trägt alle möglichen Klamotten übereinander, um sich zu wärmen. Es ist beinahe, als würde sie sich ständig selbst schocken, um das Gefühl zu haben, wirklich am Leben zu sein. Ich muss an Oles Pullover denken und frage mich, ob es bei ihm ähnlich ist. Meine Mutter nimmt mich in den Arm und ich drücke meinen Kopf an ihre Schulter. Es ist das erste Mal seit Wochen, dass wir uns in die Arme nehmen. Ich bin überrascht, wie sehr es mir gefehlt hat.

Mama und ich sitzen im Garten auf der Bank und schauen aufs Haus. Es starrt uns an, aus dunklen Augen. Mama hat wieder ihren Arm um mich gelegt, und ich lehne mich an sie, obwohl es dafür eigentlich zu warm ist. Ihr Top ist zerknittert, es riecht nach Badeanzug und ist über dem Nacken zugebunden.

»Du wolltest nie wissen, was passiert ist«, sagt sie plötzlich. »Ich merke das, weil du immer das Thema wechselst.« Die Sonne steht direkt über dem Schornstein unseres Hauses und macht ein »i« daraus. Ich blinzle, fahre mit den nackten Zehen durchs Gras, es fühlt sich trocken an und gummiartig und ein bisschen klebrig. Irgendwo brummt ein Rasenmäher, und im Nachbargarten geht der Sprinkler, die Luft riecht nach Wasser und Gras. Zwei kleine Mädchen in bunten Badeanzügen rennen unter dem Sprinkler hin und her und kreischen. Ich ziehe die Schultern hoch und lasse sie wieder fallen.

»Nein«, sage ich und nehme ein Glas Eistee von der Obstkiste, die meine Mutter als Tischchen aus dem Schuppen geholt hat. »Ich hab immer gewartet, dass … ach, ich weiß auch nicht.«

»Willst du's gar nicht wissen?«, fragt Mama.

»Doch«, sage ich, aber meine Stimme klingt leer. »Doch, schon. Ich hab ein bisschen Angst …« Ich räuspere mich.

»Sie hat doch was von ihrer … von irgendwem erzählt, als wir … in diesem Café waren«, beginne ich, und die Worte lösen sich nur mit sehr viel Anstrengung von meiner Zunge, als hätte irgendjemand sie dort festgeklebt und sie ließen sich nur in Fetzen wieder abschälen. Mama streicht mir gedankenverloren über den Haarwuschel und ich entziehe mich leicht.

»Eine Frau hat Annika mitgenommen und als ihr eigenes Kind aufgezogen. Irgendwo in den Bergen. Sie hätte es natürlich viel schlimmer treffen können, und dafür sollten wir dankbar sein, aber … ich bin natürlich *nicht* dankbar, ich bin nur wütend.« Ihre Stimme klingt belegt, sie nimmt mir das Glas aus der Hand und trinkt einen Schluck, als wolle sie sich die Kehle frei spülen.

»Es wird jedenfalls nicht einfach«, fährt Mama fort, »das wissen wir genauso gut wie du, Mari. Du darfst nicht denken, dass wir uns keine Sorgen machen. Wir können nachts kaum schlafen. Wir liegen wach und denken darüber nach, ob wir sie jemals wieder kennenlernen werden, als unser eigenes Kind, oder ob es zu spät ist. Und das Schlimmste ist, dass wir beide …« Sie lässt ihre Hände auf ihre Shorts fallen und lacht verlegen. »Ich sollte dich damit gar nicht belasten. Tolle Mutter.«

»Machst du nicht«, sage ich schnell, »Und Annika ist fast 17, in dem Alter rauchen eben viele und, äh, trinken«, Mama wirft mir einen vorwurfsvollen Blick zu, »ach, ja und mit fast 16 auch?« Ich grinse sie verlegen an. »Das ist ganz normal. Sie sagt ja, dass sie das nur macht, wenn sie friert?« Ich will sie beruhigen, obwohl ich genau weiß, dass die tausend Schnapsflaschen und Kippen NICHT ganz normal sind. Versteckt unter dem Bett wie das Lager eines abhängigen Eichhörnchens. Zur Sicherheit schlinge ich noch ein bisschen die Arme um sie und drücke sie zusammen.

»Immerhin keine harten Drogen oder so?«, sage ich gegen ihre Schulter, und sie wirft mir von oben einen schrägen Blick zu.

»Wer weiß«, sagt sie müde, »wer weiß.«

Genau in diesem Augenblick kommt Clementine wie ein Starlet aus L.A. durch das Gartentor geschwebt, im pinken Bikinioberteil und türkisen Shorts, sie schiebt ihre fliegenhafte Pilotenbrille auf die Nasenspitze und wirft uns unter dem Schild ihrer »Bitch«-Basecap hervor einen charmanten Blick zu.

»Hi, ihr beiden! Ich bin ein bisschen früher losgekommen. Stör ich?« Im Hintergrund schnurrt ein Taxi die Straße runter.

»Ja«, sage ich und schenke Mama ein entschuldigendes Lächeln, »tust du, aber das macht nichts.«

Mama und ich sehen uns an und müssen lachen. Ein Windstoß zerzaust die Krone von Annikas Baum. Die flirrenden, silbrigen Blätter wirken beinahe, als ginge ein gläsernes Klirren von ihnen aus, und ich erinnere mich an eine traurige Kurzgeschichte von Astrid Lindgren, in der der Geist eines toten Mädchens in einer singenden Linde weiterlebt. Plötzlich fühle ich mich wie zurückversetzt in einen anderen Sommer, der schon viele Jahre her ist, als wäre die Bank eine Zeitmaschine.

Der Frieden hält nicht lange. Am Abend muss ich erkennen, dass meine Eltern unverständliche Wesen sind. Unberechenbar. Ich knalle meine Zimmertür hinter mir zu und drehe den Schlüssel um. Sollen sie alle draußen bleiben. Ich weiß, dass sie sowieso nicht nach mir sehen werden. Sie sind viel zu beschäftigt mit Annika, die trotzdem machen kann, was sie will. Sogar Schnaps ins Haus schmuggeln.

»Wir glauben, dass es ihr helfen könnte, wenn ihr Zimmer tauscht«, hat Papa gesagt, der ungefähr den ganzen Nachmittag vor der Badezimmertür gesessen und versucht hat, sie herauszulocken. »Es war ihr eigener Vorschlag. Wir glauben, dass sie sich lösen muss von …«

»Natürlich war es *ihr* Vorschlag!«, knurre ich und werfe in meinem Ärger ein Kissen nach meinem Vater. Es landet auf seinem Schoß, wo er es liegen lässt. »Das ist nur, weil ich ihr geheimes Vorratslager entdeckt habe. Die hat doch gar kein Interesse daran, sich von irgendwas zu lösen. Sie will mein Zimmer, weil es einen Schlüssel hat! Seht ihr das nicht?«

»Mari, lass uns doch mal normal reden«, versucht mein Vater es noch mal, aber ich weiß genau, wie die Diskussion enden wird. Ich kann sagen, was ich will, denken, was ich will. Meine Eltern und Annika sind zu dritt, ich bin eine. Und meine Mutter macht in Bezug auf Annika sowieso alles, was mein Vater sagt. Als wolle sie sich dadurch bei ihm einschmeicheln. Warum auch immer. Ich werde verlieren und ab morgen wird Annika in meinem Zimmer wohnen.

Vom Mausoleum aus kann man nicht einmal Niklas' Haus sehen. Ich fluche und trete so oft von innen gegen meine Zimmertür, bis das alte Palmenposter von irgendeinem kalifornischen Surferparadies reißt und der Strand zu Boden rutscht. Es ist mir egal. Wenn Annika glaubt, dass sie alles bekommt, hat sie sich geschnitten. Sie ist feindselig, redet nicht mit mir und dreht hintenrum irgendwelche krummen Dinger, während sie meinen Eltern die ganze Zeit die brave Tochter vorspielt. Mir kommt es nicht vor, als würde sie sich wirklich anstrengen, wieder zu uns zu gehören.

Annika und Elisa sind wie Dr. Jekyll und Mr. Hyde. Wer

weiß, was alles in Annika steckt? Wer weiß, wozu sie fähig ist? Ich spüre die krallenhafte Hand in meinem Haar, die Gewalt, die ich zuvor noch nie von einem Familienmitglied zu spüren bekommen habe, und ein Schauer rinnt mir über den Rücken. Ich denke an Zeitungsmeldungen von Kindern, die ihre Eltern erstechen, oder Frauen, die ihre Nebenbuhlerinnen vergiften, oder diesen kaltblütigen kleinen Mörder, der seinen eigenen Bruder in seinem Bettchen umgebracht hat, um das magere Erbe seiner noch lebenden Großmutter irgendwann allein einzustecken. Am liebsten würde ich nachts mein Zimmer und das meiner Eltern abschließen. Aber ich weiß, wenn ich ihnen das vorschlagen würde, hielten sie mich für verrückt und paranoid, oder beides. Aber wer ist hier die Verrückte? Ich? Oder das Mädchen, das im Haus einer kriminellen Bergtante mit Hippieröcken aufgewachsen ist? Elisa. Ich halte es nicht mehr aus.

Ich reiße das Fenster auf und klettere in den Garten, die Abenddämmerung hat noch nicht einmal eingesetzt, und alle Nachbarn können mich sehen, aber das ist mir egal. Ich werde für eine Weile verschwinden und keiner im Haus wird es merken. Immerhin ist meine Tür abgeschlossen. Und ich darf meine Tür abschließen, solange es noch meine ist.

19

Peach

Viele Menschen freuen sich, wenn die Sonne scheint. Es heißt, sie lasse den Körper Glückshormone ausschütten und verhindere Suizide. Die Sonne »schenkt uns allen Leben«. Aber manchmal, wenn sie mit ihrem arroganten, leeren Gesicht auf mich herunterbrennt, fühle ich mich seltsam alleingelassen und werde plötzlich traurig, ohne dass ich erklären könnte, woher es kommt.

Niklas ist überrascht, als ich plötzlich vor seiner Tür stehe. Wir haben uns noch nie bei Tag getroffen, schon gar nicht vor unseren Familien. Im Haus riecht es nach Essen und man hört das Klappern von Geschirr und das Dröhnen einer Dunstabzugshaube.

»Wer ist das?«, schreit Frau Schiller irgendwo.

»Niemand!«, schreit Niklas zurück. Aha. *Niemand.* Besser hätte ich es heute auch nicht ausdrücken können.

»Uuuuh«, macht Niklas jüngster Bruder Lukas, eine kleine Ratte im zu großen Basketball-Trikot, »ein Mädchen!« Er grinst breit und zahnspangig, als ich im Flur meine Schuhe ausziehe. Die anderen beiden Brüder, Philipp und Flo, sitzen im Wohnzimmer und zocken »Halo« an der Playstation, sie haben zottelige Matten wie Niklas und schauen nicht einmal her.

»Niklas hat eine Lady da«, ruft Lukas mit kieksiger Stimme.

»Ja, toll, na und?«, sagt einer von den älteren Brüdern.

»Ist doch scheißegal, chillax mal«, fügt der andere hinzu, und dann: »Baller den, baller den ab …! Neiiin, Alter! Wir hatten den doch fast, Mann!«

»Komm«, sagt Niklas und schlurft vor mir her in sein Zimmer. Es ist im Erdgeschoss. Ungewöhnlich für ein Zimmer, in dem jemand schläft.

»Fühlst du dich da nicht beobachtet?«, frage ich.

»Nee«, sagt er, und ich werde das Gefühl nicht los, dass er etwas gereizt ist von meiner Anwesenheit.

»Ich kann auch wieder gehen«, sage ich, und plötzlich erschrickt er fast. »Nee, nee, quatsch!« Ich lasse mich auf einen roten Sitzsack fallen.

»Mich nervt einfach gerade alles«, sage ich dumpf. Niklas' Zimmer ist muffig und vollgestopft, offenbar teilt er es sich mit einem seiner Brüder. Aus einer Schublade ragt eine Tüte mit Gras. Auf dem Teppich liegen zerknüllte Klamotten und in einem Regal liegen DVDs und Games durcheinander. An den Wänden hängen Poster von alten Filmen. Oldboy. Bube Dame König Gras. Inglourious Basterds. Drive.

»Die hat mein Bruder aus dem Kino gezockt, wo er arbeitet«, sagt Niklas«, der inzwischen auf dem Bett sitzt und sein Handy checkt. Ich checke auch oft mein Handy in Anwesenheit anderer, aber es nervt mich trotzdem, wenn andere das tun, obwohl sie eigentlich mit mir reden sollten. Ich bin manchmal unfair. Plötzlich geht die Tür auf, und Niklas' Mutter streckt ihren Kopf herein, die Augen wie immer zugekniffen.

»Hi! Wir essen jetzt dann«, sagt sie lächelnd.

»Hallo«, sage ich. Niklas schaut sie gar nicht erst an.

»Ja, und?«, fragt er aggressiv. Sie zuckt mit den Schultern und hebt eine Hand.

»Sollen wir dir was aufheben, oder euch, oder …?«

»Macht doch, was ihr wollt!«, knurrt Niklas und nimmt seine Augen keine Sekunde von seinem Handy.

»Okay«, sagt Frau Schiller in einem halb resignierten, halb fröhlichen »Was soll's«-Singsang und will schon wieder gehen.

»Warte, fährt der Papa mich jetzt morgen da hin oder nicht?«, fragt Niklas schnell, ehe sie ihren Kopf aus dem Zimmer zieht.

»Nein, das haben wir doch besprochen, er muss doch vorher noch kurz ins Krankenhaus und …«

»Ja, war ja klar, okay dann, danke«, unterbricht Niklas sie knapp. Er zieht die Augenbrauen hoch und starrt sie an, als wolle er fragen: »Was machst du noch hier?« Niklas' Mutter zieht ihren Kopf schnell wieder aus der Tür und verschwindet.

»Du bist ja ganz schön …« Ich beende den Satz nicht, aber er weiß schon, was ich meine.

»Die sollen mich in *Ruhe* lassen. Das ist ja nur meine Familie. Wer braucht schon Familie? Am Ende bist du eh allein, du kannst dich auf kein Schwein verlassen. Du solltest das doch am besten wissen, oder?« Es ist das erste Mal, dass er auf meine Situation daheim anspielt. Plötzlich ist es still. Niklas schaut an die Decke und wirkt, als würde er seine Worte schon wieder bereuen.

»Vielleicht«, sage ich. »Manchmal ist es daheim ...«

Niklas räuspert sich und unterbricht mich. »Willst du Mario Kart spielen?«, fragt er und grinst mich an, als wäre gerade nichts passiert. Ich nicke und er drückt mir einen Controller in die Hand.

»Mach dich nicht so dick«, sagt er und schiebt mich mit der Hüfte ein Stück zur Seite, um auch auf dem Sitzsack sitzen zu können.

»Heeey, runter!«, maule ich, aber ich meine es nicht ernst und muss lachen. Wir sitzen ganz nah nebeneinander und wählen unsere Avatare aus.

»Ich bin Mario, ich bin IMMER Mario!«, sagt Niklas. »Mario ist meiner.«

»Na toll, ich bin aber nicht Luigi, falls du das denkst.«

»Ich dachte eher an Peach oder so ...«, sagt Niklas. »Das ist die, mit der Mario was hat.« Ich schaue zu ihm rüber.

»Ach so. Gibt's da 'nen Cheat, wo man die beim Rummachen sehen kann, oder was?«

Niklas tut entrüstet. »Nee, natürlich nicht. Peach ist eine Dame, die treiben's dann heimlich in irgendeinem Pilz, wenn man nicht hinschaut.«

»Woher weißt du eigentlich, dass Peach Mario will«, frage ich, als wir an den Start rollen. »Ich mein, sie ist fast die einzige Frau, sie hat 'ne Menge Auswahl.«

»Weil Mario der Chef ist. Das ist wie bei den Schlümpfen. Papa Schlumpf ist auch mit Schlumpfine zusammen.«

»Das frag ich mich immer«, sage ich, »ob das wirklich so ist oder ob Schlumpfine nicht auch seine Tochter ist und stattdessen mit allen anderen Schlümpfen was hat.«

»Das macht einen riesigen Unterschied. Treue Ehefrau oder … na ja, Schlampe halt«, sagt Niklas grimmig.

»Nein, Schlumpfe«, sage ich. »Schlumpfhausenmatratze.«

Wir rasen über ein riesiges, gebogenes Blatt und Peach rammt Marios Auto seitlich aus der Bahn. Mario stürzt wirbelnd in einen schwarzen Abgrund und wird immer kleiner.

»Maaann!«, ruft Niklas und versetzt mir einen Knuff.

»Weggebattelt!«, sage ich, und er greift nach meinem Controller.

»Gib auf, Peach!«

»Ooooh nein!« Ich wehre mich, und auf einmal kämpfen wir um den Controller, Niklas versucht, mich vom Sitzsack zu schubsen und packt mich am Kragen.

Plötzlich schweben unsere Gesichter direkt voreinander. Ich werde verlegen.

»Jetzt ist Peach wegen dir auch abgestürzt«, sage ich und gebe Niklas eine Kopfnuss. Eine winzige.

»Tja«, sagt Niklas mit gespieltem Bedauern. »Mario battelt man halt nicht weg. Peach sollte es eigentlich besser wissen.«

Ich lächle spöttisch. »Sie soll ihn gewinnen lassen, nur, weil sie was haben? Auf keinen Fall.«

Einen Moment lang starren wir uns einfach nur an, und als dann plötzlich Niklas' kleiner Bruder Lukas von außen gegen die Tür klatscht und, an der Klinke hängend wie ein Schimpanse, hereingesegelt kommt, zucken wir beide zusammen.

»Du kleiner Bastard!«, brüllt Niklas und packt seinen kichernden Bruder im Genick.

»Heeey, Ruhe!«, ruft Niklas' Mutter von irgendwo aus den Tiefen des Hauses, aber sie kommt nicht her. Lukas lacht kehlig und wirft den Kopf in den Nacken. Dicke Spuckeblasen bilden sich auf seinen Lippen, sein Gesicht ist mit Tomatensoße verschmiert. Er ist gerade in einem ekligen Alter, acht Jahre alt, laut und klebrig und in erster Linie eine absolute Nervensäge.

»Ich geh gleich skaaaaten, kommst du mi-hit, Niki?«, fragt er nörgelig und hängt sich wie ein nasser Sack an Niklas' Bein.

»Du kannst gar nicht skaten, du Lauch«, sagt Niklas augenrollend und schenkt mir eine Grimasse, während er seinen Bruder an dessen Trikotkragen zur Tür schleift.

»RAUS jetzt! Wehe, du kommst noch mal rein. Frag halt die anderen, ob sie mit dir gehen.«

»Die gehen aber NIE mit mir, ach Mannooo«, heult Lukas, und als Niklas die Tür so nah vor seinem Gesicht zuknallt, dass sie ihn beinahe am Kopf trifft, tritt er aggressiv von außen mit seinen Turnschuhen dagegen, immer wieder, unermüdlich.

»Das geht jetzt stundenlang so«, sagt Niklas resigniert und schließt die Tür ab. »Wir machen einfach Musik an, okay? Geschwister. Manchmal hat man einfach zu viele davon. Willst du vielleicht einen von den Typen abhaben? Ich mach dir 'nen Sonderpreis, wenn du zwei nimmst.«

»Nein, danke«, sage ich und ziehe verlegen meine Knie an den Körper, »ich glaube, ich bin bedient.«

Niklas lächelt mich an und ich lächle zurück. Dann dreht er die Musik auf, und als das Geschrei des ausgesperrten kleinen

Bruders vor der Tür sich ins Unermessliche steigert, drückt er mir einfach den Controller in die Hand und spielt weiter, als sei überhaupt nichts geschehen, während die Sonne kleine Lichtflecken auf den Teppich streut.

20

Gespenst

Auf den Fotos sehen Annika und ich aus wie zwei Hälften einer Person. Einerseits fremd, wie eine Kreatur aus Frankensteins süßesten Träumen. Andererseits vertraut, wie jemand, den man früher einmal gekannt hat und an den man sich, als man ihm auf der Straße zufällig begegnet, nur noch sehr dunkel erinnern kann.

Mit den Worten »Nur wir Mädels!« zwingt meine Mutter mich und Annika, mit ihr in die Stadt zu gehen. Es ist Samstag. Menschen strömen mit blanken Gesichtern durch die Fußgängerzone, weichen einander aus, ohne irgendetwas wahrzunehmen, sie wirken, als wären sie eigentlich lieber woanders, aber trotzdem, obwohl die Welt so groß ist, rotten sie sich auf einem Haufen zusammen, pressen sich durch Schiebetüren und auf Rolltreppen und kaufen Zeug ein, weil man das eben so macht, wenn man ein funktionierender Mensch ist. Eltern tragen Tüten, Kinder rennen Tauben hinterher, Radfahrer schreien Taxifahrer an. Es ist, als hätte jemand ein riesiges Diorama mit lebenden Figuren gebaut und davor stünde ein Schild, wie in einem Museum. »Menschen«. Von außen sehen wir aus wie alle anderen, als wären auch wir völlig normal. Annika und ich lassen das Chaos über uns ergehen, während unsere Mutter vor uns herflattert wie ein verrücktes Huhn, das ausnahmsweise aus dem Stall gelassen wurde. Zuerst *müssen* wir zusammen ein Eis essen. Mama bestellt jedem drei Kugeln und fragt mich tatsächlich, ob ich Annika »mal probieren lassen will«. Wir starren sie einfach nur an, und Mama tut so, als würde sie sich plötzlich unheimlich für ein Paar Sandalen vor einem Schuhladen interessieren.

»Süß, oder?« Wir kaufen Sandalen. Wir kaufen Shorts. Wir kaufen Badeanzüge, Socken und Röcke. Wir laufen in jeden einzelnen Laden, bis unsere Füße qualmen. Girlanden für die Party, gestreifte Strohhalme und bunte Servietten. »Die sind doch echt süß, oder?« Kurz vor Ladenschluss muss Annika noch in einem gelben Sommerkleid in einer H&M-Kabine stehen und sich »zeigen«. Sie lässt sich von Mama hin und her drehen wie eine steife Puppe.

»Schön!«, sagt Mama, streicht Annika ihre frisch geschnittenen Haare zurück und zieht ihren Geldbeutel raus, um den ungeduldigen Verkäuferinnen, die neben uns demonstrativ einen Wühltisch aufräumen, zu zeigen, dass »wir jetzt auch gehen«.

Als der Himmel flacher und die Schatten länger werden, als der Springbrunnen am Rathausplatz leiser zu rauschen scheint und die Menschen allmählich in den U-Bahn-Schächten verschwinden wie Maulwürfe, ist der »Mädelstag« meiner Mutter noch nicht vorbei. Zum krönenden Abschluss machen wir Passbilder. Annika hat zwar schon einen neuen Ausweis, aber die Bilder, die kurz nach Annikas Auftauchen dafür gemacht wurden, gefallen meiner Mutter nicht. Annika sieht verstört und blass darauf aus, wie ein Reh vor einem Autoscheinwerfer. Mama will unbedingt neue Bilder machen, »falls wir noch mal welche brauchen. Man braucht ständig welche.«

Ich stehe mit Plastiktüten voller Hosen und T-Shirts ein Stück abseits, während Annika in einem Foto-Automaten hockt und meine Mutter an dem fleckigen Vorhang rumfummelt. Zuerst waren wir bei einem richtigen Fotografen, aber er hat Annika nicht dazu bewegen können, zu lächeln.

»Mund auf, Zähne zeigen!«, hat er immer wieder gerufen, aber sie hat die Lippen zusammengepresst, störrisch wie ein kleines Kind. Der Fotograf hat irgendwann aufgegeben, und meine Mutter auch. Sie hat die missratenen Bilder bezahlt, und draußen auf der Straße war sie ganz ratlos und hat Annika gefragt, ob ihr denn ein Automat lieber sei. Annika hat lustlos mit den Schultern gezuckt, aber in der U-Bahn-Station ist sie sofort im Automaten verschwunden, wie ein Hamster, der sich in sein Häuschen zurückzieht. Wir können von außen nur noch ihre Füße sehen, die in ihren ausgelatschten Stoffschuhen dicht nebeneinanderstehen, als wäre Annika eine brave Schülerin, die gerade Matheunterricht bekommt. Sie rührt sich kein Stück.

»Glaubst du, sie macht welche?«, fragte meine Mutter leise.

»Nein«, sage ich, den Blick fest auf Annikas unbewegliche Füße gerichtet. Sie sitzt da drinnen und ruht sich von uns aus. Sie genießt es, dass wir sie nicht sehen. Meine Mutter hievt ihre Handtasche von einem Arm auf den anderen und lugt am Vorhang vorbei zu Annika rein. Sie sagt etwas, das ich nicht verstehe. Die Henkel der Plastiktüten graben sich in meine Handflächen. Ich schaue rüber zu zwei kleinen Mädchen, die quietschend in der Schiebetür eines Supermarktes spielen. Sie warten auf der Schwelle, und wenn die Tür sich schließt, springen sie lachend zurück. Sie tragen identische gestreifte Sweatshirts, ihre blonden Zöpfe kringeln sich und wippen. Meine Mutter verlagert ihr Gewicht von einem Bein auf das andere und sagt noch etwas, dann schließt sie wieder den Vorhang. Sie sieht mich an und hebt hilflos die Hände.

»Keine Ahnung«, sagt sie und schaut planlos den Gang runter, als stünde dort irgendwer, der ihr assistieren könnte. Aber da ist niemand. Ich stelle die Tüten ab, und ehe meine Mutter reagieren kann, ziehe ich den Vorhang auf und schiebe Annika mit einem kleinen Hüftschwung zur Seite. Ich quetsche mich neben sie auf den runden Drehstuhl und ziehe den Vorhang wieder zu. Ohne ihren verwirrten Gesichtsausdruck zu beachten, drücke ich auf den großen Knopf in der Mitte.

»Schau in die Kamera«, sage ich, und aus irgendeinem Grund gehorcht sie mir. Sie klebt förmlich an der Wand, um mich nicht zu berühren. Ich grinse für das erste Foto und für das zweite, dann klettere ich schnell wieder aus dem Automaten, um Annika den Platz zu überlassen, aber auf allen vier Fotos, die der Automat Sekunden später in meine Hand spuckt, ist Annika halbiert, ein großes, fragendes Auge auf die Kamera gerichtet. Auf den ersten Fotos sind wir beide halbiert, wie durchgesägt von einem Magier. Meine Mutter wirft noch mal fünf Euro ein. Beim zweiten Mal sitzt Annika allein in der Mitte, aber jetzt erkennt der Apparat ihr Gesicht nicht mehr als Gesicht.

»Ich werd verrückt!«, murmelt Mama, nimmt Annika behutsam bei den Schultern und schiebt sie probeweise vor und zurück, aber die Kamera stellt einfach nicht scharf. Vielleicht ist Annika so lange ein Gespenst gewesen, dass die Welt sich erst wieder an sie gewöhnen muss. Gespenster sieht man schließlich nicht auf Fotos. Zumindest nicht richtig. Am Ende nimmt Mama einfach eins von den misslungenen Bildern vom Fotografen.

»Ist ja nur für den Pass. Passfotos sind eh immer doof«, sagt sie schulterzuckend und wirft die anderen Bilder weg. Nur die beiden Aufnahmen von Annika und mir aus dem Automaten steckt sie in ihren Geldbeutel. Heimlich, damit wir es nicht sehen. Wir sehen es aber trotzdem.

21

Mausoleum

In der Grundschule hatte ich eine fiese Religionslehrerin, die es liebte, uns Geschichten über tote Kinder vorzulesen. Kinder, die bei Rot über die Ampel rennen, weil sie nur schnell Zucker von der Nachbarin holen wollen (oder so ähnlich). Kinder, die sich im Wald verlaufen und im Schnee erfrieren. Kinder, die beim Bötchen spielen im See ertrinken. Ich weiß nicht genau, welchen pädagogischen Nutzen meine Lehrerin darin sah. Vermutlich wollte sie uns einfach nur schocken.

Zwei Tage später wohne ich im Mausoleum und fühle mich wie lebendig begraben. Die Bärchen auf der rosa Borte grinsen auf mich runter wie Wahnsinnige. Als wollten sie mich fressen. Ich verstehe, warum Annika hier nicht bleiben wollte.

»Ich will die Wände streichen«, verkünde ich am Frühstückstisch, und meine Eltern erklären mir eifrig, wo im Keller die Pinsel und die Farbeimer stehen. Es interessiert sie nicht, dass ich mein eigenes Zimmer zurückhaben will.

»Wir dachten uns sowieso«, sagt meine Mutter (so fangen in letzter Zeit viele ihrer Sätze an), »dass es schön wäre, wenn ihr beide *zusammen* das alte Zimmer herrichtet.« Zusammen. Aha.

Geschult durch jahrelange Heiko-Therapie, wittere ich eine teambildende Maßnahme. Eine schwesternbildende Maßnahme. Wie sie wollen. Ich spiele das Spielchen mit.

»Wenn ich das Mauso… das *alte* Zimmer streiche und umstelle und so was, kann ich dann mein Zimmer wiederhaben?«, frage ich.

Mein Vater schaut Annika an, die hoheitsvoll nickt.

»Ich geh aber nur dahin zurück, wenn es ganz anders ist.« Annika pickt stirnrunzelnd in ihrem Rührei herum.

»Da ist Speck drin«, stellt sie plötzlich fest.

»Oh, entschuldige!« Mein Vater springt sofort auf und rennt in die Küche. So läuft das jeden Tag. Meine Eltern betüddeln Annika und ignorieren die verdächtigen Raschelgeräusche aus ihrem, also *meinem* abgeschlossenen Zimmer. Sogar das Schlüsselloch hat sie mit einer Socke verstopft. Meine Eltern behandeln Annika wie ein rohes Ei. Allerdings muss sie seit dem Vorfall mit den Schnapsflaschen regelmäßig zur Therapie, so wie ich in die Gruppe muss, wo Heiko mich und Ole mit seinen Blicken durchbohrt, weil unser Diorama immer noch auf sich warten lässt und er das »unkollegial« findet. Wem gegenüber? Wir sind keine Kollegen, ich und die Hyänen.

Annika residiert in meinem Zimmer wie eine Königin und knibbelt die Tapete über dem Bettende ab, sie nimmt meinen Lieblingspudding aus dem Kühlschrank, ohne zu fragen, und sie schaut meinem Vater dabei zu, wie er ihre »große Party« vorbereitet, als wäre es tatsächlich so was wie Annikas Hochzeit, ihre Wiedervermählung mit der Gesellschaft. Die Namen der

Leute, die wir für sie einladen können, presst er wie ein Geständnis aus mir heraus. Clementine und Ole lasse ich als Erste auf die Liste setzen, weil die sowieso Bescheid wissen, und dann noch Niklas, weil er um die Ecke wohnt und ich weiß, dass er die Party zumindest *ein bisschen* aufmischen wird.

»Was ist denn eigentlich mit der Lattischa?«, fragt mein Vater.

Ich starre ihn an. Meint er das ernst? Zwischen mir und Lattischa herrscht schon seit Jahren Funkstille.

»Lattischa? Ich weiß doch nicht, wo die jetzt wohnt«, sage ich. »Ich glaube, sie hat jetzt ein Baby. Hat mir irgendwer erzählt. Die hat bestimmt Krabbelgruppe oder so. Ich hab mal gehört, dass es Agenturen gibt, die Partygäste vermieten … was denn?!«

Mein Vater seufzt und lässt seinen Block auf die Knie sinken. »Kannst du vielleicht ein *bisschen* kooperieren?«, fragt er.

»Nein«, sage ich, »nicht, bevor ich mein eigenes Zimmer wiederhabe und nicht mehr zu Kinderarbeit gezwungen werde.«

Ich wische demonstrativ meine Hände an meinem vollgekleckstem Blaumann ab und stampfe rauf in Annikas altes Zimmer, um weiße Farbe an die rosa Wände zu klatschen wie Jackson Pollock, während sie neben mir auf dem Bett sitzt und gar nichts macht oder irgendwelche seltsamen Pläne schmiedet. Es ist mir egal. Wenn ich will, kann ich hart arbeiten. *Ich kriege dich schon raus aus meinem Zimmer*, sage ich stumm zu ihr, und sie sagt, ebenfalls stumm: *Das werden wir ja sehen.*

Ole, Clementine und ich treffen uns vor der Gruppe bei mir, um dem Diorama den letzten Schliff zu geben. Heiko hat uns mit seinem passiv-aggressiven Verhalten so weit gebracht. Wir sind ausgelaugt, wir haben seine giftigen Blicke satt.

»Dieser verdammte Tyrann«, knurrt Ole, als wir das Modell zwischen uns aus dem Haus tragen.

»Vorsicht, lasst es nicht fallen!«, winselt Clementine, die, mit ihren dünnen Armen wedelnd, wie eine Spinne um uns herumhüpft. Da sich das Diorama jetzt rund um ihre kleine Welt dreht, hat sie plötzlich ein liebevolles Verhältnis dazu entwickelt. Sie ist auch diejenige, die es in den letzten Tagen so gut wie fertig gebastelt hat. Was bedeutet, dass sie es von ihrem Vater hat basteln *lassen*, bis es genau ihrer Vorstellung von einem perfekten Rahmen für ihr Video entsprach.

»Ich hab ihm gesagt, dass es für die *Gruppe* ist, damit er mal spurt«, sagt sie, und dann, als sie unsere befremdeten Gesichter sieht: »Kleiner Scherz?! Meine Güte, wie ihr immer gleich *schaut!*« Ole und ich wechseln einen bedeutungsvollen Blick. Erst letzte Woche waren wir Zeugen, wie Clementine von ihrem Vater vor der Gruppe abgeliefert wurde und ihn zur Schnecke gemacht hat, weil er vergessen hatte, irgendeinen bestimmten 0,0 %-Fett-Magermilchquark für sie einzukaufen.

Wir setzen uns mit dem Diorama auf den Randstein und warten auf den Bus. Heute wird uns keiner fahren, und Clementine, die Sonnenbrille ins Haar geschoben, sieht mal wieder aus, als bestrafe man sie zu unrecht. »Busfahren, oh Maaann«, sagt sie leise und begutachtet irgendetwas an ihrem Absatz. »Muss das jetzt sein?«

»Mit fremden Menschen! Mit tausend Krankheiten und Bazillen! No risk, no fun!«, stichelt Ole.

Clementine schnaubt leise. »Als ob mich die *Bazillen* interessieren, Ole! Ich fahre einfach nicht gerne in Verkehrsmitteln, in denen man sich nicht *anschnallen* kann! Das ist doch total verrückt: In Autos ist schon bei Tempo 30 Anschnallpflicht, und in so 'nem Bus darf man sogar *stehen*?! Als ob ein Bus sicherer wäre als ein Auto!«

Während Clementine weiter leise vor sich hin meckert und Ole sie aufzieht, während ich die flimmernden Lichtpfützen auf der sonnenheißen Straße anstarre, bis sie vor meinen Augen ineinanderfließen, kommt plötzlich Annika einen Seitenpfad zwischen zwei Gärten herunter. Sie hat ihren Rucksack dabei und trotz des schönen Wetters trägt sie ihre rote Mütze.

»Aha«, sage ich leise. »Ich wusste, dass sie was vorhat. Sie hat meinen Eltern versprochen, daheimzubleiben. Und jetzt?«

»Was hat sie in dem Rucksack?«, zischt Ole. Wir sitzen so, dass Annika uns nicht sehen kann, halb von einem blauen VW verdeckt, der in der Hitze leise knistert und knackt.

»Ich würde sagen, hinterher?«, zische ich zurück.

»Spinnt ihr?«, flüstert Clementine. »Sie kann machen, was sie will! Wenn ich sie wäre, würde ich auch nicht die ganze Zeit allein im Haus rumhocken. Vielleicht geht sie ja nur kurz spazieren?«

»Mit dem fetten Rucksack, klar!«, gebe ich spöttisch zurück. »Einmal auf den Mount Everest und zum Abendessen wieder zurück, oder was?«

»*Ihr* könnt ja gehen«, sagt Clementine bestimmt und zieht das Diorama zu sich her. »Aber *ich* mache da nicht mit. Viel Spaß! Der Grottenolm ist vielleicht creepy, aber er ist immerhin zuverlässiger als *ihr!*« Sie steht auf, schiebt sich ihre Sonnenbrille auf die Nase und starrt so grimmig ans Ende der Straße, als könne sie damit die Ankunft des Busses herbeizwingen. Laseraugen.

Ole und ich wechseln einen kurzen Blick – und laufen los. Wir müssen ein albernes Kichern unterdrücken, als wir hinter den Autos entlangschleichen wie zwei Kinder, die Verstecken spielen. Ich weiß nicht genau, ob wir wegen Annika so aufgeregt sind oder ob wir uns freuen, dass wir heimlich »Gruppe« schwänzen.

Ich stolpere über meine eigenen Füße und halte mich einen Moment an Oles Arm fest. Einen Moment zu lang, weil ich es so erstaunlich finde, dass Ole sich, entgegen seiner sonstigen Art, überhaupt nicht dagegen wehrt. Er hat seine blauen Pulloverärmel hochgeschoben, und seine Haut ist, trotz der Hitze, merkwürdig trocken.

Annika läuft zielstrebig vor uns her, lange Straßen entlang und über Trampelpfade zwischen Gärten, sie klettert über Zäune, schlägt sich durch Büsche und kürzt über einen Spielplatz ab, wo sie einen kurzen Stopp einlegt, um sich einmal auf der Schaukel einzudrehen und im Kreis herumzuwirbeln. Ihre Haare fliegen, die Sonne brennt ihr auf den bemützten Kopf, aber es ist ihr egal. Zumindest lässt sie sich nichts anmerken, während mir schon längst verschwitzte Haarsträhnen im Gesicht kleben und ich gerne mal kurz in einen Penny gegangen wäre, um mir eine Cola zu holen. Nur, dass es hier in dieser Gegend längst keine Läden mehr gibt. Wir sind fast im Industriegebiet, ganz in der Nähe von dem Container, in dem der Lover von Niklas' Mutter wohnt.

»Wo will die denn hin?«, keucht Ole, als wir einen Trampelpfad neben dem rostigen Skelett einer alten Fabrikhalle entlangpirschen und die Ausläufer der Stadt allmählich hinter uns zurückbleiben.

»Keine Ahnung, aber hier wohnen tatsächlich noch Menschen, ich war hier mal mit einem Freund«, antworte ich.

»Was für einem *Freund*?«, fragt Ole. Er tut spöttisch, aber wenn es ihm egal wäre, würde er nicht fragen.

»Freund halt«, sage ich, mit Absicht knapp.

»Aber nicht *Freund*-Freund«, stellt Ole fest. Ich zucke bloß mit den Schultern. Ich könnte Nein sagen, tue es aber nicht. Ich weiß nicht genau, warum. Aber ich spüre, dass es Ole ärgert, und das freut mich. Obwohl ich auch da nicht genau weiß, warum. Wir laufen durch hohes Gras und eine Brennnessel pikt mich in den Unterschenkel.

»Aua! Pass auf!«, sage ich. Ole bleibt stehen, stolpert über seine Füße, und dann hält *er* sich kurz an *meinem* Arm fest.

»Sorry«, sagt er und lässt mich gleich wieder los.

»Du hast einen Sonnenbrand.« Ole hat eine leicht gerötete Nase. »Die pellt sich morgen«, sage ich und tippe sie an.

»Lass meine Nase los!«, sagt Ole und schubst mich weg.

»'ne rote Nase, wie *süß*!«, sage ich, warum auch immer, und lache ihn aus. Ole senkt seinen Kopf und jagt mich über die Wiese. Ich nehme ihn in den Schwitzkasten und ringe ihn zu Boden, weil ich nicht will, dass Annika uns sieht.

»Hey«, ruft er und stemmt meinen Arm weg. »Lass mich los!«

»Pst!«, zische ich. Ich richte mich auf. Annika verschwindet in einem Stück Wald, dünne Bäume bilden eine Wand wie einen Palisadenzaun, und in zottigen Büschen flattern Reste von Müll.

»Komm!«, sage ich und drehe mich um. Ole liegt im Gras auf dem Rücken, die Hände über dem Gesicht, wie damals, als wir zusammen eingeteilt wurden, aber dieses Mal bin ich es, die seine Hände wegzupft, nicht Heiko, und dieses Mal schaut er nicht mürrisch, sondern verlegen. Er blinzelt in die Sonne.

»Fass mich nicht an, Mann«, sagt er. Ich ziehe ihn hoch.

Im Wald riecht es nach Moder, Moos und Blumen. Süß und muffig zugleich. Die schmalen Stämme der Bäume gleiten auseinander wie die Lamellen einer Schiebetür und geben den Blick frei auf eine kleine Kirche aus Holzschindeln. Die Fenster sind staubig und auf dem kurzen Turm sitzt statt eines Kreuzes ein zerbeulter Wetterhahn. Ein Sonnenstrahl hat sich seinen Weg durch die Bäume gebahnt und malt einen gelben Kreis auf das Dach, wie eine Markierung, die uns den Weg weisen soll. Es ist merkwürdig still. Stiller als still. Sogar die Vögel hören sich an, als würden sie unter einer Glasglocke singen.

»Wo sind wir?«, flüstert Ole, ganz nah an meinem Ohr.

»Keine Ahnung«, flüstere ich zurück, aber im nächsten Moment wird mir kalt. Zwischen zwei Bäumen steht die Statue eines steinernen Engels. Rücken und Kopf sind von Moos überzogen, das Gesicht zerfressen von Regen und Wind. Er hat die Hände vor der Brust gefaltet und kniet über einem Grabstein, der neben einem rot flackernden Licht halb in der Erde versunken ist. Efeu umrankt die Füße des Engels, klettert über die

Wurzeln der Bäume und die Grabsteine links und rechts, die wie kaputte Zähne aus dem Waldboden ragen.

»Das ist … ein Friedhof.« Ole schaut mich an. Ich lege meinen Kopf in den Nacken, und für einen Moment ist es, als würden die Wipfel der Bäume mich davontragen. Dabei sind es nur die Wolkenfetzen, die so schnell über den Himmel gleiten.

Wir folgen Annika einen ausgetretenen Pfad entlang. Links und rechts von uns erheben sich windschiefe Mausoleen, geschmückt mit steinernen Kränzen und Engeln, die ihre Gesichter in die Hände stützen oder den Himmel anflehen. Trauerweiden halten die uralten Grabplatten mit ihren Wurzeln umklammert wie mit Krallen. Die letzten Toten, die hier beerdigt wurden, sind anscheinend vor Ewigkeiten gestorben. Moos wächst zwischen den Steinen, ein roter Graffiti-Schnörkel prangt an einer Tür, von der die Farbe abblättert, und ich denke plötzlich, dass der Tod eine langwierige Angelegenheit ist und das Leben so kurz und was für einen Sinn das eigentlich alles hat. Keinen.

»Das ist dieser alte Waldfriedhof«, murmelt Ole. »Meine Mutter hat mal davon erzählt. Sie wollte hier mal spazieren gehen, aber mein Vater und ich fanden es irgendwie makaber, auf so 'nem Fried… na ja, weißt schon.«

»Annika findet es scheinbar nicht so makaber.« Ich recke den Hals, um Annika zwischen den Grabsteinen nicht aus den Augen zu verlieren. Die weinrote Mütze schwebt gerade hinter einer Mauer aus aufgeschichteten Felsbrocken und verschwindet.

»Komm!« Ich stoße Ole an, husche zur Mauer und spähe um die Ecke. Wasser gluckert in einem nudeldünnen Strahl in einen Brunnen, neben dem ein paar grüne Gießkannen auf einem

Haufen liegen. Annika gleitet zielstrebig zwischen den ordentlicher werdenden Reihen der Gräber hindurch. Es ist, als würden wir eine Zeitreise machen, von 1800 bis heute. Die Grabsteine werden immer aufrechter, die Inschriften leserlicher. Identische Soldatengräber stehen in Reih und Glied, wie weiße Dominosteine. Eine Reihe in den Boden getretener Stufen, kaum noch zu erkennen im Moos, führt in Schlangenlinien auf einen Hügelkamm. Zwischen blank polierten Platten aus dunklem Granit stehen vereinzelt neuere Kreuze aus hellem Holz, davor liegen Blumenkränze. Manche sind frisch, andere bereits verblüht. An einem Kreuz klebt das verschwommene Foto einer blonden Frau, das lächelnde Gesicht vom Regen verblichen und blaufleckig, als wäre die Abgebildete an einer seltenen Krankheit verstorben, wie Typhus oder Cholera. Eigentlich müsste man jede Sekunde seines Lebens daran denken, dass es die letzte sein könnte. Sonst verpasst man sie eines Tages. Das letzte Mal ins Bett gehen. Die letzte Mathearbeit. Der letzte Kuss. Es kann alles so schnell vorbei sein.

»Stimmt es, dass man von Typhus ein blaues Gesicht bekommt?«, frage ich Ole flüsternd, weil ich die angespannte Stille nicht mehr ertrage, weil etwas in meiner Brust rebelliert und von mir fordert, dass ich etwas sage. »Ich hab das mal irgendwo gelesen …!« Ole zieht mich grob zur Seite und verhindert im letzten Augenblick, dass ich über ein Grab stolpere. Ein sehr kleines Grab, auf dem ein Dinosaurier aus Gummi sitzt. Ich schaue mich um und sehe, dass die Gräber hier alle klein sind. Die Grabsteine und Kreuze sind weiß, darunter sitzen vom Wetter zerschlissene Stofftiere, eingesunken, mit leeren

Augen und offenen Nähten, aus denen Watte quillt. Kindergräber. Ich schlucke und schaue zur Seite, direkt in Oles Augen, der sofort wegguckt und mit dem Ärmel über seine Nase geht, mehrfach, als wolle er sich die Nase aus dem Gesicht rubbeln. Ich frage mich, ob er gerade an seinen kleinen Bruder denkt, der im gleichen Alter war wie einige dieser Kinder, als er verschwand.

Ole schaut über die kleinen Gräber hinweg in die Ferne. Jenseits der Bäume liegt ein See, auf dessen Oberfläche Algen und Enten treiben. Er geht plötzlich los, wird schneller, die Schultern hochgezogen bis unter die Ohren. Ich will nicht, dass er Annika einholt, also greife ich nach seinem Arm. Ole bleibt abrupt stehen und dreht sich um, er wirft mir einen verwirrten Blick zu, als wäre er eigentlich ganz woanders und hätte nur zur Tarnung seinen Körper hier zurückgelassen, damit er, seelenlos und automatisch wie ein Roboter, weiter für ihn über den Friedhof steuert.

Ole und ich spähen über ein Gebüsch, dessen Blüten so intensiv duften, dass es in der Nase kitzelt. Annika hockt neben einem Grab mit einem frisch aufgeworfenen Erdhügel. Ein einfacher Grabstein aus grauem Granit, ein schlichter Blumenkranz mit einer schlaffen, braunen Schleife. Eine Zeit lang hockt Annika einfach nur regungslos da, wie ein Frosch, und lässt ihre Finger langsam über den Stein gleiten. Dann schubst sie mit einem Schulterzucken den Rucksack von ihrem Rücken, zieht ihn zwischen ihre geöffneten Knie, macht das Lederbändel auf und holt etwas heraus.

»Was *macht* sie da?« Ole schiebt mich zur Seite, um besser

sehen zu können, aber ich halte dagegen. Ich beobachte, wie Annika ihre Hände zu zwei Schaufelblättern formt und ein Loch in die Erde buddelt, mit schnellen Bewegungen.

»Sie, äh, gräbt?«, flüstere ich.

Ole schnaubt leise. »Du hast recht, deine Schwester IST komisch.« Ich schaue zu, wie Annika sich verstohlen nach links und rechts umschaut und dann etwas in das Loch legt, ehe sie es hastig wieder zuschaufelt. Sie steht auf, klopft sich die Erde von den Händen und segelt mit wehendem Rock davon, so schnell, als hätte sie gerade eine Bombe in dem Grab hinterlegt und erwarte nun jede Sekunde die Detonation in ihrem Rücken. Ihr Rucksack wippt auf ihrem Rücken auf und ab. Ole und ich starren ihr stumm hinterher.

Eine Sekunde später stehen wir vor dem Grab. Das heißt: Ich stehe und lese die Inschrift auf dem Grabstein, während Ole neben mir kniet und in der Erde gräbt.

»Ich komm mir so illegal und pervers vor gerade«, murmelt er. Die Erde fliegt links und rechts an ihm vorbei, als wäre er ein Hund, der einen Knochen vergräbt. Auf dem Grabstein steht, in goldenen Lettern: »Lieselotte Gluck, 13.04.1947 bis 26.06.2015. Barbara Gluck, 04.05.1974 bis 03.05.2016.« Der Todestag von Barbara ist noch nicht lange her.

»Barbara«, sage ich leise, und als genau in diesem Augenblick ein Windhauch durch den Efeu fährt, habe ich das Gefühl, einen Geist beschworen zu haben. Unbehaglich trete ich einen Schritt zurück und drehe mich um, darauf gefasst, eine durchscheinende weiße Gestalt zwischen den Bäumen wabern zu sehen. Stattdessen sehe ich eine stämmige, ziemlich reale Gestalt mit einer grünen Gießkanne, die mit schnellen Watschelschritten auf uns zukommt. Eine alte Frau mit einem Strohhut auf dem Kopf, deren mürrische Mundwinkel ihr Kinn zerteilen wie das einer Marionette, kantig und holzgeschnitzt.

»He! Was macht ihr da?«, krächzt sie anklagend, aber ehe ich mir eine Ausrede einfallen lassen kann, macht Ole schon alles kaputt, indem er einfach abhaut, über die Gräber springend wie ein Idiot, mit schlenkernden Pulloverärmeln.

»Idiot!«, zische ich und renne ihm nach, weil mir nichts anderes übrig bleibt. Das Zetern der alten Frau im Rücken, hetzen wir geduckt durch den Gräberwald zurück zur Kirche und der bemoosten Engelsstatue, in deren Schatten wir uns keuchend ducken, um zu Atem zu kommen.

»Echt mutig von dir, einfach abzuhauen!«, schnaufe ich und stemme meine Hände auf die Oberschenkel.

»Dauernd müssen wir rennen, wegen *dir!*«, gibt Ole zurück. Wegen mir? Ich stoße Ole in die Seite, er verliert das Gleichgewicht und fällt fast um. Ich lache ihn ein bisschen aus, dann knülle ich, wieder ernst, seinen Kragen zusammen: »Lass *mich* nächstes Mal reden, okay? Ich hätte einfach behauptet, Barbara war unsere Oma oder so!«

»Dafür war sie zu jung.«

»Dann eben Tante?«

Ole reißt sich los und zuckt verlegen mit den Schultern. »Jetzt ist es ja eh zu spät …«, sagt er.

Ich lehne meine heiße Stirn an den kalten Engel und fahre mit dem Finger eine Falte seines Gewandes nach, der bröckelnde graue Stein verschwimmt vor meinen Augen.

»Ja. Vielen Dank, Ole. Jetzt wissen wir *gar* nichts.«

»Doch. Wir wissen, was Annika vergraben hat.« Ich hebe den Kopf. Ole grinst, hält mir seine Faust vor die Nase und macht sie auf. Auf seiner Handfläche liegt Annikas Armband. »Elisa«.

»Und das hier.« Ole hebt eine kleine Schnapsflasche hoch, mit einem Bergmotiv und einem Bernhardiner auf dem Etikett, eine von denen, deren Inhalt »von innen wärmt«, wenn einem kalt ist. So kalt wie einer Toten unter der Erde. Ich starre die Flasche und das Armband an, mein Kopf schwirrt, und ich weiß nicht, ob es mein Kreislauf ist oder ob sich meine Gedanken auf einmal zu schnell drehen, wie ein Karussell, das, außer Kontrolle geraten, immer schneller wird, bis die Welt um mich herum zu einer einzigen, schmierigen Masse verschwimmt.

»Wir bringen das zurück«, höre ich mich plötzlich sagen. Ole runzelt die Stirn, sein Gesicht schwankt vor meinen Augen.

»Das ist doch Beweismaterial«, witzelt er, wie durch Watte, aber dann scheint er zu merken, dass ich es ernst meine. Er reibt seine Nase und sagt: »Okay. Ich steh Schmiere, du gräbst.«

Als wir später an der Bushaltestelle sitzen, dreht sich in meinem Kopf immer noch alles. Die Sonne brennt auf das Glasdach über uns. Ich trage nur Shorts und das Gitter des metallenen Sitzes drückt sich in meine Oberschenkel. Barbara, Barbara, Barbara. Ich scharre mit meinen Schuhsohlen über den Asphalt, das Geräusch und der Anblick meiner Schuhe von oben erinnert mich an meinen achten Geburtstag, als ich mit meinen neuen Turnschuhen Roller fahren war, bremsen musste und die Sohle, die vorher so weiß war, dass es blendete, auf einmal an einer

Seite einen langen, schwarzen Striemen hatte, der nie mehr wegging.

»Wer war das? Barbara?« Ole schaut mich aus dem Augenwinkel an. »War das die Frau, bei der sie gewohnt hat?« Ich lehne mich zurück, lege den Kopf auf die Rückenlehne. Ich habe keine Lust, zu reden.

»Ich weiß es nicht«, sage ich dann. Ole dreht den Kopf und schaut mich stirnrunzelnd an.

»Warum nicht?«

»Ich weiß es halt nicht. Weil ich nicht du bin, wahrscheinlich. Weil ich nicht gefragt habe.« Ich atme lange aus.

»Sie ist tot«, sagt Ole nachdenklich, während ich die Baumkronen über mir anstarre. »Und kurz darauf wird Annika gefunden. Ein Zufall?« Zwischen den Baumkronen sieht der Himmel höher aus als sonst. Irgendwie weiter weg. Annika hat vermutlich einen Menschen verloren und diese Tatsache lässt sie mir noch fremder erscheinen als vorher. Sie hat Dinge erlebt, die ich und meine Eltern nie verstehen werden. Vielleicht redet sie deshalb so wenig mit uns. Weil sie aus einer anderen Welt kommt, einer Welt, die es nicht mehr gibt. Ole rutscht aufgeregt auf der Stelle herum, sein Knie stößt aus Versehen an meins und bleibt dann daran kleben. Es fühlt sich an wie ein Magnet. Ich frage mich, ob er es auch merkt.

»Oder hat Annika was damit zu tun? Mit ihrem Tod? Glaubst du, deine Eltern wissen was darüber?«

Ich lasse meinen Kopf zur Seite fallen, um ihn ansehen zu können: »Ole, das ist hier kein Krimi, okay? Das ist Annikas Leben, und mein Leben …« Ole packt plötzlich meinen Arm.

»Was?« Ich drehe mich hektisch um. »Ist die Oma wieder da?« Aber Ole schüttelt den Kopf. Er deutet auf einen Zeitungsstand neben der Bushaltestelle. Eine fette, weiße Schlagzeile trompetet: »Nele T. tot: Grausiger Fund im Baggersee.«

Kälte sickert durch meine Fußsohlen und lähmt mich, als wäre ich in einen kalten Fluss gestiegen. Ich habe das Gefühl, nie wieder von der Bank aufstehen zu können. Ich spanne meine Beine an, um meine Oberschenkel noch fester in das Gittermuster zu pressen. So fest, dass es wehtut. Die Buchstaben lösen sich aus der Zeitung und schwirren auf mich zu, als wäre mein Leben plötzlich ein schlechter Kinofilm in 3-D.

»Idioten«, zische ich. Wie muss es sein, wenn man so eine Schlagzeile liest und plötzlich selbst betroffen ist? Wenn das Schicksal deiner Familie ausgebeutet wird? Wenn es deine eigene Schwester ist, die nach zwei Jahren des Hoffens und Wartens tot aus einem Baggersee geborgen wird? Ole, der neben mir sitzt, lässt ein bitteres Schnauben hören. Ich spüre seine Präsenz in meinem Nacken schwelen, seine Ruhe und Regungslosigkeit machen mich innerlich rasend.

»Sag's halt, sag doch einfach«, sage ich müde, »sag doch, dass unser Nele-T.-Spiel bescheuert und sinnlos war!« Ole steht auf, er murmelt irgendwas, die Fäuste in die Hosentaschen gestemmt. Er kann einfach nicht freundlich sein. Wahrscheinlich zerfiele er zu Staub, würde er es einmal versuchen. Er tritt leicht gegen den Zeitungsstand. Aus der Ferne nähert sich mit einem gleichmäßigen Brummen der Bus.

Einen Moment lang ist Ole wie erstarrt. Dann macht er die Klappe des Zeitungsstandes mit einem Ruck auf und greift hinein. Er nimmt den ganzen Stapel und wirft ihn über das Gebüsch, das hinter der Haltestelle wuchert, in den lichten Wald. Flatternd, wie zankende Tauben, verteilen sich die Zeitungen zwischen den Bäumen, werden von aktuellen News zu nichts als Müll, der sich mit leeren Bierdosen, einem einsamen Turnschuh und aufgerissenen blauen Mülltüten mischt.

»So«, sagt Ole mit grimmiger Zufriedenheit, als hätte er eine notwendige Arbeit erledigt. Ich starre ihn einfach nur an.

»Manchmal bist du gar nicht so scheiße, wie du aussiehst«, stelle ich fest. Oles Mundwinkel verrutschen, und für einen Moment sieht es beinahe aus, als würde er lächeln.

22

Heiko

Das Gedächtnis ist hinterhältig. Denn alles, was du je vergessen wolltest, hat sich unverrückbar in deinem Schädel festgesaugt und wird dich niemals loslassen. Es ist, als würde dein eigenes Gedächtnis dich mit bösen Erinnerungen foltern, immer und immer wieder; und je mehr du etwas vergessen willst, desto deutlicher wird es. Wie ein Polaroid, das langsam Farbe annimmt. Und am Ende bist du selbst dein größter Feind.

Wir gehen mit Heiko Eis essen, weil er uns für unsere Dioramen belohnen will und behauptet, Schokoladeneis sei bei diesen »sommerlichen Temperaturen« der einzig würdige Preis. (Die Tatsache, dass man im Gemeindezentrum die Fenster nur kippen kann und Heiko fast vom Stuhl geschmolzen wäre, hängt vielleicht auch ein bisschen damit zusammen.)

Wir sitzen auf der anderen Seite des Platzes, vor dem Museum, und lehnen mit den Rücken an der kühlen Betonwand. Ole ist sehr still. Er hat sein Eis nicht gegessen, sondern mit der Kugel voran neben sich auf die Bank gedrückt. Clementine verdreht die Augen und schaut ihn über den Rand ihrer großen Sonnenbrille hinweg vorwurfsvoll an.

»Oh, wow, Ole! Wieso nimmst du dann überhaupt eins!«

»Sagt die Richtige!«, gibt Ole zurück und schaut vielsagend auf Clementines Hand. Sie ist voll mit Eis, das sie lieber schmelzen lässt, anstatt es zu essen. Clementine, ertappt, plustert sich auf: »Hallo? Miss Monaco? Ich wollte es nicht ansprechen, wegen Nele T. und allem, aber ich wurde *eingeladen*!«

»Glückwunsch«, sagen Ole und ich, gleichzeitig und ziemlich emotionslos. Clementine blinzelt irritiert.

»Äh. Danke. Jedenfalls: Ich mach das hier für Heiko, damit er nicht bei meinem Dad petzt, wie damals, als ich die Lebkuchen nicht essen wollte! Aber ich werd ganz bestimmt nicht JETZT anfangen, mir Essen in den Hals zu stopfen wie so 'ne Gans!«

»Das machen die Gänse nicht freiwillig«, sage ich, »und wenn DU es nicht freiwillig machst, wird dir das Essen auch bald von irgendwelchen Ärzten in den Hals gestopft.«

»Und wenn schon. No risk und so!« Clementine wirft das Eis in einen Mülleimer und wischt sich die Hände sauber. »Das mit Nele T. versteh ich immer noch nicht«, sagt sie schnell, um von sich abzulenken. »Ich hab immer gedacht, dass sie irgendwann wiederkommt, ich hab es …!«

»Ja, wir wissen's jetzt! Du hast es gespürt!«, ätzt Ole und malt bei »gespürt« mit den Fingern zwei Anführungszeichen in die Luft. Clementine schaut ihn beleidigt an. Ole sieht aus, als würde er gleich platzen. Seine Nase ist schon wieder ziemlich rot und pellt sich.

Die Menschen verschwinden, denke ich, einer nach dem anderen. Ich denke an die schlaffen Blumenkränze auf dem Waldfriedhof. Bald wird auch Nele T.'s Grab allein im Sonnenschein liegen, zwischen all den anderen, die nur selten jemand besucht, denn auf einem Friedhof ist nie viel los, und dann wird es Nacht werden und wieder Tag, und irgendwann werden die Blumen welken, und neue werden kommen, und die Erde wird sich weiterdrehen, als wäre nichts geschehen. Ole kratzt sich gedankenverloren an der Nase.

»Meine Eltern«, sagt er unvermittelt, »wollen Finn für tot erklären lassen. Sie sagen, dass sie einen Ort haben wollen, an dem sie um ihn trauern können.« Er ballt seine Hand zur Faust und lässt wieder locker, immer wieder, wie ein nervöser Theaterschauspieler. »Das machen sie nur wegen Nele T., weil sie das total aufgeregt hat. Sie wollen einen Schlussstrich ziehen, dabei ist es viel zu früh.« Ich nicke langsam. Fünf Jahre sind nichts. Oles Eltern scheinen sich so sehr vor den Möglichkeiten zu fürchten, dass sie gar nichts mehr wissen wollen. Sie wollen Oles Bruder und die Erinnerung an ihn so schnell wie möglich festnageln. Damit sie das Buch zuschlagen können. Damit sie es begreifen können. Damit alles an seinem Platz ist. Ich denke an Oles kränkelnde Mutter auf ihrem zugemüllten Sofa. Meine Eltern haben so lange gewartet.

Ole fährt sich müde über die Augen, blinzelt gegen die Sonne und starrt rüber zu Heiko, der Liza gerade etwas auf seinem Handy zeigt. Liza mit *z*. Sie hat keinen Hals und sieht aus, als würde ihr roter Schopf direkt auf ihren Schultern sitzen. Manchmal frage ich mich, wie das wäre, wenn man einfach alle Köpfe aller Menschen abschrauben und austauschen könnte. Wäre es befreiend, einen Tag mal jemand anders zu sein? Aber dann schaue ich mich auf dem Platz um und denke, dass es vermutlich verstörend wäre und alles andere als eine gute Idee. *Was denkst du denn?*, wispert Nacht-Mari leise in mein Ohr, ihre Worte sickern in meinen Kopf. *Mach dir nichts vor, Mari. Als würden dir die Bilder nicht ausreichen, die du in deinem eigenen Kopf aufbewahrst, in deiner ganz privaten Schreckensgalerie; die du immer wieder hervorholst und abstaubst und anschauen musst, ob du nun willst oder nicht.* Ich frage mich, ob alle Menschen ihre unschönen Erinnerungen in sich aufbewahren wie alte Fotos, die man irgendwann entwickelt hat und die einem plötzlich aus einem Buch oder einem Briefumschlag entgegenrutschen. Ole kratzt sich schon wieder an der Nase. Sein Atem stockt und setzt immer wieder neu an, als wolle er eigentlich etwas sagen, könne sich aber nicht dazu durchringen. Dann gibt er sich einen Ruck.

»Jedenfalls, ich hab neue Anhaltspunkte, jemand hat mir geschrieben, dass er den Jungen vermutlich kennt und weiß, wo er wohnt, kommt ihr mit oder nicht?« Ole leiert es so schnell und genervt herunter, als hätten wir ihn gerade ein paar Englisch-Vokabeln abgefragt oder als rechne er sowieso damit, dass wir »Nein« sagen. Clementine und ich sehen uns kurz an und lassen uns ein bisschen zu lange Zeit mit der Antwort.

»Habt ihr mich gehört?«, fragt Ole und zieht den Kopf ein, als ein Typ mit einem breiten Kreuz etwas zu nah an ihm vorbeistampft, der Kies knirscht unter seinen Schritten.

»Pass halt auf, Mann«, knurrt Ole. Ich versetze Ole einen kleinen Tritt.

»Der hat dich nicht mal berührt. Sorry!«, rufe ich laut und grinse, weil der bullige Typ sich im Gehen halb umgedreht hat und ganz komisch guckt. Dann wende ich mich wieder an Ole.

»Willst du verkloppt werden oder was?«

»Du lenkst ab, Mari!«, sagt Ole stur und scharrt mit den Fersen seiner Turnschuhe zwei Rillen in den Kies.

»Lass uns doch später drüber reden«, sage ich zögernd, »wenn Heiko und die anderen alle weg sind.«

»Gute Idee«, sagt Clementine, etwas zu lässig, und dann, als sie Oles Blick bemerkt: »Ach, Ooole, es tut mir leid. Aber du weißt doch, dass bald Miss Monaco-Wahl ist und … Ich *kann* jetzt nicht einfach weg von hier. Wenn wir vielleicht später fahren?«

»Später?«, keucht Ole. »Ich hab lang genug gewartet! Was ist, wenn er wieder verschwindet? Mari? Kommst du mit?«

»Du weißt ja gar nicht, ob er es *ist*«, murmele ich, »was ist, wenn du dich täuschst? Was sehr wahrscheinlich ist.« Ich muss an Niklas denken und Annika und daran, dass ich jetzt wirklich keine Lust habe, einen von den beiden allein zu lassen. Aus verschiedenen Gründen. Ole starrt mich finster an.

»Ich *täusche* mich nicht! Ich erkenn doch meinen Bruder!«

»Ja, genau, du erkennst ja auch meine Schwester besser als ich!«

»Was hat das damit zu tun? Nur weil du deine komische Party nicht verpassen willst, oder was?«

»Du weißt genau, dass ich keinen Bock auf die blöde Party hab!«

»Aber mitkommen willst du auch nicht. Eine tolle Freundin bist du, echt!«

»Wer hat denn überhaupt gesagt, dass wir Freunde sind?«

Ole schnaubt wütend, springt auf die Füße und läuft mit

einem aggressiven Schulterzucken über den Platz davon. Clementine und ich schauen ihm nach. Genau wie Liza mit z. Ihr roter Bob schimmert im Sonnenlicht wie eine Laterne, als sie aufsteht und Ole nachläuft. Schleimerin. Heiko folgt ihr mit den Augen.

»Hey!« Er setzt den beiden nach, ist aber zu langsam. Er merkt es, gibt nach wenigen Metern auf und kommt stattdessen zu uns rüber.

»Was is'n schon wieder los mit ihm?«, fragt er und wirft die Hände in die Luft. »Der Junge macht mich fertig!« Heikos Schokoeis sprenkelt den Boden zu unseren Füßen.

Ich hebe die Schultern. Ich habe keine Lust, Ole nachzulaufen, auch wenn er in diesem Moment wahrscheinlich nichts lieber hätte. Etwas nagelt mich auf der Bank fest. Es wäre so einfach, und es wäre *nett*, das weiß ich. Aber ich bin wie gelähmt. Liza mit z hat Ole inzwischen erreicht und an der Schulter gefasst. Er dreht sich schnell um, beinahe dankbar, erkennt dann, dass *sie* es ist, sieht auch, dass *ich* mich nicht vom Fleck gerührt habe, und presst wütend die Zähne aufeinander. Manchmal bieten einem die falschen Leute zur falschen Zeit ihren Trost an. Ole reißt sich mit einem mürrischen »Fass mich nicht an!«-Gesicht von Liza mit z los und läuft weg. Sie dreht sich um und sieht mich mit aufgerissenen Augen an, als wolle sie sagen: »Na toll!« Als wäre es meine Schuld. Ich verschränke die Arme.

»Was ist denn jetzt?«, fragt Heiko noch mal und pflanzt sich neben uns. Wir erzählen es ihm, so knapp wie möglich. Heiko kratzt sich am Kinn, scharrt mit den Nägeln durch seinen Bart.

»Ja. Scheiße«, sagt er. Und dann: »Ich weiß noch, wie das bei mir war. Meine Eltern haben nicht einmal zwei Jahre gewartet, dann haben sie sie schon für tot erklärt.« Clementine runzelt die Stirn: »Wen?«, fragt sie.

»Meine Schwester«, sagt Heiko. Clementine und ich gucken uns überrascht an. Heiko nickt und bröselt seine Eistüte in den Kies. Spatzen hüpfen um seine Füße.

»Sie war 17, hatte ein Drogenproblem, war nie zu Hause, und dann … na ja …« Er klopft mit den Händen auf seine Schenkel und räuspert sich, den Blick in die Ferne gerichtet. »Ich hab dann jahrelang eine von ihren Barbies unter meinem Bett versteckt. Eine, die aussah wie sie. Ich hab ihr die Haare geschnitten, bis da.« Heiko zeigt auf seinen Hals. »Das war so eine Art Voodoozauber, um sie zurückzuholen. Hat aber nicht geholfen.« Clementine und ich schweigen einen Moment.

»Wir haben das gar nicht gewusst«, sage ich. Heiko winkt ab.

»Jaaa, ich weiß. Ich hätte damit eigentlich anfangen müssen, damals, als die Gruppe losging, aber ich wollte nicht, ich … ach, ich weiß nicht, tut mir leid.« Seine Brille beschlägt und seine Augen verschwinden hinter zwei Scheiben aus Milch. Er lacht und sein enormer Bauch wackelt. »Habt ihr etwa gedacht, die lassen hier so ein unwissendes Arschloch auf euch los, oder wie? Sorry! Das hab ich jetzt nicht gesagt.« Heiko nimmt seine Brille ab und reibt die Gläser trocken. Clementine legt zaghaft einen Arm um seinen Rücken und macht Anstalten, ihn zusammenzudrücken, aber das ist Heiko dann doch zu nah.

»Gut!«, sagt er und setzt sich plötzlich so gerade hin, als wolle er seinen massigen Körper wieder über seinen Beinen aufstapeln. Wie es sich gehört. Clementines dünner Arm rutscht von seinem Rücken. »Ich … ich wollte nur sagen, äh, ihr könnt dann auch gehen, wenn ihr wollt. Langer Tag. Langer Tag.« Heiko schaut auf den Boden und nickt vor sich hin. Clementine und ich schauen uns an. Wir stehen zögernd auf.

»Tschüss, Heiko«, sagt Clementine, mit einem Fragezeichen in der Stimme. Heiko nickt und winkt mit einer Hand, ohne uns anzusehen.

Wir gehen über den Platz Richtung Bushaltestelle. Als wir uns noch einmal umdrehen, sitzt Heiko immer noch da und starrt auf die Spatzen, die zu seinen Füßen in den Krümeln seiner Eiswaffel picken.

23

Astronaut

Den Himmel gibt es nicht. Meistens sieht er aus wie ein blaues oder graues Zelt, das jemand über uns gespannt hat, um uns zu beschützen. Aber uns will keiner beschützen, und das, was wie ein Zelt aussieht, ist in Wahrheit ein riesiges Loch, durch das wir direkt ins Universum fallen, in eine atemberaubende Unendlichkeit.

In unserem Gästezimmer, einem nicht renovierten Raum mit unverputzter Wand, gibt es einen zweiten Fernseher, eine uralte Röhre mit flimmerndem Bild, die meine Mutter gleich nach der Anschaffung unseres Flatscreens hierher verbannt hat und die so massiv auf einem winzigen IKEA-Tischchen thront wie ein Elefant auf einem Einrad. Clementine, die ihr Haar zu einem Wuschel hochgebunden hat, kuschelt sich in die mit Glücksbärchis bedruckte Kinderbettdecke und schnappt sich einen Becher Schokopudding von der Sofalehne.

»Mach an«, fordert sie mich mit einem Kopfnicken auf. Sie trägt eine kurze, rosa Hose mit Rüschen und ein T-Shirt mit der Aufschrift: »Unicorns are REAL!«. Darunter prangt der glitzernde Kopf eines schielenden Einhorns. Ich schalte folgsam den Fernseher an und ziehe ihr einen Zipfel der Decke weg, die sie so gut wie beschlagnahmt hat. Clementine hat gefragt, ob sie heute bei mir übernachten darf, und ich habe Ja gesagt, ohne daran zu denken, dass Donnerstag immer Clementines Topmodeltag ist. Clementine verpasst keine Folge.

»So«, sagt sie nach zwei winzig kleinen Löffeln Schokopudding, »du kannst dann den Rest haben. Bitte sehr.«

»Clementine, der ist nicht mal so groß wie ein Fruchtzwerg, den kannst du doch leer essen.« Clementine wirft mir nur einen kurzen, warnenden Blick zu. Ich weiß, ich soll mich da raushalten. Aber Clementine ist inzwischen so dünn, dass ihre Arme bald wirklich aussehen wie zwei Stöcke.

»Solange ich das noch habe«, sagt sie und zwickt demonstrativ in ihr mickriges Bauchfett, »esse ich, so viel ICH will, okay? Oh yaaay, es geht los!« Clementine klatscht in die Hände, ihre Armreifen klirren. Wir starren auf den Bildschirm.

»Wie viele sind denn noch dabei?«, frage ich höflich, um Clementine einen Gefallen zu tun. Auch wenn sie es überspielt: Nele T.s Schicksal hat Clementine so verstört, dass ich alles tun würde, um sie zu beruhigen. Um die Risse in der Realität ihrer kleinen, auf brüchigem Eis errichteten Traumwelt zu kitten. Clementine weiß, wie es sich anfühlt, den Boden unter den Füßen zu verlieren. Ich will nicht, dass sie wieder stolpert, also bekommt sie, was sie sich wünscht. Zumindest heute Abend.

»Vierzehn. So schön, dass wir das zusammen anschauen!« Sie lässt sich gegen mich kippen und bleibt so liegen, angeschmiegt wie eine Katze. Ich greife nach dem Pudding, und dieser Pudding ist tatsächlich so winzig, dass ich, Sekunden später, barfuß runter in die Küche schleiche und mich am Kühlschrank bediene. Ich stopfe mir eine zusammengerollte Scheibe Cheddarkäse in die eine und eine Handvoll Oliven in die andere Backe und will gerade die Hand nach dem Nutellaglas auf dem obersten Regal ausstrecken, als meine Mutter hinter mir im Türrahmen erscheint. Ich drehe mich zu ihr um, und sie muss lachen, als sie meinen ertappten Gesichtsausdruck sieht.

»Hamster!«, sagt sie und nimmt mir das Nutellaglas weg, um selbst mit einer abgeknabberten Grissini-Stange reinzugehen. Aus dem Wohnzimmer kommen leise Geräusche, der Fernseher läuft, offenbar ein schnulziger Liebesfilm mit Geigen.

»Schaut ihr was?«, frage ich und schlucke den Inhalt meiner Hamsterbacken runter. Mama zieht die Schulter hoch.

»*Ich* schaue was. Dein Vater schläft schon oder liest noch …« Sie macht eine unbestimmte Geste. »Ich weiß es nicht.« Ich fahre mit den Fingerspitzen über die Küchenplatte, sie ist aus schwarzem Granit, kalt und glatt, wie ein Grabstein auf einem Friedhof. Meine Kehle wird plötzlich eng.

»Was ist jetzt eigentlich mit der Frau, die Annika … also …?«

Ich druckse herum wie eine Idiotin. Mama knabbert an ihrem Grissini, ihre Augen sind blank und leer, sie saugen sich an den Küchenfliesen fest, als wollten sie sich irgendwo festhalten. Dann holt sie tief Luft und atmet die Worte aus, auf die ich gewartet habe. Trotzdem treffen sie mich, wie winzig kleine Pfeile, und kalte Gewissheit breitet sich in mir aus.

Mama sagt: »Sie lebt nicht mehr. Sie ist gestorben. Kurz bevor Annika ihren Unfall hatte und sie gemerkt haben, dass sie keine Papiere hat. Wir hätten es dir sagen sollen. Es war blöd, es vor dir zu verschweigen. Entschuldigung.« Warum entschuldigt sie sich? Ich habe sie ja nie gefragt. Jetzt schaue ich auch auf die Fliesen, auf meine nackten Füße, meine krabbenhaften Zehen. Vor meinen Augen schwimmen Kleckse, wie kleine Tierchen unter einem Mikroskop.

»Hat sie sich umgebracht?«, will ich wissen. Mama schüttelt den Kopf.

»Sie war krank und ist aus irgendeinem Grund nicht zum Arzt gegangen. Es ist komisch, aber … wenn sie nicht gestorben wäre, dann wäre Annika jetzt vielleicht immer noch bei ihr.« Ich habe plötzlich das Gefühl, etwas *Nettes* sagen zu müssen, denn Tag-Mari schiebt mich mit sanftem Nachdruck nach vorne.

»Das … mit der Party. Das ist eine gute Idee. Wollte ich nur sagen. Okay?« Mama nickt langsam. »Okay …« Sie schaut mich verwundert an, und bevor sie noch etwas sagen kann, drehe ich mich um und husche die Treppe hoch in den ersten Stock, vorbei an Annikas Porträt von mir als Embryo, das ich kurz mit den Fingerspitzen berühre, unbewusst, als wolle sich mein Körper vergewissern, dass es noch da ist, das violette Steak, das plötzlich, aus dem Augenwinkel, eine entfernte Ähnlichkeit mit mir zu besitzen scheint.

Als ich mich gerade sehr leise zurück ins Gästezimmer schieben will, bekomme ich zwei sehr laute Nachrichten von Niklas. *Draußen.* Und: *Jetzt.* Ich schaue auf Clementine runter, die vor dem Fernseher eingeschlafen ist, ihr dünner Hals ist abgeknickt. Wie ein rohes Ei hebe ich ihren zerzausten Kopf hoch und bette ihn auf eines der Bärchenkissen, dann schleiche ich zum Fenster und schiebe es auf. Niklas steht tatsächlich unten im Garten.

»Hey«, flüstert er heiser zu mir rauf. Er trägt seinen Hoodie mit Kapuze und ich kann sein Gesicht nicht sehen. »Was machst du, schaust du etwa gerade Topmodel, wie meine komischen großen Brüder und ihre Kumpels?«

»Ja«, gebe ich zurück, »mit Clementine, aber sie schläft.«

»Dann komm runter!« Ohne meine Antwort abzuwarten, huscht er ums Haus. In der Ferne höre ich einen Motor rasseln. Okay. Ich schneide Annikas Baum, der im Dunkel des Gartens steht wie ein wachender Soldat, eine Grimasse. *Guck nicht so, Baum!* In T- Shirt und Jogginghose klettere ich aus dem Fenster, am Rosengitter runter. Ich husche über den Rasen und um die Garage. Der Sprinkler aus dem Nachbargarten streift mich für eine Sekunde und ein leiser Schrei entfährt mir. Kalt.

Niklas steht neben dem Auto seiner Mutter und grinst mich an. »Komm, ich hab Bock auf 'nen Ausflug!«, sagt er. Erst jetzt sehe ich, dass sein Gesicht geschwollen ist. Blutreste kleben in der Rinne zwischen Oberlippe und Nase und unter dem rechten Auge wuchert ein großer, blauer Fleck.

»Was hast du denn gemacht?«, frage ich keuchend und werfe mich auf den Beifahrersitz. Niklas zieht die Schultern hoch.

»Meine Mutter hat den Typen verlassen, und er dachte, es wäre wegen *mir*. Ich wollte bloß Geld bei ihm abheben und, na ja, hab das hier gekriegt.« Er deutet unbestimmt auf sein Gesicht.

»Zeig ihn an«, sage ich etwas lahm, da ich weiß, dass er das sowieso nicht machen wird. Niklas antwortet nicht. Wir fahren durch die leeren Straßen, aus der Stadt.

»Wohin fahren wir?«, frage ich nach einer Weile, als die

Häuser des Neubaugebiets hinter uns zurückbleiben. Ich habe meine nackten Füße aufs Armaturenbrett gestellt und fühle mich, trotz allem, wohl und sicher und so gut wie lange nicht mehr. Niklas wischt sich mit dem Ärmel seines Hoodies über die Nase. »Baggersee«, sagt er, und ein leiser Schauer kribbelt über meine Kopfhaut.

»Okay«, sage ich dumpf und denke an Nele T., das Mädchen, das in einem anderen See gefunden wurde, gar nicht weit von hier entfernt.

Auf dem Kiesplatz vor dem See, jenseits der rostigen Schranke, die man umfahren kann, wenn man ein bisschen weiter ins Gebüsch lenkt, will Niklas mir auf einmal Autofahren beibringen.

»Ich bin barfuß«, gebe ich zu bedenken, aber er sagt: »Das ist okay. Barfuß ist okay, nur High Heels wären ein Problem oder Flipflops.«

»Na dann«, sage ich und lasse lässig den Motor an.

»Naturtalent«, sagt Niklas und grinst mich an, als ich das Auto einmal schwungvoll um den Parkplatz kreisen lasse. Ich verschweige ihm, dass mein Vater mir schon alles gezeigt hat.

»Wenn uns jetzt jemand erwischt«, sage ich, »können wir uns eine Zelle im Jugendknast teilen.«

»Hier ist aber keiner«, sagt Niklas und schaut gleichzeitig so gestresst über die Schulter, dass wir lachen müssen. Wir lassen das Auto neben der Schranke stehen und laufen über einen ausgetretenen Lehmpfad durch ein Birkenwäldchen zum Seeufer runter. Auf der Wiese liegen Eisverpackungen und Taschentücher, deren Weiß im Mondlicht glänzt.

»Stell dir einfach vor, dass es Blumen sind, dann ist es nicht so hässlich«, sagt Niklas und kickt eine leere Bierflasche weg. Ich gehe vorsichtig durchs Gras, die Zehen eingerollt. Vermutlich liegen hier auch haufenweise Scherben zwischen den zerquetschten Gänseblümchen. Niklas schlüpft aus seinen schwarzen Flipflops.

»Hier, nimm meine!«

»Nee, lass mal.«

»Ich lass *nicht*, ich bin ein echter Gentleman!«, sagt Niklas, greift unter meine Achseln und hebt mich hoch. Er versucht, mich einfach in die Flipflops hineinzuschieben, das funktioniert aber nicht, also stellt er mich wieder ins Gras und packt meine Knöchel. Ich falle fast hin und muss lachen.

»Die sind viel zu groß!«, rufe ich, als ich Sekunden später ungeschickt hinter ihm herschlappe und die Schuhe bei jedem Schritt beinahe verliere. Ich fühle mich, als würde ich auf Flossen gehen wie ein schwerfälliger Pinguin. Niklas lacht mich aus.

Der See, tintenschwarz und weich, schwappt leise an den Rand des Steges, der wie ein langes Floß auf dem Wasser liegt. Grüne, glitschige Algen dümpeln in Ufernähe, klammern sich an das wackelige Holz, das mit Ketten im Boden verankert ist und auf blauen Plastiktonnen schwimmt. Niklas und ich setzen uns ganz vorne neben der Leiter an den Rand und lassen die Füße ins Wasser baumeln. Ich berühre mit den Fußsohlen die Oberfläche, sie fühlt sich samtig weich an und gleichzeitig fest wie Puddinghaut, als könne man darauf spazieren gehen. Das Wasser ist warm und dunkel, und plötzlich frage ich mich, wie viele Leute hier wohl schon ertrunken sind. Wie viele Leichen auf dem Grund dieses Sees liegen. Tiere. Menschen. Ich ziehe die Beine ruckartig wieder an den Körper und lege das Kinn auf die Knie. Niklas greift meine Schultern und tut, als wolle er mich ins Wasser schubsen.

»Lust auf eine Runde schwimmen?«, fragt er, und plötzlich überrollt mich Panik, und ich kralle meine Fingernägel so fest in seinen Arm, dass er mich mit einem Schrei wieder loslässt. »Mann, war doch nur ein Witz!« Er reibt seinen Arm.

»Ich glaub, heute haben es irgendwie *alle* auf mich abgesehen!« »Sorry«, murmele ich und starre auf die feinen, gekräuselten Wellen des Sees, der unter einem plötzlich aufkommenden Wind erschauert, als bekäme er eine Gänsehaut.

Ich will Niklas erklären, warum ich nicht in den See fallen will, warum ich vielleicht nie wieder in irgendeinen See fallen will, aber ich kann nicht. Ich stelle mir vor, wie weiße, froschartige Hände nach meinen Füßen greifen, rutsche ein Stückchen zurück und lege mich auf den Rücken. Das Holz ist feucht und kühl, und über mir breitet sich der Nachthimmel aus wie eine Kuppel, die am Rand, dort, wo die Stadt liegt, ein bisschen orangerot leuchtet und mir das Gefühl gibt, weit weg und trotzdem daheim zu sein. Niklas lässt sich neben mich fallen.

»Ich dachte, das wär 'ne total gute Idee mit dem See heute«, sagt Niklas und klingt ein klein bisschen enttäuscht.

»Ist es ja auch«, sage ich schnell und stoße ihn mit meinem Knie an. Plötzlich werde ich mir meines schlabberigen Outfits bewusst. Eine graue Jogginghose und ein ausgeleiertes T-Shirt von meinem Vater, mit dem verblichenen Logo irgendeines

Fußballvereins vorne drauf. Wunderschön also. Niklas mustert mich, als wüsste er in diesem Moment genau, was ich denke.

»Du lässt dich ganz schön gehen!«, sagt er und zupft am Bund meiner Jogginghose herum.

»Ich war schon im Bett!«, betone ich.

»Warum eigentlich«, fragt er. Ich drehe mein Gesicht zu ihm, vorwurfsvoll. Er grinst mich an.

»Macht nichts«, sagt er, »sieht trotzdem voll gut aus.« Seine Augen huschen über mein Gesicht. Wir liegen sehr nah nebeneinander, und dann ist es plötzlich, als würde ein Magnet uns zusammenziehen, und wir küssen uns. Mund auf Mund, und irgendwie fühlt es sich seltsam und nass an, und ich bin ein klein bisschen enttäuscht. Clementine sagt immer, der erste Kuss sei »eines der bedeutsamsten Ereignisse im Leben einer Frau« und müsse entsprechend »gewürdigt« werden, zur richtigen Zeit am richtigen Ort mit dem richtigen Typen. Und obwohl in diesem Moment alles perfekt scheint, der See unter uns und der Mond über uns, als hätte Clementine uns in ihr persönliches Diorama gesetzt und warte nun mit einem begeisterten Glitzern in den Augen hinter den Kulissen, habe ich irgendwie das Gefühl, meinen Einsatz verpasst zu haben. Vielleicht fehlt mir ein Stichwort oder ich bin im falschen Kostüm aufgetreten. Vielleicht hat sich auch der eigentliche Hauptdarsteller an einer Gräte verschluckt, und ich muss jetzt mit der Zweitbesetzung vorliebnehmen: Niklas, der »okay« ist, aber immer nur ein Schatten desjenigen, der eigentlich bei der Premiere hätte anwesend sein sollen. Nur weiß ich selber gar nicht, wer das ist. Es ist nur eine Ahnung, wie dieser verschwommene Fleck, den ich sehe, wenn ich mir meine Zukunft vorstelle, als würde ich sie durch ein schlecht eingestelltes Fernrohr betrachten.

Ich sehe Niklas nicht an. Ich bin verlegen. Mein Herz klopft. Das muss doch so sein, oder? Niklas legt mir seine Hand auf die Wange, und ich überlege, wie ich mir unauffällig die Spucke vom Kinn wischen kann.

»Ähm. Du hast das alles geplant, oder?«, sage ich verlegen, und er zieht die Schultern hoch.

»Ich wollte eigentlich bloß schwimmen gehen«, sagt er harmlos. »Aber du musstest dich ja unbedingt hier hinlegen.« Ich lache unsicher und lasse zu, dass er sein Gesicht wieder auf meines fallen lässt, ein einziger, saugender Magnet. Sein Kopf verdunkelt den Himmel, unwirklich, wie eine Mondfinsternis mit einem gigantischen Haarwust, und als Clementines Nachricht in meiner Hosentasche vibriert, fühle ich mich für einen Moment wie ein Astronaut, der auf einem fremden Planeten eine Nachricht von zu Hause bekommt. Alles ist plötzlich irrelevant und das Universum viel zu groß, um den Überblick zu behalten.

24

Schneeengel

Am Ende versteht keiner keinen. Wir stecken alle in uns selbst fest und können nicht einmal ansatzweise begreifen, wie es ist, ein anderer Mensch zu sein. Vielleicht ist der Überbegriff Mensch auch völlig falsch, vielleicht ist jeder von uns seine ganz eigene Spezies, die ihre eigene Wahrnehmung von der Welt hat.

Meine Eltern schicken Annika – auf Kristins Rat hin – zur Therapie. Meistens, wenn ich zur Gruppe muss, damit sie uns »zusammen fahren und abholen können«. Mein Vater fährt Annika immer bis vor die Praxis, als wolle er sich vergewissern, dass sie auch wirklich reingeht und nicht einfach abhaut, was ich total verstehen könnte. Immerhin handelt es sich bei Annikas Therapeutin um keine andere als Frau Dr. Schmalz. Meine Eltern, muss man wissen, sind treue Patienten. Wenn sie einmal einen Arzt wegen irgendeines Gebrechens konsultiert haben, kehren sie immer wieder zu ihm zurück, wie ausgesetzte Katzen zu ihren Familien oder Verbrecher zum Tatort. Dabei spielt es keine Rolle, ob der Arzt gut oder schlecht ist, es ist einfach Gewohnheitssache. Eigentlich dürfte es mich deshalb überhaupt nicht wundern, dass Annika – trotz *meiner* Erfahrungen – wieder zu

Dr. Schmalz geschickt wird und nicht zu einer anderen Therapeutin, zu einer für Jugendliche zum Beispiel. Meine Mutter lässt sich schließlich auch immer wieder von Maria quälen, der brutalsten und grimmigsten Dentalhygienikerin der Erde. Sie nennt sie »Bloody Mary«, was sie aber nicht davon abhält, sich nach jeder Zahnreinigung sofort ein Kärtchen mit einem neuen Termin von ihr in die Hand drücken zu lassen. Es ist die Macht der Gewohnheit, eine Art Stockholm-Syndrom, das das Opfer mit dem Täter kooperieren lässt, gegen jede Vernunft. Vielleicht hat meine Mutter zu viel Angst vor Marias Reaktion, um keinen neuen Termin bei ihr auszumachen. Vielleicht macht sie es aber auch, um ihr Leben irgendwie berechenbar zu machen. Lieber eine schlimme Zahnbehandlung als eine, die man noch nicht kennt – und die vielleicht noch schlimmer ist. Lange Zeit war ich die einzige Person in unserer Familie, die keinen Therapeuten hatte. Bis jetzt. Seit der Sache mit dem Friedhof bin ich Annika so auffällig aus dem Weg gegangen, dass meine Mutter es gemerkt hat. Sie hat mit Kristin darüber geredet und die hat sie auf eine grandiose Idee gebracht. »Nein!«, protestiere ich schwach, als meine Mutter mir davon erzählt. »Bitte nicht.«

»Wir glauben, dir tut das auch noch mal gut«, sagt sie sanft. Als wäre eine Sitzung beim Therapeuten eine Wellness-Massage für die Seele und keine mittelalterliche Foltermethode: durchbohrt von Blicken. Eingeschlossen in einem Raum, der sich langsam mit erstickender Stille füllt.

Annika und ich haben nicht viel gemeinsam, aber eine Sache teilen wir: unsere Abneigung gegen Frau Dr. Dorothee Schmalz, zu der uns unsere Mutter am nächsten Tag mit ihrer unerklärlichen Arzttreue fährt. Alles Bitten und Betteln stößt bei ihr auf taube Ohren: Frau Dr. Schmalz sei eine Koryphäe auf ihrem Gebiet, und ich hätte damals als Kind eben nur nicht gewusst, wie man mit so einer Situation umgehe.

»Sie hätte doch mit MIR umgehen müssen!«, protestiere ich, aber meine Mutter will davon nichts hören.

»Jetzt wart's doch mal ab, vielleicht schmecken dir die Bananenchips ja inzwischen«, witzelt sie trocken. Ich mache ein Würgegeräusch und trete aus Protest gegen ihre Rückenlehne.

Frau Dr. Schmalz ist eine große, eckige Frau, die in ihrem ebenso eckigen Ledersessel versinkt, als wäre er ein Teil von ihr. Der Rückenpanzer einer Schildkröte. Sie trägt immer Jacketts mit breiten Schulterpolstern, und auf ihrem Kopf sitzt ein strohiges Nest grauer Locken, die am Hinterkopf mit einer Klammer zusammengehalten werden und unterhalb der Ohren weit über ihre Schultern fallen, wie eine barocke Perücke. Ihre Brille mit den winzigen, eckigen Gläsern ohne Fassung baumelt an einer Kette von ihrem Hals, ein vergessenes Schmuckstück, und wird niemals aufgesetzt, dafür hält ein goldenes Haarspängchen den krausen Pony aus der Stirn und eine weitere Brosche, in Form eines Kolibris, den Kragen der obligatorischen orangefarbenen Bluse an seinem Platz, unter der man einen tief hängenden Busen erahnen kann. Frau Dr. Schmalz hat die Beine überschlagen, ihre weißen Birkenstocks berühren nicht einmal den Boden. Annika und ich sitzen ihr gegenüber an den zwei Enden des Sofas und sehen uns nicht an. Annikas rote Mütze sitzt heute ein bisschen zu weit oben auf ihrem Kopf, sodass sie aussieht wie ein Schlumpf. Papa Schlumpf. Sie kaut an einer Haarsträhne herum und sieht dabei aus, als wolle sie sich selbst aufessen.

Trotzdem wirkt sie merkwürdig entspannt, ganz anders als zu Hause. Sie fläzt in ihrer Sofaecke und verknotet die Fransen der grauen Fleecedecke, die über der Lehne hängt, zu einem kleinen Zopf. Liegt es daran, dass Frau Schmalz sie nicht kennt und keine Erwartungen daran hat, wie sie sein muss? Für uns ist sie Annika, für sie nur ein fremdes Mädchen, dessen Seele sie reparieren soll. Annika kann hier sein, wer sie will.

Frau Dr. Schmalz will, dass wir heute miteinander reden. Aber so einfach ist das nicht, vor allem nicht vor Publikum. Sowohl Annika als auch ich wissen, wie eine übliche Therapiestunde abläuft und dass wir auch einfach nichts sagen, die Stille ertragen können. Die Stille ist dick und schwer, sie kribbelt auf meinem Kopf. Frau Dr. Schmalz wird irgendwann ein zielloses »M-hm« einstreuen, und dann können wir seufzen oder unser Gewicht verlagern, bis der Zeiger auf der großen Uhr über dem ordentlichen Schreibtisch auf zwölf springt. Dann wird Frau Dr. Schmalz uns in plötzlich aufkommender Hast hinauskomplimentieren, als könne sie es gar nicht mehr erwarten, endlich den nächsten Besucher anschweigen zu können. Aber es kommt doch ein bisschen anders.

»Wie geht es dir? Mari?«, fragt Frau Dr. Schmalz mit ihrer wackligen Stimme. Die Stille wird so unerwartet gestört, dass der ganze Raum Empörung ausdünstet, als würden der Ledersessel, das Sofa und das bis zur Decke ragende Bücherregal pikiert zurückweichen. Ich ziehe die Schultern hoch.

»Geht«, sage ich knapp.

»Wie fühlst du dich gerade jetzt? Deine Schwester sitzt neben dir. Wie fühlt sich das an?« Ich werfe einen genervten Blick zu Annika hinüber, die stirnrunzelnd zurückschaut. Offenbar hat auch sie nicht damit gerechnet, dass die Schmalz heute »echte Antworten« erwartet. Annika dreht den Kopf zur Seite, damit Dr. Schmalz ihr Gesicht nicht sieht, und zieht eine Grimasse, die sagt: *Was will die von uns?* Es ist einer jener Momente, der einen zusammenschweißt. Als hätten wir etwas gesehen, was allen anderen entgangen ist, und müssten uns nun mit Blicken darüber austauschen, wie zwei Fremde im Bus, die gleichzeitig ein Reh im Wald entdeckt haben, nur für den Bruchteil einer Sekunde, aber jetzt teilen sie ein kleines Geheimnis. So fühle ich mich, als Annika mich ansieht. Als Frau Dr. Schmalz etwas in ihren Notizblock kritzelt, ziehe ich die Augenbrauen hoch, ahme ihre hektischen Kritzelbewegungen nach und mache ein Gesicht: Was schreibt die da? Annika presst die Lippen zusammen und hebt verlegen die Schultern, bis diese fast ihre Ohren berühren.

»Ganz okay«, sage ich laut, um verzögert eine Antwort auf die Schmalz-Frage zu geben. »Ich finde es gerade ganz okay.«

»Ich auch«, sagt Annika ungefragt.

Dr. Schmalz' dünne Augenbrauen hüpfen auf ihrer Stirn herum wie zwei wilde Raupen. Dass wir beide sprechen und uns einig sind, ist für sie offenbar ein großer Fortschritt.

Ich wittere eine Chance, aus der ganzen Sache rauszukommen, und zwar schon bald. Ich nicke Annika mit geschlossenen Augen zu. *Vertrau mir*, heißt das. Dann sage ich, ein Stückchen weiter an Annika heranrückend: »Eigentlich sogar ziemlich gut. Oder, Annika?«

»Ja«, sagt sie, »sie hat recht. Ziemlich gut.« Und ich merke plötzlich, dass wir, obwohl wir näher zusammengerückt sind, auf irgendeine Weise schon wieder auseinandergleiten, ohne dass ich etwas dagegen tun kann. Es ist nur so ein Gefühl. Wir betrügen unsere Therapeutin, mit dem Ziel, in Ruhe gelassen zu werden. Wir machen etwas zusammen, damit man uns gehen lässt und wir nicht mehr zusammen sein *müssen*. Und die Selbstverständlichkeit, mit der Annika das Spiel mitspielt, lässt irgendetwas in mir zerspringen, von dem ich nicht wusste, dass es überhaupt da ist. Fies und sirrend, wie eine kleine Saite. Zing! Aber ich habe ja selbst damit angefangen. Ich muss das Spiel zu Ende spielen, egal, wohin es führt. Dr. Schmalz schreibt jetzt so heftig, dass ihr fast der Stift wegrutscht.

»Das ist schön«, sagt sie, »das klingt ja sehr … liebevoll.« Annika lächelt verstohlen in ihre Faust und schielt zu mir rüber. Spott liegt in ihrem Blick und noch etwas anderes, das ich nicht zu deuten weiß. Angst? Enttäuschung? Ich schlucke und wende schnell den Blick ab, aber die runde Uhr über dem Schreibtisch bildet mit ihren beiden Zeigern ein höhnisches Grinsen und springt mir fast ins Gesicht.

»Annika«, sagt Frau Doktor Schmalz dann und legt ihre eckigen Hände geziert über ihren Block. »Hast du noch mal nachgedacht über deine letzte Stunde? Gibt es etwas, dass du mit Mari teilen willst?«

Annika starrt ins Leere, als würde sie ernsthaft darüber nachdenken. »Kann ich einen Bananenchip essen?«, fragt sie dann, mit glasigen Augen. Ihre Stimme schnalzt wie eine Peitsche durch die Stille und ich verziehe ein bisschen das Gesicht. Frau Doktor Schmalz schiebt Annika die blaue Schale rüber. Annika nimmt sich eine Faust voll und legt den Kopf in den Nacken. Nachdenklich lässt sie sich die trockenen Bananenchips in den Mund fallen und kaut, laut und ungeniert, als läge sie daheim auf dem Sofa und futtere vor der Glotze eine Tüte *echter* Chips in sich rein. Nur, dass sie das zu Hause nie macht.

»Ich hab noch mal über diesen Traum nachgedacht, von dem ich ihnen erzählt habe.« Annika klopft ihre Hände auf ihrem Rock aus. »Ich glaube, das war kein richtiger Traum, sondern eine Erinnerung. An früher. Ich war elf. Wir wollten eigentlich schon nach Hause, aber ich wollte unbedingt noch mal abfahren. Überall war Nebel und es ist schon dunkel geworden. Eigentlich war es viel zu gefährlich, aber ich durfte. Jedenfalls,« Annika stockt und wirft mir einen Blick zu, ich runzle die Stirn, aber sie guckt weg und fährt fort, »jedenfalls, mitten auf der Piste, als ich gerade durch eine Baumgruppe gefahren bin, hat mein Ski sich irgendwo verfangen, und ich bin gefallen. Nicht schlimm. Aber ich hatte plötzlich Schiss. Ich war ganz allein. Überall war Nebel und Schnee und es war dunkel. Die Tannen sahen aus, als wollten sie nach mir greifen und mich festhalten. Wie Hexen. Der ganze Wald war total verhext.« Annika holt tief Luft.

Dr. Schmalz schreibt manisch in ihren Block, sie sticht geradezu auf ihn ein. Annika räuspert sich.

»Ich hatte Angst. Ich wollte so schnell wie möglich runter ins Tal, also hab ich mich mit den Stöcken abgestoßen und bin einfach Schuss gefahren. Ich kannte die Piste, aber ich hab nicht nachgedacht. Ich hab nicht daran gedacht, dass es da diese eine Stelle gibt, mit den Buckeln. Und ich bin im Schuss da reingefahren. Und bin wieder hingefallen. Diesmal war es schlimm. Ich lag auf dem Rücken, über mir Dunkelheit, um mich herum diese eisige Stille. Dann fing es an zu schneien. Ich konnte mich nicht mehr bewegen und dachte: Jetzt werde ich vom Schnee zugedeckt, und niemand wird mich jemals wiederfinden.«

Annika schweigt. Eine Weile sagt niemand mehr etwas. Die Stille schwillt um uns herum an. Sie wird, obwohl das eigentlich gar nicht sein kann, leiser und zugleich lauter, aufdringlicher.

»Was ist dann passiert?«, höre ich mich plötzlich selbst fragen. Meine Worte zerreißen die Stille, sie rieselt zu Boden, und plötzlich gehöre ich dazu. Am Fenster baumelt, das sehe ich erst jetzt, ein Traumfänger mit braunen und weißen Federn. Ich starre ihn an und er verschwimmt vor meinen Augen. Ich sehe dunkle Tannen, die nach mir greifen. Ein Mädchen im pinken Schneeanzug, das alleine in der Dunkelheit liegt, die Haare um den Kopf ausgebreitet wie ein Fächer. Ein atmender Schneeengel. Ich spüre irgendwie, dass es keine Rolle spielt, ob die Geschichte wahr ist oder ausgedacht. Annika zuckt mit den Schultern, ohne mich anzusehen. Plötzlich klingt sie wieder ein bisschen mürrisch: »Sie haben mich gefunden und auf einer Trage ins Tal gebracht. Ich hab mir das Steißbein geprellt oder so. Drei Tage Schmerzen. Dann war's vorbei.«

Vorbei. Die Stille schließt sich mit einem Knistern über uns, als säßen wir am Grund eines Teiches, der langsam zufriert.

Frau Doktor Schmalz wirft einen Blick auf die Uhr und nickt. »Gut. Dann sehen wir uns nächste Woche.«

Nach der Therapiestunde warten wir draußen auf der Treppe auf Papa. Ich sitze auf der obersten Stufe und starre in das zerknitterte Gesicht von Nele T., das aus einer von Schuhen und Nässe in den Asphalt gepressten, alten Zeitung zu mir hochstarrt. Nele T. löst sich vor meinen Augen auf. Ich zwinge mich, wegzuschauen. Annika bohrt ihren großen Zeh in die Spitze ihrer bunten Espadrille, die Mama ihr für den Sommer neu gekauft hat. Ihre Knöchel sind grau, als würde sie sich nicht oft genug waschen. Sie kratzt sich am Arm, räuspert sich und wirkt unruhig. Dann treffen sich unsere Blicke und bleiben aneinander hängen. Zum ersten Mal, als hätten sie sich verhakt. Wir sind beide überrascht, dass wir sie nicht mehr voneinander lösen können. Unsere Augen sind Magneten. In Annikas Pupillen flackert es, und plötzlich kommt es mir vor, als könnte ich mich an alles erinnern: an den roten Skianzug und die Nacht, in der Annika im Nebel einen Unfall hatte. Ich war nie dort, aber trotzdem ist es, als würden wir jetzt eine Erinnerung miteinander teilen. Ob sie wahr ist oder nicht, macht keinen Unterschied. Erinnerungen sind doch sowieso nichts als wahre Lügen, die sich auf Erzählungen und alte Fotos stützen. Vielleicht können wir selbst bestimmen, wer wir sind. Was sonst macht uns zu Schwestern? Als hätte sie meine Gedanken gelesen, hebt Annika langsam ihre Hand und zeigt mir die dünne Narbe, die sich quer über ihr Handgelenk zieht. Wie zum Beweis. Ich starre sie an und überlege, was ich sagen soll, *ob* ich etwas sagen soll, als plötzlich ein Schatten über mich fällt.

»Hi!« Es ist Niklas.

»Hi«, sage ich mit seltsam belegter Stimme. Wir haben uns

seit drei Tagen nicht gesehen und sind plötzlich unbeholfen, wie zwei flüchtige Bekannte, die gezwungenen *Small Talk* machen müssen, weil sie sich gefälligst füreinander zu interessieren haben. Vielleicht liegt das plötzliche Unbehagen aber auch an Annikas Anwesenheit. Ihr Blick huscht zwischen uns hin und her und scheint uns geradezu auseinanderzustemmen.

»Hi«, sagt Niklas noch mal, »ich bin Niklas.«

Er reicht Annika seine Hand, und sie nimmt sie lasch und schüttelt sie noch lascher, bevor sie loslässt und ihre Hand in den Falten ihres Feenrocks versteckt, den sie immer noch trägt, obwohl Mama ihr tausend neue Sachen gekauft hat. Als würde sie die Hand heimlich abwischen. Niklas weiß nicht, wo er hinschauen soll.

»Du bist Annika?«, fragt er. Es ist eher eine Feststellung.

»Ja«, sagt sie. Sie lächelt zu ihm hoch und nimmt ihre Mütze ab. Plötzlich wirkt sie ganz normal. Wie ein nettes Mädchen, das einem Jungen vorgestellt wird.

»Meine Schwester«, sage ich, mehr, um Niklas Blick wieder auf mich zu lenken, als um ihn wirklich zu informieren.

»Ich weiß«, sagt er und kickt spielerisch gegen meinen Schuh. »Sehen wir uns später?« Ich nicke.

»Ja.« Ich schiele zu Annika rüber. *Grenzen abstecken*, denke ich. Unser Auto hält hinter Niklas, und Papa bietet ihm an, ihn mitzunehmen, noch bevor er überhaupt Hallo sagen kann.

»Okay, danke«, sagt Niklas, »aber ich setz mich auf jeden Fall nach hinten, auf den Schnorrerplatz.«

»Ich auch«, sagt Annika, und ehe ich etwas dagegen tun kann, sitze ich vorne und Annika und Niklas reden hinter mir auf dem Rücksitz und scheinen sich bestens zu verstehen. Annika lacht und lässt ihre Mütze um den Zeigefinger kreisen wie ein Pizzabäcker den Teig. Papa ist total aufgeregt, er freut sich, dass Annika endlich mal mit »jemand anderem« redet und sich relativ normal verhält. Er leckt sich nervös über die Lippen und linst in den Rückspiegel. »Niklas, hast du Lust zu unserer Party zu kommen?«

»Klar, warum nicht. Wann?«

»Mari schickt dir die Einladung.« Papa nickt zu den beiden nach hinten und grinst mich dabei an – »Yes!« –, als wären wir zwei Verbündete. Ich verziehe das Gesicht. Wenn er wüsste. Aber er weiß gar nichts. Obwohl er mein Vater ist. Ist das so, wenn man eine Familie hat, oder sind wir irgendwie anders? Komischer? Sollten wir mehr reden? Oder ist der Witz an einer Familie, dass man vor den Leuten, die einem am nächsten stehen, die größten Geheimnisse hat? Ich habe mich meinem Vater noch nie so fern gefühlt wie in diesem Moment, und als ich Niklas' Haarmatte im Rückspiegel sehe, muss ich wieder an seine Worte denken: Am Ende ist jeder allein. Und ich denke: *Familie ist ein Konstrukt, mit dem wir uns selbst vorgaukeln, einen sicheren Platz im Leben zu haben. Aber nichts ist sicher.*

Ich schaue auf meine Hände und hoffe, dass wir bald zu Hause ankommen. *Hält ja kein Mensch aus, wenn Annika mal aus sich rauskommt.* Vielleicht ist das auch ihre Art, sich an mir für meine Überwachungsattacken zu rächen. Wer weiß, was in ihr vorgeht. Unsere Allianz hat sich jedenfalls so schnell wieder aufgelöst, wie sie entstanden ist.

25

Tintenfische

Der Tag, an dem du merkst, dass deine Eltern nicht unfehlbar sind und nichts und niemand auf der Welt dich beschützen kann, ist der Tag, an dem du erwachsen wirst. Und Erwachsene brauchen keine Familie. Nicht, wenn sie es nicht wollen.

Ole hat Clementine und mich nach unserem Streit beim Eisessen scheinbar von seiner Freundesliste gestrichen, jedenfalls würdigt er uns im Gruppenraum keines Blickes, und kaum dass Heiko mit seiner endlosen »Traumreise zum Mond« fertig ist, rennt er auch schon zur Tür raus wie ein gejagtes Tier. Sein zerwühlter Schopf verschwindet im Dunkel des Gangs, und als ich mich aus der Rückenlage aufrichte, sehe ich nur noch, wie die Tür zur Straße in ihren Angeln schwingt, und fühle mich auf einmal irgendwie verlassen, als wäre ich ein altes Möbelstück, das in einem abbruchreifen Haus vergessen wurde. Heiko macht den CD-Player aus, die klassische Musik, die durch den Raum geschwebt ist, verstummt abrupt, und von draußen dringt Hupen und das Rauschen von Verkehr ins Zimmer. Das ist nicht mehr der Mond. Das ist die Realität. Bis auf Clementine, die immer noch breit lächelnd und mit geschlossenen

Augen auf dem Rücken liegt, alle viere weit von sich gestreckt wie ein Schneeengel, haben das auch alle kapiert. Heiko stupst Clementine leicht mit dem Fuß an, aber sie knurrt bloß unwillig.

»Ich schlafe einen hundertjährigen Schlaf, ich bin Dornröschen.«

»Das war aber nicht der Arbeitsauftrag, ihr solltet gedanklich zum Mond fliegen. Raketenbasis und alles.« Heiko schaut vorwurfsvoll auf Clementine runter.

Langsam blinzelnd, wie eine Fee, die aus dem Winterschlaf erwacht, schaut sie zu ihm hoch. »Dornröschen ist in einer Kapsel zum Mond geschickt worden. Wusstest du das nicht, Heiko? Weil keiner sie rechtzeitig wach geküsst hat. Sie hat jahrhundertelang auf der Erde geschlafen, und als die Erde dann im Chaos versank, hat sich doch mal wieder ein schöner Prinz in Dornröschen verliebt, und der wollte sie retten und hat sie in einer gläsernen Rakete zum Mond geschossen, und wenn sie nicht aufgewacht und vor Schreck gestorben ist, dann schläft sie dort auch heute noch! The end!« Clementine faltet zufrieden seufzend ihre Hände vor der Brust und schließt wieder die Augen, sie macht keine Anstalten, vom Boden aufzustehen, sie liegt einfach nur da, die Glieder wie Gummi, die Haare wie Schlangen um ihren Kopf, in ihrem langen, weißen Sommerkleid aus Spitze sieht sie tatsächlich aus wie eine verzauberte Märchenprinzessin, eine verrückte Märchenprinzessin, die aus einer Heilanstalt entflohen ist, und als Heiko sich zu mir umdreht, starrt er mich an, als wäre ich die Pflegerin, die sie hat entkommen lassen. Er deutet mit dem Zeigefinger auf Clementine runter und flüstert, kaum hörbar und mit großen Augen: »Schaff es hier raus, Mari. Bitte?«

Ich schaffe Clementine raus, aus ihrem Traum, aus dem Gruppenraum in die gleißende Sonne und bis in ihr Zimmer, in dem wir, weil Ole nicht mehr mit uns redet, zum ersten Mal seit Langem wieder so gut wie allein sind, einmal abgesehen von Princess, die in einem Sonnenfleck auf dem Teppich schnurrt, und Clementines kleiner Schwester Nessie, die ihre Mutter uns mit den Worten »Lasst die Nessie auch mal mitspielen!« aufs Auge gedrückt hat, um sich dann schnell zur Maniküre in die Stadt zu verziehen. Obwohl Nessie ziemlich brav ist, hat Clementine sich gegen ihre Anwesenheit gewehrt, als wolle eine feindliche Armee bei ihr einmarschieren. Sie hatte keine Chance.

Nessie ist ein hartnäckiger Gegner, sie liebt es, in Clementines Nähe zu sein und in ihren Sachen rumzuwühlen, sie schraubt ihre Nagellackflaschen auf, probiert ihre hohen Schuhe an, sitzt mit baumelnden Beinen auf dem Bett und berührt die Rüschenkissen und Stofftiere so ehrfürchtig mit den Fingerspitzen, als befände sie sich im Schrein einer Göttin.

»Fass bloß Mr. Fluffy nicht an mit deinen Griffeln!« Clementine schraubt mit einem misstrauischen Blick auf Nessie, die gerade mit festen, sorgfältigen Handbewegungen einen pinken Plüschaffen streichelt, eine Flasche Erdbeersekt auf und gibt mir ein Glas. Clementine hat mich gezwungen, ihr neues Wii-Game »Fashion Show« auszuprobieren, ich nippe an meinem Glas Sekt und scrolle mich durch einen simulierten Kleiderschrank.

»Krieg ich auch so 'n Sekt?« Nessie, den pinken Affen zwischen den Händen drehend, liegt jetzt auf dem Bauch auf Clementines

Bett und tritt mit ihren Tigerhausschuhen gegen die Wand. Princess schnurrt unfassbar laut, es klingt wie ein Erdbeben.

»Nein. Dafür bist du zu klein!«, sagt Clementine und zieht ihr den Affen weg. »Ich hab gesagt, Pfoten weg von Mr. Fluffy. Und du, Mari? Weiterspielen, du verlierst Punkte!«

Clementine holt tief Luft und taucht mit einem dramatischen Köpfer in ihren Kleiderschrank ab. Sie verschwindet zwischen Bergen aus Tüll.

»Willst du mal wieder spielen?«, frage ich ihren Hintern, der entenartig aus dem Schrank herausragt. Clementine wirft T-Shirts und Kleider hinter sich, eines davon landet auf Princess, der mit einem schrägen Maunzen aufspringt und unters Bett flüchtet. Nessie lässt ihren Kopf vom Bett baumeln und schaut kichernd zu ihm runter. Ich weiche einem fliegenden Schuh aus.

»Clementine, es sind Menschen anwesend. Und Tiere.«

»Ich will dir nur zeigen«, keucht Clementine, »was ich … anziehen werde zu … Miss Monaco. Du musst sagen, was gut ist. Das da … oder das da?« Sie hält mir einen glitzernden Body hin und ein kurzes schwarzes Kleid.

»Äh,« mache ich und starre bedeutungsvoll auf den Body.

»No risk, no fun. Ich muss auffallen, okay? Und da kommen noch Lederhotpants drüber, Mari, was denkst du!« Clementine verdreht die Augen und wirft mir das Kleid über den Kopf.

»Ich seh die Wii nicht mehr«, murmele ich dumpf durch den Stoff, aber Clementine lässt das Kleid einfach über mir hängen.

»Du ruinierst sowieso meinen ganzen Score. Jetzt hilf mir doch mal!«

»Soll ich spielen oder mithelfen?« Ich ziehe das Kleid von meinem Kopf. Clementines Avatar, eine blonde Mangafigur mit Pferdeschwanz, die sich auf dem Bildschirm zu den Tönen einer schrillen Melodie dreht, gähnt gerade demonstrativ. Kleine »Z«s schweben von ihrem Kopf weg. Clementine schüttelt den Kopf.

»Jetzt bin ich eingeschlafen. Toll. Kein Wunder. Ich mein: Pferdeschwanz? Du musst mir dringend noch eine andere Frisur machen. Ich muss auffallen, wenn ich in der Community nach oben will.« Ich lege den Controller hin, und Clementine hebt fassungslos die Hände, als wolle sie fragen: »Was soll das?«

»Ich muss jetzt los«, sage ich mit einem Blick auf mein Handy. »Ich hab meinem Vater versprochen, dass ich mit dem ganzen Partyzeugs helfe. Kommst du dann nachher vorbei?«

»Kommt darauf an, ob ich was zum Anziehen finde oder nicht … NESSIE!« Wie ein Racheengel stürzt Clementine sich plötzlich auf Nessie, drückt sie aufs Bett und nimmt sie grob in den Schwitzkasten, Nessie kreischt vor Lachen, als Clementine die Finger ihrer kleinen Faust aufbiegt, die sich fest um eine goldene Kette mit Palmenanhänger geschlossen haben.

»GIB DIE SOFORT HER!« Nessie und Clementine sehen aus wie zwei Löwenjunge, die sich beim Spielen ineinander verbissen haben, ihre Wangen unter den zerzausten hellblonden Haarsträhnen sind an den gleichen Stellen fleckig violett, wie mit Himbeersaft verschmiert, und ich frage mich, ob Clementine ausflippen würde, wenn sie wüsste, wie ähnlich die beiden sich in diesem Moment sehen. Auch wenn Clementine zetert und Nessie begeistert lacht, wird mir plötzlich klar, dass es Nessie nicht um den Anhänger geht und auch nicht um den Affen, sondern dass sie nur versucht, in Clementines Augen zu existieren, und wenn sie sie dafür provozieren und mit ihr kämpfen muss bis aufs Blut, bis der Anhänger sich so tief in ihre Hand bohrt, dass es wehtut.

Am Abend sind die Wolken flach und gelb. Annikas Baum wirft einen Schatten bis fast zu unserer Terrasse, aus den Lautsprechern im Wohnzimmer sickert kubanische Musik durch die offene Terrassentür und an der Markise flattert eine einsame bunte Girlande. Wir feiern Annikas Geburtstag, einen Kindergeburtstag, als wäre sie sechs Jahre alt geworden, und keiner, vor allem Annika, hat Lust dazu.

»Lattischa? Bowle?« Lattischa hackt mit ihren langen, pink lackierten Plastiknägeln auf ihr pinkfarbenes Handy ein. Zuerst denke ich, sie hätte mich nicht gehört. Aber dann schraubt sie ganz langsam ihren Kopf in meine Richtung, ohne die Augen vom Display zu nehmen, und hebt das Kinn. Ihre stumme Aufforderung an mich, weiterzusprechen. Früher hat sie das auch immer so gemacht. Nur, dass sie damals einen abgegriffenen rosa Nintendo DS in ihren Fingern hatte und Schmutzränder unter den abgekauten Nägeln. Ihre Ohrringe sind so lang, dass sie fast auf ihren nackten Schultern aufliegen.

»Bowle?«, wiederhole ich, und als sie nickt, schenke ich ihr ein. Mehr Kommunikation findet zwischen uns nicht statt. Ich frage mich, warum sie überhaupt hier ist. Noch mehr frage ich mich, wie meine Eltern an ihre Adresse gekommen sind. Die Grillen zirpen. Clementine zerklatscht eine Mücke auf dem

Tischtuch. Im nächsten Moment tut es ihr leid, das sehe ich dem Gesichtsausdruck an, mit der sie auf den winzigen Blutfleck starrt. Annika spielt stumm an ihrem Strohhalm herum. Ich ertappe mich dabei, wie ich Ausschau nach Ole halte. Er wird nicht kommen. Das weiß ich. Wenn jemand schmollen kann, dann er. Ist ja auch egal, versuche ich mir einzureden, als ich Niklas mit einem Geschenk unter dem Arm über den Zaun springen sehe, aber irgendwie glaube ich mir das selber nicht. *Komm halt auch*, schreibe ich schnell an Ole. Zwei Häkchen. Keine Antwort.

»Hey!« Niklas umarmt mich fest und tritt dann, etwas verlegen, zurück, das Päckchen hochhebend. »Ich hab ein Geschenk mit.« Aus irgendeinem Grund meidet er Annikas Blick und aus irgendeinem Grund stört mich das.

»Was ist das?«, frage ich spöttisch. Das Päckchen ist schlampig in knittriges Papier eingepackt und überall mit Tesa verklebt.

»Das ist ein Filmposter von meinem Bruder, lach nicht! Ich find's schön«, sagt Niklas. Ich weiche aus, als er nach mir boxt.

»Gib her!« Ich nehme das Päckchen und lege es vor Annika auf den Tisch. Annika lässt endlich den Strohhalm in Ruhe und streicht ihr Haar zurück. Sie lächelt Niklas an, der sich auf den freien Stuhl neben ihr fallen lässt. Erst in diesem Moment fällt mir auf, dass sie ihre rote Mütze nicht trägt.

»Danke!«, sagt sie mit ihrer schönsten Feenstimme.

Ich sitze ihr gegenüber, den Baum direkt in meinem Rücken. Annikas Baum. Er steht hinter mir wie ein Bodyguard, er bewacht mich. Ich rühre mich nicht vom Fleck. Annika reißt das

Papier weg und zum Vorschein kommt eine mit Hustenbonbons gefüllte Tasse.

»Einfallsreich!«, sage ich, und Niklas wird sofort verlegen.

»Mann, ich wusste halt nicht …!«

»Ich finde sie schön«, sagt Annika, »Ich liebe Blau. Blau ist meine Lieblingsfarbe.« Das höre ich zum ersten Mal. Wieso erzählt sie mir so was nie? Na gut. Warum sollte sie auch.

Annika nimmt plötzlich Niklas' Hand und schüttelt sie ernst. »Danke«, sagt sie noch einmal. Niklas schaut genauso überrascht wie ich. Irgendwie wirkt er anders, wenn er mit Annika zusammen ist, und das ärgert mich so sehr, dass ich ihn treten könnte. Lattischa starrt mit hochgezogenen Brauen zwischen den beiden hin und her, denkt sich ihren Teil und tippt dann weiter auf ihrem Handy herum. Allein für diesen Blick könnte ich sie auch treten.

»Wer ist das?«, fragt Clementine plötzlich. Ich folge ihrem Blick. Durch den Zaun glotzen zwei zahnlückige Jungen zu uns rüber, die die gleiche Frisur haben und die gleichen T-Shirts und Hosen tragen, nur in unterschiedlichen Farben. Meine Eltern und ich nennen sie Ernie und Bert. In Wirklichkeit haben sie irgendwelche anderen Namen, die ihre Mutter sehr oft ruft, die wir aber nie verstehen. Sie enden irgendwie auf A. Ernie und Bert sind eigentlich die meiste Zeit des Tages damit beschäftigt, sich gegenseitig fertigzumachen, entweder verbal oder mit ihren Fäusten, was dann immer in großem Gejaule endet. Sie gönnen sich nichts und lieben es, sich bei ihrer Mutter zu verpetzen, die dann meistens mit müder Stimme antwortet, dass sie jetzt bitte mal Ruhe geben sollen, sonst gebe es keine Gummibärchen mehr. Ernie und Bert pressen ihre Gesichter durch den Zaun und glotzen, mit breitem Grinsen. Einer von ihnen hebt seine knubbelige Kinderkamera aus gelben Plastik und macht ein Foto von uns. Meine Mutter, die gerade mit einem Tablett Muffins auf die Terrasse tritt, räuspert sich irritiert.

»Okay. Was habt ihr beiden denn da vor?«, fragt sie laut. Sie versucht, kinderfreundlich zu klingen, aber es gelingt ihr nicht so ganz.

»Wir sind die Zeitung!«, sagt einer der Jungen. Er lacht. Der andere plappert ihm nach, »die Zeitung«, und lacht auch. Kehlig und mit zurückgelegtem Kopf. Es ist ihnen offenbar ein bisschen peinlich, aber sie machen trotzdem noch ein Foto. Mama runzelt die Stirn.

»Könnt ihr bitte woanders … Zeitung spielen?«, fragt sie, genau in dem Moment, in dem Ernies und Berts Mutter kommt und die beiden vom Zaun wegzieht. »Hört auf, die Leute zu stören!«, sagt sie glockenhell, lächelt uns an – und zerrt die beiden Jungen dann fies zischelnd hinter das Rosengitter.

Mama dreht sich wieder zu uns um, die Lippen zu einem Lächeln zusammengepresst. Einen Moment starrt sie ins Leere. Dann geht ein Ruck durch ihren Körper. »Okay. Alle reinkommen, alle mitkommen!« Sie öffnet schwungvoll das Fliegengitter zum Wohnzimmer. Ich schaue sie misstrauisch an.

»Warum?«

Mama lächelt starr zurück.

»Weil ich eine Überraschung vorbereitet habe! Eigentlich für später, aber … warum nicht jetzt!« Ich schaue in ihr angestrengt lächelndes Gesicht und bekomme ein bisschen Angst.

»Tadaaa!« Mama steht vor uns und knallt mit leuchtenden Augen eine Plastikkiste auf den Wohnzimmertisch. »Schaut mal, was ich gefunden habe!«

Niklas, Annika, Clementine, Lattischa und ich sitzen wie Ölsardinen auf dem Sofa und starren sie an.

»Was?«, fragt Papa, der plötzlich im Türrahmen steht. Jetzt starren alle IHN an. Mama grinst und macht es so spannend, als wolle sie gleich die Gewinner der Oscars bekannt geben.

»Filme!« Ihre Hand hält ruckartig eine gebrannte DVD hoch. »Noch mehr! Die waren in deiner Kommode hinten! Ich hab keine Ahnung, was da alles drauf ist, aber sie sehen schon relativ alt aus, also dachte ich …«

Papa schaut Mama einfach nur stumm an.

»Was'n für Filme?«, fragt Annika. Sie zerbricht einen Schaschlikspieß zwischen ihren Fingern, in ihrem Blick liegt etwas Lauerndes.

»Wirst du gleich sehen«, sagt Mama geheimnisvoll.

»Wir haben aber gar keine Zeit für so was, das ist doch langweilig für die Gäste …!« Papas Arme hängen jetzt schlaff herunter. Mama legt ihm spielerisch eine Luftschlange um den Hals und er weicht einen Schritt zurück.

»Piet, jetzt sei nicht so, wir haben genug Zeit für alles.« Stumm schauen wir zu, wie Mama die DVD aus ihrer Hülle nimmt und sie in den Player einlegt. Sie tritt zurück, drückt die Fernbedienung. Das Bild ist schwarz und verrauscht, wie in einem Horrorfilm. Weiße Striemen laufen von links nach rechts, werden breiter und schmaler.

»Sieht beschädigt aus«, sagt Papa. Er klingt erleichtert. »Ich würd sagen, wir machen mal weiter hier ...« Mama unterbricht ihn mit einer knappen Handbewegung.

»Der Ton läuft doch!« Sie schaut lauschend an die Decke. »Hört ihr?« Auch die Geräusche, die aus den Boxen knattern, hören sich an wie aus einem Horrorfilm. Wabernde Gesänge, undeutliche Stimmen, die ineinanderfließen. Schwarz-weiße Schemen. Plötzlich schiebt sich ein kleines Mädchen mit blonden Haaren ins Bild und streckt der Kamera die Zunge raus. Auf seinen Pulli ist ein glitzernder Eisbär aufgenäht.

»Du«, sagt Mama. Sie setzt sich auf die Armlehne des Sofas und berührt kurz Annikas Knie. Ich spüre, wie Annika unruhig wird. Das Mädchen auf dem Video ist ihr fremd. Ein Gespensterkind, das irgendwo in ihr wohnt und einen Teil ihrer Seele besetzt hält, auf den sie keinen Zugriff mehr hat. Annika zieht die Knie an den Körper. Das Bild kippt. Die kleine Annika – die Annika, die es nicht mehr gibt – rennt jetzt singend und mit ausgebreiteten Armen einen dunklen Gang entlang, die Kamera dicht hinter ihr. Unter ihrem weiten Pulli trägt sie nur Strumpfhosen mit Flicken an den Fersen, sie ist aufgekratzt, springt wie ein Flummi auf und ab. Silvesterraketen knallen in der Ferne und werden lauter, als sich am Ende des Ganges die Tür zur Straße öffnet. Annika dreht sich im Laufen um. Ihre Augen glühen rötlich, als hätte sie keine Pupillen. Rauch schwelt über eine dunkle Straße, Lichtreflexe zucken über die Fensterscheiben des Hauses gegenüber, Menschen rennen schreiend von links nach rechts. Wenn man nicht wüsste, dass Silvester ist, hätte die Szene etwas Bedrohliches. Mama wirkt wie eine Frau auf der Flucht, als sie versucht, Annika von oben in ihre Winterstiefel zu stecken. Annika kreischt, sie windet sich, zieht ihre Knie und Füße an wie ein kleiner Affe. Mama wischt sich genervt ihre schulterlangen, gebleichten Haare hinter die Ohren.

»Annika, hör auf jetzt …!« Sie verstummt und lässt ihr Kinn auf die Brust fallen, ihre Schultern beben. Im ersten Moment denke ich, sie weint. Aber dann rutschen ihr ein paar Strähnen aus dem Gesicht, und ich erkenne, dass sie lacht. Die Kamera schwenkt herum: Papa, in einen dicken Anorak eingepackt, hat sich mit der Kapuze an einen Garderobenhaken gehängt und tut mit steinernem Gesicht und leicht offenem Mund so, als würde er schlafen. Er sieht aus wie eine riesige Fledermaus.

»Wer hat denn das gefilmt?«, frage ich, aber keiner antwortet. Mama streckt die Hand nach Papa aus, der immer noch starr neben dem Sofa steht. Sie schwenkt seinen Arm.

»Das war nach Batman, das war immer so witzig, weißt du noch?« Papa nickt fahrig und wendet sich vom Fernseher ab.

»Ich geh mal Uhu holen, für diese … Ich wollt da noch was kleben, draußen.« Fluchtartig verlässt er das Zimmer. Mama richtet ihre Brille und schaut konzentriert auf den Bildschirm, aber ihr Lächeln wirkt plötzlich starr, ihr leises Auflachen künstlich, wie aus einer Konserve für eine schlechte Sitcom. Schnitt. Die Szene wechselt. Wir sind auf einem Spielplatz. Die Bäume tragen weiße Blüten und ein Flugzeug brummt in der Ferne. Die Haare meiner Mutter sind nicht mehr gebleicht, sondern so braun wie jetzt und mit einem dicken, flauschigen Haargummi im Nacken zusammengefasst. Sie steht am Fuß einer Rutsche. Am oberen Ende sitzt ein kleines Mädchen in einem rosa Regenmantel.

»Jetzt komm, Mari!«, ruft Mama. »Komm!« Der Wind zerhackt ihre Worte, fährt ihr immer wieder mit rauschenden Stößen dazwischen. »Trau dich!«, ruft Papas Stimme, ganz nah an der Kamera. Mein kleines Ich schüttelt den Kopf, mein Gesicht nichts als ein heller Punkt am oberen Ende der Rutsche. »Gerade wolltest du noch!« Mama dreht sich zur Kamera um und lächelt schief. »Unser Kind will nicht ...!«

Mama, in der Jetzt-Zeit, schaut schnell zu Annika rüber, deren Gesicht wie eine Maske ist, ihre Augen zwei aufgemalte, flache Scheiben.

»So, jetzt reicht's!« Mama steht abrupt vom Sofa auf und macht den Fernseher aus. Direkt am Gerät, was sie normalerweise allen verbietet, weil sich dann – angeblich! – der Receiver verstellt, sie trommelt mit den Fingern auf das schwarze Plastik, wartet, bis die DVD wieder ausgespuckt wird, stemmt sich die Kiste auf die Schulter und verlässt so entschlossen das Zimmer, als habe sie vor, die Filme irgendwo zu vergraben, an einem Ort, an dem sie keiner mehr findet. Nicht nur ganz hinten in der Kommode, wo Papa sie so lange »vergessen« hat. Im Hinausgehen lächelt sie uns an, wie eine panische Showtänzerin, die schon längst von der Bühne runter sein sollte. »Macht es euch lustig, okay? Ich bin oben, wenn ihr was braucht!«

Die Tür fällt zu. Es wird still. Ich atme aus. Als ich zu Annika rüberschaue, starrt sie mich aus ihren aufgemalten Augen an. Als hätte sie plötzlich vergessen, wer ich überhaupt bin.

»Wer passt heute eigentlich auf dein Baby auf, Lattischa?«, fragt Clementine schrill, um die ungemütliche Stille zu durchbrechen. Lattischa starrt sie humorlos an.

»Welches BABY!?« Clementine lacht, als hätte sie gerade einen Witz gehört, aber als Lattischa sie immer noch stumm anstarrt, breiten sich hektische Himbeerflecken auf ihrem Hals aus. Sie schaut mich mit großen Augen an. »Aber du hast doch ges–« Ich räuspere mich schnell. »Ähm! Wollen wir … was spielen, oder so?« Lattischa schnaubt leise »Verstecken, oder was?«, aber Niklas zeigt auf mich. Begeistert, als hätte ich eine Quizshow gewonnen. »Yes! Wir spielen!« Er greift nach seinem Rucksack und zeigt uns eine Flasche Wodka. »Mein richtiges Geschenk. Die Tasse ist eigentlich von meiner Mom. Haha.« Niklas schraubt die Flasche auf und kippt sie in die Bowle. »Okay … passt auf …« Wir passen auf und Lattischa sieht zum ersten Mal an diesem Abend interessiert aus. Sie legt den Kopf schief und schaut mit schmalen Augen zu, wie Niklas den Wodka in die Bowle leert. Als er bei der Hälfte aufhören will, schließt sie schnell ihre Hand um die Flasche.

»Wenn, dann alles!«, sagt sie, als wäre sie die Expertin. Sie war schon immer jemand, der anderen einfach Sachen aus der Hand nimmt. Niklas lässt die Flasche eine Sekunde zu spät los und schaut Lattischa an, überrascht und ein bisschen verlegen, wie ein Kind, das es nicht geschafft hat, sich selbst die Schnürsenkel zu binden. Ich schaue zu, wie der Wodka in die Bowle fließt und wie konzentriert Lattischa ihm dabei zuguckt. Beinahe verliebt, als würde sie ein Kunstwerk aus flüssigem Glas schaffen. Sie hält die leere Flasche ins Licht, dann gibt sie sie Niklas mit einem ungeduldigen Handschlenker zurück.

»Pack sie wieder weg jetzt, bevor ihre Eltern was sehen.« *Ihre* Eltern. Als wäre ich gar nicht da. Oder Annika. Ich spüre Annikas Blick, aber gerade als ich sie ansehen will, dreht sie den Kopf zur Terrassentür. Von draußen wehen Stimmen herein.

»Was …?« Lattischa steht auf, reckt den Kopf und breitet die Arme aus. »Ihr seid voll früh, ey!«, schreit sie irgendwen an und hebt dann lachend den Mittelfinger. Sie dreht sich um und schaut mich an. »Können ein paar Freunde kurz reinkommen, wir gehen nachher noch weg, aber die sind zu früh?« Sie sagt es mit hochgezogenen Brauen und ein bisschen nörgelig, als sei ich ihr irgendwas schuldig. Es ist eigentlich keine Frage. Ich öffne den Mund.

Wir sitzen auf dem Teppich im Kreis. Niklas hat die Wodkaflasche wieder in seinem Rucksack versteckt und stellt die Bowle zwischen uns, feierlich, wie ein Priester. Mit der Kelle füllt er reihum kleine Schnapsgläser auf, die er im Wohnzimmerschrank gefunden hat. Lattischa und ihre Freunde reden leise und kichern, und wenn man sie anschaut, winken sie ab und behaupten, dass es »egal« sei. Aus irgendeinem Grund haben sie beschlossen, Clementine witzig zu finden. Sie lachen über alles, was sie sagt, auch wenn sie gar nicht witzig sein will. Ich spüre, wie Wut in meinen Fußsohlen kribbelt.

»Also«, sagt Niklas, »wir zählen von 1 bis 10 durch, und wer gleichzeitig 'ne Zahl sagt, muss trinken.«

»Wer?«, fragt Lattischas Kumpel und rülpst leise. »Sorry. Wer muss trinken? Beide, oder wie?« Seine Augenlider sind so schwer, dass er kaum unter ihnen durchgucken kann, er liegt auf dem Rücken, und sein Arm hängt schlaff um Lattischas Hüfte. Sie sieht nicht so aus, als würde sie das gut finden. Sondern, als wäre sie daran gewöhnt. Sie kniet, hat ihre Handflächen auf den Oberschenkeln abgelegt und schaut Niklas abwartend an.

»Warte mal«, sagt Lattischas Freundin Dana und hebt einen Zeigefinger, was Lattischa aus irgendeinem Grund zum Lachen bringt. »Halt die Fresse, Lattischa, warte mal, nee, jetzt ernsthaft, halt die Fresse«, sie boxt Lattischa in die Seite, Lattischa kreischt kurz auf. »Ahhh, du alte ...«, aber sie hört auf zu lachen, während Dana mit ihrer abgehackten, hektischen Stimme fortfährt, »warte mal, warte mal ... das ist doch lame, lass uns mal lieber ... ›I never‹ spielen? Kennt ihr das?« Niklas runzelt die Stirn.

»Äh, ja? Aber ...« Dana schaut Annika an, die die Schultern hochzieht. Mir fällt auf, dass Dana und der träge Junge, der uns seinen Namen nie gesagt hat, ziemlich oft zu Annika hinstarren. Ich ahne, warum sie hier sind, und es macht mich nur noch wütender.

»Okay.« Dana fährt sich mit der Hand durch ihr dünnes, schwarzes Haar und türmt es über ihrer Stirn auf, wo es langsam wieder zusammenfällt. »Einer sagt: Ich hab noch nie irgendwas gemacht, zum Beispiel: Ich hab noch nie was geklaut ... und dann müssen alle trinken, die schon mal was geklaut haben. Okay?« Dana schaut in die Runde. »Okay ... Ich fang an: Ich hab noch niiiie ... 'n Kind abgetrieben.« Dana schaut lauernd in die Runde, aber keiner trinkt.

»Was für eine beschissene Frage, ey ...« Der träge Junge gluckst, seine winzigen Äuglein huschen blitzschnell zu Annika rüber und dann wieder weg. Annika knetet ihre Hände im Schoß.

»Dann muss ICH jetzt trinken, weil keiner von euch muss. Ich hab verloren.« Dana legt den Kopf in den Nacken und ext ihr Schnapsglas. Sie richtet ihren Blick auf den trägen Jungen und tritt ihn leicht mit ihren nackten Füßen.

»Du jetzt.«

»Boah ...« Der träge Junge richtet sich halb auf die Ellbogen auf, er sieht dabei aus wie ein Walross, das sich mühsam mit seinen kurzen Flossen aus dem Wasser stemmt. »Ich hab noch nie ... äh, was geklaut?« Ich spüre, wie sich Annikas Muskeln neben mir anspannen, aber Niklas schüttelt sofort den Kopf.

»Nee, komm, Junge«, sagt er schnell. »Das ist lame, das war IHR Beispiel.« Niklas wirft Annika einen verlegenen Blick zu. Ich frage mich, wann ich ihm das mit den Diebstählen erzählt habe.

»Okay, okay ...« Der Walross-Junge hebt lasch seine Flossen-Hände. »Dann ... äh. Ich hab noch nie ... ich war noch nie in der Zeitung.« Keiner rührt sich. Niklas atmet lange aus.

»Okay, was soll'n die Scheiße hier?«, fragt er.

»Was?« Der Walross-Junge reißt unschuldig die Augen auf. Annika steht abrupt auf, stößt das Fliegengitter auf und geht in den Garten.

»Jetzt hast du sie verjagt«, stellt Dana spöttisch fest. Niklas wirft ihr einen wütenden Blick zu, stemmt sich hoch und folgt Annika. Ich schaue ihm nach, unfähig, mich zu rühren.

»Wow«, sagt Clementine leise und leert ihr unberührtes Schnapsglas zurück in die Bowle.

»Was? Was hab ich denn gemacht?«, ruft der träge Junge, aber Lattischa packt ihn nur am Arm und zieht ihn vom Boden hoch. Er dreht sich einmal auf seinem Hintern halb um sich selbst, dann steht er wankend auf.

»Was denn?«

»Wir gehen.« Lattischa wirft mir einen Blick zu. »Komm, Dana.« Dana zögert noch einen Moment, dann klopft sie sich ihre Leggings ab und folgt den anderen beiden zur Haustür.

»Ist doch voll der Kindergeburtstag hier …«, sagt sie leise durch ihre dünnen Haarsträhnen.

Am Straßenrand in einem Gebüsch liegen zwei Fahrräder. Dana hebt das eine auf und schwingt eines ihrer spinnenhaften Beine über die Stange, das Walross sackt unaufgefordert auf den Gepäckträger.

»Boah … Mach dich nicht so fett.«

»Was? Was mach ich denn?« Danas Haare schwingen vor und zurück, als sie versucht, trotz der schweren Last Schwung zu holen und sich abzustoßen. Das Fahrrad schwankt hin und her und sie kreischt auf.

»Schön, dass du hier warst«, sage ich sarkastisch in Lattischas Rücken. Sie hebt das andere Fahrrad hoch, stellt es umständlich hin und wagt es erst dann, mich anzuschauen. Sie lächelt mit zusammengepressten Lippen.

»Du hast dich null verändert«, sagt sie. Ich verschränke die Arme.

»Alles hat sich verändert. Deshalb wart ihr doch hier, oder?« Lattischa weicht meinem Blick aus.

»Alles hat sich vielleicht verändert, aber … du nicht.« Sie zieht eine Schulter hoch und grinst, und für eine Sekunde ist es, als stünden wir wieder beim dm am Kosmetikregal, neun Jahre alt, die Lippen verschmiert mit roter Farbe und warm geschwitztes Kleingeld in unseren Fäusten. Aber dann ist der Moment vorbei, und wir sind wieder hier, unter dem milchigen Kegel der Straßenlaterne, wie zwei Fremde, die sich gerade zum ersten Mal begegnet sind. Mücken schwirren über Lattischas Kopf.

»Du kennst mich nicht«, sage ich. Sie nickt. Ihre Ohrringe klirren.

»Tut mir leid«, sagt sie, runzelt die Stirn und steigt auf ihr Fahrrad. Ich schaue ihr nach, wie sie mit ihren Flipflops in die Pedale tritt, dem unförmigen Schatten ihrer Freunde hinterher, bis sie am Ende der Straße mit der Dunkelheit verschmilzt. Dann ist sie plötzlich wieder weg und ich stehe allein vor unserem Haus. Ich fühle mich seltsam leer. Hinter dem Kinderzimmerfenster von Ernie und Bert wabern schemenhaft die Sterne eines Nachtlichts.

Ich gehe ums Haus, zurück zur Terrasse. Ein leichter Wind zaust die Tannen neben dem Kompost. In der Ferne rauschen Lichter über die Landstraße, ich kann sie zwischen den Häusern gegenüber auftauchen und verschwinden sehen. Meine nackten Füße steuern wie von allein durch das feuchte Gras, vorbei an Annikas Baum, und was ich dort sehe, lässt meinen Magen zu einer einzigen Faust werden, zu einer so harten und so festen Faust, dass es sich anfühlt, als müsse sie jede Sekunde meine Bauchdecke sprengen, wie das Alienbaby in »Alien«, Niklas' Lieblingsfilm, und es ist auch Niklas, den ich jetzt anstarre, der in der elenden, kotzgelben Hollywoodschaukel meiner toten

Großeltern sitzt und seine Arme um Annika gelegt hat. Ihre Lippen kleben aneinander wie Saugnäpfe, und ich muss daran denken, dass die Menschen in Korea lebende Tintenfische essen und manchmal daran sterben, weil die kleinen Biester sich in ihren Hälsen festsaugen, und in diesem Moment wünsche ich mir einfach nur, dass die beiden dasselbe Schicksal erleiden.

»So, Party zu Ende!«, knurre ich und reiße die Lampionkette von Annikas Baum, zumindest versuche ich es, aber sie hat sich in die Äste verbissen wie eine Schlange, die mich ärgern und verhöhnen will mit ihrem partybunten, scheinheiligen Leuchten. Als gäbe es hier auch nur irgendetwas zu feiern.

Ich ziehe fester, aber sie gibt kein Stück nach. Ich balle meine Fäuste. Mit einem frustrierten Schrei renne ich in den Gartenschuppen, schaue mich um und schnappe mir die Axt, die in dem alten Hackstock steckt und noch nie für etwas anderes zum Einsatz gekommen ist als für Papas blöde »Jack Nicholson«-Horrorfilm-Scherze an Halloween. Es wird Zeit, dass die Axt endlich zu ihrer wahren Bestimmung findet. Die Axt und ich, wir verschmelzen in diesem Moment, sie wird zu meinem neuen Arm, gesteuert von meiner Wut, als wäre ich ein Roboter. Es ist, als würde die Axt mich mit sich nach draußen ziehen, auf Annikas Baum zu, der von der Lampionkette umschlungen wird wie von einer Schlingpflanze, ich bin wie besessen von einem anderen Wesen, einer anderen Mari, Nacht-Mari, und die anderen weichen vor mir zur Seite. Der Stamm ist dünn, da der Baum erst zwölf Jahre alt ist. Ein Baby in Baumjahren. Hilflos und verletzlich. Beinahe verwundert schaue ich mir selber zu, ich schaue zu, wie die Axt in den Himmel fliegt und abstürzt und sich in den Stamm verbeißt, grünlicher Saft quillt wie Blut hervor, als würde ich dem Baum den Hals durchtrennen. Ich mache einfach weiter, bis sich die buschige Krone senkt und der Baum seufzend zu Boden sinkt, und dann liegt er da, als wäre ein dünner Riese mit Clownsperücke in unserem Garten ohnmächtig geworden. Ich stehe da, starre den Baum an und ringe nach Luft. Sollte in diesem Baum jemals der Geist eines toten Mädchens gewohnt haben, so habe ich ihn nun endgültig verjagt. Alle staunen mich in einer Mischung aus Angst und Faszination an, wie eine Werwölfin, die zum ersten Mal ihr wahres Gesicht gezeigt hat. Als wäre ich Mr. Hyde, nicht Annika. Sie sitzt kerzengerade auf der Schaukel und starrt mich einfach nur an, mit einem leeren Blick, in dem nichts liegt. Nichts. Meine Kehle wird eng und ich werfe die Axt neben mich ins Gras. Niklas schaut mich entgeistert an.

»Mari …?«, sagt er, als würde er sich wundern, mich zu sehen.

»Weißt du was, Niklas?«, sage ich tonlos. »Ich muss dir was gestehen. Ich bin gar kein Naturtalent. Mein Vater hat mir schon mehrmals gezeigt, wie Autofahren geht. Auf Parkplätzen, im Wald. Ich kann sogar am Berg anfahren. Mit dir hat das nichts zu tun. Du bist ein beschissener Lehrer! Du kannst gar nichts! Dich interessiert auch gar nichts! Du checkst nichts, du bist nur …« Ich drehe mich um und renne zum Haus.

»Die Party ist vorbei!«, brülle ich über die Schulter und muss plötzlich lachen, aber es klingt ziemlich hysterisch. Na toll, denke ich. Du bist wahnsinnig.

»Hey, Ruhe!«, brüllt irgendein Nachbar zurück.

»Mari?«, kreischt Clementine, und ich höre ihre Absätze über den Plattenweg klappern. Ich renne ins Haus und die Treppe hoch, überspringe immer zwei Stufen auf einmal, reiße die Tür zu meinem, zu Annikas Zimmer, auf und knalle sie hinter mir zu. Ich knülle meine Poster von den Wänden, reiße meinen Kleiderschrank auf, ich trete meinen Flickenteppich zusammen. Ich trete auf Annikas Rucksack ein, als wäre er ein Tier, das ich totzutrampeln versuche. Als ich etwas merkwürdig Spitzes unter meiner Fußsohle fühle, zucke ich zusammen und gehe in die Hocke, um den Rucksack auszuleeren. Eine Brosche meiner Mutter. Ein Holzelefant aus Afrika, den meine esoterische Ethno-Tante Sabine mir zur Taufe geschenkt hat. Der Geldbeutel meines Vaters. Shampoo. Löffel. Löffel? Ich lache wieder hysterisch auf und diesmal ist es mir egal.

»Mari?«, fragt eine zaghafte Stimme in meinem Rücken. Meine Eltern stehen in der Tür, meine Mutter mit verquollenem, müdem Gesicht, mein Vater mit zerzaustem Haar.

»Sie bestiehlt uns.« Ich knalle es ihnen hin, jedes meiner Worte ist ein Pistolenschuss, der nicht zur Warnung abgefeuert wird, sondern um zu treffen. »Sie will gar nicht bei uns sein!« Ich trete den Lederrucksack vor ihre Füße. Meine Mutter schaut ihn gar nicht erst an, sie tritt ans Fenster, wie eine bleiche Geisterlady, und starrt fassungslos in den Garten.

»Annikas Baum«, flüstert sie, und plötzlich wird ihre Stimme hart. »Mari. Was ist passiert?«

»Ich hab ihn abgehackt«, sage ich leise. Meine Eltern starren mich an, als wäre ich eine Psychokillerin. Vielleicht haben sie recht.

»Sie hat …!«, setze ich an, obwohl ich weiß, dass es keinen Sinn hat. »Der Rucksack ist voll mit unserem Zeug! Jetzt schaut doch mal hin! Sie klaut unsere Sachen und bringt sie ihrer Mutter auf den Friedhof! Seht ihr das nicht?« Meine Mutter starrt mich an, als hätte ich sie geohrfeigt.

»Ihre Mutter«, sagt sie, und ihre Stimme wird lauter, »bin ich, Mari! Wann siehst du das endlich? Warum sieht sie das nicht?« Mama presst eine Hand vor den Mund, und ich begreife sofort, dass sie nicht mich meint, sondern Annika. Mein Vater legt eine Hand auf Mamas Schulter und lässt sie gleich wieder an ihrem Arm herunterrutschen. Schlaff. Hilflos.

»Jetzt beruhigen wir uns mal wieder«, sagt er und lächelt mich an, so unsicher, dass es mich fast zerreißt. Als würde er mich gar nicht mehr kennen, als versuche er, ein tollwütiges Tier zu zähmen. Sie verstehen mich nicht. Die Leute, die eigentlich meine Eltern sein sollen, sind plötzlich meine Gegner. Zum ersten Mal in meinem Leben. Es ist ein ätzendes Gefühl, das sich wie Gift in meinen Adern ausbreitet. Es ist, als hätten meine Eltern mir mein ganzes Leben lang einen Weg durch wildes Gebüsch gebahnt, und plötzlich klatscht mir ein stacheliger Ast ins Gesicht. Im Grunde sind meine Eltern genauso planlos wie ich oder Annika. Zuerst ist man ein Kind, dann wird man erwachsen, und plötzlich erwarten alle von dir, dass du die Welt begriffen hast und weißt, wohin du gehen musst. Aber so einfach ist es nicht. Alle spielen bloß, spielen Kontrolle und Familie, wie früher im Sandkasten. Mutter, Vater, Kind. Alles nur Seifenblasen.

Seit Annika zurück ist, können meine Eltern sich nicht mehr in die Augen sehen und tun trotzdem, als wäre alles normal.

Wie Puppen in einem Puppenhaus, damit die Kinder denken, alles ist gut. Einmal auf die Wunde pusten, fertig. Aber wir sind keine Kinder mehr.

»Was ist eigentlich los mit euch?!«, platze ich heraus. »Wir sind Menschen, wir sind keine Puppen! Wir müssen miteinander reden, wir können keine Gedanken lesen! Wieso macht ihr immer so weiter? Die ganze Zeit schleicht ihr hier im Haus rum und erwartet, dass man eure Zeichen deutet. Redet halt einfach mal miteinander, irgendwas!«

Meine Eltern starren mich an. In diesem Moment sehen sie sich so ähnlich wie Geschwister, derselbe verwunderte Gesichtsausdruck, und ich erinnere mich, dass ich irgendwo mal gelesen habe, dass Paare sich mit der Zeit ähnlicher werden, weil sie unbewusst die Mimik des jeweils anderen nachahmen und sich mit dem Alter Falten an den gleichen Stellen bilden. Äußerlich angepasst, innerlich fern.

»Denkt ihr, Annika und ich merken das nicht, wie ihr seid, wie du …«, ich deute auf Papa, »Mama immer ausweichst? Wenn ihr es nicht mehr aushaltet zusammen, warum lasst ihr es dann nicht bleiben? Seid doch mal ehrlich! Wenigstens ihr!«

Ich fühle mich plötzlich, als würde meine Lunge zusammenfallen wie ein nasser Lappen. Ich schnappe nach Luft. Papa seufzt.

»Mari, das ist doch ganz normal, dass man sich als Erwachsener manchmal …«

»Du bist so weit weg!«, sagt Mama plötzlich. Papa wirkt, als hätte ihm jemand eine Ohrfeige verpasst. Mama wirft Papa einen kurzen Blick zu und schaut gleich wieder weg.

»Du weichst wirklich immer aus, wenn ich dich umarmen will.«

»Dann entscheid dich mal!« So laut habe ich meinen Vater noch nie werden hören. »Entscheid dich mal, ob du wütend bist oder nicht! Erst machst du mir jahrelang Vorwürfe, und dann kommst du plötzlich an, als ob nichts war?« Papa presst die Finger auf seine Nasenwurzel, so fest, dass sie weiß werden. Er zieht die Schultern hoch und strahlt eine trotzige Unsicherheit aus, als hätte er Angst, zu weit gegangen zu sein.

»Ich hab dir NIE die Schuld gegeben!« Mama klingt fassungslos. »Hast du sie noch alle?!« Plötzlich haben sie mich vergessen. Sie tun, was ich verlangt habe, zum ersten Mal sprechen sie aus, was sie wirklich denken, und auf einmal ist mir das gar nicht mehr so recht. Funken sprühen aus den Augen meiner Mutter, weiße Wut und Enttäuschung. Ich schlucke. Meine Eltern streiten sich. Vor mir. Etwas hat sich verändert. Von einer Sekunde auf die andere fühle ich mich hilflos.

Annika taucht plötzlich hinter meinem Vater im Flur auf wie ein Gespenst, stoisch und unbeeindruckt wie immer, und jetzt weiß ich auch, warum. Annika weiß seit ihrem fünften Lebensjahr, dass Eltern keine Helden sind, dass sie ihre Kinder nicht beschützen können, sosehr sie es auch versuchen. Sie haben versagt. Sie haben Annika verloren gehen lassen, und etwas in der majestätischen Überheblichkeit, die Annika ausströmt, lässt sie zwinkern und unsicher werden, wie zwei in Ungnade gefallene Untertanen, die versuchen, die Gunst ihrer Königin zurückzugewinnen. Jetzt starren sie sie beide an, der Graben zwischen ihnen spürbarer denn je.

»Annika, ich bin deine Mutter. Das weißt du doch, oder?«, fragt Mama sanft und greift nach Annikas Hand. Annika lässt es zu, starr wie eine Puppe. Sie nickt artig und lächelt. Unsicher.

»Ja?«, flüstert sie.

Ich lache leise. Jede glückliche Familie ist ein Konstrukt. Es wird Zeit, dass wir endlich alle ehrlich zueinander sind. Ich boxe mich an meinen Eltern und Annika vorbei in mein Zimmer. In Annikas Zimmer. Annika war immer das verschwundene Kind, das unsichtbare Kind, dessen Platz ich eingenommen habe, ohne es zu merken. Der Klon, gezüchtet, um die Leerstelle zu füllen. Aber ich habe keine Lust mehr, die stille Kopie der Traumtochter zu spielen. Das Zweitauto, das brave Kind, das die Familie komplett macht, das zu funktionieren und sich anzupassen hat, auch wenn nichts mehr stimmt. Ich habe keine Lust mehr, Familie zu spielen, wenn sich in Wahrheit alle hassen. Ich knalle die Tür so fest hinter mir zu, dass die Scheiben klirren, und schiebe den Schreibtischstuhl unter die Klinke. Ich weiß genau, dass meine Eltern mich hier drin »auswüten« lassen werden. Keiner wird mir nachkommen, keiner wird merken, dass ich weg bin. Und das ist auch gut so. Ich stopfe meinen Rucksack wahllos mit Zeug voll. Unterhosen, Bücher, Socken, Pass. Das Fenster klemmt ein bisschen, aber eine Minute später bin ich auf dem Garagendach und lasse mich ins Vorgartenbeet fallen wie eine Verbrecherin auf der Flucht. Eine Baummörderin auf der Flucht. Ich lache leise auf und denke im nächsten Moment, dass mit sich selber lachen wie mit sich selber reden ist, und mit sich selber reden der erste Schritt in die geistige Umnachtung.

26

Creep

Ein russisches Märchen handelt von zwei einsamen alten Leuten, die sich im Winter aus Schnee ein kleines Mädchen bauen und sich wünschen, dass es lebendig wird. Ihr Wunsch wird erfüllt. Aber als der Frühling kommt und das Mädchen über ein Laubfeuer springt, schmilzt es und verschwindet. Für immer. Was danach mit den alten Leuten geschah, erfährt man in dem Märchen nicht. Ob es ihnen wohl lieber gewesen wäre, sie hätten das Mädchen aus Schnee nie gekannt?

Ole wundert sich nicht, als ich plötzlich vor seiner Tür stehe. Zumindest sieht er nicht aus, als würde er sich wundern.

»Ach, *du*«, sagt er spöttisch. »Falls du deine Party hierher verlegen willst, keine Chance. Meine Eltern schauen russische Märchenfilme mit goldenen Hirschen und dicken Mädchen mit Kopftüchern und heulen.«

Ich pruste freudlos durch die Nase. Eltern sind das Letzte. »Komm. Lass uns abhauen.«

»Wohin?«, fragt Ole begriffsstutzig. Er trägt blaue Anti-Rutschsocken, die er vor mir hinter der Tür zu verstecken versucht, dabei fällt er fast hin und muss sich an der Klinke festhalten.

»Äh, nach Italien? Finn suchen?« Ole starrt mich einfach nur an.

»No risk, no fun?«, füge ich hinzu und wedle wild mit meinen Armen, die Parodie einer aufgeregten Clementine. Ole starrt mich immer noch einfach nur an.

»What? Warum denn jetzt auf einmal?«, fragt er dann, leicht hysterisch, und schaut nervös zwischen mir und einem unbestimmten Punkt in der Ferne (Italien?) hin und her.

»Ist das ein fieser Scherz von dir?« Ich verdrehe die Augen.

»Nein, du paranoider Typ! Ich muss nur mal Abstand kriegen von … daheim.«

Ole guckt sich kurz um und tritt dann zu mir auf die Fußmatte, die Tür zieht er halb hinter sich zu. Er senkt die Stimme zu einem Flüstern. »Aber wir haben kein Auto«, wispert er, »mein Vater braucht unseres für die Arbeit, der merkt sofort, wenn das weg ist.«

»Kein Problem«, flüstere ich. »Clementines Vater hat sogar tausend Autos, und er braucht kein einziges davon für die Arbeit, weil er immer abgeholt wird. Wir fahren einfach zu ihr rüber und fragen sie, ob wir eins davon kriegen.«

Ole schaut mich sehr skeptisch an und ich packe seinen Kragen und schüttele ihn ein bisschen wach. »Ole! Der hat einen ganzen Stall voll Autos! Außerdem arbeitet er ständig. Der merkt das nie im Leben!«

»Aber …«, Ole kaut an seiner Unterlippe und wirft wieder einen nervösen Blick über die Schulter. »Aber keiner von uns kann Auto fahren!« Nun, da es mit der Reise ernst wird, scheint er plötzlich tausend Gegenargumente zu finden. Ich grinse finster. Nacht-Mari ist wieder da, und alle anderen können sich warm anziehen. Doctor Manhattan, Magneto, Niklas – und Annika.

»Lass das mal meine Sorge sein«, sage ich lässig.

Kaum sind wir vor ihrem Haus eingetroffen, kommt Clementine auch schon aus der Tür geschossen.

»Was ist los? Ich war im Bad! Was heißt Notfall?«, zischt sie, schwenkt ihr Handy und wetzt auf uns zu, ein dürrer Vogel Strauß, mit vorgerecktem Kopf. »Was ist denn los, was war denn vorhin überhaupt? Du bist plötzlich weggerannt, ich dachte, wir reden immer über alles …«

»Psst«, zische ich. Ich packe Clementine am Ärmel ihres rosa Morgenmantels und ziehe sie hinter mir her in den Schatten. »Hör zu«, presse ich zwischen den Zähnen hervor. »Wir brauchen ein Auto. Ole und ich, wir hauen ab.«

»Äääh, okay?«, sagt Clementine, etwas verwundert, aber ohne meine Pläne infrage zu stellen. Auch das ist eine Eigenschaft, die ich sehr an Clementine schätze. Sie ist der perfekte Sidekick. Vor allem in Momenten wie diesen. Auf ihren dürren Beinen, an denen zwei absurd riesige Fellhausschuhe stecken, stakst sie vor uns her durch den Hausflur zur Garage ihres Vaters. Die Garage, die über eine schmale Tür direkt mit dem Haus verbunden ist, hat ungefähr die Ausmaße des unterirdischen Fuhrparks von Batman. Oder James Bond.

In zwei Reihen stehen ungefähr zehn Autos herum, die meisten davon mit grünen Planen zugedeckt wie riesige, schlafende Tiere. Ganz links parkt die Familienkutsche, mit der Clementine manchmal zur Gruppe gefahren wird, ganz rechts ein alter, weißer Mercedes mit hellbraunen Ledersitzen. Auf der Motorhaube liegt bereits eine feine Staubschicht. Clementine schreibt langsam, wie nebenbei, ein großes C in den Staub.

»Nehmt den da, der ist der Unwichtigste. Altes Modell und so, der kommt bestimmt eh bald weg.« Sie runzelt die Stirn.

»Perfekt«, sage ich und drehe mich grinsend zu Ole um.

»Eine Bedingung«, sagt Clementine und hebt ihren Zeigefinger. »Ich komme mit. Mir reicht's. Meine Eltern wollen mich jetzt doch nicht zu Miss Monaco lassen, wegen dieser ahnungslosen, dummen *Familientherapeutin* …« Clementine macht extra eine kleine Kunstpause, um uns Zeit für Mitleid zu geben. Als wir nicht reagieren und sie einfach nur anstarren, fährt sie augenrollend fort: »… und außerdem will ich mal was erleben. Also? Fahren wir?« Sie klatscht klimpernd in die Hände.

»Klar!«, sage ich, und Ole nickt schulterzuckend. Clementine stößt einen kleinen Jubellaut aus.

»Rebellion!«, kiekst sie. »Und wohin fahren wir? In einen Klub?«

»Nach Italien«, antworte ich knapp. »Oberitalien. Wegen Ole.«

»Woooah! No risk?« Clementine kneift plötzlich die Augen zusammen, als würde sie sich etwas ausrechnen. »Sind wir dann vielleicht … morgen Abend wieder hier?«, fragt sie langsam und lässt zerstreut ihren Bademantel los, er klappt auf und enthüllt eine Art pinkfarbenes Negligé. Ole dreht sich schnell zur Seite.

»Keine Ahnung. Ja? Vorher kannst du dich noch anziehen«, sagt er zum Betonboden, der dreckig und voller Ölflecken ist.

»Okay!« Clementine hüpft davon. Wenig später kommt sie mit einem abartig fetten Rollkoffer zurück, der sich nach allen Seiten wölbt und aussieht, als müsse er jeden Augenblick explodieren. Ein vollgefressenes Monstrum, genau das Gegenteil von Clementine.

»Was?«, fragt sie, als wir sie ausdruckslos anstarren.

»Es sind zwei Tage! Außerdem habe ich einen Plan, ich …!«

»Schon gut!« Ich hebe eine Hand und klopfe mit der anderen auf die Motorhaube des weißen Mercedes. »Der Kofferraum ist riesig. Also, wo sind die Schlüssel, Clementine?«

»Wohin fahrt ihr?«, krächzt plötzlich ein heiseres Stimmchen in unseren Rücken. Clementine erstarrt mit einer Grimasse. Wir drehen uns langsam um. Im Durchgang zum Haus steht Nessie, sie trägt einen gepunkteten Pyjama und drückt sich im Türrahmen herum, als wolle sie sich dahinter verstecken.

»Wohin fahrt ihr? Darf ich mitkommen, Clemmi?«

»Nessie, du gehst jetzt ins Bett, weißt du, wie spät es ist?«, sagt Clementine und lässt ihre Stimme so autoritär klingen, als hätte SIE jedes Recht, um diese Uhrzeit wach zu sein.

»Dann sag ich's aber! Ich sag Mama und Papa, dass du hier drin bist!« Nessies kleine Augen funkeln in einer Mischung aus Trotz und Unsicherheit, sie weiß nicht genau, welche Schüsse sie auf Clementine abfeuern kann, welche treffen und welche abprallen. Sie ist die kleine Schwester und es gewohnt, zu verlieren.

»Nessie, wenn du jetzt fein schlafen gehst und Mama und Papa nichts sagst, dann kriegst du ein krasses … Geschenk!«, flötet Clementine. Sie stakst auf ihren hohen Sandalen auf ihre Schwester zu und beugt sich zu ihr runter. Ihre Ketten klirren.

Nessie nimmt eine davon in die Hand. Die mit der Palme. »Und die Kette«, sagt sie mürrisch, das Beste, was ihr einfällt, um die Zügel in der Hand zu behalten, »die Kette will ich auch haben!«

Clementine betrachtet mit einem Seufzen die goldene Palme in Nessies pummeliger Hand und streift die Kette ab, um sie ihr um den Hals zu legen. Nessie guckt auf ihre Brust hinunter, zufrieden spielt sie an der Palme herum.

»Na guuut«, krächzt sie gedehnt mit ihrer seltsam rauchigen Kinderstimme. »Ich sag nix! Bätschi.« Sie wirft ihren Kopf in den Nacken und schlappt nörgelnd zurück ins Haus, wie eine schlaffe Marionette, mit schwingenden Armen und über den Boden schleifenden Tigerschuhen. Eine Tür fällt zu. Es ist still.

Clementine, die vor lauter Anspannung ihre rosa Blousonjacke vor der Brust zusammengerafft hat, lässt wieder los und atmet langsam aus. Sie öffnet den Kofferraum mit einem Drücker, und wir schieben ihm den Monsterkoffer mit vereinten Kräften in den Schlund, was gar nicht so einfach ist, da er vermutlich dreimal so schwer ist wie Clementine. Oder viermal.

»Meinst du, deine Schwester hält die Klappe?«, fragt Ole wie ein Gangster in einem Film, es passt nicht zu ihm. Er merkt es selbst und fährt sich verlegen durchs Haar. Clementine schlägt den Deckel über ihrem Koffer zu. Sie mustert Ole, rückt ihre rosa Schirmkappe zurecht wie einen Helm, als würde sie in den Krieg ziehen.

»Ja, *tut* sie. Sie ist eine gierige kleine Ratte«, sagt sie leichthin und zuckt mit den Schultern, und dann, als sie meinen Blick bemerkt, fügt sie hinzu: »Aber ich mag sie natürlich. Irgendwie. Manchmal. Wer ist eigentlich unser Fahrer?«

Ole und ich starren Clementine an.

Clementines Augen weiten sich. »Einer von euch? Seid ihr verrückt? Autofahren ist gefährlich!«

»Siehst du hier noch jemanden?«, frage ich und strecke die Hand aus. »Ich KANN das, Clementine! Ich hab das tausendmal geübt!«

Clementine schließt die Augen.

»Da du mir schon mal in einem Auto das Leben gerettet hast«, sagt sie feierlich, »beschließe ich jetzt einfach, dir zu vertrauen.«

Ich fange den Schlüssel auf, Ole öffnet das Garagentor, und nach anfänglichen Schwierigkeiten mit der Automatik sind wir plötzlich auf Clementines Straße und unterwegs nach Italien, im Schneckentempo und ohne Licht, zumindest bis vor zur Ecke.

»Schnallt euch mal an«, sage ich lässig, »sonst krieg ich Ärger, wenn die Polizei kommt.« Ole, auf dem Rücksitz, lacht leise.

»Mari, was kannst du eigentlich nicht?«, fragt Clementine bewundernd, als sie sich den Gurt über die magere Brust zieht wie eine Miss-America-Schärpe. »Autofahren ist *voll* schwer, dafür muss man doch ewig in die Fahrschule und alles!«

Ich richte routiniert den Rückspiegel ein und grinse zu ihr hinter.

»No risk, no fun.« Für mich gelten heute andere Regeln.

Es ist finstere Nacht auf der Autobahn und der Ort in Italien, in dem Finn gesichtet wurde, noch 450 Kilometer entfernt.

»In fünf Stunden sind wir da«, verkünde ich, und Clementine bewundert mich wieder, weil ich das so schnell ausgerechnet habe.

»Mhm«, mache ich und kneife die Augen zusammen, »und sagt mir, wenn Schilder kommen, ich brauch eigentlich 'ne Brille.«

»Na toll«, muffelt Ole, »du bist total verrückt. Und dir vertrauen wir unsere Leben an?«

»Ich vertraue ihr«, sagt Clementine nervös. »No risk!«

»Ich ja auch«, fügt Ole schnell hinzu. »No … fun.«

Über den Rückspiegel fange ich seinen Blick auf und er lächelt ein bisschen. Zumindest für einen Moment, aber dann verzieht er das Gesicht zu einer nervösen Fratze:

»Äh, Mari? Schau nach vorne!«

Die Straße rollt sich vor uns ab wie eine lange Zunge. Links und rechts liegen plane, schwarze Felder, über die ab und an die leuchtende Perlenkette eines Nachtzuges raupt. Scherenschnittartige Tannenspitzen bohren sich in die Wolken, und die Laser einer fernen Dorfdisco gleiten wie Scheinwerfer über den Himmel, als suchten sie nach etwas, an dem sie sich festhalten können. Clementine hat ihre nackten Füße auf das Armaturenbrett gestellt und dreht am Radio herum. Ole kauert hinten in seiner Ecke und schweigt. Wir schweigen alle, aber es ist ein angenehmes Schweigen, so wie man eben schweigt, wenn man gemütlich durch die Nacht rauscht. Ich liebe es. Autofahren. Warum bin ich nicht schon viel früher darauf gekommen? Ich gebe Gas, um einen Laster zu überholen.

»Schulterblick«, ruft Ole gereizt, »du bringst uns noch alle um! Welcher Irre hat DIR überhaupt gezeigt, wie man Auto fährt?«

Ich antworte zuerst nicht. Dann, sehr finster: »Unter anderem? Niklas.«

»Oh«, sagt Clementine, die jetzt mit ihrem Schminkspiegel herumfuchtelt, »dein Freund? Der Skatertyp aus deiner Straße?«

»Skatertyp«, höhnt Ole auf dem Rücksitz, »das ist ganz schön … Anfang 2010er, oder?«

»Er ist nicht mein Freund«, gebe ich knapp zurück, »und ich will nicht drüber reden. So. Clementine, gib mal Varese ins Navi ein.« Clementine hebt entsetzt die Hände. »What? Wie geht das denn?«

Ich stöhne genervt und bediene das Navi mit der rechten Hand, während ich mit der linken lenke. Dabei komme ich aus Versehen ein bisschen auf den Standstreifen, und die Reifen unter mir fühlen sich auf einmal an, als würden sie über Schleifpapier rubbeln.

»Ups, sorry!« Ich reiße das Lenkrad herum. Ole stöhnt leise.

»Willst DU fahren?«, motze ich zu ihm hinter und höre mich plötzlich an wie meine Mutter, wenn mein Vater neben ihr sitzt.

»Nee«, sagt Ole leise. Er vertraut mir eben *doch*. Sollte er mir vertrauen? Ich halte das Lenkrad mit beiden Händen fest und mit ihm die Leben meiner Freunde und meines. Mein Herz klopft wild, und ich unterdrücke eine leise Panik, die plötzlich aus meinem Magen meinen Hals heraufgekrochen kommt wie eine fiese Würgeschlange. *Bist du verrückt*, flüstert ihre zischelnde Stimme in meinem Kopf, *du kannst doch nicht Auto fahren! Du bist nicht alt genug! Du hast ein Auto geklaut! Was machst du? Dreh um!* Aber ich drehe nicht um.

»Halt die Klappe!«, sage ich laut, ich erwürge meine Panikschlange, indem ich ihr einen Knoten in den Hals mache.

»Ich hab nix gesagt!«, sagen Clementine und Ole gleichzeitig.

»Euch mein ich nicht«, sage ich.

Eine Weile ist es still. Dann flüstert Ole leise: »Creep.«

»Heeey!«, ruft Clementine. Aber er hat recht.

Kein Mensch an der Grenze will unsere Pässe sehen. Trotzdem treffen wir Vorkehrungen. Ich habe Clementines Kappe auf, ihre riesige Sonnenbrille auf der Nase, haufenweise Lippenstift im Gesicht und den Fahrersitz nach ganz oben gestellt, um möglichst realistisch wie achtzehn plus rüberzukommen. Ole schiebt mir ein besticktes Kissen unter den Po, das er von der Hutablage genommen hat.

»Ich bin jetzt einfach eure Mutti«, sage ich und lache nervös, während Clementine mit der Konzentration einer Maskenbildnerin an meinem Gesicht herumzuppelt.

»Du siehst super aus«, kichert sie. »Das geht voll durch!«

»Das mit der blöden Sonnenbrille ist so auffällig«, grummelt Ole düster, »das geht so schief!«

Aber es geht nicht schief und Minuten später haben wir uns erfolgreich in die Schweiz eingeschleust. Durch eine schmale Schlucht mit in den Felsen gehauenen Tunnel-Serpentinen schlängeln wir uns in die Alpen wie drei Verbrecher. Links fallen steile Felswände in die Tiefe, an denen dünnes Wasserfall-Lametta klebt. Ein seltsam tot grinsender, mit einem Arm winkender Dummie am Straßenrand weist uns auf Bauarbeiten hin. Wir müssen einen Umweg fahren und schreien für einen Moment alle durcheinander, Ole, Clementine, ich und das Navi, das mit scheinbar aggressiver werdender Stimme plärrt: »Bitte wenden! Wenn möglich, bitte wenden!«

»Was, WIE denn?«, schreie ich und haue auf die Tasten. Clementine packt meine Hand: »Du machst es kaputt!«, und Ole kreischt: »Lass ihre Hand los, verdammt! Sie FÄHRT!«

Zum Glück stellt sich heraus, dass der »uralte« Mercedes von Clementines Vater ein modernes Navi hat, das sogar Staus und Baustellen erkennt, und zwei durchgebrüllte Minuten später sind wir wieder auf dem richtigen Weg. Gemütlich, irgendwelche italienischen Radiolieder pseudo-mitsingend, und als wäre nichts gewesen, kurven wir in Schlangenlinien ein Bergmassiv hinunter.

Unter uns breitet sich ein gigantisches, grünes Tal mit kleinen Holzhütten aus, das von schartigen, schneebedeckten Gipfeln zur Hälfte überschattet wird. Die Sonne geht auf. Die rosigen Berge ringsum beugen sich wie liebevolle Mütter über das Tal, dunkle Tannenwälder und Bergwiesen sind ihnen wie faltige Röcke in die Kniekehlen gerutscht. Die Wiesen schlagen samtige Wellen. Sie sehen aus wie der filzig-dicke Kunstrasen der Landschaft einer Spielzeugeisenbahn und dann bricht plötzlich ein breiter Sonnenfinger gefächert durch die Wolken und fährt hinunter ins Tal. Ein Spotlight.

»Woaaah!«, macht Clementine und schiebt ihre Brille auf die Nasenspitze. »Früher hab ich bei so was immer gedacht, da kommt ein Engel auf die Erde geschwebt.« Sie fährt seufzend mit ihrem Zeigefinger über die Fensterscheibe, als versuche sie, den Lichtfinger zu berühren.

»Ich hab immer gedacht, da fahren die Seelen von den Toten hoch«, murmelt Ole. Ich suche seinen Blick über den Rückspiegel, aber er starrt aus dem Fenster, und seine Augen sind so glasig und leer, dass ich mir einbilde, die Spiegelung der Berge darin sehen zu können.

»Ich hab immer gedacht, dass das die Finger von ’nem Gott oder irgendwem sind, der nachschaut, ob die Erde noch stabil ist«, sage ich, und die beiden gucken mich an und lachen.

»Was?«, frage ich, aber ich grinse. »Lacht mich nicht aus! Ich halte euer Schicksal in meinen Händen!«

Wir gleiten durch einen Tunnel und sind plötzlich im Tal, die Berge ragen hoch um uns auf, und wir fühlen uns wie Mäuse in einem Karton. Die schneebedeckten Gipfel thronen über uns, und auf einmal muss ich an Annika denken, die irgendwo hier von ihrer anderen Mutter versteckt wurde, in einem Dorf zwischen felsigen Schluchten und spitzen Tannenwäldern. Vermutlich gibt es keinen besseren Ort für einen Menschen, um zu verschwinden. Die Natur verschluckt dich einfach. Ich beobachte zwei Teenagermädchen, die am Straßenrand entlanggehen und über irgendetwas lachen, ihre Haare wehen im Wind. Eine von ihnen hat einen Rucksack auf, die andere fasst ihre widerspenstigen Haare zusammen, schüttelt sie in den Nacken und wickelt sie zu einem Knoten. Annika hätte eines dieser Mädchen sein können, und ich wäre einfach an ihr vorbeigefahren und hätte keine Ahnung gehabt, dass sie meine Schwester ist. Ob wir uns irgendwann zufällig begegnet wären, wenn keiner hinter ihr Geheimnis gekommen wäre? Ob wir uns vielleicht als Kinder schon einmal begegnet sind?

»Könntet ihr euch vorstellen, hier zu wohnen?«, fragt Clementine plötzlich, den dünnen Hals verdrehend, um die hohen Berggipfel sehen zu können.

»Ich glaube, es würde mich fertigmachen!«, sagt Ole sofort, »ich brauche …«

»Platz zum Atmen. Ich bin auch lieber am Meer«, gebe ich zu.

»Ach, no risk. Ich finde es kuschelig«, sagt Clementine leise. »Die Berge sehen aus, als würden sie uns umarmen. Ich glaube, wenn ich hier wohnen würde, würde ich mich immer sicher fühlen.«

»Sicher«, sage ich bitter, »wo ist man schon sicher.«

»Überall«, widerspricht Clementine, »du musst nur deine Füße fest auf den Boden stellen und dich in der Realität verankern. So.«

»Und«, sagt Ole und steckt seinen Kopf zwischen unseren Rückenlehnen vor, »und du darfst nicht in einen Sonnenstrahl geraten, sonst fährst du zum Himmel auf, begleitet von schrillem Nonnengesang, und da oben ist alles unsicher, weil nirgends Wege sind.«

»Doch, klar sind da Wege!« Clementine dreht sich eifrig zu ihm um. »Auf den Wolken kann man nämlich laufen, wusstest du das nicht?« Ihr Gesicht glüht, und sie sieht aus, als würde sie es ernst meinen. Was sie vermutlich auch tut.

Wir machen Pause an einer kleinen Tankstelle, um den Wagen vollzutanken und mit der Mastercard von Clementines Vater zu bezahlen. Es ist inzwischen viel heller geworden, der Himmel ist klar und wolkenlos. Clementine zieht ihren Blouson aus, darunter trägt sie ein bauchfreies Top aus Jeansstoff.

»Aaaah!«, macht sie, reckt sich und schiebt dabei ihre knochigen Hüften vor.

»Frühstück?«, frage ich mit einem Blick auf ihre vorstehenden Knochen.

»Geht alles auf die Karte!«, sagt sie. »Aber bitte nicht so viel, ich fühl mich morgens immer noch so flau ...« Sie legt die Hand auf ihren Bauchnabel und sieht mich ernst an, und dann, als sie meinen zweifelnden Blick bemerkt, zwinkert sie wie zur Ablenkung Richtung Truckerparkplatz. »Guck mal, die Trucker frühstücken auch nicht!«

Ole kauft auf die Karte von Clementines Vater eine Tüte Milchbrötchen und drei Dosen Cola, während ich mit Eimer und Schrubber bewaffnet die Frontscheibe zum Glänzen bringe. Ich merke, dass ich irgendwie etwas übrig habe für Autos. Ein Kerl in Jeansweste wirft mir und dem Mercedes einen kurzen anerkennenden Blick zu, und ich nicke lässig, von Autofahrer zu Autofahrer. Ich wringe grinsend den Schwamm aus.

»Proll«, sagt Ole zu mir, und ich werfe den Schwamm in sein Gesicht, einfach so, ohne Ankündigung, und Ole, der Unberechenbare, greift sich den Schlauch an der Waschstation und jagt mich mit dem Strahl quer über den Parkplatz. Als ein Tankwart gerannt kommt, hören wir schnell wieder auf.

»Wir dürfen nicht so auffällig sein«, nörgelt Clementine und zwickt uns beide zur Strafe in den Arm wie eine Gouvernante.

»Aua!«, machen Ole und ich synchron. Wir öffnen zischend

unsere Coladosen und setzen uns auf einen grünen Picknicktisch, die Oberfläche ist von der Sonne schon so aufgeheizt, dass Clementine sich die nackten Oberschenkel verbrennt und sofort wieder aufspringt. Hinter uns steigt eine trockene Böschung steil an und geht in einen wuchernden Wald über. Rechts von uns pisst ein Trucker ungeniert von außen gegen ein Klohaus, vor uns rauschen Autos und Trucks in einer gemächlichen Kolonne an grasenden Zottelkühen vorbei, deren Glockenläuten vom sanften Wind herübergetragen wird, und links von uns kauert die Tankstelle. Es riecht nach trockenem Gras und Benzin und fühlt sich an wie Sommerurlaub.

»Ich muss pissen!«, sagt Ole plötzlich. Er reibt sich die Nase und schaut nervös zu dem kleinen Klohaus rüber, macht aber keine Anstalten, aufzustehen.

»Brauchst du jemanden, der mitgeht, oder was?«, frage ich spöttisch. Ich kicke gegen seinen Schuh. Ole guckt weg, ohne darauf einzugehen. Er nuschelt irgendwas in seinen Kragen, dann steht er doch auf und schlurft zur Böschung.

»Was macht er?«, fragt Clementine, die vor mir auf einem Bein steht wie ein Flamingo, um »etwas für ihre Haltung zu tun«.

»Er pisst in die Gegend!«, sage ich. »Er hat Angst vor dem Klohaus oder so.« Ich sage es ein bisschen zu laut. Ole hört mich und dreht sich im Weggehen zu mir um.

»Halt die Fresse!«, sagt er und hört sich auf einmal wieder an wie der Ole, der neu in unsere Gruppe kam. Der alte, verschlossene, missmutige Ole, der mit keinem etwas zu tun haben will und die Wut in seinem Bauch züchtet wie einen Hefeteig. »Ich will da einfach nicht rein, weil es … stinkt und weil die Türen klemmen und … okay?« Ole hebt die Arme und schaut mich an, als würde er mir am liebsten an die Gurgel gehen.

»Okay, okay!« Ich nehme einen Schluck aus der Dose und schaue weg, um ihn nicht noch wütender zu machen. »Keine Ahnung, was er hat!«, murmele ich. Clementine schaut mit nachdenklich schief gelegtem Kopf zu, wie Ole mit rudernden Armen hinter der Böschung verschwindet.

»Vielleicht hat er schlechte Erinnerungen an Klos, vielleicht hat er sich mal eingeschlossen. Mir ist das mal mit Nessie passiert. Wir wollten groß sein und alleine gehen, und Mama hat uns extra noch gesagt, wir sollen nicht …« Clementines Worte verschwimmen zu einem Geräuschmatsch, der sich vor meinen Ohren auftürmt wie eine Schneewehe. Ich höre ihr nicht mehr zu, denke nur noch an Ole und seinen kleinen Bruder und dass er im Urlaub verschwunden ist. Ich habe Ole nie nach den genauen Umständen gefragt. Plötzlich komme ich mir doof vor, und als Ole Sekunden später zurückkommt und sich neben mich setzt, stoße ich ihn noch mal mit dem Fuß an: »Hast jetzt aber nicht Hände gewaschen, oder?« Ole grunzt nur.

»Doch, da war so 'n … Bach!«

»Vorher oder nachher?«

»Ha. Ha.«

Wir grinsen. Ich lasse meine Coladose gegen Oles klicken – und haue dann fest oben drauf, um zu sehen, ob sie schäumt.

»Heeey!«, macht Ole und hält meinen Arm fest. Er hält meinen Arm etwas zu lang fest und ich sehe ihn nachdenklich an.

»Love«, stellt Clementine fest, die mit verschränkten Stockarmen vor uns steht und einen fachmännischen Blick über den Rand ihrer Sonnenbrille wirft.

Ole lässt mich sofort wieder los. Verlegenheit macht sich breit, und ich drehe mich weg, um eine SMS an meinen Vater zu schreiben. Plötzlich finde ich es gemein von mir, meinen Eltern gar nicht Bescheid zu sagen. *Bin bei Clementine …* tippe ich, aber dann fällt mir ein, dass meine Eltern das zu einfach nachprüfen könnten, also lösche ich Clementine wieder und schreibe stattdessen: *… Lattischa. Ich übernachte. Bis morgen vielleicht.* Senden.

Ich blicke auf. Ole schaut mich von der Seite an wie eine Verräterin. Zumindest denke ich das, bis er sagt: »Wurde auch mal Zeit. Ich hab zumindest den Anstand gehabt, meinen Eltern einen Zettel hinzulegen. Den sie hoffentlich finden, in dem ganzen Müll.«

»Und den sie so vollheulen, dass die Schrift verschwimmt«, gebe ich zurück, »nach den ganzen traurigen Märchen!«

»Russische Märchen sind superbrutal«, sagt Ole. Es klingt fast, als wolle er seine Eltern verteidigen, und auf einmal kommt er mir auch vor wie ein Held in einem Märchen, der das magische Elixier sucht, um seine Familie aus einem hundertjährigen Schlaf zu erlösen. Er sucht Finn, um alles wieder gut zu machen, den Fluch von seinem Haus zu heben, den Drachen zu erdolchen, die Dornenhecke niederzuhacken und den Wolf in den Brunnen zu stoßen.

Plötzlich habe ich das Bedürfnis, ihn zusammenzudrücken, ein so starkes Bedürfnis, dass mein Hirn einen Überschlag macht. Etwas explodiert in mir, beinahe wie im Garten, mit dem Baum, aber auf eine *gute* Art. Ich springe mit einem Satz vom

Picknicktisch und keule die Milchbrötchenpackung auf einen Haufen, der aus einem zugestopften Mülleimer quillt wie Gedärm. Dann drücke ich spontan Clementine zusammen, die mich irritiert anglotzt.

»*Ich* bin doch total entspannt!«, sagt sie misstrauisch.

»Kommt, wir fahren weiter!« Ich werfe den Autoschlüssel so hoch in die Luft, dass er ganz klein wird und ich für einen Moment fast denke, dass er am Himmel kleben geblieben ist.

»Was ist denn mit der auf einmal los?«, fragt Ole Clementine und wirft mir einen kurzen, befremdeten Seitenblick zu.

»Love«, säuselt Clementine wieder, und ich trete ihr ein bisschen in den Hintern.

27

Favola

Die Welt ist verrückt, sie steht auf dem Kopf. Die meiste Zeit, oder immer. Wir wissen ja nicht, wo oben ist und wo unten. Kein Wunder, dass man manchmal den Boden unter den Füßen verliert, einfach so. Es ist ein Riss im Universum, durch den Menschen steigen und verschwinden. Für immer.

Eine Stunde später haben wir uns erfolgreich nach Italien geschmuggelt. Nicht, dass es irgendjemanden interessiert hätte.

»Das war viel leichter, als ich dachte!«, stelle ich zufrieden fest, und Clementine hängt sich klettig an meinen Arm, wie sie es so gerne macht.

»Jaaa«, flötet sie. »Kein Unfall, allen geht es guuut …!«

»Na ja«, murmelt Ole, dem ein bisschen schlecht geworden ist. »Hat jemand 'nen Kaugummi?«

Trotz Klimaanlage haben wir alle Fenster runtergekurbelt. Wir schlängeln uns durch die Straßen von Varese, überall hupt und knattert es, und die Luft riecht nach Benzin und verbranntem Gummi, und ab und zu auch nach Essen oder Heu. Ich lasse meinen Arm aus dem Fenster hängen und tue cooler, als ich es bin. Die Straßen sind eng. Sehr eng.

»Nicht mehr weit«, sage ich angespannt. »Wir müssen nur raus aus der Stadt und irgendwo rechts in die Pampa.« Rechts in die Pampa bedeutet, einen sehr schmalen Weg in die Berge raufzufahren, der sich steil um mehrere Kurven windet, an terrassierten Olivenhainen und verwilderten Grundstücken vorbei, durch Ortschaften, in denen alte Männer mit dicken Bäuchen und streichholzdünnen Beinen auf Plastikstühlen am Straßenrand sitzen und Katzen in den Fenstern dösen. Die Straße ist voller Löcher, sodass sie uns immer wieder von unseren Sitzen hochkatapultiert. Ständig knattern uns Vespas oder winzige Autos auf drei Rädern entgegen, hupend und in halsbrecherischer Geschwindigkeit, und ich wundere mich gerade noch darüber, bisher keinen Unfall gebaut zu haben, als der Motor plötzlich abstirbt. Im letzten Moment lasse ich den Mercedes an den Straßenrand und in eine Senke rollen. Stille breitet sich aus. Das Auto knackt in der Hitze, irgendwo kräht ein Hahn. Die Benzinanzeige steht auf null. Keiner von uns hat daran gedacht, zwischendurch mal aufzutanken.

»Okay. Was machen wir *jetzt*?«, fragt Ole dumpf.

»Was MACHST du da?!« Clementine hat sich hinter der Motorhaube versteckt. Ich sehe nur ihre zerwühlten Haare und ihre großen Augen, die mich anstarren wie die eines verschreckten Tieres. Ich zucke mit den Schultern.

»Ich trampe!« Mein ausgestreckter Daumen schwebt in der Luft vor dem endlosen blauen Himmel, als würde er nicht zu mir gehören. Ein Flugzeug verschwindet dahinter und taucht wieder auf. Die Grillen zirpen im trockenen, strohgelben Gras, das um die Olivenbäume wuchert. Über der Motorhaube flimmert die Hitze in Regenbogenfarben, das Auto sieht zufrieden aus mit seinem breiten Maul, es scheint die Pause zu genießen.

»Das ist gefährlich!«, wimmert Clementine. »No risk! Bitte!

Wir können doch einfach Benzin holen oder so!« Sie taucht noch ein Stück weiter auf, zuckt aber gleich wieder zurück, als ein kleiner roter Lastwagen um die Kurve biegt.

»Stell dich nicht so an!«, brummt Ole stirnrunzelnd.

»Aber, aber ... das *ist* voll gefährlich!« Clementine weint fast. »Man kann nicht einfach bei irgendwem einsteigen. Vielleicht ist das ein böser Mensch oder verrückt, oder ...«

Betrunken, vervollständige ich den Satz in meinem Kopf und lasse den Daumen sinken. Der rote Lastwagen knattert vorüber, ein Fetzen Musik klatscht an meine Ohren, dann biegt der Laster mit quietschenden Reifen um die nächste Ecke.

»Gutes Timing, Mari!«, spöttelt Ole, der mit unterschlagenen Beinen auf einem Stein sitzt und mir zuschaut. Ich gehe um die Motorhaube herum und knie mich neben Clementine.

»Wenn der Fahrer betrunken ist, steigen wir nicht ein, okay?«, sage ich. Clementine starrt stumm geradeaus.

»Woher willst du wissen, ob er betrunken ist?«, fragt sie leise. »Manchmal erkennt man das nicht sofort und dann ist man plötzlich tot.«

Ich senke den Kopf, meine Haare fallen auf meine Knie, was ein bisschen kitzelt, und hocke mich neben Clementine im Staub wie ein Frosch, in derselben Haltung, in der Annika am Grab ihrer Mutter saß. Ihrer *anderen* Mutter. Meine Arme um Clementine gelegt, drücke ich sie fest an mich. Ole hebt ein paar Steinchen vom Boden auf und lässt sie durch seine Finger rieseln. Er reckt das Gesicht in die Sonne, meidet es, uns direkt anzusehen, und schielt doch aus dem Augenwinkel rüber. Ein Auto biegt hupend um die Ecke, klein und weiß. Ole hebt unmotiviert die Hand, nur ein bisschen, und trotzdem bremst das Auto sofort. Das Fenster wird heruntergekurbelt und ein blonder Mann mit roter Knollennase schiebt sein rundes Gesicht heraus.

»Unfall?«, fragt er, schnalzt bedauernd mit der Zunge und deutet auf den Mercedes. »Sieht ja scheiße aus! Kann man euch wohin mitnehmen?«

»Clementine?«, frage ich leise. Clementine hebt den Kopf und schaut zu dem fremden Mann rüber. Auf seiner Stirn stehen feine Schweißperlen und auf dem Rücksitz drücken sich zwei kleine Kinder die Nasen an der Fensterscheibe platt. Der Anblick der Kinder scheint Clementine zu beruhigen.

»No risk«, sagt sie leise, und ich lockere meinen Griff. Als wir auf das Auto zugehen, halte ich ihre verschwitzte Hand.

Der Mann im Auto heißt Dirk und seine Kinder Greta und Leon. Sie machen Urlaub in einem kleinen Dorf auf dem nächsten Hügel und waren gerade am See, jetzt fahren sie nach Hause, um ein »Nickerchen« zu machen.

»Heute Abend regnet es vielleicht, eine Scheiße ist das.« Dirk pfeift. Ich frage mich, ob ihm bewusst ist, was für ein Glück er hat. Seine Kinder gucken aus dem Fenster. Ole hält den kleinen Sohn auf dem Schoß, weil wir sonst nicht alle ins Auto gepasst hätten. Er wirkt übervorsichtig und ein bisschen hilflos, als könne der kleine Junge jeden Moment unter seinen Händen zu Staub zerfallen. Clementine hat sich auf den Beifahrersitz geflätzt, um »die Kontrolle über alles« zu haben. Sie hat sich inzwischen wieder beruhigt und fragt Dirk über sein Haus, seine Frau und ihren Urlaub aus. So detailliert und so neugierig, dass Dirk sie irgendwann schräg von der Seite anschaut und immer stiller wird. Clementine nennt Dirk »Dirk«, aber sie siezt ihn, was sich anhört, als wäre er ihr Dienstbote.

»Wie sieht Ihre Frau aus, Dirk? Haben Sie ein Badezimmer oder zwei? Haben Sie und Ihre Frau eigentlich so zusammengeschobene Betten, mit dieser komischen Ritze in der Mitte?« Dirk räuspert sich.

»Da vorne lass ich euch raus. Bis zu eurem Dorf sind es nur ein paar Schritte über die Brücke!«, sagt er und dreht hastig am Lenkrad. »Okay!« Clementine legt lächelnd ihre nackten Füße auf das Armaturenbrett und drückt ihre Zehen gegen die Frontscheibe.

»Was halten Sie von meinen *Füßen*, Dirk? Einfach mal ganz unvoreingenommen?« Dirk starrt Clementine einfach nur an.

Der winzig kleine Ort auf dem Gipfel des Berges, in dem Oles Bruder angeblich gesichtet wurde, heißt Favola. Favola, das einst vergessene Dorf, hat es, laut Ole, vor Kurzem in den italienischen Medien zu traurigem Ruhm gebracht, nachdem ein Erdbeben das Gewölbe einer denkmalgeschützten Kirche zum Einsturz gebracht und eine Katze in den Tod gerissen hat. Große, selbst gemalte Transparente am Ortseingang kündigen heute allerdings einen Festtag an. Über eine Brücke aus groben Steinen gehen wir zu Fuß in den Ort, Clementine hängt an meinem Arm und versucht, im Gehen Selfies mit ihrer Handycam zu machen. Würfelförmige Häuschen in Gelb und Ocker, die schmalen, dunkelgrünen Klappläden gegen die grelle Vormittagssonne geschlossen, schmiegen sich aneinander um einen viereckigen Platz. In der Mitte erhebt sich ein Brunnen mit einer Seeschlange aus Stein und hinter einem breiten Torbogen verliert sich eine schmale Gasse in schattigen Winkeln. Eine ausgetretene Treppe windet sich schneckenförmig um ein rosafarbenes Eckhaus mit blätterndem Putz bis hinunter zum trockenen Flussbett, in dem krause Gräser um gespaltene Betonplatten wuchern. Der Platz ist mit einem Mosaik aus großen Kieselsteinen gepflastert, die ungleichmäßig in den Zement gedrückt wurden und sich unter den dünnen Sohlen meiner Schuhe anfühlen wie eine Fußmassage. Es ist Markt und überall sind Menschen unterwegs. Kinder mit Schultaschen. Frauen in kurzen Hosen. Winzige, kläffende Hunde in feinen Jäckchen werden an Leinen geführt und größere, schmuddeligere Hunde mit fehlenden Gliedmaßen sind in erster Linie im Weg.

»Die armen, einsamen Hunde!«, jammert Clementine und würde am liebsten alle mitnehmen und kämmen und mit rosa Schleifen verzieren, aber deshalb sind wir nicht hier.

»Wohin jetzt?«, frage ich Ole und stupse mit meinem nackten Ellbogen gegen seinen Pulli-Ellbogen. Es fühlt sich weich und vertraut an und ein bisschen kratzig. Ole ist so nervös, dass er noch weniger spricht als sonst. Fahrig zieht er sein Handy aus der Hosentasche, als es plötzlich um uns herum lauter und unruhiger wird. Die Atmosphäre scheint sich aufzuladen, wie vor einem Sturm oder nach einem Unfall. Neugierige Menschen kommen hinter ihren Flohmarkt- und Lebensmittelständen hervor, sie lachen und klatschen, als sich eine skurrile Prozession die Hauptstraße heraufbewegt. Frauen in langen Gewändern heben winkend die Arme, einige tragen Schleier und Bänder im Haar. Clementine reckt den Hals. Direkt hinter uns raschelt der Streifenvorhang in der Tür eines kleinen Supermarktes und eine alte Frau in geblümter Kittelschürze schlurft in Flipflops heraus.

»Il corteo«, sagt sie zu mir und deutet auf die Maskenmenschen, einer der Vorhangstreifen hängt über ihrer Schulter, und aus dem kleinen Supermarkt weht ein kalter, frischer Geruch nach Kühltruhe und Gemüse auf die Straße und mischt sich mit dem nach heißen Asphalt und Benzin. »Per la Santa!«, erklärt die alte Frau und tippt mich an. Sie deutet mit ihrem Daumen zu einer steinernen Kapelle hinauf, deren stämmiger Turm oberhalb des Dorfes aus den Olivenbäumen ragt, eine Glocke schwingt läutend darin hin und her, als müsse sie sich jeden Augenblick überschlagen. Sollte das die Kapelle sein, die das Erdbeben größtenteils zerstört hat, so sieht man es ihr von hier aus nicht an.

»Aaah!«, macht die alte Dame und drückt lachend ihre Hand ans Ohr. »Fracasso!« Ich lache mit, höflich und verlegen. Ole zieht an meinem Ärmel.

»Komm«, sagt er. Sein Gesicht schwebt so blass und durchscheinend vor mir wie eine Halluzination. »Ich weiß jetzt, wo wir hinmüssen.«

»Aber ich will das sehen!«, nörgelt Clementine und deutet fordernd wie ein kleines Kind auf die Frauenschar in den bunten Gewändern, die sich um den Brunnen zu einer Art Volkstanz gruppiert. »Die machen hier eine Show, ich liebe es!«

Ole greift nach ihrem Arm und zieht sie einfach mit sich weg.

»He! Mari, hilf mir!«, ruft Clementine empört und stemmt ihre Sandalen in den Boden, aber ich nehme nur ihren anderen Arm, und dann verschwinden wir im Schatten einer schmalen Gasse und lassen den Lärm und die Menschen hinter uns zurück.

»Ihr seid fies«, sagt Clementine tonlos. Eine gelbe Katze flieht vor uns. Die Häuser neigen sich einander zu, als würden sie streiten. Oder sich küssen. Ihre Dächer berühren sich beinahe, nur getrennt durch einen schmalen Streifen blauen Himmels. Wäscheleinen spannen sich über unseren Köpfen. In den offenen Fenstern sitzen entweder Kästen mit roten Blumen oder Katzen, dahinter, in den dunklen Räumen, hört man laute, schnelle Stimmen, manchmal klingen sie etwas blechern, dann läuft vermutlich nur der Fernseher. Die krumme Gasse steigt an, und nachdem wir ein paar ausgetreten Stufen hinter uns gelassen haben, breitet sich unterhalb einer Steinmauer ein weiterer Platz vor uns aus, umgeben von geschlossenen Läden und Wohnhäusern. An der Stirnseite, gegenüber einer kleinen Bocciabahn, steht ein verwittertes, gelbes Haus mit einem Pickup in der Einfahrt. An einer langen Kette liegt ein dösender Schäferhund, seine Pfoten zucken leicht im Traum.

»So! Hier warten wir«, sagt Ole bestimmt und setzt sich auf eine Holzbank unter einem Olivenbaum. In seiner Hand hält er auf einmal einen zerknitterten Ausdruck des pixeligen Fotos von Vielleicht-Finn. Den Screenshot.

»Mein Informant«, Ole betont es, als wolle er uns damit sagen: *Ja, ihr habt richtig gehört, ich nenne ihn INFORMANT!*. »Mein Informant«, wiederholt er, »hat gesagt, dass es hier ist. Hier wohnt er. Wir müssen nur warten, bis er kommt.«

»Ich hab Durst«, sagt Clementine sofort. Warten ist nicht ihr Ding. »Ich geh was zu trinken suchen!« Sie steht abrupt auf und schlendert auf die Läden zu, aber vor jedem einzelnen ist ein Gitter heruntergelassen. Clementine späht hindurch.

»Die machen Siesta.« Ich stütze mein Kinn in die Hände.

»Jetzt schon?!« Clementine stemmt ihre Ärmchen in die Hüften. »Mann! Na ja, no risk. Dann geh ich noch mal zum Platz runter. Da war 'n Café. Wollt ihr auch was, Kaffee, Wasser?«

»Wasser.« Ich gebe ihr einen Fünfeuroschein. Ole zuckt bloß genervt mit den Schultern. Er sitzt kerzengerade da und starrt das gelbe Haus an wie ein Jagdhund, der Beute wittert.

»Äh. Zwei Wasser«, sage ich, etwas leiser. Clementine nickt hoheitsvoll. Sie wirft ihr Haar zurück und stöckelt die Steintreppe wieder runter, zuerst verschwindet ihr wippender Schopf, dann verhallen ihre Schritte in der Tiefe. Das Echo klingt, als würde die schmale Gasse mit der Zunge schnalzen.

Ole öffnet plötzlich den Rucksack zu seinen Füßen und zieht einen abgewetzten, unförmigen Stofflumpen heraus.

»Wenn er mich nicht erkennt, dann erkennt er Panda«, murmelt er. Ich starre auf den abgewetzten Stofflumpen in seinen Händen, die traurig grauen Reste eines zu Tode geknuddelten Bären, der einmal schwarz-weiß war und dem nun beide Ohren und ein Glasauge fehlen.

»Zyklop«, sage ich leise und tippe den Bären an.

»Lass das!« Ole zieht Panda weg, als könne er zu Staub zerfallen, wenn ein Fremder ihn berührt. Er hält ihn so behutsam wie ein Wissenschaftler, der sein Testobjekt jahrelang für diesen einen Moment aufbewahrt hat. Ich erinnere mich plötzlich an den Tag, an dem ich im Kindergarten meinen Stoffhasen Bugs verloren habe. Die Kindergärtnerinnen und meine Mutter und ich haben überall gesucht, auch nachdem alle anderen Kinder schon lange weg waren. Keine Spur. Ich habe so sehr geheult, dass morgens mein Kopfkissen durchnässt war. Erst drei Tage später hat meine Lieblingskindergärtnerin, Frau Uhl, Bugs in der Puppenecke aus einem Haufen fremder Stofftiere geborgen und ist mir strahlend mit ihm entgegengekommen. Wie ein Engel.

Ich sehe die Szene bis heute ganz deutlich vor mir, wie einen Film, mit einem schnellen Kamerazoom auf Bugs in Frau Uhls Armen. Es war einer der glücklichsten Tage meiner Kindheit. Ich habe Bugs danach nie wieder mit in den Kindergarten genommen. Zu seiner eigenen Sicherheit, habe ich meinen Eltern erklärt, die Welt sei zu gefährlich für kleine Stoffhasen. Sie haben mich nur angesehen und so komisch traurig gelächelt, aber damals habe ich noch nicht verstanden, warum.

Ole hebt Panda unwillkürlich an seine Nase und riecht daran, dann lässt er ihn mutlos wieder sinken.

»Am Anfang hat er noch nach ihm gerochen. Wie … Bebe-Creme und Karotten«, sagt er und scharrt mit seinen Schuhen im Sand. Aus dem Haus gegenüber tritt ein Mann in T-Shirt und Jeans. Er bemerkt uns nicht, holt irgendetwas aus dem Pick-up und verschwindet wieder im Haus. Das Mückengitter fällt hinter ihm zu und wir hören ihn etwas rufen. Eine Frauenstimme antwortet. Ole lässt sich zurücksacken und ballt die Fäuste.

»Wenn das seine neuen Eltern sind, dann …«, knirscht er und wendet mir so plötzlich das Gesicht zu, dass ich ein bisschen zurückzucke. »Wie hältst *du* das eigentlich aus?« Sein eindringlicher Blick bohrt sich in meinen wie mit zwei Haken und lässt nicht mehr los.

»Wie ist das, wenn man weiß, *wer* es war? Wenn du … dich noch rächen könntest? Würdest du es machen?« In seinen Augen glitzert etwas. Es sieht aus, als würde ein Unwetter in den blau marmorierten Schneekugeln aufziehen, die seine Augen sind.

Ich starre auf meine Hände und fühle, wie mein Magen sich zusammenkrampft. Ole erwartet eine Antwort. Er wird nicht lockerlassen, ich zapple an seiner Angel wie ein Fisch, der müde mit der Schwanzflosse schlägt, obwohl er weiß, dass es zu spät ist. »Das ist also dieser böse Haken, von dem alle sprechen!«, sagen seine leeren, starren Fischaugen, bevor sie brechen und weiß werden. Werden Menschenaugen eigentlich auch weiß, wenn das Licht hinter ihnen erlischt?

»Mari.« Ole stößt mich mit dem Knie an. Ich hole tief Luft.

»Ich weiß es nicht. In Wirklichkeit wollte ich nie wissen, wer es war. Ich wollte es nie wissen, weil … ich wollte es einfach nie wissen, okay?!« Meine Stimme klingt viel lauter als beabsichtigt. Die Worte fallen wie Steine aus meinem Mund. Ich würde sie gerne zurückschaufeln, aber die Lawine ist losgetreten.

»Manchmal«, sage ich und balle meine Fäuste fest im Schoß zusammen, um ruhig zu bleiben, »manchmal wünsche ich mir, sie wäre nie ... ich weiß ja, dass es egoistisch klingt und bösartig, ich meine es auch gar nicht so, in Wirklichkeit. Man kann ja nicht so ... böse sein, oder? Sie ist meine Schwester, aber irgendwo hier ...«, ich lege meine Hand auf meinen Magen, »im letzten, verstaubten Winkel meines Herzens, wünsche ich mir jetzt manchmal, dass sie einfach ... weggeblieben wäre. Wir hatten uns schon damit abgefunden ...«

»*Du* vielleicht«, unterbricht Ole mich knapp. »Was ist mit deinen Eltern?« Er schüttelt den Kopf und fällt mir ins Wort, als ich den Mund öffnen will. »Nein, lass«, sagt er leise, »ich glaube, ich verstehe es schon. Du hast sie nicht einmal gekannt.«

»Meine Eltern würden mich umbringen, wenn sie das wüssten«, sage ich zu meinen Knien. Ole tastet unsicher nach meiner Hand, nimmt sie und lässt sie sofort verlegen wieder fallen, wie einen nassen Lappen. Er kann halt nicht gut mit Menschen, denke ich, und dann sage ich es ihm auch, und er grinst mich an.

»Ich mag die meisten Menschen nicht so gern, ich geb's zu. Nur ausgewählte Exemplare ...«

»Zum Beispiel?« Ich kneife lauernd ein Auge zu. Ole zieht die Schultern hoch. Dann legt er mir auf einmal seine Hand aufs Herz. Ich zucke ein bisschen zusammen, aber Ole, plötzlich seltsam selbstbewusst, nimmt sie nicht weg.

»Das Herz«, sagt er, »ist übrigens HIER. Nicht da unten.«

»Klugscheißer!« Ich schubse seine Hand weg. Ole lächelt.

Dann sitzen wir friedlich nebeneinander auf der Bank und warten. Wir warten auf Finn und auf Clementine, die irgendwann zurückkommt mit drei Flaschen Aqua minerale und einer

Packung Reiswaffeln und sich zu unseren Füßen in den Staub setzt, um auf ihrem i-Phone Miss-Wahlen auf Youtube anzuschauen und »Posen« zu üben.

»So … oder so?«, fragt sie mich und Ole und verrenkt sich wie eine verknotete Mini-Giraffe.

Ole betrachtet sie mit hochgezogenen Augenbrauen. »Ganz ehrlich? Damit könntest du auch in einer Freakshow auftreten. Du würdest gewinnen.« Clementine schreit empört auf und wirft ihm ihre Flasche an den Kopf, in der kaum noch Wasser ist. Der klägliche Rest sickert in den Boden.

»Nein«, quiekt Clementine und lässt sich neben der Flasche auf die Knie fallen. »Ich hab doch noch Durst!« Dann zuckt sie plötzlich zusammen und checkt ihre Knie auf Kratzer.

»Oh, verdammt …!« Ich sehe Ole an und muss grinsen. Er grinst zurück, aber es wirkt angespannt. Er sieht aus, als würde er sich krampfhaft von etwas abzulenken versuchen, was unter der Oberfläche dieses Nachmittags schwelt. Das namenlose Etwas jenseits der Realität, das man manchmal zu sehen bekommt, wenn ein Riss entsteht. Die Angst, die dich an manchen Tagen von den Fußsohlen aufsteigend anzufüllen beginnt, mit dickem, schwarzem Rauch. Der Angst, die dich erstickt, wenn du sie nicht zurückdrängst, und die dir den Boden unter den Füßen wegzieht und deinen Kopf leicht macht wie einen Ballon.

Ich kenne sie. Clementine kennt sie. Wir alle kennen sie, und deshalb tun wir alle so, als wäre sie heute nicht da. Wir ignorieren sie wie eine nervige Verwandte, die sich ungefragt neben uns gesetzt hat und uns mit uralten Geschichten volllabert, die keiner mehr hören will.

Es wird Nachmittag, dann Abend, und Finn – oder der Junge, der vielleicht Finn ist – ist noch nicht nach Hause gekommen.

»Vielleicht ist er umgezogen?«, sagt Clementine, als würde sie uns fragen, ob wir Lust auf Kino haben. Sie schiebt sich eine Reiswaffel in den Mund, und als Ole sie mit seinem finstersten Ole-Blick durchbohrt, hebt sie die Arme und starrt ihn mit großen Augen an. »Was?«, fragt sie durch die Reiswaffel. »Kann doch sein!«

»Kann NICHT sein!«, faucht Ole. »Die Nachricht ist nur ein paar Tage alt, wie soll er so schnell umgezogen sein? Die Leute in dem Haus sehen aus, als würden sie schon lang da wohnen.«

»Vielleicht ist er alleine umgezogen«, sagt Clementine altklug, fischt eine Tube Anti-Mücken-Creme aus ihrer geblümten Clutch und salbt sich hingebungsvoll die Unterschenkel ein. »Wie Bibi Blocksbergs Bruder Boris. Ist euch aufgefallen, dass er irgendwann einfach *weg* war? In einer Folge haben sie dann erklärt, dass er zu seiner Oma gezogen ist oder so. Wegen der guten Seeluft. M-hm. Die wollten den loswerden!«

»Stimmt, daran kann ich mich auch noch erinnern«, sage ich gedankenverloren und schaue in den Himmel. Am Horizont, unter dem Blau, breitet sich eine rosa Lache aus, als wäre ein Farbtopf umgefallen. Die Engel backen, hat meine Oma das immer genannt. Die Oma, die Annika nie mehr treffen wird.

»Ich vermisse Bibi Blocksberg manchmal«, seufzt Clementine. »Ich glaub, ich hab meine ganzen alten CDs noch im Keller …«

»*Bibi Blocksberg*«, Ole spricht den Namen aus, als würde er sich davor ekeln, »ist eine *blöde Kuh*, wenn sie ihren Bruder nie besucht hat.« Ole klingt plötzlich so wütend, als wäre Bibi eine reale Person. »Sie hat doch gewusst, wo er wohnt! Miese Nummer, wirklich. Stattdessen hängt sie mit Tina ab und tut so, als wäre alles normal. Und ist sie nicht eine Hexe? Sie hätte ihn doch einfach wieder nach Hause hexen können!«

»Ole, sie ist nicht *echt*«, versuche ich es spöttisch, aber Clementine fährt eifrig dazwischen. »Ich glaube«, sagt sie und tippt auf unsere Knie, »es gibt auch eine Folge, in der Bibis Vater fremdgeht. Auf Mallorca oder so.«

»Was?«, fragen Ole und ich gleichzeitig.

Clementine steht auf und klopft sich den Staub aus ihren Hotpants. »Okay, ich brauch mehr Wasser! Viel Wasser ist das Anti-Aging-Geheimnis, das A und O, wenn man fit, gesund und gut aussehen will«, verkündet sie, wirft einen kurzen Blick auf uns und verschwindet dann zielstrebig in einem kleinen Alimentari hinter der Bocciabahn. »Wasser, Wasser, Wasser!«, ruft sie über die Schulter zurück, bevor der Streifenvorhang in der offenen Ladentür sie verschluckt. Ole vergräbt das Gesicht in den Händen. Die Sonne sackt hinter den Horizont, als würde sie sich in einen Kinosessel lümmeln und sich mit ihrer üblichen gleichgültigen Scheißegal-Haltung unser kleines Schicksal auf dem Berg reinziehen. Sogar ein paar goldene Wolken umgeben sie, wie gebranntes Popcorn, darunter breitet sich die weite, grün-braune Ebene Oberitaliens aus. Wir befinden uns in den letzten Ausläufern der Alpen. Irgendwo rechts von uns glitzern die ausgestreckten Finger eines länglichen Sees. Ich glaube nicht, dass der Junge heute noch kommt. Aber gerade als ich Luft holen und mich Ole zuwenden und es ihm sagen will und mich innerlich bereits auf einen Wutanfall einstelle, packt er mich so fest am Arm, dass mir ein Schrei entfährt.

»Sei doch still!«, zischt er.

»Aua?«, sage ich empört. Ole verdreht die Augen, lässt meinen Arm los und steht auf. Den Panda zerknüllt er zu einem grauen Ball. »Du drückst sein Auge raus«, sage ich leise und folge Oles Blick.

Drei kleine Jungs in Fußballtrikots, die unter ihren riesigen Rucksäcken fast verschwinden, kommen lärmend eine Gasse herunter. Zwei rennen voraus, der dritte hängt bei einem von ihnen hinten am Rucksack und versucht, ihn zu Fall zu bringen. Die Rucksäcke schlagen beim Laufen so rhythmisch gegen ihre schmalen Rücken, dass ihre schrillen Stimmen abgehackt klingen wie Indianergeheul. Zwei haben braune Haare und einer von ihnen ist dunkelblond. Finn? Ich schiele zu Ole, stehe auch auf.

»Ole«, sage ich leise. Was jetzt? Ole sieht aus wie ein Schauspieler, der plötzlich seinen Text vergessen hat und improvisieren muss. Sein Mund klappt auf und zu, dann gibt er sich einen Ruck und tritt entschlossen auf die drei kleinen Jungs zu, die sich jetzt auf der Bocciabahn balgen und sich dabei gegenseitig ihre Rucksäcke um die Ohren hauen. Sie tragen alle die gleichen marineblauen Trikots mit weißen Ziffern auf den Vorderseiten. Raffaele, steht auf der Brust von Oles Vielleicht-Bruder. Als Ole plötzlich vor den Kindern steht, fahren sie auseinander wie eine Rotte balgender Hundebabys, auf die ein gemeiner Mensch einen Wasserstrahl gerichtet hat. Bedröppelt und scheu rücken sie ihre Ranzen zurecht und starren zu Ole hinauf. Vielleicht-Finn hat seine Hände um die Träger seines Rucksacks gekrallt und grinst plötzlich frech. Er biegt sich zur Seite weg und flüstert seinem Kumpel, Alessandro, etwas kichernd ins Ohr, der Kumpel zieht die Schultern hoch und kichert auch, vermutlich kitzeln Vielleicht-Finns Worte in seinen Ohren, und dann mischt sich der dritte Junge, Matteo, ein, und die drei lachen und schubsen sich und ignorieren Ole einfach, als wäre er nur ein Baum oder ein Fahnenmast. Ole tritt noch einen Schritt vor, streckt seinen schlaffen, blauen Pulloverärmel aus und legt die darunter verborgene Hand auf Finns alias Raffaeles Schulter.

Der Junge fährt herum und wechselt argwöhnisch-spöttische Blicke mit seinen Freunden, vermutlich halten sie Ole für einen Perversen. Matteo, ein schmächtiger kleiner Knirps mit tellergroßen Augen, zupft seine Freunde an den Ärmeln und will sich scheinbar aus dem Staub machen, während Alessandro, kräftig und gedrungen, einen Schritt auf Ole zumacht und provozierend die Arme hebt.

»Que?«, schallt seine kleine, schrille Stimme quer über den Platz, sie zerschellt an den Mauern ringsherum, und die Splitter scheinen Ole in den Rücken zu treffen wie unsichtbares Schrapnell. Er ist älter als diese Knirpse und wirkt, als wäre er tausend Jahre jünger, als wäre er gerade erst zur Welt gekommen oder als hätte er vergessen, wo er ist. Er starrt den Jungen an, der vielleicht sein Bruder ist, mit zerfurchter Stirn und fragenden Augen, er wirkt so unheimlich und geistig umnachtet, dass ich ihn am liebsten treten würde.

»Sag halt was, Ole«, zische ich durch meine Finger, meine Hand über den Mund gelegt, aber er hört mich nicht und sieht mich nicht, er hat nur Augen für den kleinen Jungen, der vielleicht sein Bruder ist, und vielleicht nicht. Noch ist das Urteil nicht gefallen, und es entscheidet über eine ganze Welt, ein ganzes Universum, es entscheidet darüber, ob der Held sein Königreich aus dem hundertjährigen Schlaf erlösen wird oder ob es zurücksinken wird in viele weitere Dekaden der bangen Hoffnung und des Wartens. Und der Angst. Oles Kiefermuskeln bewegen sich und dann sagt er etwas. Es wirkt, als müsse er nach den Worten suchen, sein ganzes, fanatisch in seinem Zimmer mit Selbstlernprogrammen antrainiertes Italienisch, in dem er sich so sicher gefühlt hat, ist für die Tonne, genau wie all das, was er sich für diesen Moment, für seinen Bruder, zurechtgelegt hat. Ole fällt nichts mehr ein, also hebt er seine Arme, steif wie ein Roboter, und streckt Finn den zerknautschten Panda hin. Vielleicht-Finns kleiner, angespannter Körper fährt vor ihm zurück. Dann streckt er, unter dem unsicheren Kichern seiner Freunde, die Hände aus und reißt den Panda blitzschnell an sich. Mit einem heiseren Lachen dreht er sich um und rennt davon und seine Freunde hetzen mit fliegenden Rucksäcken hinter ihm her. Sie jagen sich einmal quer über den Platz, und der Junge, den Ole einmal für Finn gehalten hat, stützt sich an einer Hauswand ab, wirft den Kopf in den Nacken und den Lumpenpanda hoch in die Luft. Matteo versucht, ihn mit seinem Kopf zu treffen, aber Alessandro ist schneller und kickt ihn wie einen Fußball über das Kopfsteinpflaster. Ein bisschen Wolle quillt aus dem Kopf des Pandas, der mit abgeknicktem Hals nur wenige Meter vor mir liegen bleibt. Wie drei kleine Hyänen nehmen die Jungen erneut Anlauf und wetzen kreischend auf den Panda zu, der wie ein erlegtes Tier vor mir liegt, das eine glänzende Auge fragend auf meine Sneakers gerichtet.

»Hey!«, rufe ich und stehe auf, mit ausgebreiteten Armen, und plötzlich werden aus den drei Hyänen drei Tauben, die quietschend davonflattern. Matteo und Raffaele springen die Stufen zu Raffaeles Haus hoch und verschwinden hinter dem Gitter, nur Alessandro bleibt für einen Moment zurück, schaut mir provozierend in die Augen und tritt dann einmal fest auf Pandas Kopf, bevor er, ebenfalls kreischend, hinter seinen Kumpels herrennt und verschwindet.

Ich hebe den Panda auf und versuche, ihn ein bisschen zurechtzudrücken. Ole dreht mir den Rücken zu, und als er mich näher kommen hört, schüttelt er wütend den Kopf und läuft vor mir weg. Ich folge ihm, eine Gasse hinauf, aber er wird immer schneller.

»Ole, wart mal!«, rufe ich. Aber Ole ist wie ein trotziger Hund, der seine Ohren demonstrativ in die andere Richtung dreht. Er will nichts hören, er will nichts sehen. Ich weiß, dass ich ihn jetzt nicht verlieren darf. Hastig und ungeschickt klettert er eine Böschung hoch und verschwindet in den abendlichen Schatten eines dichten Olivenhains. Unter den Bäumen sind orangefarbene Netze aufgespannt wie Hängematten, zwischen denen er sich durchschiebt. Es wird dunkel. Zum Glück ist Oles Kopf so hell. Ich werde ihn nicht verlieren.

28

Märchen

Die heilige Anastasia war eine Märtyrerin. Nachdem sie jahrelang in einem Kerker gefangen gehalten wurde, verurteilte man sie zum Tode und setzte sie auf einem Schiff aus, mitten im Meer. Doch Anastasias Glaube war so stark, dass das Schiff nicht unterging, was auch geschah, und Anastasia lebte noch viele Jahre. Dabei hatte sie nicht einmal ein Segel an ihrem Mast.

»Weißt du, was Favola heißt?«, fragt Ole in die Stille. Ich wende den Kopf und schaue ihn an, aber er spricht nicht weiter. Um uns herum zirpen Grillen. Wir sitzen nebeneinander an einem kleinen See, der unwirklich schimmernd mitten in einem knorrigen Wald jenseits des Olivenhains liegt wie ein Stück Plastikfolie. Die Trümmer der vom Erdbeben zerstörten Kirche, Sant' Anastasia, ragen vor uns auf, der intakte Glockenturm wirkt seltsam nackt und beschämt, als raffe er sich das zur Hälfte eingestürzte Kirchendach wie einen Rock vor den Körper.

»Anastasia«, sage ich leise, »schon wieder.« Die Glocke schweigt zufrieden und feist in ihrem kleinen Türmchen. Wir sitzen auf einem Stein am Ufer, Ole starrt in sein eigenes weißes, von feinen Kräuselwellen zerfurchtes Gesicht. Von einem breiten, knorrigen Ast baumelt eine Schaukel, direkt über der Mitte des kleinen Sees. Es muss Spaß machen, darauf hin und her zu schwingen und sich ins kühle Wasser fallen zu lassen. Obwohl der See eher ein Teich ist, braun und grün und vermutlich nicht besonders tief. Es ist kälter geworden. Ich ziehe meine Beine unter meinen Körper und reibe meine Handflächen aneinander. Ole nimmt mir Panda aus dem Schoß und betrachtet den aufgeplatzten Hals. Plötzlich lacht er böse auf.

»Weißt du, *warum* ich Schiss vor Klohäusern hab?«

»Das habe ich doch gar nicht so gemeint …«

»Nee, nee, nee! Weißt du, warum? Weil ich damals so dringend pissen musste, dass meine Eltern auf den Rastplatz rausgefahren sind. Ich hätte im Hotel gehen können. Wir hatten genug Zeit, aber ich hatte kurz vor der Abfahrt einen Zeichentrickfilm im Fernsehen geschaut und wollte das Ende nicht verpassen, obwohl alles auf Italienisch war und ich sowieso nichts verstanden habe. Aber ich wollte das sehen. Also bin ich nicht gegangen, und dann, auf der Autobahn, musste ich plötzlich. Ich hab gequengelt, gegen den Sitz getreten, wie so 'n Vollidiot …« Ole verstummt und rubbelt so heftig über seine Nase, als wolle er sich selbst von der Oberfläche der Welt rubbeln.

»Du warst ein kleines Kind, Ole, du kannst nichts dafür …«

»Ich war zehn. Alt genug. Jedenfalls: Wir sind ausgestiegen und ich bin aufs Klo. Meine Mutter hatte Kopfweh, sie hat gesagt, ich soll Finn mitnehmen und ihm helfen, aber ich hatte keine Lust, mir war heiß, mir war schlecht, ich war genervt. Also hab ich zu ihm gesagt, er soll selber gehen, er ist ja kein Baby mehr. Ich hab mich in einer Zelle eingeschlossen und hab nicht mehr drauf geachtet, was er macht. Es war ein großes Klohaus, mit einem langen Gang. Viele Türen. Ich weiß noch, wie ich über den Boden gerobbt bin, so braune Kacheln, und überall untendurch geguckt hab, aber … er war einfach weg. Zuerst hab ich gedacht, er ist vielleicht draußen, aber da war er auch nicht. Ich bin um das Klohaus rumgegangen, und dann hat meine Mutter mich gerufen und gefragt: »Wo ist Finn?« Und ich hab sie angestarrt und in dem Moment gewusst: Das war's jetzt. Ich hab mir in die Hosen gemacht, obwohl ich gerade erst war. Das war der Moment, in dem irgendwas in mir eingefroren ist. Es ist nie mehr weggegangen. Hier.« Ole fasst an seinen Hals, holt tief Luft und sackt in sich zusammen.

»Es ist nicht deine Schuld«, wiederhole ich. »Du kannst nichts dafür. Deine Mutter hätte dich nicht mit ihm allein gehen lassen dürfen. Du warst auch noch klein. Zehn ist klein …«

»Weißt du, was Favola heißt?«, unterbricht Ole mich plötzlich, seine Stimme so leer und emotionslos, als hätte ihm die Sache vor Raffaeles Haus seine Seele geraubt, ihn ausgesaugt wie eine Auster, und eine leere Hülle im blauen Pullover zurückgelassen.

»Was?«, frage ich leise. Mein Arm schwebt über seinem gebeugten Rücken, aber ich traue mich nicht, ihn anzufassen.

»Märchen«, sagt Ole. Er lacht auf und legt sein Gesicht in seine Hände, ganz behutsam, als wolle er es zudecken, als wolle er sich selbst zudecken. Eine Steinplatte über einem Grab. Tannenzweige über einem toten Blumenbeet. Ich berühre ihn jetzt doch zaghaft an der Schulter, aber er schüttelt mich weg.

»Warum bist du mir überhaupt nachgerannt?« Seine leise

Stimme sickert durch seine Finger wie Gift und brennt sich in meinen Magen, der sich wieder einmal schmerzhaft zusammenzieht. Ole nimmt die Hände vom Gesicht und starrt mich an, das Haar hängt ihm zerzaust in die Stirn, seine Augen sind nass und glänzen und sehen plötzlich genauso haltlos und genauso durchlässig aus wie die seiner Mutter. Augen, die sich an etwas festzuhalten versuchen, die nichts mehr begreifen.

»Warum?«, fährt Ole mich an, und seine Stimme wackelt. »Du verstehst das doch sowieso nicht! Du bist so ein Roboter, dir ist alles egal! Du hast noch nie geweint, oder? Du schaust auf alle runter!«

Er schubst mich, so fest und so plötzlich, dass ich von unserem gemeinsamen Stein rutsche, ich verliere den Halt und lande mit den Knien im Staub. Es fühlt sich an, als wäre ich wieder ein Kind, als wäre ich auf dem Spielplatz vom Klettergerüst gefallen, meine Knie brennen, aber schlimmer als der Schmerz ist dieses dumpfe Gefühl von Scham. Ich stehe auf und weiche vor Ole zurück und Ole folgt mir mit vorgerecktem Kopf. Er schubst mich noch mal, diesmal falle ich nicht hin, aber seine Hand hinterlässt einen unsichtbaren pochenden Abdruck, direkt über meinem rechten Schlüsselbein.

»Spinnst du?« Ich bin wütend, aber meine Stimme wackelt plötzlich auch, ich presse die Lippen zusammen, und irgendeine innere Mechanik bewirkt, dass Tränen aus meinen Augen quellen. *Tränen!*, denke ich, beinahe überrascht, als Ole mich an den Schultern packt und durchschüttelt.

»Bist du überhaupt zu Hause?«, schreit er. »Du bist so undankbar. Du meckerst über deine Schwester und streitest mit ihr und machst deine Eltern blöd an. Dabei bist DU hier das Problem. Du hast deine Schwester wenigstens wieder.«

Oles Finger sind wie Krallen auf meinen Schultern. Ich reiße mich los und schubse ihn – endlich – zurück, so fest ich kann.

»DU hast doch angefangen mit dem Anastasia-Scheiß!« Meine Stimme klingt heiser und schwach, was mich ärgert, aber Ole, der ein Stück vor mir zurückgetaumelt ist, hört mich trotzdem.

»Und du hast es geglaubt«, zischt er, »in dir war so viel Platz für Zweifel. Am Anfang hab ich gedacht, dass du mich verarschst, aber dann hab ich gemerkt, dass du das wirklich glaubst!«

»DU hast es doch geglaubt!«

Ole schüttelt langsam den Kopf: »Ich war bloß ein neidisches Arschloch, und du hast mitgemacht, als wäre es nichts, Mari!«

Wir stehen jetzt direkt vor dem halb verschütteten Eingang von Sant' Anastasia, modrige Luft umhaucht uns, als hätte das Beben die Ruhe Tausender von Geistern gestört, die sich jetzt neugierig um uns scharen und uns ihren Atem in den Nacken pusten. Es passiert ja sonst nicht viel hier oben. Es ist so dunkel, dass Oles heller Kopf wie abgetrennt vor mir schwebt.

»Das war so ungerecht«, sagt er, plötzlich wieder leise und nüchtern. Er schlurft mit hängendem Kopf in die alte Kirche und starrt auf ein halb zerstörtes Fresko an der Wand, das eine Frau mit zum Himmel verdrehten Augen in einem Segelboot zeigt. Dort, wo der Mast ist, durchtrennt ein langer Riss in der Mauer das Gemälde.

»Was?«, frage ich tonlos.

Ole schaut mich nicht an. »Ich war irgendwie neidisch, dass

du, weißt du … Du warst immer die von uns, der es am wenigsten ausgemacht hat. Du hast Annika nie wirklich gekannt, für dich war das alles nur … Es war so ungerecht, dass ausgerechnet DU deine Schwester zurückkriegst. DU, nicht Grottenolm, nicht Clementine, nicht Liza mit z oder ich. Ich war einfach so wütend. Und dann hast du diese Geschichten erzählt, von den Diebstählen und so. Ich mein, das kann tausend Gründe haben, aber irgendwie hat es sich eben so gut angefühlt, zu denken, dass Annika eine Betrügerin ist. Weil es so sein muss. Wenn keiner zurückkommt, kommt keiner zurück. Das ist die Regel, die darf man nicht einfach so brechen. Das ist ungerecht und es macht so eine bescheuerte … Hoffnung.« Jedes einzelne Wort klettert aus Oles Kehle, als koste es ihn unendliche Überwindung, sein Körper ist so angespannt, als müsse er jeden Moment explodieren, und *Explodieren*, denke ich, *ist doch MEIN Job.*

Dann falle ich in mich zusammen. Ich implodiere, wie ein Stern, der schon lange überfällig war. Ich rutsche an der brüchigen Mauer zu Boden und ziehe meine Beine an den Körper, ich lege meinen Kopf auf die Knie, sodass sie sich in meine Augenhöhlen graben, und dann drücke ich zu. Dunkelheit umgibt mich wie ein schwarzes Loch, in das ich falle und falle.

»Das stimmt nicht«, sage ich dumpf zwischen meine Knie. Es ist einfacher, mit Ole über alles zu reden, wenn ich ihn nicht anschauen muss. »Ich wollte sie immer zurückhaben. Aber ich weiß nicht, ob *sie* das überhaupt will. Sie ist so anders. Als sie noch weg war, da konnte ich mir immer vorstellen, wie sie ist. Meine große Schwester, die mich lieb hat und die ich lieb habe und der ich alles erzählen kann. Und dann ist sie plötzlich *da* und alles ist so anders.« Meine Stimme versagt, und ich ärgere mich über mich selbst, über meinen Körper, der mich gerade wieder einmal sabotiert. Vielen Dank! Ich presse meine Knie noch fester in meine Augenhöhlen, drücke mir die Augäpfel geradezu in den Schädel, aber die Tränen kommen trotzdem. Und dann legt Ole plötzlich seine Arme um mich, und ich spüre seine Wange an meiner, sie fühlt sich warm an und gar nicht so kühl, wie sie aussieht, und dann habe ich eine von seinen Haarsträhnen im Mund, aber es ist mir egal.

»Du bist zwar ein Roboter«, sagt Ole dumpf in meine zerwühlten Haare. »Aber du hast schon so eine Art Herz. Wie beim Zauberer von Oz, der eine … Dieser Zinnkannentyp.« Oles Kinn liegt auf meiner Schulter. Ich muss lachen.

»Du bist so doof«, sage ich und schiebe ihn ein Stück weg, unsere Gesichter schweben direkt voreinander, und dann legt Ole auf einmal seine Hände auf meine Schultern und beugt sich vor, so konzentriert und ernst, als wolle er sich Mühe geben, keinen Fehler zu machen, nicht zu verrutschen, sein Gesicht nähert sich meinem, beschleunigt und wie in Zeitlupe zugleich, ich hole kurz und heftig Atem, als würde ich ins Wasser springen, und dann, ganz plötzlich und ohne dass ich hinterher wüsste, wie es passiert ist, küssen wir uns. Oles Haut riecht nach etwas Vertrautem, nach Zimt oder Weihnachten. Nach frisch gebackenen Lebkuchen. Und dann kommt die Erinnerung. Ich erinnere mich an Annika, wie sie mit ihren kleinen, pummeligen Händen ein Blech aus dem Ofen ziehen will und plötzlich zusammenzuckt und schrill aufkreischt, meine Mutter, die mich so heftig zur Seite schubst, dass ich auf meinen dicken Windelpo plumpse und stumm vor Schreck zuschaue, wie sie sich Annika unter den Arm klemmt und mit ihr aus der Küche rennt. An Annikas wippenden Füßen stecken bunt geringelte, gehäkelte Hausschuhe mit kleinen Knöpfen, einer davon fällt herunter und bleibt auf dem Teppich liegen, so allein und verloren und verstört wie ich, die in die hinterste Ecke der Küche gerobbt ist und mit weit aufgerissenem Mund weint. Rotz und Spucke vermischen sich auf meinem Kinn, im Badezimmer fließt Wasser, und Annikas Heulen ist zu einem lang gezogenen, schrillen Fiepen geworden: »Mamamamamaaa!«

Merkwürdig, wie man sich manchmal diese Dinge merkt, kleine, nebensächliche Dinge wie den bunten Schuh auf dem Teppich oder die Kälte der Fliesen unter meinem Po. Ich sitze in der Ecke unserer Küche und starre weinend in den Ofen, in dem die Lebkuchen, die meine Mutter seither nie wieder selbst gebacken hat, langsam verbrennen. Ihr Duft kitzelt in meiner Nase. Seltsam, denke ich, in diesem Moment, in der Ruine der alten Kirche, manchmal ist das Gehirn wie ein vergesslicher Schauspieler, dem man nur das richtige Stichwort zuzuwerfen braucht, und schon kommt die Erinnerung zurück.

Meine Augen sind geschlossen, und es ist ganz anders als damals mit Niklas am See, es ist überhaupt nicht peinlich, es fühlt sich einfach an, als *solle* es so sein. Es ist, als würde ich auseinanderfallen und zu etwas Neuem werden, im Bruchteil einer Sekunde. Es ist so ähnlich wie das Gefühl, den Boden unter den Füßen zu verlieren, aus dem Leim zu gehen, in ein schwarzes Loch zu fallen. Die Konturen des Ichs verschwimmen. Aber es ist nicht schlimm, denn alles, wovor ich früher solche Angst hatte, fühlt sich jetzt richtig an. Als wären all meine Gefühle nie falsch gewesen, als hätte ich sie nur zur falschen Zeit am falschen Ort gefühlt.

Ich lege meine Arme um Ole. Sein Pullover kratzt, und ich denke: *Wie albern, bei dieser Hitze,* aber es gehört dazu. Sogar die spitzen Steinchen, die sich in meine Knie bohren, gehören dazu, in dieser Dunkelheit hinter geschlossenen Lidern, die wir um uns selbst gebaut haben wie ein Zelt. Ich frage mich dumpf, woher wir überhaupt wissen, wie das alles geht, hat die Natur einen Schalter in uns eingebaut? Ein Kuss ist seltsam. Wie Kannibalismus. Als würde man sich gegenseitig aufessen wollen, als wäre Ole ein einziger riesiger Lebkuchen. Niklas wollte ich nicht aufessen. Ich erinnere mich an seine Spucke auf meinem Kinn, wie glasiert, und daran, dass sie gerochen hat nach der Spucke eines Fremden. Nicht schlecht oder besonders eklig, einfach nur fremd. Bei Ole ist es anders. Wie eine Erinnerung, die gerade erst entsteht.

Ich blinzle verstohlen durch meine Lider, öffne sie nur einen Spaltbreit, weil ich weiß, dass das irgendwie gegen die Regeln ist, wie Schummeln. Feine Tränen verschleiern meinen Blick, spannen Schlieren zwischen den Wimpern auf, in denen bunte Punkte schwimmen. Oles Gesicht schwebt direkt vor meinem. Ich sehe, wie auch er ganz langsam seine Lider aufklappt, wir ertappen uns gegenseitig, blinzeln uns direkt in die Augen, und Oles Augen verschmelzen vor meinen zu einem einzigen Auge, sodass er aussieht wie ein Zyklop, und wir müssen plötzlich lachen.

»Ich hab irgendwie gleich gewusst, dass er es nicht ist. Diese kleine Kackbratze. Danke, dass du Panda das Leben gerettet hast, Mari.« Ole lacht, und ich lache, und dann bekommt er einen Schluckauf, und ich auch, und dann lachen wir wieder darüber, dass wir hier am Boden rumsitzen und lachen und heulen wie zwei Schlosshunde.

»Mann, wir sind so jämmerlich«, hickse ich in Oles Hals.

»Ja. Egal!«, schnieft er.

»Was ist *das* denn?«, fragt plötzlich eine Stimme hinter uns. Wir heben die Köpfe, und unsere tränennassen Gesichter lösen sich mit einem leichten Widerstand von unseren Wangen, als wären sie mit einem feinen Film verbunden gewesen.

Clementine steht mit offenem Mund in der Pforte von Sant' Anastasia und zeigt zuerst auf die Wandgemälde: »Gruselig?«, und dann auf uns: »Gruseliger?! Was geht denn mit euch?! Das ist eine *Kirche*, ihr peinlichen … Dinger!«

»Er war es nicht«, sage ich. »Finn.«

Ole und ich schniefen gleichzeitig und müssen wieder ein bisschen lachen. Clementine verlagert ihr Gewicht und legt den Kopf schief. Sie betrachtet uns kopfschüttelnd, wie zwei Hundebabys, die ins Haus gemacht haben.

»Ihr zwei seid so süß und arm«, sagt sie sanft.

In ihren Augen blitzt ein Schatten des großen, namenlosen Etwas auf, das jenseits der Wirklichkeit auf uns lauert; für einen kurzen Moment schiebt es seinen hässlichen Kopf durch den Riss in der Wand, durch den Riss in Anastasias Schiffsmast und macht Clementine zu einer von uns.

»Komm her!« Ich strecke meinen Arm nach ihr aus, mache eine fordernde Krallenbewegung mit meiner Hand. Clementine kommt einen Schritt auf uns zu, Tränen kullern ihren Nasenrücken hinunter, sie wischt sie schniefend weg, wirft verlegen ihr Haar zurück. Wie ein dünner Fahnenmast ragt sie über uns auf und lächelt, beinahe ein bisschen unheimlich.

»Mari, Ole?«, sagt sie, leise und feierlich. »Wisst ihr was? Das wollte ich schon lange mal machen!«

»Was?«, frage ich unsicher und starre zu ihr hoch.

»Das!«, sagt Clementine zufrieden. Und dann geht sie in die Knie, umfasst Ole und mich mit ihren langen, dünnen Armen und drückt uns einfach nur ganz fest zusammen. Ich schließe die Augen und entspanne mich, aber Ole rumort ein bisschen.

»Das beruhigt, Ole, halt still!«, sagt Clementine streng.

29

Favoritin

Manchmal, wenn ich von außen auf alles schaue, was geschehen ist, verirren sich die Erinnerungen in meinem Kopf. Dinge, die nie passiert sind, knüpfen an Szenen an, die sich tief in mein Gedächtnis eingegraben haben. Ich träume die Geschichten zu Ende, die hätten sein können. Manchmal glaube ich, mein ganzes Leben besteht aus Fetzen von kaputten Träumen, die ich irgendwann vergessen habe.

Obwohl die Nacht kühl ist, obwohl die ganze Welt über uns in dieser zerstörten Kirche auf diesem Berg in Italien aufgebrochen zu sein scheint wie ein Vulkan, schlafen wir irgendwann ein. Vorher liegen wir noch lange auf dem moosigen Boden herum und schauen durch das offene Dach in den Himmel, unsere Köpfe auf unsere Rucksäcke und Jacken gebettet.

»Wir sind wie diese Figuren auf den Grabplatten, die's manchmal in Kirchen gibt«, sagt Clementine und faltet dramatisch ihre Hände über der Brust.

»Eigentlich«, sage ich und starre in den Himmel hinauf, »ist es doch viel schöner so. Mit dem offenen Dach. Ich hoffe, sie reparieren das nie.«

Eine Weile reden wir noch so vor uns hin, ohne Antworten

zu erwarten, die Pausen werden immer länger, und wir gleiten hinüber in den Schlaf. Der Boden unter mir, obwohl von einem Beben zerrüttet, fühlt sich so fest und stabil an, dass ich ihn gegen kein Bett der Welt würde eintauschen wollen. In diesem Moment ist alles gut. Ole hält meine rechte Hand fest und schnarcht leise, mit offenem Mund, Clementine kuschelt sich an meinen linken Arm, und ich muss ihr versprechen, dass ich Annika eine Chance gebe.

»Sie braucht vor allem Zeit«, sagt sie altklug und knabbert gedankenverloren an ihren Nägeln. »Wenn sie immer noch ihre … andere Mutter besuchen geht. Auf dem Friedhof? Dann hat sie sich offenbar noch nicht von ihr lösen können. Du musst sie verstehen. Sie hat ja immer gedacht, dass sie ihr Kind ist.«

»Ja, Clementine«, sage ich lächelnd und verdrehe unter meinen geschlossenen Lidern ein bisschen die Augen, wie die heilige Anastasia auf dem Gemälde. »Das ist sehr weise von dir …«

»Ich *mein* ja nur!«, gähnt sie, und dann wird es still, und Dunkelheit umhüllt uns. Erst als es hinter meinen Lidern wieder hell wird und die Vögel singen und das Flattern einer verirrten Taube über meinem Gesicht meine Träume zu Staub zerwirbelt, erwache ich aus meinem tiefen Schlaf.

»Fahren wir jetzt wieder nach Hause?«, frage ich, als wir später am See sitzen, winzig kleine, mit Vanillepudding gefüllte Croissants aus dem Alimentari essen und Cola trinken. »Und wenn ja, wie?«

Der Morgen riecht nach Heu und Blumen, in der Ferne bellt ein Hund, und durch die Zweige können wir die weite Ebene sehen, auf der es hier und da silbern glitzert. Ein leichter Wind fährt durch die Schöpfe der knorrigen Bäume, zerzaust sie mit dem liebevollen Ingrimm einer Großmutter. Ole nickt langsam, aber Clementine hat schon einen Plan.

»Mit Benzin von der Tanke. Ich hab gestern eine vom Dorf aus gesehen, da laufen wir kurz hin. Und dann fahren wir eben nicht nach Hause«, sagt sie und reckt ihre Mäusenase triumphierend gen Himmel. »Sondern zu ... Miss Monaco! Yay!?«

Ole und ich starren sie an.

»Was?«, sagt sie und hebt zur Verteidigung ihre Hände. »Das war von Anfang an mein Plan, das *wusstet* ihr doch!«

»Äh, nein?«, sagt Ole und wischt seine Vanillehände an mir ab.

»Hey!«, knurre ich und schiebe ihn weg, aber er hält meine Hand fest und lässt sie dann einfach nicht mehr los, als hätte er vergessen, dass er sie überhaupt genommen hat.

»Clementine, das hast du uns NICHT gesagt«, wiederholt er ernst und deutet anklagend mit meiner Hand auf sie.

»Echt nicht«, sage ich. Clementine runzelt die Stirn und nippt an ihrer Dose.

»Okaaay««, sagt sie gedehnt, »erstens: Haltet nicht so eklig zusammen. Und zweitens, sag ich es euch eben jetzt! Wir sind mit Ole gefahren. Jetzt will ich auch, dass ihr MIR einen Gefallen tut. Alle für einen und jeder für einen, oder so. No risk, no fun. Bitte, es liegt ja sowieso voll auf dem Weg.«

»Boah«, mache ich und reibe meine Augen. »Wirklich? Nach allem, was hier passiert ist?« Ich betrachte meine Fingerknöchel und sehe, dass ich mein Mascara verschmiert habe.

»Verschmiert!«, stellt Clementine fest und zeigt auf mich. »Ich sag's dir doch immer, Pfoten aus den Augen! Na ja, könnte auch als *smokey eyes* durchgehen jetzt.« Clementine feuert ihr Croissant, von dem sie erst einmal abgebissen hat, in den See.

»Hey, das wollte vielleicht noch jemand essen!«

»Das ist für die *Enten*, sei mal nett zur Natur!«

Es ist keine einzige Ente in der Nähe, also saugt das Croissant sich mit Wasser voll und geht traurig unter. Ole und ich starren Clementine ausdruckslos an, aber sie ignoriert uns natürlich.

»Also!« Sie klatscht in die Hände. »Was ist jetzt, kommt ihr mit? Bitte, bitte, bitte? So jung wie jetzt werde ich nie wieder sein! Mit 20 baut man schon ab! Da gibt es GELD zu gewinnen, kann man euch damit ködern?«

»Ich bin nicht käuflich. Ich bin ein ehrlicher Mann«, sagt Ole trocken.

»Aber wenn ich gewinne«, flötet Clementine und schaut verträumt in die Baumwipfel hinauf, »dann habt ihr auch was davon. Dann kriegt Mari ein eigenes Autooo …«

»Oh, nice!«, entfährt es mir. Ole starrt mich an wie eine Verräterin. Ich schlage die Hand vor den Mund.

»Und DU, Ole«, Clementine tippt ihn mit spitzem Finger an, »du bekommst … was auch immer du dir wünschst.«

»Das bezweifle ich«, sagt Ole tonlos.

»Einen neuen PC für deine Zentrale? Oder zwei?«

»So viel Kohle kann man da gar nicht gewinnen.«

Clementine grinst und klimpert mit den Augen. »Macht mir das nicht kaputt?«, fragt sie uns mit hochgezogenen Schultern, eine Frage, die eher eine Drohung ist, ein Befehl, der für »Wir fahren auf jeden Fall!« steht. Sie senkt leise summend den Kopf und tippt mit ihrem lackierten Zeh eine Delle in die Wasseroberfläche, von der sich weiche, konzentrische Kreise ausbreiten bis unter die Schaukel.

»Na gut«, seufze ich ergeben und stehe so schnell auf, dass die Welt sich zu drehen beginnt, »aber vorher wünsche ICH mir noch was …!« Ich setze vorsichtig erst einen, dann den anderen Fuß ins kalte Wasser. »Ich will schaukeln!« Ole und Clementine schreien gleichzeitig auf, empört wie zwei kleine Kinder, die sehen, dass ein anderes Kind ein Eis bekommen hat.

»Ich will auch!«

»Nein, ich zuerst, ich hab Vorrang.«

»Wieso hast DU Vorrang?«

»Weil … Wäääh, ich glaub, das war gerade mein Croissant unter meinem Fuß!« Die beiden schubsen sich hinter mir herum, und ich bin die Erste, die die Schaukel erreicht. Unter meinen Füßen fühle ich Schlamm und Steine und hoffe, dass da unten kein totes Tier liegt, oder ein rostiger Nagel, oder eine große Scherbe, aber wenn, ist mir das auch egal. Ich greife nach den beiden Seilen und ziehe mich hoch, setze mich auf das breite, grobe Holzbrett, schließe die Augen und schaukle, immer höher und höher, bis ich mit meinen Fußspitzen die Äste zum Rauschen bringe. Ich schwinge mich dem weißen Morgenhimmel entgegen, der über mir liegt wie ein Ozean.

»Spring, Mari! Trau dich! No risk!«, ruft Clementine begeistert, ihre Hände zu einem Trichter geformt.

»Schon risk! Mach das nicht, du tust dir weh!«, schreit Ole.

Aus dem Augenwinkel sehe ich, wie er Clementine mit beiden Händen ins Wasser schubst, sie schreit schrill auf, und dann lasse ich die Seile los und springe, mitten in die Wolken.

Clementine keift wie eine alte Frau. Pitschnass schlurft sie hinter Ole und mir die Serpentinen runter zur Tankstelle, die als gelber Fleck unten im Tal zwischen den Bäumen kauert.

»Das war mein Outfit, Ole!«, keift sie. Eine Ziege hebt den Kopf und schaut sie an, aber Ole, der den Benzinkanister schwenkt, ignoriert sie. Er wirkt entspannt, der Tag scheint ihn mit seiner ganzen Helligkeit zu durchsickern und mit Leichtigkeit zu füllen wie einen Ballon. Ole schwebt den Berg runter und dann wieder hoch, als würde ihn gar nichts anstrengen. Wie ein Tier, das sich häutet, zieht er sich seinen Wollpulli über den Kopf, darunter trägt er ein weißes T-Shirt. Clementine und ich keuchen ihm hinterher.

»Warum is'n der plötzlich so fit?!«, schnaube ich.

»Dein Shirt hat 'n Loch hinten, Ole!«, ruft Clementine mürrisch und schaut mit zusammengekniffenen Augen zu, wie Ole seinen blauen Pullover über einen Stein breitet und einfach weitergeht. »Und *das* ist Umweltverschmutzung!«

Aber Ole hört sie nicht, oder tut zumindest so, als ob. Als ich mich später umdrehe, liegt der Pulli weit unter mir in der Sonne, mit ausgebreiteten Armen, als hätte sich dort jemand zum Schlafen hingelegt.

Später, im Auto, lümmelt Clementine auf der Rückbank und trommelt mit ihren nackten Füßen gegen Oles Lehne. Sie hat ihm immer noch nicht ganz verziehen, obwohl sie schon fast wieder trocken ist.

»Das *war* mein OUTFIT, Ole!« Clementine schnellt vor und zischt unter seiner Kopfstütze durch in seinen Nacken: »Mein – Outfit! Merci beaucoup!«

»Bonjour, Madame, Croissant!«, gibt Ole unbeeindruckt zurück. »Ich kann kein Französisch. Ich kann nur Latein.«

»Wie nützlich!«, faucht Clementine, und dann kommt ein Lied im Radio, das sie mag, und plötzlich ist sie wieder gut drauf.

»Ich hab ja noch was zum Wechseln mit, dein Glück, Ole!«, flötet sie schnippisch. »Ein Model hat ja immer mehrere Garnituren mit, man weiß ja nie, was kommt!« Sie dreht die Augen zur Decke und zählt verträumt an ihren Fingern auf: »Ein Castiiing, oder ein spontanes Shootiiing, oder eine Challenge, wo man was gewinnen kann …«

»Clementine, die ECHTE Modewelt ist NICHT wie bei Germany's Next Topmodel, das weißt du, oder?«, unterbricht Ole sie.

Clementine starrt ihn lauernd an, das Gesicht halb weggedreht, ein Auge zugekniffen. »Woher weißt DU, wie es bei Germany's Next Topmodel ist?«, fragt sie. »Schaust du das etwa?«

Ole verteidigt sich, etwas zu laut: »Äh?! NEIN?!«

Clementine und ich lachen und zeigen auf ihn. »Haha, Ole! Gib's doch zu. Das machen so viele Jungs, dass die das heimlich gucken!«, sagt Clementine. »Ole, sag mal … wer ist denn deine Favoritin?«

»Halt die Klappe!«

»Hast du noch keine? Wie wär's mit der Tammy, die würde doch voll passen. Oder die Mona …?«

»Halt die Klappe, Clementine, ich hab schon eine Favoritin!«

»Wen?«, fragt Clementine mit großen Augen.

»Geht dich nix an«, murmelt Ole. Und dann guckt er zu mir rüber, ganz kurz nur, und seine Mundwinkel zucken, und ich weiß, wer seine Favoritin ist. Zufrieden trete ich aufs Gaspedal.

»Ende der Geschwindigkeitsbegrenzung, Freunde«, verkünde ich mit meiner fiesesten Draufgänger-Stimme. »In wenigen Stunden erreichen wir … München!«

»Yay«, macht Clementine und hüpft auf ihrem Sitz bis fast zur Decke, bevor sie sich plötzlich nach vorne fallen lässt, Ole mitsamt der Rückenlehne umarmt und ihm ins Ohr nörgelt: »Oleee? Sagst du mir JETZT, wer deine Favoritin ist?« Ole stöhnt genervt. Ich muss lachen, und plötzlich habe ich das Gefühl, nach außen zu springen und drei völlig fremden Menschen zuzuschauen, die in ihrem Auto sitzen wie in einem Kokon, fern von der Welt, ohne Sorgen und frei.

30

Dornröschen

Früher hatte ich eine Stoffpuppe mit einem Loch im Hals, direkt unter dem Kinn. Als ich noch klein war, habe ich ihr da manchmal Essen reingestopft, das ich nicht mehr wollte, Apfelstücke, Nüsse und Brot. Meine Eltern schimpften, als sie mich dabei erwischten. Essen kommt in den Bauch, sagten sie. Puppen brauchen nichts zu essen.

Vier Stunden später sind wir in München. Das Navi hat uns zum Messegelände geleitet, wo wir uns zwischen zigtausend andere Autos in eine lange Schlange einfädeln. Wir sind ein bisschen zu spät dran und Clementine ist entsprechend geladen. Sie hat die Arme um ihren Körper geschlungen, als würde sie versuchen, sich selbst zusammenzudrücken.

»Park! Paaark!«, befiehlt sie mir und deutet plötzlich auf einen freien Platz unter einem Baum, mit der anderen Hand zupft sie hektisch an der Haut unter ihrem Kinn. »Wenn ich heute gewinne, kommt DAS HIER alles weg!« Clementine lacht auf, etwas hysterisch, wie eine versnobte englische Lady beim Pferderennen, und schwingt ihre Streichholzbeine aus dem Auto. Als sie sich aufrichtet, schwankt sie leicht und muss sich am Autodach festhalten.

»Clementine, alles okay?«, frage ich, obwohl ich schon weiß, dass nichts okay ist. Nicht, dass sie das zugeben würde.

»Nur ein bisschen Kreislauf«, sagt sie und guckt mich mit ihrem harmlosen Hundeblick an, der beruhigend wirken soll und genau das Gegenteil bewirkt. Sie lügt. Ich weiß, dass Clementines viel zu leichter Körper in diesem Moment dicht über dem Boden schwebt, sie muss sich festhalten, um nicht davonzufliegen. Ich stelle mir vor, wie sie aus ihren Schuhen rutscht, in den Himmel aufsteigt wie ein Ballon und ich mich an ihre Füße hänge. Das schwarze Loch, zu dem ihr Magen geworden ist, rotiert um sich selbst und saugt das Nichts, mit dem sie es beständig füttert, so verzweifelt ein wie ein Fisch auf dem Trockenen die Luft. Es beißt, es schnappt nach Clementine wie ein vernachlässigtes Tier. Es verschlingt sie von innen. Clementine seufzt leise und presst unauffällig ihre Hand auf den Bauch.

»Ähm. Reiswaffel?«, frage ich, meine Worte tasten nach ihr, meine Stimme klingt genauso falsch wie ihre, weil ich ein bisschen Angst habe, sie wütend zu machen.

Clementine verdreht die Augen und lässt demonstrativ das Autodach los. »Ich KANN stehen, okay?«, sagt sie zu mir, streng wie eine Mutter, die ihrer zu dicken Tochter das dritte Eis verbietet.

»Na ja«, sagt Ole leise. Clementine schaut ihn wütend an.

»Halt DU dich doch raus, Ole! No risk, okay?«, zischt sie – und strahlt dann plötzlich so breit und falsch wie der Sonnenschein persönlich über seine Schulter. Ich folge ihrem Blick. Eine vierköpfige Familie in identischen Windjacken, die ihre hagere und mit einem Schopf dreieckigen Magentahaares gesegnete Tochter voranschweben lässt wie eine Galionsfigur, starrt uns im Vorbeigehen abschätzig und neugierig an. Vater und Mutter Magentahaar lassen ihre Blicke an Clementines dünnen Beinen entlangfahren, als würden sie sie scannen. Der Vater zieht zweifelnd die buschigen Augenbrauen hoch und murmelt seiner Frau etwas zu, die den Kopf schüttelt und nickt. Clementine sieht es, aber sie deutet die Zeichen falsch.

»Konkurrenz! Die haben Schiss!«, zischt sie mir triumphierend ins Ohr. Sie packt ihre Clutch, wirft ihr Haar zurück und marschiert supersexy über einen Zebrastreifen zum Eingang der Messehalle. Leider bleibt sie auf halbem Weg mit ihrem High Heel an einem Pflasterstein hängen und fällt beinahe auf die Knie. In letzter Sekunde packe ich sie am Arm.

»Aua!«, sagt Clementine empört zum Pflasterstein. Sie schaut sich pikiert um, hebt ihre spitze Nase noch höher als zuvor in den Himmel. »Nichts anmerken lassen«, murmelt sie und zerrt das Anmeldeformular aus ihrer Clutch. Die marineblaue Unterschrift ihres Vaters prangt darauf, vermutlich gefälscht.

»Ich muss mich anmelden, könnt ihr mir so lange einen Kaffee kaufen gehen? Ich kipp sonst noch um«, keucht Clementine, drückt mir ein schwitziges Zweieurostück in die Handfläche und stöckelt zum Eingang, wo eine Kaugummi kauende Frau, deren Busen unter einem zu engen T-Shirt mit Miss-Monaco-Aufdruck spannt, sie für einen Augenblick gelangweilt mustert und dann durchwinkt, ihren Namen auf einem Klemmbrett abhakend. Clementine winkt uns zu und verschwindet.

»Sie sollte was *essen*, sonst kippt sie wirklich um«, murmelt

Ole stirnrunzelnd und sieht sich auf dem Parkplatz um. Ein paar Imbissbuden stehen in einem mit rot-weißem Band abgesperrten Bereich. Zwischen in altem Fett brutzelnden Würsten und Pommes wird auch Kaffee ausgeschenkt. Ole nimmt Clementines Geld, kauft einen Pappbecher und schaufelt drei gehäufte Löffel Zucker hinein. »Man muss sie überlisten, wie ein Tier«, behauptet er, »als würde man eine Katze entwurmen und die Tabletten im Futter verstecken, weißt du?«

»Keine Ahnung, ich hatte nie eine Katze.«

»Ich auch nicht. Aber so hat meine Mutter das früher mit MEINEN Tabletten gemacht. Sie hatte mal 'ne Katze.« Ole rührt mit einem Holzstäbchen um und setzt eine lammfromme Miene auf, als Clementine mit einem pinken Beutel in der Hand zu uns zurückkommt.

»Es ist offizie-heeell!« Grinsend zupft Clementine an einem Schild mit der Nummer 37, das verloren um ihren dürren Hals schlackert. »Meine neue Glückszahl!«, flötet sie und reicht Ole und mir zwei silberne Papierbändchen. »Drum rummachen! Los! Das bedeutet, dass ihr meine *Begleitpersonen* seid!«

Clementine verschränkt die Arme und guckt zufrieden zu, wie wir uns ungeschickt die Papierbändchen um die Handgelenke kleben. Es ist beinahe so, als wären Ole und ich Patienten in einer Entzugsklinik und sie die Krankenschwester, die aufpasst, dass wir auch unsere Pillen schlucken.

»Sooo!« Clementine verhakt nervös ihre Hände ineinander. »Bald geht's los. Ich muss dann in die Maske, mich umziehen, schminken. Ich komme dann noch mal, vorher … oooh, danke!« Sie nimmt Ole den Kaffeebecher aus der Hand, bereits rückwärts wieder davonstöckelnd. »Wartet ihr noch kurz hier!«, bedeutet sie uns mit ausgestreckter Wedelhand.

Ole und ich setzen uns auf ein Mäuerchen und strecken die Beine aus. Eine Frau stiefelt an uns vorbei, an ihrer Hand baumelt ein herausgeputztes Mädchen, das vielleicht acht Jahre alt ist, es hat sogar blauen Lidschatten aufgetragen und sieht so glatt und falsch aus wie eine winzige, kitschige Puppe. Es ist gruselig. Vermutlich guckt es seiner großen Schwester zu und träumt davon, in ein paar Jahren selbst über den Laufsteg zu stöckeln.

Ich schaue auf mein Handy und sehe Anrufe in Abwesenheit, aber obwohl ich weiß, dass ich fies bin, kann ich mich nicht dazu überwinden, meinen Eltern zu antworten.

»Weißt du«, sagt Ole plötzlich, »falls Clementine hier wirklich Geld gewinnen sollte, dann will ich gar keinen neuen Fernseher. Ich glaube, der eine reicht. Ich habe ja meinen Blog.« Er kratzt sich am Kopf. »Ich geb nicht auf oder so«, sagt er, wie um sich zu verteidigen.

Ich will etwas sagen, aber er schüttelt den Kopf.

»Egal«, sagt er und reibt sich die Augen. »Vielleicht willst du das ja gar nicht wissen, aber … in meinem Kopf gab es bis jetzt nur diese eine Möglichkeit. Dass es Finn irgendwo noch gibt. Und ich weiß jetzt, dass ich der anderen Möglichkeit auch Platz geben muss. Zumindest ein kleines bisschen. Damit ich nicht verrückt werde. Es ist wie … Osmose? Das Gleichgewicht in meinem Kopf muss erhalten werden, damit ich nicht in die eine Richtung kippe und irgendwann durchdrehe. Weißt du, was ich meine?«

Ich nicke.

»Ich weiß«, sage ich. Ole schaut mich an und will mich küssen, aber genau in diesem Moment ertönt ein wilder Schrei, und ein dürrer Arm reißt uns auseinander.

»Ihr!«, kreischt Clementine. Ihr roter Lippenstift ist verschmiert, und ihre Augen sind so groß und so zornig, dass sie ihr beinahe aus dem Kopf zu treten scheinen.

»WER? HAT? DAS? GEMACHT?«, presst sie zwischen den Zähnen hervor, jedes Wort ein Schlag auf unsere geduckten Köpfe.

»Was ist denn los?«, zische ich zurück. Die Menschen vor den Buden haben sich umgedreht und starren neugierig zu uns rüber, mit arglosen Gesichtern, als hätten sie auch für unsere kleine Privatshow Tickets bestellt und jedes Recht zu gaffen.

»Glotzt nicht so blöd!«, brüllt Clementine zwei kleine Mädchen an, die Hand in Hand davonflitzen, Clementine verfolgt sie ein Stück, mit ausgebreiteten Armen wie eine Furie, dann stampft sie auf, fährt auf dem Absatz herum und hält wieder auf mich und Ole zu, so wütend und ungebremst, dass wir zurückweichen und die Köpfe zwischen den Schultern ziehen.

»Wer hat«, knirscht sie und hebt drohend ihren zerknüllten Pappbecher hoch, »ZUCKER in meinen Kaffee getan? Ihr wisst beide, dass ich keinen ZUCKER in meinem Kaffee will! Ihr wisst es BEIDE! Ihr seid beide SCHULD, wenn ich dick werde!« Ihre Stimme schraubt sich immer höher, es ist beinahe, als steige sie in einer feuerroten Spirale aus Clementines erhitztem Kopf.

»Ihr habt kein Recht!«, schreit sie, Tränen sammeln sich in ihren Augen.

Ich stehe auf und versuche vorsichtig, ihre Hände zu nehmen, aber sie reißt sich los, stolpert zurück und stößt mit einem Security-Mann im schwarzen Overall zusammen, der sie mit einem »Hoppla!« auffängt und ihr dann nahelegt, ihre Stimme zu senken. Clementine macht sich von ihm los.

»ABER ICH BIN WÜTEND!«, schreit sie ihn an. Der Security zuckt zurück. Clementine stampft auf, packt den überraschten Ole am Kragen und schüttelt ihn durch.

»Warst *du* das? Wieso mischst du dich immer ein? Wieso mischt ihr euch *beide* immer ein? Es ist meine Sache, es ist mein Leben!«, faucht sie. »Ich mach, was ICH will!«

»Sollen wir einfach zuschauen, wie du dich umbringst?«, fährt Ole Clementine an. Sein ganzer Körper ist angespannt von unterdrückter Wut. »Das wäre wie Beihilfe zum Mord. Das wäre ... Sterbehilfe!«

Clementine lacht schrill und presst ihre Hand auf die Brust, die sich schnell hebt und senkt. »Und ich dachte, ICH wäre dramatisch!«, keucht sie und starrt mich mit großen Augen an, als wäre Ole total bescheuert.

»Clementine, er hat recht!« Ich stehe auf und gehe langsam auf Clementine zu. »Deine Augenringe sehen langsam aus wie 'ne Brille, ich mein ...!« Ich versuche, sie zusammenzudrücken, aber Clementine flutscht aus meinen Armen wie ein Fisch.

»Wag es bloß nicht, mich JETZT zusammenzudrücken, Mari! Ich – bin – ganz – ruhig!« Sie hebt drohend einen Finger. »Und für Augenringe gibt es Concealer! Concealer, schon mal davon gehört? Ihr seid doch alle bekloppt hier! Aber ich lass mir das nicht von euch kaputtmachen. Wenn ihr alle wollt, dass ich fett werde, dann halte ich mich eben von euch fern!«

»Clementine!« Ich mache wieder einen Schritt auf sie zu. »Wir wollen nicht, dass du fett wirst, spinnst du? Wir wollen einfach nicht, dass du dein Leben für so einen Schwachsinn riskierst!«

Clementine weicht mit großen Augen vor mir zurück, als wäre ich ein gefährlicher Sektenführer, der versucht eine Abtrünnige wieder einzufangen. Sie deutet zitternd auf mich.

»Aha! Du willst, dass ich fett werde!«, flüstert sie. Ihre Unterlippe zittert. »Alle wollen immer, dass ich fett werde! Aber ich bin nicht mehr Pummeline. Ich will dünn sein, warum lasst ihr mich nicht dünn sein? Ich will nur, dass alles gut ist. Ihr hasst mich. Alle hassen mich.« Clementines Stimme schwankt, ihre Mundwinkel verzerren sich, und Tränen rollen aus ihren Augen, ihr Gesicht wird zu einer weißen, gummiartigen Maske, die vor meinen Augen zerfließt, sie reißt den Mund zu einem stummen Schluchzen auf und presst ihre Hände vor die Augen.

»Jetzt ... verschmiert ... alles ...!«, stößt sie hervor, jedes Wort ein hysterisches Schluchzen, das ihren dünnen Körper schüttelt wie ein Schluckauf. Rotz blubbert aus ihrer Nase, vermischt sich mit den schwarzen Rinnsalen, die aus ihren Augenwinkeln sickern.

»Clementine, das stimmt doch alles gar nicht!« Ich will sie wieder umarmen, aber sie schlägt meine Hände weg.

»Ich muss ... in ... die Maske«, schluchzt sie, dreht sich um und marschiert auf die Tür zu, durch ein Spalier staunender Menschen, die sie mit verwirrten Blicken begutachten wie ein merkwürdiges Wetterphänomen. Kurz bevor sie die Tür erreicht hat, knicken ihre dünnen Beinchen unter ihr weg, schnell und unerwartet, wie bei einem angeschossenen Reh, ihr Oberkörper kippt nach hinten, und dann liegt sie dort auf dem Parkplatz, umgeben von einem Wust blonder Haare, die Augen geschlossen, und durch die Blätter eines Baumes fällt ein dünner Lichtstrahl auf ihr Gesicht.

Ich muss daran denken, was Ole gesagt hat, mit den aufsteigenden Seelen, und plötzlich werde ich so wütend, dass ich die Sonne am liebsten packen, zusammenknüllen und in ein schwarzes Loch stopfen würde. Ich kämpfe mir meinen Weg durch die glotzenden Leute. Aus dem Augenwinkel nehme ich wahr, dass der Security bereits einen Krankenwagen ruft. Ich blende die hektischen Stimmen um mich herum aus und gehe neben Clementine in die Knie. Ich hebe ihren Kopf hoch und lege meine Kapuzenjacke darunter. Clementines Gesicht ist weiß und über ihre Stirn verläuft ein Netz aus feinen, blauen Adern. Ihr Kopf, denke ich, ist zerbrechlich wie ein Ei. Ich streiche über ihre Stirn, habe plötzlich den Drang, den Lippenstift von ihrer Wange zu reiben, der sie aussehen lässt wie eine zu grell geschminkte Tote.

»Clementine, du bist so bescheuert«, sage ich leise. Ole geht mir gegenüber in die Knie. Wir sehen uns an, die brabbelnden Leute um uns her wie eine Dornenhecke aus Schaulustigen, und dann beugen wir uns beide über Clementine, bis unsere Köpfe sich beinahe berühren und wir sie umgeben wie zwei gebogene Klammern, die alle anderen Menschen ausschließen. *Ein hundertjähriger Schlaf*, denke ich und nehme Clementines leichte, schlaffe Hand in meine. *Bitte nicht.*

31

Group Hug

Der wohl meistzitierte Romananfang ist der von »Anna Karenina«. Demnach sind alle glücklichen Familien auf die gleiche Art glücklich, und alle unglücklichen auf ihre eigene Art unglücklich. Ole und ich sind uns einig, dass das Zitieren dieses Satzes inzwischen so uninspiriert ist, wie »Lebe glücklich, lebe froh« in ein Poesiealbum zu schreiben. Er wird so oft bemüht, dass er alle gleichmacht und am Ende eben doch jeder auf dieselbe Art unglücklich ist. Die Welt ist so platt, sagt Ole, die platteste Scheibe des Universums. Alle halten sich an den gleichen Dingen fest. Kein Wunder, dass keiner weiß, wovon er redet, und ständig alles kaputtgeht ...

Der Krankenwagen bremst nur wenige Minuten später vor dem Eingang, aber Ole und mir kommt es vor wie eine Ewigkeit. Clementine wird auf eine Trage gehoben und in den Wagen geschoben, und plötzlich ist es, als würde man sie uns wegnehmen. Ole und ich sind nur noch Randfiguren, die in erster Linie im Weg stehen, wir können den Sanitätern nur in den Rücken starren, während sie sich mit schnellen, routinierten Bewegungen über Clementine beugen wie über ein Experiment, das aus dem Ruder gelaufen ist. Ihre weißen, langen Beine ragen über die Liege hinaus, ihre Füße sind nackt, sie hat ihre Schuhe verloren.

»Wo sind ihre Schuhe?«, fragt ein Sanitäter mich, aber als ich verwirrt den Kopf schüttele, dreht er sich sofort wieder weg. »Das waren sowieso scheiß High Heels«, murmelt Ole.

Im Krankenhaus sitzen wir nebeneinander auf zwei weißen Plastikstühlen, meiner ist warm, weil kurz zuvor ein dicker Mann aufgestanden ist. Ein dicker Mann im Flanellpyjama, der an einem Tropf hing und dessen Gesicht übersät war mit Bartstoppeln, Müdigkeit hinter triefenden Augen.

Ob Clementine auch einen Tropf bekommt? Ole seufzt und lässt seinen Hinterkopf gegen die Wand ticken.

»Ich will zu ihr«, sage ich tonlos. »Es ist ja nicht so, dass sie stirbt, wenn wir ihr zu nahe kommen, oder?«

»Nein, dann wird sie bloß dick«, sagt Ole in seine Hand, und dann: »Entschuldigung, das war scheiße. Ich hab bloß Schiss.«

»Ja«, sage ich tonlos, »ich auch.«

An der Wand gegenüber hängen gemalte Bilder von Kindern, mit in die Ecke des Papiers gekritzelten Sonnen und M-förmigen Vögeln unter einem blauen Streifen, der den Himmel darstellt. Eine einfache, zweidimensionale Welt. Oben ist oben und unten ist unten.

»Hätten wir sie schon früher zwingen sollen?«, fragt Ole.

»Wie denn? Ich glaube nicht, dass wir irgendwas hätten machen können.«

Wir sitzen nebeneinander und fühlen uns nutzlos und leer, wann immer eine geschäftige Schwester oder Ärztin an uns vorbeihastet. Sie sind die Einzigen, die Clementine jetzt helfen können, es ist egal, dass wir ihre Freunde sind und sie schon viel länger kennen. In diesem großen, steril riechenden Gebäude mit den langen Linoleumfluren sind wir zwei Fremdkörper, zwei Viren in einem funktionierenden Kreislaufsystem, die sich beschämt an die Wand klammern und immer wieder von allen Seiten verwirrte Blicke ernten. Wir lümmeln auf unseren Stühlen und warten. Wir wissen, hinter welcher Tür Clementine liegt, und als der Zeiger auf der großen Uhr über der Brandschutztür mit einem Klicken umspringt, platzt mir der Kragen.

»So«, sage ich, stemme mich von meinem Stuhl hoch, schaue mich um und drücke dann vorsichtig die Klinke zu Clementines Zimmer herunter.

»Mari«, zischt Ole, aber er folgt mir.

»Ist doch egal«, flüstere ich, »wir sagen einfach, dass wir es nicht wussten. Wir stellen uns dumm.« Wir betreten das Zimmer. Clementine liegt im Bett. Sie ist wieder bei Bewusstsein, neben ihr steht ein Tropf mit einer Infusion, die sie mit einem ärgerlichen Stirnrunzeln betrachtet, als wäre sie ihr Wächter. Ein Schlauch führt von der Infusion zu ihrer Armbeuge. Als sie uns sieht, senkt sie den Blick und starrt wütend auf ihre Bettdecke. Wir sagen nichts. Irgendwann seufzt sie.

»Ihr dürft nicht hier drin sein«, sagt sie, mechanisch wie ein Roboter. »Meine Eltern kommen bald. Yay.« Sie macht eine kleine, falsche Jubelgeste mit ihrem freien Arm und lässt ihn dann wieder sinken. Ich setze mich auf ihr Bett.

»Wie geht's dir?«, frage ich. Sie zieht die Schultern hoch, sieht mich immer noch nicht an.

»Bist du noch sauer?«, fragt Ole, der sich an ihr Bettende gestellt hat. »Wegen dem Zucker?«

Clementine zieht die Augenbrauen hoch. Dann deutet sie auf die Infusion. »Glukoseinfusion«, sagt sie düster. »Jetzt ist es auch schon egal.« Sie dreht ihr Gesicht zum Fenster.

»Sorry, dass ich dich einfach mit Glukose infusioniert habe«, sagt Ole leise. Clementines Mundwinkel zucken.

»Ich wäre so gerne Miss Monaco geworden«, flüstert sie und schaut verlegen auf ihre Hände. »Ich wollte doch nur, dass die auch mal stolz sein können. Und jetzt müssen die wegen mir ins Krankenhaus fahren. Toll, Clementine!« Sie legt ihren Unterarm über ihre Augen, ihr Mund wird zu einem dünnen Strich.

Ich lege meine Hand auf ihre Bettdecke. Clementines Konturen scheinen mit dem Weiß ihres Kissens zu verlaufen, als wäre ihr Gesicht nur ein verschwommenes Foto in einem alten Medaillon. Wie ein Chamäleon hat sie ihre Farbe dem Kissen angepasst. Sie ist unsichtbar, das Negativ ihrer selbst, und plötzlich verstehe ich. Clementine will gesehen werden. Nicht, indem sie Miss Monaco wird. Sondern indem sie verschwindet, indem sie ihren Platz im Leben ihrer Eltern verlässt, sich in Luft auflöst und eine Leerstelle hinterlässt, die ihren Eltern ins Auge springen muss. Als würde man ein Bild von der Wand nehmen, das immer über dem Fernseher gehangen hat und nichts als ein weißes Viereck hinterlässt. Das Bild einer Abwesenheit. Clementines Eltern sind immer lieb zu ihr. Sie sind immer für sie da, aber trotzdem sehen sie sie nicht. Wenn Clementine frech wird, geben sie ihr sofort nach, um sich die Anstrengung zu ersparen. Es ist, als wären sie gar nicht anwesend, als würde Clementine gegen eine Glasscheibe anrennen, die sie von ihren Eltern trennt, die dahinter auf und ab tigern wie eingesperrte Tiere. Clementine ist nur ein Bild von einem Mädchen, in einem leeren Zimmer, das sich letztendlich selbst von der Wand genommen hat. Vielleicht sehen ihre Eltern sie jetzt so, wie sie wirklich ist. Ihre tapfere, immer fröhliche Tochter. *Familien*, denke ich. *Vermutlich muss man sie von Weitem anschauen, durch ein Teleskop, um sie zu verstehen.*

»Deine Eltern wollen keine Miss Monaco«, sage ich laut, obwohl ich nicht weiß, ob ihr das hilft. »Sie wollen dich.«

Clementine sieht zu mir auf, dann wieder zum Fenster. »Mich«, sagt sie nachdenklich, »ich weiß nicht mal, wer das ist. Es ist ja kaum noch was da!« Sie schaut an sich runter und lacht plötzlich und natürlich muss ich auch lachen.

»Das ist nicht lustig«, sage ich lächelnd.

»Ich weiß. No fun.« Clementine grinst und streckt eine schwache Zombiekralle nach mir aus.

»No risk. Zombieprincess.« Ich nehme ihre Hand und drücke sie zusammen und in genau diesem Augenblick fliegt hinter uns die Tür auf. Eine Krankenschwester betritt das Zimmer, dicht gefolgt von Clementines Eltern. Sie bemerken uns gar nicht, als sie auf das Bett zustürmen, aber die Schwester bekommt sofort einen roten Kopf.

»Was macht *ihr* hier?«, fragt sie und starrt Ole und mich empört an.

»Sie ist unsere Freundin«, sage ich lahm.

»Wir wussten es nicht!«, sagt Ole noch lahmer.

»Raus!«, sagt die Schwester knapp. Sie schiebt uns aus dem

Zimmer, ich drehe mich um und sehe gerade noch, wie Clementine ihre dünnen Arme um den Hals ihrer Mutter legt, dann fällt die Tür hinter uns ins Schloss.

»Mann!«, ruft Ole und lässt seine Faust dagegenknallen.

»Ole?«

Wir fahren herum. Unsere Eltern, aufgereiht wie die Daltons, stehen unter der Neonleuchte mitten im Flur und starren uns an.

»Oh«, sage ich und fasse unwillkürlich an das Handy in meiner Hosentasche, das in den letzten Minuten mehrfach vibriert hat.

»Ja, *oh!*«, antwortet Mama, auf ihrer Stirn eine tiefe Falte. »Bist du eigentlich wahnsinnig, Mari? Weißt du eigentlich, was für eine Angst wir hatten? Ach, was rede ich überhaupt: Du wusstest es natürlich und hast es trotzdem gemacht! Warum?«

»Ich hab doch gesimst«, sage ich leise und verschämt.

»Lattischa?« Meine Mutter lacht auf. Sie nimmt mich am Arm und zieht mich beiseite, um Ole und seinen Eltern Raum zu geben. Oles ewig verschnupfte Mutter presst sich ein Taschentuch an die Nase, sein Vater redet leise auf ihn ein, die Hände auf dem Rücken verschränkt. Seine verklebte Brille baumelt von einer Kordel um seinen Hals, was sein Gesicht seltsam nackt aussehen lässt. Maulwurfartig.

»Was sollte denn diese komische SMS mit Lattischa?«, fragt meine Mutter, ihre Haare bilden einen zerzausten Heiligenschein um ihren Kopf. Mein Vater steht neben ihr, so nah wie schon lange nicht mehr in den letzten Wochen. Ihre Schultern berühren sich fast. *Wegen mir*, denke ich erstaunt.

»Wir wissen doch, dass ihr euch nichts mehr zu sagen habt!«, sagt Papa mit hochgezogenen Augenbrauen.

»Ach so«, knurre ich. »Ich meine: Ihr habt sie eingeladen. Woher soll ich denn wissen, was ihr plötzlich alles über mich wisst?«

»Wir dachten, ihr verdient eine zweite Chance …«

»Die gibt es eben nicht für jeden. Pech gehabt.« Ich merke selbst, dass ich ungerecht bin, aber ich kann nicht anders. Es ist, als würde ich mich von außen betrachten. Ich bin unkontrollierbar. Ich reiße mich mühsam zusammen, zwinge mich, ihnen in die Augen zu sehen. »Entschuldigung«, sage ich angestrengt, und jedes Wort wälzt sich von meiner Zunge wie eine träge Schnecke. »Es kommt nicht wieder vor, okay?«, sage ich, als wäre damit alles wieder gutgemacht. Ich habe einfach keine Lust, zu reden.

»Okay. Wir müssen los!« Mein Vater nimmt meine Hand und zieht mich mit sich weg. »Deine Schwester wollte dich suchen gehen und dann ist sie einfach weggeblieben. Wir wissen nicht, wo sie ist.«

Ich lasse mich mitzerren und starre auf meine Schuhe, die unter mir wie mechanisch auf die Schiebetür zulaufen. Erst allmählich wird mir klar, was er da gesagt hat. Annika ist weg. Schon wieder. Und diesmal *ist* es meine Schuld.

Wir fahren mit dem Auto durch die Straßen, halten Ausschau nach einem wehenden Haarschopf, nach einer roten Mütze. Eine Kralle hat sich um meinen Magen geschlossen, als hätte ich etwas Schlechtes gegessen, und ich begreife erst an der dritten roten Ampel, was es ist: Angst. Angst um meine Schwester.

»Wir hätten sie mitnehmen müssen! Wir hätten aufpassen

müssen!« Meine Mutter schaut zu meinem Vater, der mit starrem Blick am Lenkrad sitzt. »Warum haben wir nicht besser *aufgepasst*?«

»Ich weiß es doch auch nicht, Theresa. Mensch!« Papa drückt seine Hand gegen den Mund und wendet sich ab.

Mama holt Luft: »Wir hätten einfach ...!«

»Sag nicht immer, WIR!« Plötzlich scheint mein sonst so ruhiger Vater zu explodieren. »Sag doch, DU, das ist es doch, was du meinst, oder?!«

Mama starrt ihn mit offenem Mund an. »Das *meine* ich nicht ...!«

Papa gibt Gas und reißt das Lenkrad so heftig herum, dass ich gegen das Fenster falle. Ich halte mich fest, mein Herz klopft. Papa steuert das Auto auf den Parkplatz eines Baumarktes, bremst abrupt und legt sein Gesicht in die Hände. Lange Zeit sagt keiner was.

»Das meine ich nicht ...«, murmelt Mama. Ihre Stimme bricht. Ich lege meine Stirn ans Fenster. Draußen wird ein Busch vom Wind zerzaust, dahinter stehen Terracottatöpfe und Statuen aus Gips. Griechische Göttinnen. Hunde. Schafe. Engel. Ich hebe ruckartig den Kopf. Ich weiß, wo sie ist.

Annika steht an Barbaras Grab und hat den Kopf gesenkt. Als wir näher kommen, dreht sie sich überrascht zu uns um. Sie starrt mich an, mit einem Blick, den ich noch nie an ihr gesehen habe. Ihre Augen, die so oft leer in die Ferne gestarrt haben, haben plötzlich etwas gefunden, auf das sie sich richten können. Mich. Meine Mutter nimmt sie in den Arm. Annika lässt sie.

»Du bist wieder da«, sagt Annika über Mamas Schulter zu mir.

»Du auch«, gebe ich zurück.

Ihre Mundwinkel zucken ein bisschen. »Natürlich!«, sagt sie, beinahe amüsiert. »Warum auch nicht?«

Ich drücke am Saum meines Hoodies herum und schaue aus Verlegenheit zu Papa hoch, der erleichtert lächelt und mir die Hand auf die Schulter legt. Ich erwidere das Lächeln, und in diesem Moment scheint er sich auf einmal daran zu erinnern, dass ich eigentlich Scheiße gebaut habe. Seine Stirn runzelt sich.

»Warte mal, Mari, warte mal! Ihr habt ein Auto geklaut?«, fragt er und starrt mich ungläubig an. Wieso kommt er jetzt damit?

»Geliehen«, gebe ich etwas patzig zurück. »*Warte mal*, wer hat mir noch mal Autofahren beigebracht? Ach ja: DU!« Mein Vater holt tief Luft, aber ich unterbreche ihn. Plötzlich ist es, als würde meine Brust aufklappen und alles, was ich da jahrelang reingestopft habe, quillt heraus wie ein Haufen Kleider aus einem unaufgeräumten Schrank.

»Ich will einfach nur mal ... leben. Ich will den Boden unter meinen Füßen spüren und daheim ging das nicht. Ich hatte die ganze Zeit das Gefühl, als würde unser Haus auf einem Erdbebengebiet stehen, da, wo zwei Platten sich treffen oder übereinanderschieben oder was auch immer. Ich hatte einfach Angst, dass alles über mir zusammenbricht. Ich wollte einfach mal ... raus da!« Meine Stimme wird schrill, aber ich kann nichts dagegen tun. Wieder einmal sabotiert mein Körper mich selbst, und ich habe mehr denn je das Gefühl, neben mir zu stehen und mir selbst bei meiner kleinen Show zuzusehen. Genau wie die fette Familie, die wie die Orgelpfeifen neben einem Grab eine Reihe weiter steht und uns mit offenem Mund anstarrt. Vater, Mutter, Kind, mit offenen Mündern starren sie meine Familie und mich an, als wären wir ein spontanes Gratis-Theater.

Ich spüre, wie ich rot werde. Die fette Mutter stößt ihrem fetten Ehemann die grüne Gießkanne in den Schwabbelbauch und murmelt etwas, ohne dass sich ihr fischmaulartiger Mund nur eine Sekunde schließt. Der fette Sohn drückt sich eine Bifi zwischen die von Spucke glänzenden Lippen. Sollen sie glotzen, es ist mir egal.

»Trotzdem«, ergreift meine Mutter das Wort, »weißt du, was du uns allen antust, wenn du einfach von daheim wegrennst und keine richtige Nachricht hinterlässt?« Sie meint in diesem Moment nicht nur mich. Annika senkt den Kopf. Ich weiß, dass meine Mutter recht hat. Sie hatten Angst um mich. Aber trotzdem kann ich nicht aufhören, gegen sie anzurennen, mit gesenktem Kopf, wie ein Widder gegen einen Zaun.

»Was ich EUCH antue?« Ich starre sie an. »Meine Schwester ist auch verschwunden. Ihr denkt, dass ich zu klein war, um das zu kapieren. Aber ich habe es kapiert. Ich erinnere mich an so viele Sachen. Dreijährige sind klein, aber nicht *blöd*!«

Ich erinnere mich an Annika. Wie sie in ihrem Bienenkostüm um mich herumgerannt ist, immer im Kreis. Sie hat das »tanzen« genannt, und meine Eltern haben immer die gleiche Musik laufen lassen, irgendwas von Mozart, und sie haben sie und mich dabei gefilmt und gelacht, und ich habe auch gelacht, und diese Biene, die da um mich herumgeflogen ist, war das Schönste, was ich je gesehen hatte.

»Ich wollte sein wie sie. Ich weiß noch, dass ihr mir ein gestreiftes Top von Annika angezogen habt, damit ich auch eine Biene sein kann, aber natürlich war ich nicht so perfekt. Das Top war weit und schlabberig und blau-weiß und hing mir bis zu den Knien, wie ein Kleid, aber ich war trotzdem glücklich. Ich weiß noch, wie es sich angefühlt hat, in meinem Gitterbett zu liegen und an die Sterne an der Zimmerdecke zu schauen, total verheult, weil ich Mittagsschlaf halten musste und sie wach bleiben durfte. Es war so ungerecht. Ich hab in meinem Schlafsack gestrampelt wie eine Raupe, und dann ist ein Lichtstreifen aus dem Flur in mein Zimmer gefallen, und Annika hat sich auf den Bettrand gestellt und ihre Haare zu mir runterhängen lassen, es hat im Gesicht gekitzelt, und ich habe gelacht und mich nicht mehr so allein gefühlt. Ich habe mit ihr Bilder gemalt und ihre waren immer schöner. Bis ich in die Grundschule gekommen bin, habe ich meine Bilder so gemalt, wie sie es mir beigebracht hat. Mit einem blauen Streifen als Himmel und im Eck eine Sonne und kleine, schwarze Ms als Vögel. Die Blumen waren bunte Kringel auf gelben Stängeln. Ich weiß, dass sie mir das gezeigt hat. Und wir hatten einen kleinen Holzengel, eine Weihnachtsbaumfigur, dem die Krone abgebrochen ist, und weil wir euch nicht sagen wollten, dass wir den Engel kaputt gemacht haben, haben wir ihn in ein Loch unter Annikas Bett gesteckt und so getan, als würde er da wohnen. Er hatte einen Namen, den sie mit lila Buntstift neben das Loch geschrieben hat. Ich erinnere mich an alles!« Ich hole tief Luft, als tauchte ich nach Minuten des Atemanhaltens aus dem Wasser auf.

Meine Eltern starren mich an. Meine Lunge ist ein kaputter Blasebalg, jeder Atemzug tut weh.

»Als Annika weg war«, fahre ich fort, »habe ich es nicht verstanden. Und keiner hat es mir erklärt. So wie man Kindern eben nie irgendwas erklärt, und ich hab es akzeptiert und hingenommen, so wie Kinder immer alles akzeptieren und hinnehmen. Ich hab aber trotzdem gemerkt, dass was kaputt war. Ich war klein, aber nicht doof. Ich musste zum Beispiel tagelang bei Tante Lilly im Gästezimmer übernachten, auf diesem braunen Sofa. Das war auch schön, aber ich hab trotzdem gespürt, dass ich eigentlich überall im Weg war, dass ich gerade keinen Platz in der Welt hatte. Tante Lilly hat auch dauernd vor mir geheult.«

Meine Eltern schauen mich verdattert an, und meine Erinnerung fügt sie wie zwei Figürchen in eine andere Szene ein, setzt sie in den Türrahmen meiner Tante, als sie mich abholen kommen, mit Leere in den Augen und einem großen Teddy, den sie mir in die Arme drücken, als wollten sie mich damit ersticken. Ich begriff es erst, als ich wieder zu Hause war. Annika war weg, für immer, das schöne, große Mädchen in dem perfekten Bienenkostüm mit dem goldenen Haarreif, an dem zwei Fühler aus Holzkugeln und Sprungfedern befestigt waren. All ihre Spielsachen waren noch da, aber sie war weg, und ich habe gedacht, dass ich ihren Platz einnehmen muss. So, wie ich immer ihre alten Kleider anziehen durfte. Ich hatte das Gefühl, dass Annika das »richtige« Kind war und dass ich kein Recht hatte, für mich alleine weiter zu existieren. Ich war nur die Kleine, um die

Annika in ihrem Kostüm herumgetanzt ist, die selber noch nicht tanzen konnte. Und dann musste ich plötzlich groß sein.

Ich hole tief Luft und schaue Annika an: »Ich habe Sachen von dir genommen und unter meinem Bett versteckt. Ich habe meine Füße in deine roten Sandalen mit den Plastikriemchen geschoben, diese Schwimmschuhe, die aussehen wie überdimensionale Kellerasseln. Sie waren mir zu groß. Ich hatte immer das Gefühl, dass ich nur für dich lebe, und als du jetzt auf einmal wieder da warst, wusste ich gar nicht mehr, wer ICH überhaupt bin. Ich konnte mich nicht einmal freuen. Das war das Schlimmste. Niklas hatte recht: Ich bin ein Monster. Ich habe gar nichts gefühlt … gar nichts!« Ich kann nicht mehr weitersprechen und wundere mich beinahe über mich selbst, als plötzlich stockende Schluchzer aus meiner Kehle springen, wie ein merkwürdiger, fehlgeleiteter Schluckauf. Als mein Vater mich an sich zieht, reiße ich mich los, ich winde mich aus seiner Umarmung, obwohl er mich sehr fest hält. Als wolle er mich zusammendrücken. Vermutlich will er das auch. Ich trete einen Schritt zurück.

Plötzlich fühle ich mich leer, als wäre alles, was jemals in mir war, aus mir herausgeflossen und triebe nun nackt und traurig in einer Pfütze vor mir und meiner Familie, und jeder, der will, kann hindurchwaten oder sich darin spiegeln. Und dann tritt Annika vor und schlingt ihre Arme um mich. Sie drückt mich zusammen. Fest. Ich bin so verwirrt, dass ich steif werde wie ein Brett und es sich für Annika so anfühlen muss, als würde sie einen Baum umarmen. Meine Eltern schauen mich genauso verwundert an wie die fette Familie. Wir warten, beinahe respektvoll, dass Annika mich wieder loslässt.

Es dauert eine halbe Ewigkeit. Aber ich spüre, wie ich ruhiger werde.

»Du bist kein Monster«, sagt Annika in mein Haar, ihre Stimme ist rau und fremd wie immer. Und doch, zum ersten Mal schwingt darin etwas von dem altklugen kleinen Mädchen mit, das es liebte, sich zu verkleiden und seine kleine Schwester beim Spielen herumzukommandieren. »Und ich erinnere mich auch an viele Sachen. Wie du unter den Teppich gekrabbelt bist, den mit den Fransen, aus denen ich immer so kleine Zöpfe geflochten habe. Und daran, wie du deinen Kopf mit dem flusigen Kükenflaum aus dem Gitterbett gesteckt hast, wenn ich in dein Zimmer geschaut habe. Mama und Papa haben mir verboten, dass ich dich störe, aber ich wusste, dass du auf mich gewartet hast. Du kannst jetzt behaupten, dass ich das alles erfinde. Aber ich erinnere mich auch an den Holzengel. Ich weiß auch noch, wie wir ihn genannt haben.«

»Mo,« sagen wir beide gleichzeitig, und dann schauen wir uns an und lachen, und Annika sagt: »Weil sein Gesicht so spitz zugelaufen ist und von der Seite aussah wie ein Halbmond.«

»Und wir haben seine Haare mit schwarzem Edding angemalt.«

»Und wir haben ihm Sachen von deiner Barbie angezogen, die ihm viel zu groß waren, einen Rock, der wie ein Kleid war.«

»Und wir haben ihm manchmal was zu essen in sein Mauseloch gelegt, Gummibärchen und Reiskörner, und wir haben uns immer geschworen, dass wir Mama und Papa nichts verraten.«

»Als ob wir dann *so* böse gewesen wären!«, wirft Papa empört ein, aber seine Augen lächeln, und seine Hand schließt sich um

Mamas, die ihn überrascht anschaut. Plötzlich schlingt sie ihre Arme um seinen Hals und er lässt es passieren.

»Tut mir leid«, sagt sie. Er legt sein Kinn auf ihre Schulter.

»Du kannst ja nichts dafür«, sagt er. »Nicht deine Schuld.«

Meine Mutter gräbt ihre Nase in seine Schulter, und plötzlich verstehe ich, dass das alles war, was sie jemals hören wollte. Mit ihren ständigen Vorwürfen, ihrem ewigen »Wir hätten« und »Wir haben nicht«, hat sie nie ihn gemeint und nicht sie beide, sondern sich allein. Annika runzelt die Stirn.

»Keiner kann was für gar nichts«, sagt sie.

Sie hat recht. Die Welt ist ein einziges Chaos. Wir haben einfach Glück gehabt. Verdammtes Glück. Alles andere ist egal. »Und auch, wenn ich mal kurz weg bin: Ich bleib hier. Ich verschwinde nicht gleich, nur weil ich mal draußen bin.«

Annika schaut uns alle an, wie sie uns noch nie angeschaut hat. Als würde sie uns *sehen*. Unsere Eltern schauen sich verlegen an, meine Mutter nimmt Papas Arm und schwenkt ihn hin und her. Ich muss lächeln. Annika zieht mich ein Stück weg und lässt ihre Haare seitlich über ihr Gesicht fallen, sodass nur ich sie noch sehen kann.

»Mari?«, flüstert sie, und ihre Stimme klingt auf einmal wieder so fein und vogelleicht, als würde sie durch ein dunkles Zimmer bis zu meinem Kinderbett schweben. »Ich hatte nur Angst …« Sie spricht nicht weiter, aber ich weiß, was sie meint. Sie hatte Angst, dass ihr irgendwann wieder alles weggenommen wird. Alles, was sie kennt. Dass es immer so weitergeht, dass es immer so bleibt und dass sie nichts dagegen tun kann.

»Ich weiß«, sage ich, und dann lege ich meine Arme um

meine Schwester, als wäre es das Normalste auf der Welt. Ich drücke zu, fest, und in diesem Moment wendet die fette Familie sich von uns ab, als wäre der spannende Film, den sie sich die ganze Zeit reingezogen haben, zu Ende gegangen. Wasser plätschert simultan aus ihren grünen Gießkannen über ihr Grab. Ihre eigene Familiengeschichte, die wir nie erfahren werden.

Über Annikas Schulter schaue ich zu meinen Eltern und strecke die Arme nach ihnen aus. Ich forme zwei gierige Krallen mit den Händen, wie ein Kleinkind. Oder eine Riesenkrake.

»Group hug?«, frage ich leise. Meine Eltern nicken, und dann werden wir zu einem einzigen Knäuel aus Armen und Tränen, und irgendwann müssen wir so über uns selber lachen, dass wir beinahe hinfallen und von der fetten Familie wieder so begierig angestarrt werden wie ein kurioser Unfall. Jede Familie ist doch irgendwie ihr eigener Unfall, denke ich, und auch wenn wir alle aus dem gleichen Baukasten kommen und die gleichen Fehler machen wie alle Familien, die es jemals vor uns gab, macht uns das doch nicht weniger besonders.

32

Annika

Als Lattischa und ich noch klein waren, lagen wir unter dem Dachfenster in ihrem Zimmer und hatten Angst, dass ein Stern vom Himmel fallen könnte, genau auf mich oder sie, und wir kuschelten uns aneinander, damit der Stern uns notfalls beide treffen würde. Lattischa hatte Angst, aber ich habe insgeheim immer gehofft, dass es passiert. Meine Großmutter hat mir damals aus einem alten Bilderbuch mit lächelnden Sternenkindern vorgelesen, und ich glaubte immer, Annika sei eines von ihnen.

Nach drei Tagen darf Clementine wieder aus dem Krankenhaus. Was nicht bedeutet, dass alles vorbei ist. Im Gegenteil. Es fängt gerade erst an. Sie liegt in eine Patchworkdecke gewickelt in ihrem Zimmer auf dem Bett, liest Zeitschriften und lässt sich von ihrer kleinen Schwester selbst gemalte Bilder von Hunden und Katzen auf den Schoß legen, die sie dann mit Tesa an die Wand klebt. Seit der Sache bei Miss Monaco scheint Clementine Nessies Anwesenheit nicht nur zu dulden, sondern sogar irgendwie zu brauchen. Vielleicht, weil sie sich bald für längere Zeit von ihr verabschieden muss.

»No risk, no fun!«, hat sie müde gesagt, als sie uns von der

Klinik erzählt hat, in der man sie für einige Zeit unterbringen wird. »Früher wollte ich immer ins Internat, wie Hanni und Nanni. Wird bestimmt lustig. Mitternachtspartys und so.«

»Ja. Nur ohne Essen«, hat Ole gesagt, und sie hat ihn ein bisschen getreten und sich darüber lustig gemacht, dass er als Junge Hanni und Nanni überhaupt *kennt*.

»Wer wolltest du immer sein, Ole? Hanni oder Nanni?«

»Hanni natürlich!«, hat Ole würdevoll gesagt, und dann hat sie gelacht und weiter von ihrem »Internat« geträumt, und obwohl er normalerweise nichts von ihren Geschichten hält, hat Ole sie erzählen lassen.

Ich sehe ihn selten in letzter Zeit, seine Eltern kümmern sich um ihn wie zwei Glucken. Sie haben die alte Zimmerpalme entsorgt, die Küche aufgeräumt und Ole aufgenommen in ihren Kokon, und obwohl er die Augen verdreht, wenn er von ihren Ausflügen in die Berge oder den Zoo erzählt, weiß ich, dass es ihm eigentlich gefällt.

Meine Eltern sind immer noch ein bisschen sauer auf mich, auch wenn sie es gut verbergen können. Nicht, dass ich es ihnen übel nehmen würde. Sie hatten Angst um mich, und ich habe nichts getan, als eine läppische SMS zu hinterlassen. Kein Wunder also, dass ich mal wieder Hausarrest habe und den ganzen Tag damit zubringe, aus dem Fenster und möglichst NICHT auf Niklas' Haus zu starren. Niklas ist Geschichte, sowohl für mich als auch für Annika. Vielleicht ist es auch ein kleines bisschen sein Verdienst, dass wir uns wieder nähergekommen sind. Ich weiß es nicht. Mama bringt mir abends Brombeertee ans Bett und ist lieb. Ich fühle mich trotzdem wie ein Sträfling, der nur zu bestimmten Zeiten aus dem Haus darf, in die Schule oder zum Einkaufen. Aber als Annika unsere Eltern an diesem speziellen Abend fragt, ob wir einen Spaziergang machen dürfen, erlauben sie es. Ich habe also Freigang. Annika darf mich Gassi führen, unter der Auflage, dass wir zum Abendessen wieder zurück sind.

Es ist kühl. Annika geht neben mir her die Anhöhe zum Alten Spielplatz hoch, die Hände in den Rocktaschen vergraben. Sie trägt ihre Mütze und wieder Mamas graurosa Pullover, aber es macht mir nichts mehr aus. Zumindest hat Annika ihn behalten, hat ihn nicht weggegeben, wie die anderen Dinge, die sie aus unserem Haus gestohlen und einer Fremden gebracht hat, als müsse sie ihr gegenüber eine Schuld begleichen. Der Himmel ist dunkelblau, an den Rändern sieht er aus, als würde er auslaufen, hell und milchig. Die Bäume auf den Hügeln ringsum sind eine einzige, lockige Masse, wie Brokkoli. Annika setzt sich auf die Schaukel, stemmt ihre Füße in den Sand und dreht sich ein, dabei wirft sie mir einen verschmitzten Blick zu.

»Komm, mach auch!«, fordert sie mich auf.

»Nee, mir wird da … schlecht«, grummele ich leise, aber dann trete ich doch widerstrebend näher und setze mich auf die Schaukel neben Annika, als wäre zwischen heute und damals, als wir immer nur *ihre* Spiele spielten, keine Zeit vergangen. Annika lässt die eingedrehten Ketten los und wirbelt auf ihrer Schaukel wild im Kreis, ihr aschblonder Zopf und ein Zipfel ihres Rocks fliegen um sie herum. Sie kreischt ein bisschen, bremst hart mit ihren Schuhen ab und wankt dann, einen großen Bogen beschreibend, von der Schaukel weg, den Kopf in den Nacken gelegt.

»Wenn man es so macht«, keucht sie und kippt beinahe um, »ist es, als würde man direkt in den Himmel fallen.«

»Ich weiß«, sage ich leise. Ich betrachte Annikas ausgefransten Rocksaum, der durch den Sand schleift wie eine Schleppe. »Wieso hast du eigentlich immer diese Röcke an?«, frage ich. Sie dreht sich um, und plötzlich ist es, als hätte jemand hinter ihren Augen das Licht ausgeknipst. Sie schaut an sich herunter, hebt den Rocksaum an und lässt ihn wieder fallen. Verlegen streicht sie sich eine lose Strähne hinters Ohr. Sie geht an mir vorbei, packt die Sprossen des Klettergerüstes und steigt hinauf. Ich folge ihr. Wir setzen uns nebeneinander auf das rote Netz und schauen ins Tal. Annika streckt ihre Hand aus und deutet in die Ferne, dorthin, wo der Himmel langsam rosa wird, denn auch der Himmel hat scheinbar einen fransigen Rocksaum.

»Da hinten«, sagt Annika leise. »Haben wir gewohnt. Und irgendwo da ganz tief drin …«, sie deutet mit ihrem Zeigefinger in Richtung Berge, in die dunstige Ferne, »waren wir davor. In einem abgeschiedenen Tal. Sie und ich.« Mein Magen krampft sich zusammen und für einen Moment kann ich nur leer auf Annikas abgeknabberten Nagel starren. Sie, über die in unserem Haus nicht gesprochen werden darf, der Lord Voldemort für Psychos. Ich sehe Annika verstohlen von der Seite an, die drei feinen Linien über ihrem linken Wangenknochen, und weiß plötzlich, warum sie mich hierhergebracht hat.

»Zuerst«, sagt sie leise, »habe ich euch gar nichts geglaubt. Ich war so sauer. Ich wollte einfach nur zurück. Weil … Barbara.

Barbara hat mir beigebracht, dass Erinnerungen trügerisch sind. Voller falscher Gedanken, die sich ins Gehirn eingeschlichen haben.« Barbara, denke ich schaudernd, ein Name mit tausend Zähnen, der sich in mein Gedächtnis verbissen hat. Ich werde wohl nie wieder neutral einem Menschen begegnen können, der Barbara heißt.

»Ich hab Barbara immer davon erzählt«, fährt Annika fort, »von den Sachen, an die ich mich erinnere. Und sie hat gesagt, dass das alles falsch ist und dass ich mir das nur einbilde, als hätte ich schlecht geträumt oder so. Der Mensch ist nämlich nicht das, wozu ihn seine Erinnerung macht, sondern ein Produkt der Spiele, die sein Gehirn mit ihm treibt. Sie hat ein Buch darüber geschrieben, weißt du, das sie nie verkauft hat. Auf einer Schreibmaschine. Sie hat auch an ganz viele verrückte Sachen geglaubt, sie hat auch gedacht, dass wir von Aliens überwacht werden, von dem Fahnenmast aus, der gegenüber auf dem Parkplatz vor unserem Haus war. Sie dachte, das wäre deren Antenne. Ich habe ihr alles geglaubt. Dass meine Erinnerungen nur Einbildungen sind, die die Aliens in mein Hirn gepflanzt haben. Dass sie meine Mutter ist. Ich mochte sie. Ich weiß nicht, ob ich sie geliebt habe. Vielleicht als Kind, aber irgendwann ist sie so wirr und verrückt geworden, dass ich ihr aus dem Weg gegangen bin. Was nicht einfach war, in unserem kleinen Haus. Sie wollte immer, dass der Fernseher läuft und solche Sachen. Sie dachte, dass überall Wanzen sind. Manchmal hat sie sogar das Wasser laufen lassen, wenn wir geredet haben, damit keiner zuhören kann. Verrückt, oder?«

Ich nicke und denke, dass wir am Ende nichts sind als eine

einzige Erfindung unserer selbst. Unsere Vorstellungskraft macht uns zu dem, was wir sind. In Annikas Erinnerung wurde auch eine Wanze gesetzt, eine, die ihr tagtäglich einflüsterte, wer sie zu sein hatte, und die jede Erinnerung an meine Eltern oder mich abtötete wie einen Keim.

Annika räuspert sich, sie wischt ihren Zopf über ihre Schulter und spricht stockend weiter.

»Als ich erfahren hab, dass meine ganzen Erinnerungen falsch sind, ist alles irgendwie zusammengekracht. Ich hab mich so komisch leer, aber auch irgendwie hell gefühlt, als würde plötzlich irgendwo … hier ein Licht angehen.« Annika deutet auf ihre Stirn. »Als würde mein Kopf lauter Daten wiederherstellen, die verloren waren. Die jemand überschrieben hat. Weißt du, was ich meine?«

Ich stelle mir einen grauen Balken vor, der von links nach rechts über Annikas Stirn läuft.

»Und vorher«, sagt Annika und knetet ihre Hände im Schoß, »war da einfach alles gelöscht. Zehntausend Gigabyte freier Speicherplatz. Keine Erinnerungen mehr an die Plastiksterne über meinem Bett oder die Fransen am Teppich im oberen Flur. Alles freier Platz, den Barbara mit ihren eigenen Geschichten füllen konnte. Ich fühle mich langsam wie eine tausendmal überschriebene Festplatte. Ihr habt mir ja auch diese Fotos und Videos gezeigt, von früher? Und ich weiß nicht genau, ob ich mich an all das erinnere oder ob ich mir bloß in meinem Gehirn eine Version von unserer gemeinsamen Vergangenheit zusammengesponnen habe. Wie so ein gewebtes Bild, das aus tausend kleinen Fäden besteht, die nicht zusammenhängen und alle zu einem anderen Ende führen. Es ist alles so fremd. Mein ganzes Leben ist in zwei Teile geschnitten, wie mit einem Messer, scharf und glatt. Alles, was ich zu sein geglaubt habe, bin ich gar nicht. Ich bin nicht Elisa.«

Annika lacht auf, ihr typisches Lachen, als würde sie über sich selbst lachen, und hält mir ihr nacktes Handgelenk hin, wie um mir ihr Armband in Erinnerung zu rufen.

»Sie hat mich Elisa genannt und behauptet, dass sie meine echte Mutter sei und dass man mich ihr gestohlen hätte, wie eine Märchenprinzessin oder so. Ich habe nicht oft aus dem Haus gedurft. Barbara hatte immer Angst, dass jemand mich ›zurückklaut‹. Die Aliens oder die Amerikaner oder die Russen. ›Deine Mutter ist ein Freak‹, haben die Kinder auf dem Schlittenhügel zu mir gesagt, und ich bin dann immer ganz traurig geworden, aber sie hatten ja recht. Nur WAS für ein Freak, das war mir gar nicht klar.« Annika senkt den Kopf und starrt auf ihre Knie, die sich spitz unter dem Rock abzeichnen. Sie nimmt ihre Mütze ab und befühlt das Etikett, das unter dem Rand eingenäht wurde: *Lies.*

Ich schaue Annika fragend an. Sie fährt die Buchstaben nach, während sie erzählt.

»Manchmal hat Lies angerufen. Meine Großmutter. Also, Barbaras Mutter. Sie hat hier in der Stadt gewohnt, aber nachdem Barbara mich … bekommen hatte, wie sie es immer genannt hat, ist sie mit mir in die Berge gezogen. Wenn Lies anrief, hat Barbara sich mit ihr gestritten. Ich wusste nicht, worüber. Damals. Jetzt glaube ich, dass Lies etwas gewusst hat. Manchmal kam sie zu Besuch, das war immer schön. Sie war so … normal.

Sie hat mir Sachen geschenkt, die sie selbst gestrickt hat. Pullover. Lange Unterhosen. Diese Mütze. Wo wir gewohnt haben, war es oft kalt. Unter dem Dach hingen manchmal Eiszapfen, wie Stalaktiten in einer Tropfsteinhöhle. Lies hat es nie lang ausgehalten. Meistens haben sie schon nach einem Tag gestritten und dann ist sie zurück in die Stadt gefahren. Sie hat immer geweint, wenn sie aus der Einfahrt gerollt ist. Sie hat die Scheibenwischer angemacht, damit ich ihr Gesicht nicht sehen kann. Als wollte sie sich so die Tränen wegwischen. Sie muss hin- und hergerissen gewesen sein zwischen ihrer verrückten Tochter und der Gerechtigkeit. Also: euch.« Annika schaut mich kurz an. Ich schlucke. »Wenn Lies wieder weg war, war Barbara oft tagelang unruhig. Sie hat sie ständig angerufen und ihr Honig ums Maul geschmiert. Sie hatte Angst. Irgendwann ist Lies dann nicht mehr wiedergekommen. Sie war tot. Herzinfarkt. Barbara hatte nie viel Geld, also hat sie mich eingepackt und ist mit mir in Lies' altes Haus gezogen. Hier, in der Stadt. Sie muss wohl gedacht haben, dass mich keiner mehr erkennt. Und ihre einzige Mitwisserin war tot. Sie hat Gemüse in ihrem Garten angepflanzt und so getan, als wäre alles in Ordnung. Eine Nachbarin hat sich manchmal mit ihr über den Zaun unterhalten, und ich hab mich gefreut, weil ich dachte: Jetzt wird sie normal. Ich hab erst gar nicht gemerkt, wie dünn sie geworden ist. Bis die Nachbarin es irgendwann gesagt hat: ›Du bist aber dünn geworden, bist du krank?‹ Barbara hatte so ein altes, vergilbtes Buch. So dick ungefähr.« Annika zeigt es mir mit den Händen. »›Kinderkrankheiten und Hausmittel‹. Wir sind nie in die Apotheke gegangen oder zum Arzt. Barbara hat behauptet, dass die Natur sich selber heilt, und die Menschen seien Teil der Natur und Ärzte Diebe und Mörder, die ihre kranken Experimente mit uns machen. Wahrscheinlich wollte sie einfach nicht, dass man hinter ihr Geheimnis kommt. Wenn ich Ohrenschmerzen oder so was hatte, hat sie mir nie Medizin gegeben. Sie hat Zwiebelsäckchen gemacht, die ich auf mein Ohr legen musste. Danach hat es dann tagelang nach Zwiebel gestunken. Tabletten waren verboten. Nach ein paar Tagen war dann immer alles vorbei. Aber das eine Mal, als sie krank war, hat es ewig gedauert. Sie hat Zitronensaft getrunken, und alles.« Annika schweigt eine Weile. »Ich seh sie immer noch da sitzen. In ihrem Sessel, mit diesem … Wickel um den Kopf. Ein Ende war lose und ist ihr über die Schulter gefallen. Sie war immer ein bisschen schlampig. Ihre Schals waren auch nie richtig gewickelt, ein Ende hing immer so runter. Ich dachte erst, sie schläft nur …« Annika holt tief Luft. »Es war so seltsam. Alles war so still. Alles hat nach Zwiebel gerochen. Ich bin einfach nur rausgerannt. Ich hab nichts mehr gesehen. Und dann … bin ich auf die Straße.« Annika schweigt und schaut auf ihre Mütze. Ich fühle mich hilflos und seltsam leicht zugleich. Barbara sitzt wie ein Schatten neben uns, ich stelle sie mir lockig und großäugig und wild vor, obwohl sie vermutlich ganz unscheinbar aussah. Sie hat uns Annika weggenommen und Annika ein ganzes Leben. Von Annikas altem Ich ist nichts mehr übrig als ein Schatten, eine Erinnerung an eine glückliche Familie, aus der man sie herausgenommen hat wie ein Püppchen aus einem Puppenhaus.

»Ich erinnere mich an diese roten Schuhe«, sagt Annika plötzlich, »von denen du erzählt hast. Die Riemchen waren aus

Plastik, die haben immer in meine Füße gezwickt und einen roten Strich gemacht, auf den Mama dann Creme gestrichen hat, und unten in der rosa Cremedose war das Gesicht von einem kleinen Mädchen abgedruckt, Weiß auf Silber. Barbara hat die gleiche Creme verwendet, nachdem ich ihr davon erzählt hab. Sie hat sie wahrscheinlich nur gekauft, damit ich keinen Verdacht schöpfe, damit ich glaube, dass SIE mir damals die wunden Füße eingeschmiert hat. Sie hat alles kopiert und gestohlen. Ich weiß gar nicht mehr, wer ich bin.«

Annika verstummt. Ich löse meine Zunge vom Gaumen, die dort klebt wie ein nutzloser Lappen, mein ganzer Mund ist trocken. Ich räuspere mich.

»Das ist, glaube ich, normal«, sage ich zögernd, »dass man das manchmal nicht mehr weiß. Wer man ist. Irgendwie ist man sich doch immer selbst fremd. Deshalb gibt es ja so was wie Schwestern. Damit man sich gegenseitig sagen kann, wo man hingehört, wenn man es vergessen hat. Und außerdem hast du das hier. Oder?« Ich tippe mit dem Finger auf die Narbe über ihrem linken Wangenknochen. Annika schaut mich einen Moment lang an, als würde sie über etwas nachdenken. Dann legt sie den Kopf schief und lächelt zum Brokkoliwald hinüber.

»Sieht aus wie Brokkoli«, sagt sie.

»Ja, oder?«, grinse ich. Annika lässt sich vom Klettergerüst in den Sand fallen, es ist hoch, also landet sie tief in der Hocke. Sie schaut zu mir hoch, ihr Gesicht ist ein schimmernder Kreis.

»Wir müssen gehen, es wird dunkel«, sagt sie, und ich springe auch vom Klettergerüst und folge ihr und erinnere mich daran, dass wir früher manchmal von Annikas Bett in einen

Kissenhaufen gesprungen sind und ich mir den Kopf am Bettrand angeschlagen habe und wir beide beschlossen haben, Mama und Papa nichts zu verraten. Woher kommen plötzlich diese ganzen Erinnerungen? Sie steigen einfach so in mir hoch wie Tortellini in einem blubbernden Kochtopf.

»Mari, ich will diese alten Röcke nicht mehr«, sagt Annika plötzlich in meine Gedanken hinein.

»Was?«, frage ich reflexartig und füge dann schnell hinzu: »Gute Entscheidung!« Es klingt vielsagend, und Annika boxt mich plötzlich so fest in die Seite, dass ich fast in einen Busch falle, sie rammt mich geradezu, wie ein wilder Schafsbock.

»Sorry«, sagt sie grinsend, sie wirft ihren Zopf zurück, und in ihren hellen Augen spiegeln sich die Wolken, die unnatürlich scharf vor dem dunklen Blau des Himmels stehen, und dazwischen funkelt das Alte und das Fremde und alles, was meine große Schwester zu der macht, die sie heute ist.

»Egal«, sage ich und schubse sie zurück. Annika lacht. Plötzlich springt sie vor und stülpt mir die weinrote Mütze über den Kopf, zieht sie mir zuerst bis auf die Nasenspitze runter und schiebt sie dann wieder hoch. Ich schaue sie überrascht an. Annika grinst und tritt ein paar Schritte zurück, als wolle sie ein Kunstwerk betrachten. Ich greife zögernd nach der Mütze, um sie ihr wiederzugeben, aber sie nimmt meine Hand.

»Komm!«, sagt sie. Wir laufen den Hügel runter. Ich lege dabei meinen Kopf in den Nacken und fliege plötzlich direkt unter dem Himmel, an dem ein erster Stern aufgetaucht ist, fast ein bisschen verloren und beschämt sieht er aus, wie ein verfrühter Partygast, der sich peinlich berührt an seinem Sektglas festhält.

33

No risk, no fun

Annikas Nägel haben schwarze Ränder und sind schmutziger denn je. Sie schaufelt mit beiden Händen Erde beiseite, ich stehe neben ihr und schaue auf ihren Schopf hinunter, der in den Strahlen der untergehenden Sonne rötlich schimmert. Ohne die weinrote Mütze, die auf meinem Kopf sitzt, wirkt er ungewohnt zerbrechlich. Annika vertraut darauf, dass ihr nichts mehr passieren kann. Sie hat ihren »Helm«, wie Mama die Mütze neuerdings im Scherz nennt, abgelegt. Trotzdem halten wir ihn in Ehren und wechseln uns mit dem Tragen ab.

»Baum«, befiehlt Annika, im Tonfall einer OP-Ärztin, und streckt ihre Hände aus. Ich trete beiseite. Papa tritt mit feierlicher Miene auf uns zu und legt uns den Stamm einer schlanken Birke auf die Arme. Die Wurzeln sind so schwer, dass wir unter der Last stolpern und gar nicht mehr so feierlich aussehen. Die Birke wackelt in unseren Armen, schüttelt den bauschigen Kopf, und wir müssen lachen und kommen uns vor wie zwei ungeschickte Totengräber.

»Nur dass wir hier neues Leben schenken, quasi«, sagt Annika. Wir richten die Birke auf und setzen ihre Wurzeln in das Loch, das wir mit Schaufeln und Händen in die Erde gehoben haben.

Der neue Baum gehört nicht mehr nur Annika, er gehört uns beiden, und wird deshalb auch an einer anderen Stelle aufgestellt als der alte, neben dem Gartenteich, in den dann »im Herbst der ganze Blätter-Siff fällt«, wie Mama sich ausdrückt, aber sie lässt uns trotzdem machen. Papa bindet die Birke zusätzlich mit einem Hanfseil an einem Holzpfahl fest.

»Steht wie eine Eins«, sage ich und trete zurück. Die feinen Blätter der Birke zittern leicht im Wind, als hätte sie vor etwas Angst und müsse sich erst an ihr neues Zuhause gewöhnen. Vielleicht fährt gerade der Geist eines Mädchens in sie. Annika legt ihre Arme um den dünnen Stamm und schließt die Augen. Meine Eltern und ich wechseln Blicke, dann lächeln wir. Annika wird immer ein Teil von uns sein, aber es wird immer auch etwas anderes in ihr geben. Etwas, das wir erst kennenlernen und vor dem wir unsere Angst verlieren müssen.

Ich lege meinen Kopf an Mamas Schulter. *Familie*, denke ich. *Das Schlimmste und das Beste auf der ganzen Welt. Wie ein Rettungsboot auf stürmischer See. Natürlich kann es auch kentern oder ein Leck bekommen, denn die Wellen sind hoch und das Meer gierig, aber es ist immer noch besser, als im eiskalten Wasser zu erfrieren, und vielleicht, vielleicht beschützt es einen wirklich vor dem Tod. Vielleicht auch nicht. Aber es macht dein Leben in den Momenten, in denen es drauf ankommt, ein kleines bisschen sicherer und geborgener. Der ganze Rest ist Wildnis und Gefahr und Abenteuer, eine ungewisse Zukunft, die sich vor uns allen auftut wie ein Dschungel. Das Leben ist gefährlich und manchmal kann man ganz schön Angst davor haben. Aber wie meine Freundin Clementine sagen würde: No risk. No fun.*

Inhalt

Moira Frank

Sturmflimmern

ca. 350 Seiten, ISBN 978-3-570-16457-0

Ein flirrend heißer Sommer in einer amerikanischen Kleinstadt: Die 15-jährige Sofia würde am liebsten einfach nur die großen Ferien genießen, mit ihren Freunden Partys feiern und im Fluss baden gehen. Doch mit ihrer eigensinnigen Art hat sie unbeabsichtigt den Konflikt zwischen ihrem besten Freund Oscar und seinem brutalen älteren Bruder David verschärft. Aus ein bisschen Geplänkel entsteht eine gefährliche Spirale der Gewalt. Dabei fangen mit der Ankunft eines alten Bekannten von Sofias Vater die Probleme gerade erst an ...

Elisabeth Herrmann

Die Mühle

448 Seiten, ISBN 978-3-570-16423-5

The Court – das waren die Coolen. Die Unerreichbaren. Die Helden von Lanas Schulzeit. Jahre später gelangt ausgerechnet Lana an eine Einladung zu einem Kurztrip mit der Überflieger-Clique. Die Clique ist zwar wenig begeistert, als Lana statt ihres siebten Mitglieds bei ihrem Treffen auftaucht, aber dann überschlagen sich die Ereignisse. Der Trip führt die Clique in eine alte abgelegene Mühle. Alles hier scheint für sie vorbereitet zu sein. Nur wer hat eigentlich die Einladungen verschickt? Wer begrüßt sie mit schriftlichen Botschaften, hat seltsame Spiele für sie organisiert? Als der erste der Freunde verschwindet, bricht Panik aus …

70045